Ohne jeden Skrupel

Ein Thriller von Marion Krafzik

Wittenbecksweg 51
29649 Bispingen
E-Mail: info@marionkrafzik.de

www.marionkrafzik.de

Lektorat: Marion Mergen, DIE TEXTWERKSTATT, www.korrekt-getippt.de
Korrektorat: Michaela Marwich / Textcheck Agency
Cover: birgitstolzegrafikdesign, abc.stolze@web.de
Bildnachweise: Ladida/istockphoto.de, markus hoetzel/Shotshop.com, grafxart/123RF.com, gonin/fotolia.de
Satz: Corinna Rindlisbacher, www.ebokks.de

PROLOG

Finsternis und Stille. So erdrückend, dass sie es nicht einmal wagt zu atmen. Beklommenheit schlängelt sich von ihren Zehenspitzen hinauf bis zu den Haarwurzeln. Ihre Haut fühlt sich rau und trocken an, als würde sie jeden Moment zerreißen wie ausgedörrtes Pergamentpapier.

Die starre Lehne des Holzstuhls drückt erbarmungslos an ihre Wirbelsäule. Ihre Augen sind weit geöffnet in dem Versuch etwas zu sehen, irgendetwas. Aber da ist nichts weiter als diese Finsternis. Sie will schreien, doch kein Laut vermag aus ihr zu dringen. Ihre Lippen bewegen sich nicht. Sie sind verklebt. Ihre Kehle brennt. Der widerwärtige Geruch verursacht ihr Übelkeit, die sie krampfhaft verdrängt.

Unsicher neigt sie ihren Kopf zur Seite. Immer noch hegt sie die Hoffnung, einen Laut aus der düsteren Stille herauszufiltern. Irgendeinen! Doch das Einzige, was sie vernimmt, ist ihr Atem, den sie stoßweise durch ihre Nasenflügel herauspresst. Immer lauter, schneller – hektisch wie ein Gebirgsbach während der Schneeschmelze.

Getrieben von ihrer Angst springt sie auf … und stürzt hart zu Boden. Ihre Füße sind an diesen verfluchten Stuhl gefesselt. Ebenso ihre Hände. *Wo bin ich? Warum bin ich hier in dieser Finsternis? Wo ist deine Stimme, die mich beruhigt, die mir sagt, dass alles gut wird? Warum hast du mich weggesperrt? Wir gehören zusammen! Das hatten wir uns geschworen. Erinnere dich!*

Zorn und Unverständnis übermannt sie. *BEFREIE MICH, JULIE!*

1. KAPITEL

Aus den Lautsprechern erklingt dieses wunderbare Lied von *Sade* ›Nothing can come between us‹. Julie liebt diesen Song, der ihr sagt, *dass nichts zwischen uns kommen kann*, doch jetzt empfindet sie ihn deplatziert. Genauso wie die Situation, in der sie sich befindet. Doch Doktor Margarete Hallmann hatte sie bereits davor gewarnt, dass es nicht problemlos vonstattengehen würde. Sie erinnert sich an Margaretes Anweisungen, die Panik einfach wegzuatmen.

Das Stimmengewirr der Gäste im Literaturhauscafé am Schwanenwik schwillt unaufhörlich an – wie ein mächtiger Mückenschwarm, dessen sirrendes Geräusch schrill und bedrohlich näherkommt. Reflexartig reibt sie sich über ihre Arme.

Die hohen Decken dieses altehrwürdigen Gebäudes können es nicht verhindern, dass die Gerüche von Gewürzen und menschlichen Ausdünstungen Nebelschwaden gleich in der Luft hängen. In ihrem Kopf hämmert es wie verrückt.

Markus sieht sie mit seinen weichen braunen Augen an und legt sanft seine Hand auf die ihre. Unversehens spürt Julie, wie sich ihr Körper verkrampft. Ihr Herz beginnt, schneller zu schlagen, ihre Hände fühlen sich kalt und leblos an. Wer ist dieser Markus überhaupt? Sie hat ihn erst vor weniger als zwei Stunden kennengelernt. Die altbekannte Panik überrollt sie wie ein Tsunami. Schnell, unberechenbar und zerstörend. Sie kämpft gegen den Drang an, ihre Hand wegzuziehen, seiner Berührung zu entfliehen. Doch sie verliert den Kampf.

Hitzig entzieht sie Markus ihre Hand, greift stattdessen nach dem Weißweinglas und trinkt hastig einen großen Schluck. Ihre Augen wandern nervös durch den Raum, die Panik wird immer beklemmender. Sie hat das Gefühl, dass alle sie anstarren und tuschelnd ihre Köpfe zusammenstecken. Ihr Sichtfeld verengt sich und das Klopfen in ihrem Kopf ist kaum noch auszuhalten.

»Was ist mit dir, Julie? Du siehst blass aus, stimmt etwas nicht mit der Quiche?« Markus' Augen sind voller Besorgnis. Auf seiner hübschen Stirn bilden sich Falten und sein wohlgeformter Mund ist von Betrübnis umrahmt … Jede normale Frau wäre vor Glück dahingeschmolzen, aber Julie ist nicht *jede* und schon gar nicht normal. Sie wünscht, sie wäre es und könnte den Augenblick genießen.

»Nein, alles gut. Es ist nur sehr stickig hier.« Die Lüge kommt leicht über ihre Lippen. Im Ausredenerfinden ist sie mittlerweile wirklich gut. »Entschuldige mich bitte für einen Augenblick.« Ein knarrendes Geräusch ertönt, während sie ihren Stuhl energisch nach hinten schiebt und aufspringt. Ohne noch einmal in dieses liebevoll besorgte Gesicht zu sehen, stürmt sie durch das Restaurant zu den Toiletten.

Sie kotzt sich die Seele aus dem Leib. Die Kloschüssel, die Julie jetzt wie einen Geliebten umarmt, stinkt erbärmlich und fördert den Reiz, ihren Mageninhalt hinauszuwürgen. *Was mache ich nur?*, überlegt sie keuchend. *Was habe ich mir nur dabei gedacht?*

Gurgelnd verschwindet ihr Erbrochenes in der Kanalisation. Am liebsten würde Julie hinterherstürzen, sich aus dieser Situation einfach fortspülen. Seufzend reißt sie sich von der Idee los. Schließlich ist sie aus freien Stücken hier und Markus ein netter Mann.

Sorgfältig spült sie sich den Mund am Waschbecken aus und überprüft ihr Aussehen im Spiegel darüber. Was sie sieht, ist erschreckend. Ihr blasser Teint lässt die Sommersprossen auf ihrer zierlichen Nase noch dunkler erscheinen. Die kurzen kupferfarbenen Haare kleben an ihrem Kopf, als hätte jemand Kleister darauf gegossen. Flink gleiten ihre schmalen Finger durchs Haar – bemüht zu retten, was noch zu retten ist. Über das Resultat muss sie laut lachen. In alle Himmelsrichtungen stehen ihre Haare ab. Gezielt streicht sie einige Strähnen wieder glatt, bis sie endlich mit dem Ergebnis zufrieden ist.

Langsam nähert sich Julie dem Tisch. Markus verspeist ungeniert seine Quiche. Dabei lehnt er sich mampfend über den Tisch, den Mund weit geöffnet. In diesem Moment hat er nicht mehr das, was sie noch vor kurzem so nett an ihm fand. Nein. Sie hat sich getäuscht. Er ist ein Verschlinger. Einer, der Angelegenheiten jeglicher Art eiligst hinter sich bringen will. Einer, der sich nimmt, was er will. In ihr bäumt sich Entrüstung auf. Entrüstung auf sich und auf Doktor Margarete, die sie ermutigt hat, ihr Leben selbst zu bestimmen. Julies Schritte werden forscher. Ein ihr bis dahin ungeahntes Selbstbewusstsein durchströmt ihren Geist, ihren Körper. Auch das erschreckt sie in hohem Maße.

Markus springt auf, als er Julie erblickt. Sorgfältig wischt er mit der Serviette über seinen fettigen Mund. »Geht es dir wieder besser?« Seine Augen wandern von ihren Haaren zu ihren Lippen, weiter zu ihrem Busen, um dort zu verweilen. Unwillkürlich verschränkt Julie die Arme, will seinen Blick abwehren.

»Entschuldige bitte, aber du hast da einen Fleck …« Markus deutet mit dem Finger auf ihren Oberkörper.

Hastig wandert Julies Blick auf ihr T-Shirt und sie ist auf eine seltsame Weise erleichtert. Dort ist tatsächlich ein Fleck auf dem Shirt, von ihrer eigenen Kotze. Versöhnlich lächelt sie ihn an, nimmt ihre Strickjacke von der Stuhllehne und murmelt ein verlegenes ›danke‹.

Markus wartet, bis sie Platz genommen hat, erst dann setzt er sich ebenfalls wieder. Ein positives Zeichen, findet Julie, vielleicht war ihr erster Eindruck doch der richtige. Gedankenverloren betrachtet sie sein Gesicht und wieder ist da die Frage: Warum hat sie sich von ihm ansprechen lassen?

Vor zwei Stunden, als sie auf einer Parkbank an der Alster saß, die Sonne ihr Gesicht wärmte und sie sich geborgen fühlte. Ein Gefühl von Freiheit legte sich um sie wie eine kuschelige Decke. Ein Empfinden, das sie kaum kannte. Zum ersten Mal verspürte sie Zuversicht, dass ihr Leben eine Wendung nehmen würde, dass sie es schaffen wird und sich Richtung Normalität bewegt. Ein wunderbares Gefühl, so überwältigend, dass Julie es wagte, ihre Augen zu schließen, um sich ganz dieser positiven Vorstellung hinzugeben.

Sie hatte die Welt um sich ausgeblendet, sie hörte weder den Straßenlärm noch die schnatternden Enten und auch nicht die Menschen um sie herum. Julie spürte nur die Sonne und den warmen Wind auf ihrer Haut. Es tat so gut, dieses begierige Kribbeln, welches ihren Körper und ihre Seele erfüllte.

Dann legte sich ein Schatten auf ihr Gesicht und es wurde kühl. Sie blinzelte in das Gesicht eines Mannes, der sie anlächelte. Er sah so strahlend und unverfänglich aus, als wäre er ihr geradewegs von einer höheren Macht gesandt worden. Einer Macht, die es ausnahmsweise freundlich mit ihr meinte.

Julie war sofort gefangen gewesen und angezuckert von diesem Gedanken. Ihr Herz schlug einen Takt rascher und sie genoss die kleine Aufregung in ihrer Brust.

Er machte eine Bemerkung über ihr Haar, dass es wie Kupfer in der Sonne schimmern würde. Julie war es nicht gewohnt, Komplimente zu bekommen, dennoch fühlte sie sich geschmeichelt und ihre Selbstsicherheit stieg. Alles war so zwanglos, so federleicht ... Nur für einen Moment zögerte sie, dann nahm sie seinen Vorschlag an, mit ihm etwas zu essen.

»Was überlegst du, Julie?«

»Oh, nichts weiter.« Beschämt wendet sie ihren Blick zur Seite. Sie fühlt sich mies. Wie konnte sie nur mit dem erstbesten Kerl gehen? Nur, weil er ihr ein Kompliment gemacht hat? Wie billig! So schnell wie möglich muss sie aus dieser Misere verschwinden. Mit einem faden Lächeln sieht sie Markus an. »Wie ist deine Quiche?«

»Hervorragend. Möchtest du nicht doch noch einmal probieren?«

»Lieber nicht. Mein Magen scheint noch nicht ganz in

Ordnung zu sein. Aber es geht schon wieder. Mach dir keine Sorgen.« Julie verzieht ihre Lippen zu einem breiteren Lächeln. Es scheint ihn zu beruhigen, denn er schenkt seine Aufmerksamkeit voll und ganz seiner Quiche.

Die Zeit vergeht im Schneckentempo und Julie wird mit jeder verstreichenden Minute ungeduldiger. Selbst die Unterhaltung zwischen ihnen hat belanglose Züge angenommen. Dennoch hält Julie eisern an ihrer Idee fest, eine normale Frau zu werden. Wehmütig erinnert sie sich an das Gefühl von Freiheit, welches sie vor ein paar Stunden auf dieser Parkbank an der Alster empfunden hatte. Und an Doktor Margaretes Worte: ›*Julie, Sie dürfen nicht gleich aufgeben, wenn es Hindernisse gibt. Vertrauen Sie sich selbst*‹.

Aber es ist so schwierig. Immer wieder berührt Markus ihre Hand oder ihren Arm, während er redet. Die Berührungen drohen, ihre Haut zu verbrennen. Julie presst ihre Kiefer aufeinander, fest entschlossen, Markus' Berührungen auszuhalten. Sie lächelt ihn sogar an. *Es ist so verdammt anstrengend!* Schweiß bildet sich unter ihren Achseln, auf ihrer Stirn und zwischen ihren Brüsten. Kalte und heiße Schübe rasen durch ihren Körper. Sie muss weg. *Sofort!* Sie ist noch nicht soweit. Das euphorische Gefühl von vorhin hat sie getäuscht. Sie wird noch lange brauchen, dieses Gefängnis zu verlassen.

Markus streicht über ihren Handrücken, neigt seinen Kopf zur Seite und versucht, in Julies Augen zu sehen. »Was ist los? Du wirkst so verkrampft. Wollen wir die Location wechseln? Ich kenne eine nette Bar hier um die Ecke, was meinst du, Lust auf einen Drink?« Ohne ihre Antwort abzuwarten, winkt er die Kellnerin herbei.

Julie schießen tausend Gedanken durch den Kopf. Was

soll sie sagen, wie sich verhalten? In Windeseile zieht sie ihre Hand vom Tisch, bevor Markus sie wieder ergreifen kann.

Draußen vor der Tür atmet Julie die frische warme Sommerluft ein. Es geht ihr besser und die Fähigkeit, wieder klarer zu denken, kehrt zurück. »Markus, entschuldige, aber ich möchte lieber nach Hause.«

»Aber warum denn? Es ist doch gerade so schön. Ein Drink, dann bringe ich dich nach Hause. Okay?« Er bewegt sich einen Schritt auf sie zu, seine Stimme ist leise und schmeichelnd. »Bitte, Julie, nur einen Drink.« Seine Augen ruhen auf ihrem Gesicht, auf ihren Lippen, ihren Brüsten.

Julie umfängt der saure Duft von Wein, den Markus getrunken hat, sein Aftershave, den süßlich herben Geruch seines Schweißes. Eine beklemmende Ruhelosigkeit überrollt sie, als er sich zu ihr beugt, um ihr etwas ins Ohr zu flüstern.

2. KAPITEL

Leise dreht sich der Schlüssel im Schloss. Die Tür knarrt beim Öffnen und fällt dann laut zu. »Julie? Ich bin es. Victoria.«

Schlagartig öffnet Julie ihre Augen. Sie braucht einen Moment, bis sie weiß, wo sie sich befindet. Schlaftrunken tastet sie nach dem Wecker auf ihrem Nachttisch. »Mist!«, nuschelt sie und schwingt die Beine aus dem Bett. »Ich bin sofort bei dir, Vic«, ruft sie noch immer desorientiert. »Gib mir eine Minute.«

Durch die geschlossene Tür dringt ein genervtes Stöhnen. »Beeil dich bitte, ich habe Hunger! Du hast es doch nicht vergessen, oder?«

»Nein, nein.« Und jetzt fällt es ihr wieder ein. Brunch. Julie rennt in das angrenzende Bad. Damals war das der Hauptgrund, diese Altbauwohnung zu mieten: ein Schlafzimmer mit direktem Zugang zum Bad. Einem wirklich schönen Bad.

Sie stolpert über Kleidung, die auf dem Boden verstreut liegt. Verwunderung über ihre Unordnung nimmt sie in Beschlag. Genervt rafft sie ein zerknittertes Shirt, eine Strickjacke, Strümpfe, Jeans zusammen und stopft alles in den Wäschekorb. Mitten in der Bewegung hält sie inne. Ihre Hände beginnen zu zittern, während sie jedes einzelne Kleidungsstück begutachtet. Überall an der

Kleidung ist Blut. Sie versteht es nicht. *Woher stammt das viele Blut?*

Panisch betrachtet sie ihr Gesicht im Spiegel, reißt sich ihr T-Shirt vom Leib, dreht und wendet sich vor dem Spiegel, doch da ist nichts. Keine Kratzer, keine Schnitte. Nichts!

»Julie?« Zielstrebig nähern sich Victorias Schritte dem Bad. »Alles in Ordnung?«

»Ja, alles gut.« Hektisch verschließt Julie die Badezimmertür. Sie verflucht den Tag, an dem sie ihrer Schwester den Haustürschlüssel gegeben hat. Natürlich war sie nicht begeistert, aber Victoria hatte auf charmante Weise darauf bestanden. Julie atmet tief durch, bemüht, nicht überzureagieren. »Eine Minute noch.« Ein weiteres genervtes Stöhnen ist die Antwort hinter der geschlossenen Tür.

Julie ermahnt sich zur Ruhe. Es gibt mit Sicherheit eine Erklärung für das Blut an ihrer Kleidung. Wenn sie Ruhe hat, wird sie darüber nachdenken. *Nicht jetzt!*

Sie dreht den Wasserhahn auf und wäscht ihr Gesicht. Der anschließende Blick in den Spiegel verrät ihr, dass sie immer noch müde und verkatert wirkt. Hat sie wirklich so viel getrunken? Sie kann sich nicht erinnern. *Verdammt!* Es ist, als wäre ein Teil des gestrigen Abends einfach aus ihrem Gedächtnis gelöscht worden.

Mit flinken Fingern putzt sie sich die Zähne und frischt anschließend ihr Aussehen mit ein wenig Make-up auf. Nicht sonderlich mit dem Ergebnis zufrieden, lässt sie ihren Atem durch die Nase entweichen und sieht sich suchend im Bad um. Und zum zweiten Mal an diesem frühen Sonntagmorgen verflucht sie sich. Sie hat vergessen, frische Kleidung mit ins Bad zu nehmen. Aber konnte sie denn ahnen, dass Victoria ihr bis ins Schlafzimmer folgt?

Genervt wirft sie sich ihren Morgenmantel über und ihr Unwohlsein überträgt sich augenblicklich auf ihre Haltung. Mit gesenkten Schultern und einem flüchtigen Blick auf Victoria, die mit verschränkten Armen am Fenster steht, wendet sich Julie ihrem Kleiderschrank zu. »Entschuldige, Vic. Hab verschlafen. Ich ziehe mir schnell was über, dann können wir los.« Ohne lange zu überlegen, greift sie sich wahllos eine Jeans und eine weiße Bluse aus dem Kleiderschrank und ist sich dabei Victorias Blicken bewusst, die jede ihrer Bewegungen verfolgen. Es macht sie schier wahnsinnig. Sie mag es nicht, wenn sie jemand nackt sieht, auch nicht ihre Schwester. »Vic, würdest du bitte im Wohnzimmer warten?« Ihre Stimme hat einen überreizten Unterton, den Victoria geflissentlich überhört.

»Warst du gestern Abend aus?« Victorias Augen ruhen auf dem zerwühlten Bett und wandern zur Badezimmertür, die halb offensteht.

»Wieso?«

Neugierig schlendert Victoria Richtung Bad. »Nun, weil du verschlafen hast. Du bist doch ein Morgenmensch. Immer früh wach und gespannt, was der Tag dir bringen wird.« Ihre kleinen Grübchen vertiefen sich, während sie Julie schelmisch anlächelt und die Tür zum Bad aufstoßen will.

Rasch stellt sich Julie vor ihre Schwester und verschließt demonstrativ die Tür. Victorias Lächeln ist immer noch auf ihren Lippen, als sie seufzend ausatmet. »Okay, beeile dich! Ich sterbe vor Hunger.« Kopfschüttelnd verlässt sie das Schlafzimmer. Betont laut zieht sie die Tür hinter sich zu.

In Windeseile streift Julie sich Jeans und Bluse über und hetzt erneut ins Bad. Hektisch stopft sie die blutverschmierte Kleidung in die Waschmaschine. Sie will, dass sie sauber ist, wenn sie wiederkommt. Sie will nicht darüber nachdenken, was passiert sein könnte. Sie will alles vergessen, auch wenn sie nicht weiß, was sie vergessen soll.

***

Eine lange Schlange von hungrigen, gierigen, fröhlich plappernden Menschen hat sich vor dem Buffet versammelt. Die Teller randvoll gefüllt, als würde es in zehn Minuten nichts mehr geben. Julie mag solche Veranstaltungen nicht. Dennoch sehnt sie sich danach, sich einfach treiben zu lassen, ein kleines Gespräch hier und eine neckische Bemerkung dort. Doch was dabei herauskommt, wenn sie sich treiben lässt, hat sie erst vor weniger als vierundzwanzig Stunden erlebt. Kleine Schweißperlen bilden sich auf ihrer Stirn, und sie rühren nicht von der Hitze im Restaurant her.

»Tschuldigung, wenn Sie nichts möchten, dann machen Sie doch einfach den Weg frei.« Julie bemerkt erst jetzt, dass sie stehengeblieben ist. Eine junge Frau hinter ihr macht ihren Unmut breit. Dabei bleckt sie die Zähne, und was ein höfliches Lächeln darstellen soll, endet in einem hässlichen Verziehen der Mundwinkel.

Irritiert füllt Julie wahllos ihren Teller mit irgendwelchen Speisen und steuert auf den Tisch zu, an dem Victoria sitzt und sich gerade genüsslich ein Stück Räucherlachs in den Mund schiebt. Nicht zum ersten Mal bemerkt Julie, dass Victoria außerordentlich hübsch ist.

Klein, zierlich, mit dunkelbraunen schulterlangen Haaren und winzigen kecken Grübchen, wenn sie lacht. Und sie ist nicht nur hübsch, sondern sehr bemüht darum, dass es Julie gutgeht. Manchmal so sehr, dass es Julie erdrückt.

Victoria sieht mit einem zufriedenen Lächeln auf. »Ich kann dir sagen: Das war höchste Zeit.« Und schon wandert das nächste Stück Lachs in ihren Mund.

Julies Appetit ist eher mäßig. Immer wieder sieht sie sich hektisch um. Ihre Augen gleiten durch den Raum, auf der Suche nach … Ob da vielleicht irgendwer ist, den sie kennt, der sie ansieht und weiß, was gestern Nacht geschehen ist. Sie hat immer noch keine Ahnung, und das macht ihr Angst. Unkonzentriert stochert sie in ihrem Essen herum.

»Was ist, hast du keinen Hunger?« Victoria legt besorgt ihre Hand auf Julies Arm. »Was ist los mit dir? Irgendetwas beunruhigt dich doch.«

»Nein, alles bestens. Ich habe nur Kopfschmerzen.« Das ist nicht einmal gelogen. Langsam entzieht sie Victoria ihren Arm. »Ich denke, es liegt einfach an der Hitze. Seit Tagen ist es so unangenehm schwül. Findest du nicht auch?«

»Ja, aber ich liebe es.« Victoria mustert sie aufmerksam. Wägt ab, ob sie weitere Fragen stellen soll, entscheidet sich dagegen. Sie hat keine Lust, dass es zu einer Eskalation kommt, was bei Julie sehr schnell geht und ohne Vorwarnung.

Julie beobachtet Victoria, die schweigend ein Stück Melone in mundgerechte Stückchen zerkleinert. Ganz offensichtlich vermeidet sie es, Julie anzusehen. Es tut ihr augenblicklich leid, dass sie die gute Laune ihrer Schwester verdorben hat. »Wie geht es Stephan? Warum bringst du ihn nicht mal mit? Warum treffen wir uns immer allein?« Der Versuch, eine unbefangene Konversation zu betreiben, misslingt. Ihre Stimme klingt maulig und trotzig. Aus den Augenwinkeln ergründet Julie die Reaktion ihrer Schwester. Diese hält bedächtig ihr Prosecco-Glas in der Hand, trinkt einen Schluck, stellt das Glas zurück auf den Tisch und greift wieder nach ihrem Besteck. »Da steckt keine Absicht dahinter. Ehrlich, ich dachte, es wäre dir lieber, wenn Stephan nicht dabei ist.«

»Aber wieso? Er ist doch dein Mann, also Teil der *Familie*.« Victoria legt sorgsam das Besteck an den Rand ihres Tellers. »Du hast recht. Ich hatte nur angenommen, dass du dich wohler fühlst, wenn wir allein sind.«

»Bist du sicher? Ist es nicht vielmehr so, dass du dich wohler fühlst, wenn wir allein sind? Weil es zu Peinlichkeiten kommen könnte, falls ich wieder anfange …«

»Julie, was soll das? Hör auf damit!«, sagt Victoria schlagartig ungehalten. Eine imaginäre Kraft spannt sich um ihren Körper. Eine Eigenschaft, die sie von ihrem Vater geerbt hat.

Julie senkt sofort ihre Augen. Es macht sie nervös. Ihr Bein beginnt unvermittelt zu wippen. Sie beißt auf die Innenseite ihrer Wange, um das unruhige Wippen des Beines umzulenken. Es gelingt ihr.

Victoria ringt sich ein Lächeln ab. »Julie, du musst aufhören, immer alles so negativ zu sehen. Freue dich doch, dass es dir gutgeht.« Sie lächelt Julie beschwichtigend an. »Du musst nach vorn schauen, dir eine Zukunft aufbauen und das Alte hinter dir lassen.«

In diesem Moment würde Julie sie am liebsten bei ihren

schmalen Schultern nehmen und ihr all die Dinge ins Gesicht brüllen, die sie seit Jahren tief in sich trägt. Doch ihr fehlt der Mut dazu. Schweigend richtet sie ihr Augenmerk auf ihren Teller. Das Hämmern in ihrem Kopf ist wieder da. Hektisch sucht sie in ihrer Handtasche nach den Beruhigungspillen. Doktor Margarete hat sie ihr verschrieben, für den Notfall. Und dies ist ein Notfall. Denn das Gefühl, jeden Moment die Kontrolle zu verlieren, wird immer gewaltiger.

Sie hält die Tabletten fest in ihrer Hand. Zögert. Sie weiß, dass sie sich anschließend wie eine Marionette fühlen wird.

»Was regt dich so auf, Julie?«

»Oh, nichts weiter. Es sind nur Kopfschmerztabletten«, lügt sie, ohne zu zögern schon wieder.

3. KAPITEL

Die Klänge von *Chopins* ›Nocturnes‹ umspielen sanft ihre Ohren. Julie mag diese weichen Töne, sie sind so harmonisch und melancholisch zugleich. Wenn sie *Chopin* hört, fühlt sie sich aufgehoben und behütet. Vor ihr der Computermonitor, die Tastatur und in ihrem Körper diese wundervolle Musik, während sie gerade ein neues Tool programmiert. Sie liebt ihren Job in der IT-Branche. Nur Nullen und Einsen, ihre Musik, ihr Rechner und die Stille. Die hin und wieder unterbrochen wird. So wie jetzt von Melanie, ihrer liebsten Kollegin, die gerade vor Julies Gesicht herumfuchtelt. Ihr Mund macht dabei übertriebene Bewegungen. Völlig aus ihrer Welt herausgerissen, schaut Julie sie fragend an.

Melanie bedeutet ihr, die Stöpsel aus den Ohren zu nehmen. »Süße, es ist Mittag. Komm, lass uns was essen gehen.« Sie wartet erst gar nicht auf eine Antwort, sondern rauscht zur Tür, an der sie jetzt stehenbleibt und Julie eindringlich ansieht.

Julie seufzt schweren Herzens auf. Sie würde jetzt am liebsten weitermachen.

»Nun mach schon!«

»Eine Minute noch. Ich muss das hier nur noch abspeichern.«

Unter einer alten Ulme am Isebekkanal finden sie einen Platz auf einer Bank. Vorher haben sie sich ein Sandwich bei *Luigi* am Lehmweg geholt, das sie nun genüsslich verschlingen, als hätten sie tagelang nichts gegessen. Bei Julie stimmt das zum Teil sogar. In den letzten Tagen war sie viel zu nervös. Immer auf der Hut. Sie hatte sämtliche Nachrichtenkanäle und Zeitungen gescannt. Es ist jetzt drei Tage her, doch keine Meldung über einen verletzen oder gar toten Mann.

»Du bist in letzter Zeit so nachdenklich. Ist irgendetwas?« Melanie zerknüllt die Serviette und zielt auf die Mülltonne neben der Parkbank. Sie wirft und trifft. »Yes!« Triumphierend reckt sie ihren Arm hoch. »Also, was ist los mit dir?«

»Nein, alles wie immer. Warum fragst du?« Julie bemüht sich um einen gleichgültigen Tonfall, obwohl es in ihr wütet.

»Nur so. Du wirkst so verkrampft, als würde hinter jeder Ecke der Teufel auf dich warten.« Melanie lacht auf und ihre ebenmäßigen weißen Zähne strahlen in der Sonne. Mit Schwung setzt sie sich auf die Rückenlehne der Bank und dreht sich eine Zigarette. »Willst du auch eine?«

Fasziniert beobachtet Julie die flinken Finger ihrer Kollegin. »Oh, nein danke.«

»Also? Du hast meine Frage noch nicht beantwortet«, stellt Melanie fest, während sie das Plättchen leckt und sich anschließend die formvollendete Zigarette ansteckt.

»Nein, alles bestens. Vielleicht liegt es daran, dass am Samstag die Geburtstagsparty meiner Schwester ist und ich absolut keine Lust dazu habe.«

Melanie bläst blauen Rauch in den Himmel. »Warum? Ist doch cool. Wie alt wird deine Schwester?«

»Vierzig.«

»Wow, so alt?« Melanie zwirbelt eine Strähne ihres langen blonden Haares zwischen ihren schlanken Fingern. »Vierzig. Mann, da ist das Leben doch quasi vorbei.« Sie zwinkert Julie keck zu.

Julie grinst. Genau deshalb mag sie ihre Kollegin so gern. Melanie hat immer einen flotten Spruch drauf und bringt sie damit meistens zum Lachen. Doch jetzt hat sie keine Lust dazu. Am liebsten würde sie gehen, doch sie spürt, dass Melanie auf eine Reaktion von ihr wartet.

»Ja, unsere Eltern haben sich viel Zeit gelassen. Die elf Jahre Altersunterschied zwischen mir und meiner Schwester hatten aber auch ihre Vorteile ...« Julie läuft es kalt den Rücken herunter. Schon wieder eine Lüge! Ihre Mutter wollte keine Kinder mehr. Es war ein klassischer Unfall. Wahrscheinlich hatte sie schlichtweg Angst davor, nochmals eine Tochter zu gebären, an der sich ihr Mann vergreift. Julie verdammt sich, dass sie redselig geworden ist. Auch wenn sie Melanie sehr mag, ist sie immer bemüht, nichts Privates aus ihrer Vergangenheit preiszugeben.

Gedankenverloren starrt sie auf ihre blauen Sommersandalen, ohne sie tatsächlich wahrzunehmen. Melanie setzt sich neben sie und legt freundschaftlich einen Arm um ihre Schultern. »Ist doch okay. Ich meine, ist ja nicht das Schlechteste, wenn man der Nachzügler ist. Im Übrigen finde ich nicht, dass du aussiehst, als wärest du fast dreißig«, gibt sie keck von sich und Julie muss unwillkürlich schmunzeln. »Danke für das Kompliment. Mit fünfundzwanzig kannst du ja auch großzügig sein.«

»Richtig! Ein tolles Alter.« Melanie lehnt sich entspannt zurück, schließt die Augen und lässt sich die Sonne ins Gesicht scheinen.

Fasziniert beobachtet Julie nicht zum ersten Mal, wie unbekümmert ihre Kollegin ist, wie leicht das Leben für sie zu sein scheint. Was sagt sie immer: ›Das Leben ist wie der Wind, mal bläst er kräftig und du kommst nicht voran, und dann wieder ist er nur ein laues Lüftchen, das dich sanft umfängt‹. Julie gefällt der Spruch, auch wenn er auf sie nicht zutrifft. Denn in ihrem Leben bläst der Wind in Orkanstärke und reißt ihr immer wieder den Boden unter den Füßen weg. Wie gern würde sie so unbekümmert durchs Leben gehen wie Melanie.

»Was hast du gesagt?«

»Nichts, ich habe nichts gesagt.«

»Doch, du sagtest etwas wie ›Lass dich nicht einwickeln!‹ oder so ähnlich. Was meinst du damit?«

Julie schüttelt vehement ihren Kopf. »Ich habe wirklich nichts gesagt.« Beunruhigung lässt sie bis an den Rand der Sitzfläche rutschen.

»Egal. Sag mal, warum hast du eigentlich keinen Freund? Du siehst klasse aus, bist klug und …«

»… ich habe noch nicht den Richtigen gefunden«, unterbricht Julie sie hart und streicht sich fahrig durch ihr kurzes Haar.

Melanie sieht sie schelmisch an, und das passt Julie ganz und gar nicht. »Denkst du, ein Mann ist das Wichtigste im Leben? Denkst du, ohne einen Mann ist man als Frau nichts wert?«

»Wow! Entschuldige bitte, ich wollte keine Grundsatzdiskussion vom Zaun brechen.« Melanie legt ihre Hand auf Julies Schulter. Die Geste soll beruhigend wirken, doch Julie presst die Zähne zusammen, um dem Drang zu widerstehen, Melanies Hand abzuschütteln. Sie atmet tief durch und bringt ein versöhnliches Lächeln zustande. »Ich denke, wir sollten zurück ins Büro.«

***

Julies Wohnung liegt im Halbdunkel. Sie hat sämtliche Vorhänge zugezogen, weil sie die Welt aussperren will. Die Mittagspause mit Melanie war alles andere als entspannend für sie gewesen. Die erhoffte Ablenkung von ihrer Grübelei der vergangenen Tage ist nicht eingekehrt. Mit niemandem kann sie darüber reden, was geschehen ist. Oder besser gesagt, was geschehen sein könnte. Den Gedanken, Doktor Margarete anzurufen, hat sie verworfen. Sie müsste zu viel erklären und sie weiß ja selbst nicht, was passiert ist, nachdem sie mit Markus das Lokal verlassen hat. Ihre Erinnerung ist wie ausgelöscht. Die Einzige, mit der sie reden könnte, ist nicht da. Dabei wüsste *sie* mit Sicherheit, was sich an dem Abend abgespielt hat.

Ihre Hände zittern, während sie mit der Fernbedienung von einem TV-Kanal zum nächsten zappt. In der Hoffnung, dass irgendwo Nachrichten laufen. Nichts. Oder zumindest nicht viel. Nur das Übliche. Politik. Globales. Wetter. Aber nichts von einer männlichen Leiche, die im Nirgendwo gefunden wurde. Mittlerweile ist sie davon überzeugt, dass Markus tot ist. Tot sein muss, wenn sie an das viele Blut auf ihren Klamotten denkt.

Erschöpft lässt sie sich auf ihrem lila Lieblingssessel nieder. Die Farbe ist so schreiend, dass sie schon wieder schön ist. Normalerweise erheitern sie Farben, aber heute ist alles nur grau. Was ist, wenn die Polizei nichts bekanntgeben will, weil sie dem Mörder schon dicht auf den Fersen ist?

Nervös springt sie auf und linst durch den Spalt der Vorhänge auf die Straße. Vielleicht stehen sie schon vor ihrem Haus und warten nur auf eine Gelegenheit, sie festzunehmen? Die Abendsonne blendet Julie. Nur schemenhaft erkennt sie ein paar Menschen, die eilig die Straße entlanghetzen. Julie stellt sich vor, wie diese Menschen sich unter die Dusche stellen oder ein Bad nehmen, um den Staub des Tages abzuwaschen, und sich dann ein Glas Wein einschenken. Vielleicht kochen sie sich auch noch etwas Leckeres oder freuen sich auf eine Verabredung zum Abendessen.

Der Frust nagt an ihren Gehirnzellen und sie muss aufpassen, dass er sie nicht überwältigt. Konzentriert sucht sie die Straße noch einmal sorgfältig nach Ungewöhnlichkeiten ab, doch da ist nichts.

Nach einer ausgiebigen Dusche schlendert sie in die kleine Küche. Für einen Augenblick steht sie unschlüssig da und blickt sich um. Die Küche ist tipptopp aufgeräumt. Alles hat seine Ordnung, kein dreckiges Geschirr steht in der Spüle, kein Krümel auf der Arbeitsplatte der Küchenzeile. Wann hat sie eigentlich das letzte Mal hier gekocht? Lange muss sie überlegen. Es ist, als hätte sie keine Vergangenheit, als wäre das Gestern ausradiert. Ganz langsam schlängelt sich dieses Gefühl in ihr hoch, ein Niemand zu sein. Sie darf es nicht zulassen. Julie reckt ihr Kinn, drückt ihr Kreuz durch. »Ich bin ich. Und ich bin ein liebenswerter Mensch.« Sie erschreckt über ihre brüchige, dünne Stimme und sackt unwillkürlich wieder in sich zusammen.

Die Mutlosigkeit hat sie voll im Griff. Was würde Juliette jetzt an ihrer Stelle tun? Nein, sie will nicht über Juliette nachdenken, das ist nicht gut. Sie hat Juliette verscheucht, weil sie ihr Leben allein bewältigen muss. Ja, und das ist gut so. Mit neuer Kraft versucht sie, ihre Gedanken in eine andere Richtung zu lenken. Doch es gelingt ihr nicht. Weder kann sie an etwas anderes denken noch kann sie sich bewegen. Sie fühlt sich alleingelassen. Isoliert. Einsam.

Seit mehr als fünfzehn Minuten steht sie wie angewurzelt in ihrer Küche. Unfähig, das elementare Bedürfnis nach einem Glas Wein und einem einfachen Essen zu befriedigen. Sie hadert mit sich, aber eigentlich steht ihr Entschluss längst fest.

4. KAPITEL

»Melanie, es tut mir leid, aber mir geht es nicht so gut. Ich habe die halbe Nacht auf dem Klo verbracht. Du weißt schon ... Ich habe mir wohl irgendeinen Virus eingehandelt. Könntest du mich bitte bei Lehmann entschuldigen?« Angestrengt lauscht Julie auf Melanies Reaktion. Sie hat extra leise gesprochen und viele Pausen eingelegt, damit es glaubhaft klingt. Jetzt wagt sie es kaum, auch nur zu atmen. Und dann kommen endlich, wie erwartet, Melanies Genesungswünsche und dass sie sich keine Sorgen machen solle. Alles sei cool. Julie legt das Telefon zur Seite und atmet erleichtert auf.

»*Das war sehr gut, Julie.*« Juliette blickt sie über den Rand ihrer Kaffeetasse an. Ihre Augen sprühen vor Leben und irriger Freude. »*Was wollen wir unternehmen? Es ist so ein schöner Tag und ich habe unbändige Lust auf einen kleinen Bummel durch die Stadt.*«

Julie kann es immer noch nicht fassen. Ihre beste Freundin, ihr Zwilling, ist wieder da. Sie freut sich wahnsinnig und doch nagt da etwas ganz weit hinten in ihrem Bewusstsein, das sie mit aller Kraft zu unterdrücken versucht. Ja, sie hat Juliette wieder in ihr Leben gerufen und sich nicht an ihre eigene Abmachung gehalten. *Ich bin schwach!*

»*Hey, mein Herz, was siehst du mich so besorgt an? Ich bin so froh, wieder in deiner Nähe zu sein.*« Juliette zieht einen Schmollmund, doch dann lächelt sie Julie an. *»Ich bin glücklich, dass du mich zurückgeholt hast.«* Sie springt von ihrem Stuhl auf und küsst Julie auf die Wange. Es fühlt sich so wunderbar an, dass sich Julies Zweifel, das Falsche getan zu haben, stürmisch in Luft auflösen. »Ja, ich bin auch froh darüber. Du hast mir gefehlt … Es tut mir leid, dass ich dich aus meinem Leben verbannt habe.«

»Schon vergessen. Und nun komm! Ich möchte diesen herrlichen Tag mit dir verbringen. Shoppen wäre toll.« Sie legt einen prüfenden Blick auf Julie und fügt hinzu: *»Ich finde, du hast es bitter nötig.«*

***

Juliette ist voll in ihrem Element. Als hätte sie Jahre auf einer einsamen Insel verbracht, hetzt sie mit Julie in der Hamburger Innenstadt von Boutique zu Boutique. Sie zerrt die verrücktesten Kleidungsstücke von diversen Ständern, löchert die Verkäuferinnen auf der Suche nach den neusten Trends. Die beiden lachen, albern miteinander und vergessen die Welt um sich herum. Julie fühlt sich großartig, all ihre Ängste sind wie weggeblasen.

In einer schicken kleinen Boutique am Jungfernstieg hält ihr Juliette ein wunderbares Kleid in Moosgrün entgegen. *»Perfekt. Die Farbe passt großartig zu deinem Haar und deinem blassen Teint. Los, probiere es an!«*

»Juliette! Es reicht, ich habe jetzt genug Klamotten für die nächsten hundert Jahre. Außerdem weißt du ganz genau, dass ich keine Kleider trage.«

»Ach, Blödsinn! Das musst du unbedingt ändern. Du bist eine Frau und du bist attraktiv. Das sollen ruhig alle sehen.«

Julie schüttelt den Kopf, denn es ist gegen ihre Prinzipien, sich auffällig oder gar sexy zu präsentieren.

»Wenn du ein ›normales‹ Leben führen willst – Und das willst du ja, oder? –, dann musst du gewisse Marotten ablegen, sonst wird das nichts.« Juliette sieht sie eindringlich an und hält ihr das Kleid entgegen. *»Nur noch dieses eine. Bitte! Ich wette, du siehst wie eine unschuldige Fee darin aus«*, sagt sie und schiebt Julie in die nächstbeste Umkleidekabine.

Julie gibt nach. Juliette hat recht. Das Kleid schmiegt sich wie eine zweite Haut an ihren Körper. Es fühlt sich großartig an. Die Farbe passt hervorragend zu ihrem kupferfarbenen Haar. Sie sieht weiblich aus. Und sie mag das nicht.

Als Julie aus der Umkleide kommt, kann es sich Juliette nicht verkneifen, einen anerkennen Pfiff begleitet von einem lautstarken *»Wow!«* von sich zugeben. Die Verkäuferin blickt sie fassungslos an. In ihrem Gesicht spiegelt sich Ungläubigkeit wider. Als würde ein Geist vor ihr stehen.

»Was glotzen Sie uns so an? Noch nie glückliche Frauen gesehen?« Juliettes Stimme ist tief und provokant. Die Verkäuferin wendet sich ohne ein Wort ab und eilt flugs zu einer anderen Kundin. Immer wieder wirft sie einen beobachtenden Blick über ihre Schulter.

»Die Frau ist doch unmöglich«, gibt Juliette schnippisch von sich.

»Ach, lass sie doch. Sie weiß es nicht besser«, erwidert Julie, der es peinlich ist, wie Juliette sich der Verkäuferin gegenüber benommen hat. Sie schießt ihr einen genervten Blick zu. Doch Juliette zuckt nur mit den Schultern und wendet sich beleidigt ab.

Auch gut, denkt Julie. Sie hat sowieso keine Lust auf Diskussionen. Mit dem Kleid und den restlichen Einkaufstüten eilt sie zur Kasse.

Die Kassiererin, eine sehr schlanke Frau um die vierzig, setzt ein verkrampftes Lächeln auf. Ihre Augen wandern nervös über Julies Gesicht, als würde sie dort etwas suchen. Julie ahnt, was es ist, und will so schnell wie möglich hier raus. »Vielen Dank«, murmelt sie halblaut zu der Verkäuferin, während sie schon auf dem Weg zum Ausgang ist.

»Nun renn doch nicht so!« Julie ignoriert Juliettes Rufen. Blindlings hastet sie den Jungfernstieg entlang. Sie hatte Spaß und den Einkaufsbummel wirklich genossen, aber es ist ein wenig zügellos geworden. Das ist es, was sie Juliette sagen möchte, aber wie immer fehlt ihr der Mut dazu.

»Nun warte doch!«

Abrupt bleibt Julie stehen. Sie blickt in Juliettes schuldbewusste Miene.

»Tut mir leid, mein Herz. Ich weiß, ich habe etwas über die Stränge geschlagen.« Juliette hakt sich bei ihr unter. *»Wie wäre es, wenn ich uns einen leckeren Milchkaffee spendiere? Nun, was sagst du?«*

Julie sagt nichts, sondern lässt sich wie immer von Juliettes fröhlicher Stimmung mitreißen.

Das Café *Alex* an der Binnenalster ist bei diesem sonnigen Wetter gerammelt voll. Die Aussicht, einen freien Platz auf der Außenterrasse zu ergattern, ist beinahe unmöglich.

Das Wasser der Alster plätschert ruhig und gelassen an den Anleger, und je mehr Julie sich darauf konzentriert, desto entspannter wird sie. Die Zeit scheint stehengeblieben zu sein. Sie schließt die Augen und lauscht dem Klang des Wassers nach.

»Julie, dort wird ein Platz frei. Beeile dich!« Juliettes aufgekratzte Stimme dringt zu ihr und reißt Julie aus ihrer Meditation. Juliette hat es tatsächlich geschafft, einen Tisch mit zwei Stühlen zu ergattern.

Eine ganze Weile sprechen sie kein Wort miteinander, beide genießen sie die Sonne auf ihrer Haut, die leichte Brise, die von der Alster zu ihnen hinüberweht, mit diesem Hauch von Meeresluft in sich.

»Möchtest du jetzt über dein Problem sprechen?«

»Nein, nicht jetzt. Es sind zu viele Menschen hier. Außerdem hatten wir vereinbart, erst heute Abend darüber zu reden.« Die innere Unruhe ist rasend schnell wieder bei ihr angekommen. Beim Anheben ihrer Tasse bemerkt Julie, dass ihre Hand zittert. Ihr entgeht nicht der bedauernde Ausdruck auf Juliettes Gesicht.

»Entschuldigung, ist der Platz dort noch frei?«

Julie hebt ihre Hand, um die Sonne abzuschirmen. Sie blickt in das Gesicht einer älteren Dame, die sie fragend anlächelt. Völlig irritiert sieht Julie die Dame an und versteht nicht, was sie meint.

»Dort neben Ihnen, der Platz. Ist der noch frei?«

***

Julies Hand flattert, während sie versucht, den Schlüssel in das Schloss der Haustür zu stecken.

»Was ist bloß los mit dir? Du benimmst dich, als wäre die ganze Welt hinter dir her«, mokiert sich Juliette und

drängelt sich an Julie vorbei, nachdem diese es endlich geschafft hat, die Wohnungstür aufzuschließen.

»Wir hatten einen unbeschreiblich schönen Tag. Und nur weil eine alte Frau dich fragt, ob der Platz neben dir noch frei ist, tickst du aus und rennst wie eine Irre davon.« Juliette stemmt ihre Hände in die Hüften und sieht Julie durchdringend an. *»Du musst echt ruhiger werden, Herzchen. Und jetzt möchte ich endlich von dir wissen, was dir auf der zarten Seele brennt.«*

Juliette setzt sich auf das kleine blaue Sofa und klopft auffordernd neben sich. *»Setzt dich und erzähl mir alles.«* Julie würde sich lieber in ihren lila Lieblingssessel setzen, doch das Klopfen von Juliette ist eindeutig.

Seufzend und auf eine irrige Art erleichtert, lässt sie sich neben Juliette auf dem Sofa nieder. Zögernd beginnt sie, von ihrer Begegnung mit Markus zu erzählen. Mit jedem Wort, das sie laut ausspricht, geht es ihr besser. Nachdem sie ihre Schilderung beendet hat, ist es lange Zeit still. Unentwegt reibt Julie kleine Fussel vom Sofa. Sie wagt es nicht, Juliette anzusehen. So sehr fürchtet sie sich vor ihrer Antwort.

Juliette steht wortlos auf und geht in die Küche. Mit zwei Gläsern und einer Flasche Weißwein kommt sie beschwingt wieder. *»Ich würde jetzt gern erst mal ein Glas trinken. Und dir würde das auch guttun. Richtig?«*

Julie nickt. Zu mehr ist sie nicht imstande. Sie wagt es kaum, sich zu bewegen. Juliette reicht ihr ein volles Glas und setzt sich wieder neben sie. *»Also, das ist eine sehr abgefahrene Geschichte. Und du erinnerst dich an überhaupt nichts?«*

Julie nippt am Wein und schüttelt verlegen ihren Kopf.

»Nein, rein gar nichts. Und das ist es ja, was mich beunruhigt. Ich weiß nur noch, dass wir da draußen standen und dann habe ich ihn gerochen und er flüsterte mir etwas ins Ohr …«

»Und du bist dir sicher, dass es Blut an deiner Kleidung war?«

»Ja, ich denke schon … Ich meine, es war alles rot. Victoria war da, ich hatte verschlafen. Sie machte mich nervös … und ich mag es nicht, wenn ich verschlafe.« Julies Augen wandern unruhig von ihren Händen hinauf zu Juliettes Gesicht. »Als ich das Blut auf meiner Kleidung entdeckte, wurde ich panisch. Ich hatte keine Erklärung dafür. Und Victoria wartete. Also habe ich alles sofort in die Waschmaschine gestopft.« Julie holt tief Luft und trinkt einen beherzten Schluck Wein. Juliettes Miene ist ernst, und das macht Julie kribbelig.

»Also ist es nicht eindeutig zu sagen, ob es Blut war, vor allem menschliches Blut. Es könnte von einem Tier oder auch Rotwein oder Ketchup gewesen sein …« Erwartungsvoll sieht sie Julie an.

»Ich weiß es nicht. Ich habe … na ja … ich dachte, du könntest mir dazu vielleicht was sagen.«

»Ich war nicht dabei, mein Herz. Erinnerst du dich? Du hast mich bis gestern Abend aus deinem Leben ausgeschlossen.« Sie klingt pikiert und verletzt. *»Es tut mir wirklich leid, Julie, aber ich fürchte, du musst noch mal in dich gehen und dich erinnern. Wahrscheinlich gibt es sogar eine harmlose Erklärung für das Blut und so. Du sagst ja selbst, dass es nichts über einen Toten in den Nachrichten gibt. Ergo muss es eine plausible Erklärung für die Blutflecken geben. Warum rufst du den Typen, wie heißt er noch gleich …?«*

»Markus«, antwortet Julie leise, denn sie ahnt, was Juliette als Nächstes fragen wird.

»Und wie weiter, hast du seinen Nachnamen oder seine Telefonnummer?« Julie mag sie nicht ansehen, sie fühlt auch so ihren tadelnden Blick und das ungläubige Kopfschütteln. *»Ach Julie, du musst wirklich mehr an deinem Selbstbewusstsein arbeiten. Wie willst du das Leben denn nur bewältigen? Ich frage mich allen Ernstes, wie du es bisher ohne mich geschafft hast. Okay, ich denke, es gibt eine harmlose Erklärung zu dieser äußerst dubiosen Geschichte. Erinnere dich und dann lösen wir das Problem.«* Juliette legt ihre warme Hand auf Julies und sie spürt die Energie.

»Ja, vielleicht hast du recht. Aber eigentlich will ich mich gar nicht erinnern.«

»Verstehe. Fakt ist: Wenn du es getan hast, dann …«

Entsetzt starrt sie Juliette an und dann bemerkt sie die Ironie in deren Augen.

»Ach, mein Herz. Ich werde dich nicht im Stich lassen. Du weißt doch: ›Nichts kann und wird zwischen uns kommen‹. Du erinnerst dich? Das haben wir uns damals geschworen.«

Und ob Julie sich erinnert. An jede Einzelheit.

5. KAPITEL

Dumpfes Grollen. Ein Knarren. Metall trifft auf Metall. Bedrohliche Geräusche dringen durch Julies Unterbewusstsein. Unruhig wälzt sie sich in ihrem Bett hin und her. Unfähig, die Augen zu öffnen und darüber nachzudenken, was und woher diese Geräusche kommen. Sie liegt einfach nur da. Die Augen zusammengekniffen. Ihr Kopf dröhnt, der Geschmack auf ihrer Zunge ist bitter. Sie hat gestern Abend zu viel Wein getrunken, zu viel nachgedacht über das, was vor ein paar Tagen geschehen ist. Hat sie Markus getötet? Und ist es wirklich Blut an ihrer Kleidung gewesen?

Ein hektisches Prickeln erfasst ihren Körper, der Drang, sich zu bewegen, wird von Sekunde zu Sekunde größer. Wegrennen, sich verstecken, nicht mehr da sein. Sofort ist sie hellwach, springt aus dem Bett und läuft zum Fenster.

Der Himmel ist graublau. Im Osten färbt er sich allmählich orangerot. Ein wunderbares Bild. So frisch. Ein Müllwagen rumpelt an ihrem Haus entlang und erklärt somit die Geräusche. Sie kann es riechen, den Dreck, die Verwesung, die Überreste menschlicher Zivilisation. Angewidert wendet sie sich ab vom Fenster und schlurft in die Küche.

Während der Kaffeegeruch um ihre Nase weht, schaut sie zur Uhr, die an der Wand über der Spüle hängt. Es ist fünf Uhr am Morgen. In der Regel liebt sie diese Zeit, wenn noch alles im Halbschlaf dämmert. Doch heute fühlt sie sich ausgelaugt und krank.

So wie früher, als sie sechs oder sieben Jahre alt war, wenn ihr Vater sie in der Nacht besucht hatte, um ihr seine *Liebe* zu zeigen. Dann war sie morgens immer still gewesen und ihre Mutter hatte sich bemüht, ihre *Krankheit* wegzuküssen. Sie machte ihr Kakao mit extra Sahne und ihre Augen waren traurig, wenn sie Julie dabei zusah, wie sie den Kakao trank. Sie haben nie darüber gesprochen, doch die Blicke ihrer Mutter sagten mehr als jedes Wort. Julie schämte sich damals so sehr. Sie hat nicht verstanden, was ihr Vater mit ihr anstellte. Und sie traute sich nicht, ihre Mutter zu fragen.

Wenn es ganz schlimm war, schlang Julie ihre Arme fest um den Hals ihrer Mutter und wollte sie nie wieder loslassen. Dann fühlte sie die Tränen ihrer Mutter durch ihren Schlafanzug, wie sie allmählich den Weg auf ihre Haut fanden. Julie spürte die Verzweiflung in diesen Tränen und fühlte sich so unsagbar minderwertig, dass sie ihrer Mutter so viel Kummer bereitete.

***

»Du siehst echt nicht gut aus, Julie. Du hättest ruhig noch einen Tag zu Hause bleiben sollen. Nicht, dass du uns noch ansteckst.« Melanie steht mit verschränkten Armen vor Julies Schreibtisch. »Hey, ich meine es ernst. Du siehst wie ausgekotzt aus.«

»Danke. Das baut mich so richtig auf.« Ganz langsam von den Zehen zu den Haarwurzeln kriecht abwechselnd

Scham und Wut in Julie auf. Sie mag es nicht, wenn jemand behauptet, dass sie wie ›ausgekotzt‹ aussähe. Und es macht sie wütend, wenn andere sie so darstellen. Unsicher erhebt sie sich von ihrem Stuhl und blickt sich verstohlen zu ihren Kollegen um, die rechts und links von ihr in dem Großraumbüro sitzen. Anscheinend hat niemand etwas mitbekommen, denn alle starren unbeeindruckt auf ihre Bildschirme.

Melanie sieht aus, als würde sie die Pest bekommen, wenn sie sich Julie nähert. Oder bildet sie sich das nur ein?

»Was ist nur los? Kann ich dir irgendwie helfen?« Fürsorglich nähert sich Melanie nun doch. Julie weicht unwillkürlich einen Schritt zurück und stolpert über ihren Stuhl. Fast wäre sie gestürzt, doch Melanie hat ihren Arm fest im Griff. Ihre Blicke treffen sich und Julie würde am liebsten vor lauter Kummer über ihr verkorkstes Leben laut heulen. Juliette hat recht, sie muss mehr an ihrem Selbstbewusstsein arbeiten. Aber wie? »Ich glaube, ich bin noch nicht soweit.«

Leise klopft Julie an die Bürotür von ihrem Boss. Herr Lehmann ist ein sehr ruhiger Mensch, schon fast lethargisch, und dennoch sollte man ihn nicht unterschätzen. Sein Gehirn scheint Tag und Nacht auf Höchstleistung zu laufen.

Als er Julie in der Tür stehen sieht, starrt er sie erst ungläubig und dann entsetzt an. »Julie!« Er springt von seinem Bürostuhl auf und streicht sich nervös durch sein schütteres Haar. »Was ist passiert? Sie sehen ja furchtbar aus.«

Julie hält ihre Augen gesenkt. Ihre Hände vor sich gefaltet, massiert sie unentwegt ihren Zeigefinger. Verdammt, sie muss mit solchen Dingen aufhören. Sie hebt ihren

Blick und sieht Lehmann mit einem entschuldigenden Lächeln an. »Herr Lehmann, ich denke, ich bin doch noch nicht ganz gesund. Ich meine, mir ist immer noch ganz komisch …«

»Überhaupt kein Problem. Gehen Sie nach Hause und kurieren Sie sich aus.« Lehmann schiebt seine dicke Hornbrille auf seinem schlanken Nasenrücken nach oben.

Julie hat das Gefühl, dass er sie so schnell wie möglich aus dem Büro haben will. Sie könnte wetten, dass er sofort das Fenster öffnet, um die vermeintlichen Bazillen herauszuscheuchen. *Dabei bin ich ja nicht krank im herkömmlichen Sinne, ich habe nur ein sehr schwerwiegendes Problem,* rauscht es durch ihren Kopf.

Lehmann starrt Julie entgeistert an. Sie ist sich nicht sicher, ob sie ihre Gedanken laut ausgesprochen hat.

Der Verkehr ist dicht gedrängt. Die Abgase reizen ihre Schleimhäute, dennoch möchte Julie zu Fuß nach Hause gehen. Sie hofft, dass sie dadurch ihre Gedanken vielleicht etwas besser ordnen kann. Es ist erst elf Uhr, aber die Hitze ist bereits unerträglich. Ihr Shirt klebt schweißnass an ihrem Rücken, dennoch erhöht sie das Schritttempo. Die gleichmäßig schnelle Bewegung hilft ihr beim Denken.

Morgen ist die Geburtstagsparty ihrer Schwester und morgen ist es eine Woche her, dass sie diesen Markus kennengelernt … und ihn sehr wahrscheinlich verletzt oder gar umgebracht hat. Ihre Gedanken drehen sich im Kreis. Wie ein Karussell, stetig um die eigene Achse, ohne dabei auch nur einen Millimeter voranzukommen. Warum gibt es keine Meldung über einen Toten? Warum wird er nicht vermisst?

Blindlings überquert sie die Straße, ignoriert das Hupen und die wütenden Gesten der Autofahrer. Viel zu sehr ist sie in ihre düsteren Grübeleien vertieft. Erst als sie auf der anderen Straßenseite angelangt ist, hält sie inne. Bleibt einfach stehen und vergisst die Welt um sich herum. Sie erinnert sich an Juliettes Frage, ob es wirklich Blut oder vielleicht auch Ketchup war. Oh, verdammt! Warum kann sie sich denn an nichts erinnern? Das einzige, was stetig in ihrem Kopf kreist, ist die Tatsache, dass er noch unbedingt etwas mit ihr trinken gehen wollte. Aber sind sie das? Wo? Warum sagt Juliette nichts? Auch wenn sie nicht da war, sie weiß doch mit Sicherheit, was passiert ist. Oder? Ist es ihr tatsächlich gelungen, Juliette komplett auszusperren?

Langsam setzt Julie ihren Weg fort. Ihr Blick ist stur geradeaus gerichtet – ohne wahrzunehmen, was um sie herum geschieht. Lange läuft sie durch die Straßen, dann stutzt sie. Panisch schaut sie sich um. Da ist nichts, was ihr bekannt vorkommt. Panik steigt in ihr auf. Das ist nicht der Weg zu ihrer Wohnung. Ihr Blick bleibt an einem Gebäude haften, mit einem ihr sehr vertrauten Schild auf der Fassade. Polizei. Eine lange Zeit steht sie einfach nur da und stiert das Polizeigebäude an. Ist es Zufall oder gar Schicksal, dass sie hier gelandet ist?

Schließlich setzt sie einen Fuß vor den anderen. Geradewegs auf den Eingang des Polizeigebäudes zu.

»Julie!«

Sie zuckt vor Schreck zusammen und bleibt abrupt stehen.

»Julie, warte!«

Langsam wendet sie sich zu der ihr wohlvertrauten Stimme um. Juliette hakt sich bei ihr unter, ihr Gang ist weich und geschmeidig und schon bald passt sich Julie ihrem Rhythmus an.

»Was machst du denn hier in dieser Gegend? Hast du dich verlaufen? Und überhaupt, warum arbeitest du nicht?«

»Ich … mir war nicht ganz wohl und ich habe mir freigenommen.«

Juliette lacht auf. *»Ah, ich verstehe. Wir haben gestern aber auch ziemlich viel Wein getrunken. Hast du Lust auf ein Eis? Ich würde morden für ein Eis.«*

Julie verkrampft sich, als sie Juliettes Worte hört.

»Hey, sei nicht albern. Das ist doch nur eine Redensart.« Juliette schüttelt mitleidig den Kopf. *»Entspann dich mal!«*

Kommentarlos lässt sich Julie von Juliette führen und schon nach kurzer Zeit fühlt sie sich wohler. Verstohlen wirft sie einen Blick über ihre Schulter zum Polizeigebäude, das immer kleiner wird.

6. KAPITEL

Die Abendsonne taucht den Garten in ein warmes geheimnisvolles Licht. Feuerrote, orange und gelbe Lilien stehen geschickt arrangiert zwischen weißen Jasminbüschen. Ihr Duft ist atemberaubend. Der sattgrüne Rasen pedantisch gepflegt und eine helle Marmortreppe, die zur Terrasse der Jugendstilvilla führt, machen das Bild von Wohlstand und entfesselten Passionen perfekt.

Auf dieser Terrasse wuselt Victoria aufgeregt herum. Sie hat sich eine Mega-Party gewünscht. An ihrem vierzigsten Geburtstag will sie es noch einmal so richtig krachen lassen, sich noch einmal wie dreißig fühlen. Das hatte sie ihrem Mann Stephan gesagt, der sie daraufhin lächelnd in die Arme genommen und ihr versprochen hat, dafür zu sorgen, dass sie genauso eine Party bekommt. Doch im Moment sieht es so aus, als würde alles den Bach heruntergehen. Nichts scheint organisiert zu sein und Victoria befindet sich am Rande eines Nervenzusammenbruches.

Die angemieteten Kellner und das Catering-Personal werden von Victoria hin und her gescheucht. »Hier, die Gläser müssen noch poliert werden … Und wo bleiben die Canapés? Ich kriege eine Krise! Stephan, kommst du bitte mal!« Sie verdreht die Augen und stürmt ins Wohnzimmer. »Stephan?«

»Was ist los, Liebes?«

»Könntest du dich bitte um das Personal kümmern? Ich habe das Gefühl, dass sie nicht begreifen, was zu tun ist.«

»Kein Problem. Du entspannst dich jetzt und kümmerst dich nur um dich. Okay?« Stephan streicht ihr sanft über den Arm.

»Danke, ich werde mich bemühen.« Victoria haucht ihm einen Kuss auf die Wange, bevor Stephan mit einem zuversichtlichen Augenzwinkern auf die Terrasse eilt.

Sie blickt ihm nach und bewundert sein weltmännisches Gebaren, mit dem er das Personal delegiert. Er ist stattlich, elegant und zwölf Jahre älter als sie. An Victoria nagt es plötzlich, dass auch sie jetzt zu der Liga der Vierzigjährigen gehört. Die Zeit rennt und mit ihr das Leben. Sie erhascht Stephans Blick, der ihr von der Terrasse aus zulächelt. Schnell wendet sie sich ab.

Eine Weile steht sie nachdenklich in dem großen Wohnzimmer und weiß nicht so recht, was sie tun soll. In der hintersten Ecke, tief versunken in einem braunen Chesterfield Sessel, erblickt sie Julie, die sie angespannt fixiert.

Für einen Augenblick fühlt sich Victoria unbehaglich. Eigentlich kennt sie ihre Schwester kaum. Julie ist wie eine Fremde für sie und gleichwohl ist da eine Verbindung, die sie am liebsten auslöschen würde. Routiniert streicht sich Victoria über ihr offenes Haar, das in perfekten Wellen auf ihren Schultern liegt. Dann hebt sie ihr Kinn und geht auf Julie zu.

Diese verzieht ihre Mundwinkel zu einem Lächeln und erhebt sich vom Sessel, als Victoria mit ausgestreckten Armen auf sie zukommt. Wie toll sie aussieht. Elegant wie immer in ihrem dunkelroten Kleid, das ihre zarte Figur wunderbar betont. Trotz der Aufregung wirkt sie frisch und im Einklang mit sich selbst. Es versetzt Julie einen Stich, denn immer noch erwartet sie, dass Victorias akkurate Fassade irgendwann bröckelt, bröckeln muss. Die Vergangenheit kann nicht spurlos an ihr vorübergegangen sein. Wie macht sie das nur? Auch sie ist schließlich in ihrer Kindheit durch die Hölle gegangen.

»Da bist du ja. Warum versteckst du dich hier drinnen? Puh, was für ein Stress. Aber vielleicht sollte ich einfach loslassen. Du bist früh hier, aber das ist gut so. Dann kannst du mir helfen, das Chaos zu bändigen.« Lachend nimmt Victoria sie in die Arme.

Der Duft ihres Parfüms und der Bodycreme auf ihrer warmen Haut steigt Julie in die Nase. Es ist ein angenehmer Duft. Fremd und doch so vertraut. Es verwirrt sie, denn es regt sich ein Gefühl in ihr, dass sie nicht zulassen will. Abrupt windet sie sich aus der Umarmung.

»Herzlichen Glückwunsch, Vic. Ich wünsche dir alles Gute.« Umständlich überreicht sie ihr ein Geschenk.

Victoria sieht Julie an, so wie damals, als sie ihr zum ersten und zum letzten Mal ein Geschenk gemacht hat. Julie war sechs und überreichte ihr voller Stolz ein Bild, das sie gemalt hatte. Auf dem Bild waren Juliette und Julie zu sehen, wie sie Hand in Hand über eine Wiese liefen. Bunte Schmetterlinge und riesige Blumen hatte sie auch noch auf dem Bild platziert. Victoria war in Tränen ausgebrochen. Zwei Tage später war sie aus Julies Leben verschwunden. Einfach gegangen. Nicht einmal verabschiedet hatte sie sich. Sie ließ Julie mit ihrer Mutter und diesem Dreckskerl von Vater allein. Julie hatte es nicht verstanden und wuchs noch enger mit Juliette zusammen, die nun die Einzige war, auf die sich Julie verlassen konnte, die auf sie aufpasste.

»Julie? Alles in Ordnung?« Besorgt schaut Victoria sie an, das Geschenk verkrampft in den Händen.

»Oh, tut mir leid. Ich war in Gedanken.«

Sie blinzelt verlegen und Julie könnte wetten, dass ihre Schwester gerade dieselben Gedanken hatte wie sie.

»Es ist nur eine Kleinigkeit.«

»Dafür ist die Verpackung aber recht groß.« Victoria lacht. Ihre Miene wirkt künstlich und ihre Hände zittern, als sie das Papier sorgfältig entfernt.

»Keine Sorge, es ist kein selbstgemaltes Bild.« Julies Bemerkung sollte ein Scherz sein, aber der Sarkasmus in ihrer Stimme verrät etwas anderes.

Aus den Augenwinkeln bemerkt sie Stephan, der verstohlen zu ihnen herübersieht, während er mit dem Cateringpersonal die letzten Details bespricht. Julie ahnt, dass er nur darauf wartet, einzugreifen, falls sie ausrastet oder unflätige Bemerkungen macht. Julie muss sich eingestehen, dass er nicht ganz Unrecht damit hat, denn in ihr brodelt es gewaltig. Sie hasst Victoria. Sie hasst ihre Schwester dafür, dass sie es geschafft hat und ein wunderbares Leben führt, während sie ein Wrack ist. Jahrelang hat Victoria sich nicht gekümmert, stattdessen hat sie sich diesen schicken Kerl geangelt und ihre Vergangenheit einfach wegpoliert.

»Was ist da drauf?« Victoria hält einen USB-Stick in ihrer Hand, dreht und wendet ihn, als würde sie so etwas zum ersten Mal sehen. Julie löst ihren Blick von Stephan und lockert ihre geballten Fäuste. »Ich habe dir ein Design-Programm geschrieben. Damit kannst du tolle Grafiken erstellen.«

»Im Ernst? Wie toll! Ich danke dir, das werde ich morgen gleich ausprobieren. Ich habe einen neuen Kunden mit speziellen Anforderungen und ehrlich gesagt stoße ich an meine Grenzen. Toll, du bist meine Rettung.« Stürmisch umarmt sie Julie und drückt ihr einen Kuss auf die Wange.

»Schon gut, Vic. War ein Klacks für mich.« Stocksteif steht sie da und bringt es nicht über sich, Victorias Freude und deren Umarmung zu teilen.

»Hallo, Julie. Schön, dass du gekommen bist.« Stephan legt seinen Arm um Victoria und küsst ihre Schläfen, bevor er seine Hand zum Gruß ausstreckt.

Zögernd greift Julie danach und schüttelt sie gerade solange, wie es die Etikette vorschreibt. Dann zieht sie ihre Hand zurück und bringt sie hinter ihrem Rücken in Sicherheit. »Hallo, Stephan. Ja, ich freue mich, den großen Tag mit meiner Schwester zu verbringen.«

Stephan drückt Victoria näher zu sich heran. »Sie ist eine tolle Frau, deine Schwester. Ich bin so stolz darauf, wie sie ihr Leben in die Hand nimmt.« Eine peinliche Pause entsteht. Stephan sieht Julie mitfühlend an, die verkrampft dasteht, die Augen niedergeschlagen.

»Du bist auf dem besten Weg, das auch zu schaffen, Julie.« Stephans Stimme ist milde und trifft mitten in ihre aufkeimende Wut. Doch dann schaut sie ihn an und verspürt eine irrwitzige Art von Vergebung für diesen Mann, der eine gute Erziehung genossen hat, der ein angesehenes Maklerbüro sein Eigen nennt und der sie schon immer entweder wie Luft behandelt hat oder zu große Erwartungen an ihrer *Genesung* stellt. Sie weiß, sie tut ihm Unrecht mit ihren hitzigen Gedanken, denn er war es, der Victoria dazu animierte, sie aus dem betreuten Wohnheim zu holen.

Ein Kellner taucht plötzlich mit einem Tablett Champagnergläsern auf und schaut lächelnd in die Runde. Julies Rettung. Ohne langes Zögern greift sie sich eines der Gläser und prostet den beiden zu.

Langsam füllt sich der Raum mit zufriedenen Menschen, Musik, Lachen und fröhlichem Stimmengewirr. Selbst auf der Terrasse ist das bunte Treiben angelangt.

Mit gesenktem Kopf navigiert sich Julie durch die Menge, dabei bemüht, niemanden zu berühren. Ein heikles Unterfangen. Ihr Bedürfnis nach frischer Luft schwillt rasant an. Bevor sie die Treppe zum Garten hinuntereilt, schnappt sie sich noch ein Glas Champagner. Je weiter sie sich von diesem perfekten Haus entfernt, desto wohler fühlt sie sich.

Auf einer Holzbank zwischen den Jasminbüschen und Lilien lässt sie sich nieder und betrachtet das Haus im Licht der untergehenden Sonne. Es sieht so lebendig aus mit all den Menschen in eleganter Robe, die sich lachend amüsieren.

Julie stürzt den Champagner hinunter. Die natürliche Kohlensäure bläht in ihrem Bauch und sie unterdrückt einen Rülpser. Das hat sie schon als kleines Kind eingebläut bekommen. Ihre Mutter war immer darauf bedacht, dass sie sich anständig benahmen. Heute weiß Julie, dass es ihre pure Hilflosigkeit war. Sie hatte keine Chance, wusste nicht, wie sie damit umgehen sollte – mit den perversen Sachen, die ihr Mann mit seinen Kindern hinter geschlossenen Kinderzimmertüren anstellte. Sie dachte wahrscheinlich, dass gute Erziehung die Narben auf den kleinen Seelen verblassen lässt. Das geht niemanden etwas an! Und niemand würde je etwas bemerken. Leider hat sie keinen guten Job gemacht. Denn bei Julie klaffen immer noch Wunden so tief und dunkel wie die Hölle selbst.

Ihre Hände umklammern fest das leere Glas. Sie sollte versuchen, nicht zu hart gegenüber ihrer Mutter zu sein. Auch über ihre Schwester sollte sie weniger streng richten. Victoria bemüht sich so sehr, das Vergangene hinter sich zu lassen, genau wie ihre Mutter. Doch Julie kann dieses Gefühl nicht einfach abschütteln, um ihre Kindheit betrogen worden zu sein. Victoria hätte sie nicht alleinlassen dürfen.

Julie atmet tief durch. Wie wunderbar wäre es, diese unschöne Emotion mit all ihren düsteren Erinnerungen einfach wegzuatmen. Was hatte Doktor Margarete ihr gesagt? *›Schließen Sie die Augen und atmen Sie tief durch. Vergessen Sie für einen Moment die Welt und konzentrieren Sie sich auf die schönen Dinge, die vor Ihnen liegen‹*.

Mit jedem tiefen Atemzug entspannt sich Julie ein bisschen mehr. Die Geräusche der Stadt vermischen sich mit dem abendlichen Vogelgezwitscher, das sie jedoch nur unterschwellig erreicht. Der Duft des Gartens kitzelt ihre Sinne und zaubert eine angenehme Wärme in ihren Körper. Zufrieden öffnet sie die Augen und genießt den milden Wind, der zärtlich über ihre Haut streicht. Sie wendet ihren Blick zur Terrasse und findet Victoria, wie sie sich angeregt mit einem Mann unterhält. Sie lacht und legt dabei ihren Kopf in den Nacken, ihre Hand ruht auf dem Arm des Mannes. Er beugt sich zu ihr und flüstert etwas in ihr Ohr. Amüsiert und immer noch lachend wendet Victoria sich von ihm ab und schlendert ins Wohnzimmer.

Auf Julies Lippen bildet sich ein zaghaftes Lächeln. Zu gern will sie wissen, warum Victoria so herzlich gelacht hat. Der Mann steht immer noch da. Die eine Hand tief in seine Hosentasche vergraben, in der anderen ein Glas. Plötzlich sieht er in Julies Richtung und neigt fragend seinen Kopf zur Seite.

Erschrocken wendet sie sich ab. Warum musste sie ihre Schwester und diesen Mann auch so unverblümt anstarren. Es ist ihr unangenehm. Verlegen dreht sie das von ihren schwitzenden Händen verschmierte Champagnerglas hin und her. Sie nimmt Schritte auf dem weichen Rasen wahr, die auf sie zukommen. Der Geruch nach Sandelholz weht ihr wohlig in die Nase. Ihr Herz schlägt einen Takt schneller.

»Hey.« Vor ihren Augen schwebt eine Hand, die ein volles Champagnerglas hält. »Ihr Glas ist leer und ich dachte, ich spiele mal den Kellner. Möchten Sie?«

Julie blinzelt in ein Gesicht, das von einem Dreitagebart beherrscht wird. Blaue Augen, die sie spitzbübisch ansehen und ein Mund, der sie sanft anlächelt. Sie schätzt ihn auf Mitte dreißig. Gutaussehend. Und viel zu nah! Schnell ergreift sie das Glas. »Vielen Dank, das ist sehr freundlich.«

»Sie sind Julie, Victorias Schwester, richtig?« Ohne eine Antwort abzuwarten, setzt er sich neben sie und prostet ihr zu. »Ich bin Patrick, eher ein Freund von Stephan. Wir kennen uns schon ewig, etwa zwölf Jahre.«

Julie rückt ein wenig von ihm ab. Sein Duft ist betörend, seine Stimme beruhigend, und diese Kombination löst ein eigentümliches Gefühl in ihr aus. Sie schielt zu ihm hinüber und nippt an ihrem Champagner.

»Victoria hat mich schon vorgewarnt, dass Sie nicht dazu neigen, Konversation zu betreiben.« Sein Tonfall ist scherzhaft, nett gemeint, dennoch ärgert sie die Bemerkung.

»Und, was hat meine Schwester noch über mich gesagt?« Sie sieht ihn an. Direkt in seine Augen, um die sich kleine Lachfältchen bilden. Er wirkt lässig und die Art, wie er sie ansieht, macht sie nervös. Sofort wendet sie ihren Blick von ihm.

»Sie sagte mir, dass Sie in der IT-Branche tätig sind. Ich habe meinen höchsten Respekt vor Menschen, die mit technischen Dingen zu tun haben. Ehrlich, das übersteigt einfach meinen Horizont. Diese ganzen Zahlen, Codes und was weiß ich noch alles, nur damit wir eine E-Mail schreiben oder die Steuererklärung machen können …«

Julie starrt ihn verblüfft an, während er sich weiter über das vermeintliche IT-Wissen auslässt. »… das ist natürlich nur meine ganz persönliche Meinung. Ehrlich, ich habe den höchsten Respekt vor Ihrer Arbeit.«

Julie fragt sich, ob er jetzt mit seinen Ausführungen fertig ist und ob er das alles ernst meint, was er gerade von sich gegeben hat. Sie nippt an ihrem Champagner und hat keine Ahnung, was sie erwidern soll.

»Tut mir leid. Ich hoffe, ich habe Sie nicht gelangweilt mit meinem Monolog.« Patrick lacht auf und leert sein Glas. »Ist eine blöde Angewohnheit von mir, wenn ich eine schöne Frau sehe. Sie sehen toll aus in ihrem Kleid. Die Farbe Grün passt perfekt zu ihrem Teint, den Haaren und ihren wunderschönen Augen.« Er beugt sich ein wenig näher zu ihr. Unwillkürlich weicht Julie zurück. »Blaugrün, Ihre Augen sind blaugrün. Eine tolle Farbe.«

Julie fühlt, wie sich langsam die Röte auf ihren Wangen

ausbreitet. Sie möchte fliehen und zugleich bleiben. Hastig steht sie auf. »Es tut mir leid, Patrick, aber ich bin nicht in der Stimmung für so etwas.« Sie weiß, dass es kindisch klingt, aber es ist ihr egal. Sie muss weg von ihm.

Mit klopfendem Herzen lehnt sich Julie gegen die Badezimmertür und verschließt sie. Ratlos darüber, ob sie lachen oder weinen soll. Über sich und das, was da gerade passiert ist. Der Typ hat sie völlig aus der Fassung gebracht und ihr Stresspegel ist auf dem Höchststand.

»Julie?« Aus der Ecke des Badezimmers vernimmt sie ihren Namen und blickt hinter den kleinen Mauervorsprung, der die Sicht auf die Toilette verbirgt. In dem Moment rauscht die Spülung und eine verschmitzt dreinschauende Juliette sieht sie an.

»Was machst du denn hier?« Fassungslos starrt sie auf Juliette, die ihren Rock glattstreicht und ihr zuzwinkert. Julie wird ganz anders zumute. »Wir hatten doch besprochen, dass du nicht herkommen darfst. Du weißt doch, wie Victoria reagiert, wenn sie dich sieht.«

»Nun entspann dich bitte. Niemand hat mich gesehen. Du vergisst es immer wieder, dass nur du mich sehen kannst, oder? Schon vergessen …? Aber ich sehe dafür alles.« Wieder zwinkert sie ihr zu. *»Ein toller Typ.«* Juliette dreht den Wasserhahn am Waschbecken auf und beobachtet Julie durch den Spiegel. Langsam lässt sie das Wasser über ihre Hände fließen. Es hat etwas Erotisches an sich und das mag Julie überhaupt nicht. Juliette lächelt sie über den Spiegel an. *»Du solltest vorsichtig sein. Er ist der Typ Mann, der …«*

»Hör bitte auf!« Julie wird selten laut und noch nie hat sie sich mit Juliette gestritten, doch jetzt vergisst sie sich und ihr Ton wird schneidig. »Ich weiß das alles. Und deshalb bin ich ja auch nicht bei ihm sitzen geblieben. Also bitte, spar dir deine Ermahnungen.«

»Schon gut. Ich will doch nur, dass du keine Dummheiten machst und in Ruhe gelassen wirst.«

»Ich mache keine Dummheiten.«

Juliette zieht fragend eine Augenbraue hoch und sieht sie fordernd an. *»Bist du dir sicher? Und was war mit diesem … Markus? Wie es scheint, hast du das schon vergessen. Du weißt nicht mehr, was passiert ist. Und zu allem Übel hattest du mich weggesperrt. Also, komm mir nicht mit dem ›ich weiß, was ich tue‹, denn das weißt du ganz und gar nicht!«*

Juliettes Stimme wird immer lauter. Es dröhnt in Julies Kopf. Hastig reißt sie die Badezimmertür auf und erschreckt sich zu Tode, als Patrick vor ihr steht.

»Alles in Ordnung?« Sein Blick wandert von ihrem Gesicht über ihre Schultern ins Bad. Schnell schließt Julie die Tür hinter sich. »Ja, alles in Ordnung. Ich habe mich nur geärgert, dass kein Toilettenpapier da ist.«

Mit gesenktem Kopf huscht sie an ihm vorbei. Sie kann seinen Blick in ihrem Nacken spüren, weshalb sie nun ihre Schritte beschleunigt. So schnell es geht, will sie zurück in ihre Wohnung.

In der Nähe der Haustür entdeckt sie Victoria, die sich angeregt mit einer jungen Frau unterhält. Was soll sie ihr sagen? Welche Ausrede könnte überzeugend genug sein? Unruhig schielt sie über ihre Schulter und stellt erleichtert fest, dass Patrick ihr nicht gefolgt ist. Sie gönnt sich eine Sekunde Ruhe, bevor sie auf ihre Schwester zugeht.

Victorias eben noch so entspannte Miene wirkt besorgt, als sie Julie bemerkt. »Julie, was ist passiert?«

»Es tut mir leid, Vic. Ich fürchte, ich habe zu viel Champagner getrunken. Wie dumm von mir. Du weißt ja, ich vertrage Alkohol nicht so gut.«

Victoria blickt sie ungläubig an und legt dann bedauernd einen Arm um Julies Schultern. »Das tut mir leid. Ich hätte mehr auf dich achten sollen. Soll ich dir ein Taxi rufen?«

»Ja, bitte. Ich warte draußen. Entschuldige bitte.«

»Kein Problem. Ich habe mich gefreut, dass du überhaupt gekommen bist.«

Aus den Augenwinkeln bemerkt Julie Patrick. Sein Blick wandert suchend über die Köpfe der Gäste und bleibt dann auf ihr haften. Nervös haucht Julie eine Verabschiedung und verschwindet eiligst aus der Tür.

Klatschnass geschwitzt kommt sie zu Hause an und reißt sich dieses verdammte Kleid vom Leib. Sie hat es geahnt: Sie sieht in Kleidern einfach zu verführerisch aus. Männer mögen solche Sachen. *Zieh dein Kleidchen an, mein Engelchen. Und sieh mal, was Papa dir mitgebracht hat. Einen Lippenstift. Mach dich hübsch, mein Engelchen.*

In ihrem Kopf hallen seine Worte, an ihrem Körper spürt sie seine Hände. Sie will nicht mehr. Sie kann nicht mehr.

7. KAPITEL

Die Espressomaschine dampft vor sich hin und die Töne, die sie von sich gibt, zeugen von einer gewissen Altersschwäche. Wehmütig lauscht Patrick diesem Gurgeln und Pfeifen, denn er weiß, es könnte jeden Tag vorbei sein mit ihr. Diese Maschine hat ihn nun schon sechs Jahre begleitet und wie er findet, macht sie den wohlschmeckendsten Espresso überhaupt.

Mit einem melancholischen Seufzer stellt er eine Tasse unter die Maschine und drückt den Knopf. Sofort verbreitet sich ein wohlig herber Geruch und das allein zaubert Patrick ein Lächeln auf die Lippen.

Nur mit Boxershorts und T-Shirt bekleidet, schlurft er auf den kleinen Balkon seiner im dritten Stock liegenden Zwei-Zimmer-Altbauwohnung in der Isestraße. Es ist zehn Uhr am Sonntag und die Stadt erwacht langsam, genauso wie Patricks Sinne nach dem ersten Schluck Espresso. Die Luft ist schwül und stickig und nicht besonders zuträglich für seine Kopfschmerzen. Was für ein Abend war das gestern? Er hatte ihn genossen, eine tolle Gesellschaft und Victoria war ganz besonders bezaubernd. Ein Hauch von Wehmut überlagert seine Kopfschmerzen. Noch einmal dringt ein langer tiefer Seufzer über seine Lippen, der dieses Mal nichts mit seiner Espressomaschine zu tun hat. Lächelnd schüttelt er den Kopf und entscheidet sich, in die Küche zu gehen, um seinen zweiten Espresso zuzubereiten.

Auf dem Weg dorthin greift er sich das Päckchen Zigaretten und ein Feuerzeug vom Wohnzimmertisch und steckt sich eine Zigarette zwischen die Lippen, stellt die Tasse unter die Maschine, drückt den Knopf und zündet sich die Zigarette an. Schon der erste Zug lässt ihm die Galle hochkommen. »Scheiße!« Angewidert donnert er die Zigarette in die Spüle. Er will mit dem Mist aufhören, es macht ihn nur müde im Kopf und das kann er im Moment gar nicht gebrauchen. Obwohl er jetzt liebend gern zu seinem Espresso eine geraucht hätte. »Alter, dann richte doch deine Gedanken auf etwas Schönes.« Wieder schüttelt er den Kopf und schiebt seine abnormalen Selbstgespräche auf die Entzugserscheinungen.

Unerwartet drängt sich das Bild von Julie in seine Gedanken, wie sie dort auf der Bank saß, zwischen dem Jasmin und den Lilien. So wunderschön und so einsam. Und ihre Augen, als sie ihn ansah. Voller Fragen und voller Angst. Den ganzen Abend hatte er sich gefragt, warum sie so panisch davongelaufen ist. Er kratzt sich nachdenklich am Kinn und setzt sich auf einen Holzklappstuhl auf dem Balkon. Grübelnd schlürft er seinen Espresso und verdrängt die Lust auf eine Zigarette. Dann denkt er wieder an Victorias kleine Schwester. Es war schon sehr merkwürdig, wie sie im Bad laut diskutiert hatte und dann an ihm vorbeirauschte mit dieser fadenscheinigen Erklärung, dass kein Toilettenpapier da sei. Er hatte angenommen, dass nach ihr noch eine zweite Frau aus dem Bad kommen würde. Doch da war niemand, obwohl er sich ziemlich sicher war, zwei Stimmen gehört zu haben.

Oder hatte er sich getäuscht? Ausreichend Toilettenpapier war in jedem Fall vorhanden.

Patrick leert seine Tasse, legt den Kopf in den Nacken und schließt die Augen. Die Sonne prickelt wohlig auf seiner Haut. *Merkwürdige Frau, aber eine sehr spannende*, beschließt er schlussendlich. Seine Gedankengänge werden von dem Klingeln seines Smartphones unterbrochen.

Mürrisch begibt er sich ins Wohnzimmer und findet sein Telefon irgendwann auf dem Fußboden unter dem Tisch. Genervt schaut er sich die Nummer auf dem Display an. Sein Finger schwebt darüber, dann drückt er das Gespräch weg. *Können die mich nicht mal am Sonntag in Ruhe lassen?* Schmerzlich wird ihm bewusst, wie sehr er am Abgrund seiner Existenz steht.

Immer noch starrt er auf das Smartphone in seiner Hand, bevor er es wütend aufs Sofa schleudert. Entschlossen marschiert er in die Küche, um sich die Zigarette aus dem Spülbecken zu fischen. Ungeschickt zündet er sie an und inhaliert gierig den Rauch.

***

»Das war eine gelungene Geburtstagsparty. Fand ich jedenfalls.« Stephan bestreicht sich seinen Toast hauchdünn mit Butter. Er muss auf seine Linie achten, schließlich kommt er jetzt in das Alter, wo jedes bisschen Fett zu viel sein kann.

Belustigt beobachtet Victoria jede seiner Bewegungen. Hauchdünn träufelt er den Honig auf den Toast und will gerade hineinbeißen, als sie entsetzt aufschreit: »Halt, warte! Ich glaube, da ist ein Tropfen zu viel Honig drauf!«

Irritiert blickt Stephan sie an, grinst dann breit und genießt sein Frühstück.

Victoria lässt ihren Blick wohlwollend über den Garten schweifen. Nichts auf der Terrasse oder dem Rasen erinnert mehr daran, dass hier gestern eine Party stattgefunden hat. Seufzend stützt sie ihre Ellenbogen auf den Terrassentisch und legt nachdenklich ihren Kopf in die Hände.

»Was überlegst du?«, fragt Stephan zwischen zwei Happen.

»Ich frage mich, was Julie gestern hatte. Sie war völlig aufgebracht, bevor sie nach Hause ging.«

»Ist sie nicht immer irgendwie aufgebracht?«

»Ach, komm. Das hat sich schon sehr gebessert. Jedenfalls in den letzten Wochen.«

»Du hast recht, entschuldige. Meine Erwartung, dass es ihr schneller bessergehen wird, wenn sie näher bei ihrer Familie, näher bei dir ist, war wohl zu hochgesteckt.« Er betrachtet aufmerksam Victoria, die sich unmerklich aufrichtet. Ihr Blick ist stechend. Kein gutes Zeichen.

»Was denkst du? Dass sich die Vergangenheit einfach so wegwischen lässt? Sich auflöst wie Eis in der Sonne und auf Nimmerwiedersehen versickert? Nein, mein lieber Stephan, so einfach ist es nicht.«

»Tut mir leid, Liebes. Ich neige immer wieder dazu, dich als Beispiel zu sehen. Du bist viel stärker als sie. Ich hatte die Hoffnung, dass ihr euch annähert und du ihr hilfst, dieses schreckliche Trauma zu überwinden.« Er legt besänftigend seine Hand auf die ihre. Sie fühlt sich warm und weich an. Eine Kombination, die Victoria jetzt als äußerst unangenehm empfindet. Sie muss sich zusammenreißen, ihre Hand nicht wegzuziehen.

»Was erwartest du noch von mir? Ich gebe mir Mühe, aber auch ich stoße an meine Grenzen.« Victorias Stimme hat ein leichtes Zittern angenommen. Es ärgert sie, dass sie ihre Entrüstung nicht besser im Zaum halten kann. »Ich habe dich gewarnt, Stephan, aber du wolltest ja unbedingt, dass Julie in unsere Nähe zieht.«

»Bitte, Victoria. Reg dich nicht auf. Ich halte es nach wie vor für sehr sinnvoll. Und nun lass uns nicht wieder darüber streiten.« Er schaut sie versöhnlich an und tätschelt dabei ihre Hand.

Victoria nutzt die Gelegenheit und entzieht sich ihm, um nach ihrer Tasse Kaffee zu greifen. »Ach, verdammt! Es ist nur, dass ich mir Sorgen um sie mache, wenn sie so wie gestern einfach davonrennt und ich nicht weiß, was der Grund ist.«

»Vielleicht war Patrick der Grund.« Stephan lacht kurz auf, als er Victorias ungläubige Miene sieht.

»Nun sieh mich nicht so an. Du weißt doch, wie Patrick ist. Er kann keiner attraktiven Frau widerstehen. Und Julie ist äußerst attraktiv. Und sie ist jung.«

Seine Bemerkung über Julies Alter trifft Victoria wie ein Faustschlag. Sie hat Mühe, ihren Gemütszustand zu kaschieren, die Contenance zu bewahren. »Ich bitte dich! Patrick würde nie …« Sie beendet den Satz nicht. Zu absurd ist die Vorstellung, dass Patrick sich an ihre Schwester ranmacht. Schlichtweg utopisch. Oder? Grübelnd lehnt sie sich in ihrem gepolsterten Stuhl zurück.

Stephan bemerkt ihre plötzliche Anspannung. Das kleine Zucken um ihren hübschen Mund, den er jetzt so gern küssen würde. »Nun, wie er mir sagte, hatten sie eine kleine Unterhaltung und dann ist Julie einfach davongestürmt. Und bevor du mich jetzt fragst, ob ich ihm etwas über Julie gesagt habe: Nein, habe ich nicht.«

Victoria schaut stumm in den Garten. Sie mag solche Gespräche nicht. Sie hat Angst, sich zu verraten.

8. KAPITEL

Der Himmel ist mit dunklen Wolken überzogen, die so tief hängen, dass sie den Eindruck vermitteln, nach ihnen greifen zu können. Es ist kühl, aber es regnet nicht. *Und das ist gut so*, denkt Julie. Sie hat ihren Regenschirm vergessen.

Schnellen Schrittes eilt sie die Mansteinstraße entlang auf dem Weg ins Büro. Sie braucht etwa sechzehn Minuten zu Fuß. Das hat sie getimt. Denn präzises Timing ist wichtig für sie. Pünktlichkeit, akkurates Arbeiten, freundliches Auftreten. Alles Attribute, die ihr als Kind eingebläut wurden.

Und sie genießt diesen morgendlichen Fußmarsch, auch wenn der Verkehr sehr stark ist und die Luft nach Abgasen muffelt. Es ist Dienstag und sie war seit dem Abend bei ihrer Schwester nicht mehr draußen. Ihr geht es wieder gut. Sie hat lange nachgedacht, auch darüber, ob sie ihrem Leben ein Ende setzen soll. Aber was ist dann? Dann hat er sie kleingekriegt, und diese Genugtuung gönnt sie diesem Bastard, den sie nie wieder Vater nennen wird, nicht. Mit Juliette hat sie kein Wort mehr gewechselt seit dieser unsäglichen Unterhaltung im Bad ihrer Schwester. Das war schlimm für Julie. Sie leidet sehr unter der Einsamkeit, aber sie muss lernen, allein zurechtzukommen. Ohne Juliette und ohne Medikamente.

Melanie steckt sich ihre Haare hoch, während sie aus dem Büro von Lehmann kommt. Julies Kollegin sieht aus, als hätte sie gerade eine bittere Pille schlucken müssen. Leise fluchend lässt sie sich an ihrem Schreibtisch nieder. Wie eine Furie hämmert sie auf ihre Tastatur ein.

Julie sieht immer wieder verstohlen zu ihr hinüber. Noch nie hat sie Melanie so gesehen, so wütend und in sich gekehrt. Es macht sie nervös, weil sie nicht weiß, wie sie reagieren soll. Sie mag es nicht, neugierig zu wirken. Dennoch hat Melanies Haltung etwas an sich, was Julies strikte Meinung ändert, sich nicht in fremde Angelegenheiten einzumischen.

Langsam nimmt sie die winzigen Kopfhörer aus ihren Ohrmuscheln und nähert sich umständlich Melanies Schreibtisch. Ein paar Sekunden steht sie einfach nur regungslos da und sagt kein Wort.

»Alles in Ordnung?«

Was für eine blöde Frage, schimpft sie in Gedanken. Denn es ist ziemlich offensichtlich, dass nichts in Ordnung ist. Sie räuspert sich und versucht es erneut. »Ich meine, kann ich etwas für dich tun?«

»Verdammter Mist! Lehmann hat mir dieses blöde Grafikprogramm aufs Auge gedrückt. Ich hasse Grafikprogramme! Außerdem wollte ich ein paar Tage freimachen, weil ich mit meinem neuen süßen Lover nach London will.« Melanies Entrüstung sprudelt nur so aus ihr heraus. Mit einem tiefen, von Frust geschwängerten Seufzer sieht sie Julie an, die nun fragt:

»London? Was wollt ihr denn in London?«

»Na, die Stadt erobern, shoppen, Musikfestival … all die Dinge, die man in einer Stadt wie London so macht. Einfach nur Spaß haben.«

Melanies Worte hallen in Julies Kopf nach: *Einfach nur Spaß haben.* Eine erregende Vorstellung für Julie. Sie räuspert sich noch einmal und fragt: »Okay. Und wo liegt jetzt das Problem?«

»An diesem beschissenen Grafikprogramm! Das soll bis Freitag überarbeitet werden, aber das schaffe ich nie im Leben, wenn ich Freitag und Montag frei haben will. Verstehst du?«

Julie ist erstaunt, mit welcher Vehemenz Melanie ihr Problem darlegt. Ohne länger darüber nachzudenken, kommen die Worte einfach nur so aus ihr heraus. »Also, wenn du willst, dann übernehme ich das für dich. Ich liebe Grafikprogramme.«

»Wirklich? Das würdest du tun?« Melanie springt auf und reckt ihre Arme vor Freude in die Luft. Im Nu sieht sie wieder so aus, wie Julie sie kennt: lustig, fröhlich und entspannt.

***

Seit vier Stunden arbeitet Julie hochkonzentriert, ihr Nacken schmerzt und die Augen brennen. Sie braucht eine Pause. Während sie aufsteht, reckt und dehnt sie vorsichtig ihre Schultern und Nackenpartie. »Melanie, möchtest du auch einen Kaffee?« Melanie streckt ihren Daumen nach oben und grinst Julie an.

Ungelenk balanciert sie kurz darauf zwei randvoll gefüllte Kaffeebecher zu Melanies Schreibtisch. Während sie einen Becher abstellen will, fällt ihr Blick auf eine Tageszeitung, die zusammengefaltet auf dem Tisch liegt. Julie kann nur die Hälfte der Schlagzeile lesen, doch das reicht aus, um ihre Hand zum Zittern zu bringen. Sie verschüttet das heiße Gebräu auf Melanies Schreibtisch. »Entschuldige, ich wische das gleich weg.«

»Alles gut.« Melanie schaut sie prüfend an. »Was ist denn los? Du bist ja auf einmal ganz blass.« Julie starrt immer noch auf die Zeitung und Melanie folgt ihrem Blick. »Ja, das ist der Hammer. Hast du es gelesen? Die haben in der Alster einen Typen gefunden. Die Bullen gehen davon aus, dass er schon seit Tagen im Wasser lag …«

»Ist er ertrunken?«

»Ja, irgendwie schon. Er soll Stichwunden haben, aber die Todesursache lautet wohl Ertrinken. Hier, lies selbst.« Als Melanie ihr die Zeitung reicht, schüttelt Julie energisch ihren Kopf. »Nein, lass nur. Ist nicht so wichtig.« Schnell wendet sie sich ab, um ein Küchentuch zu holen und damit Melanies Schreibtisch zu säubern.

Als alles wieder blitzblank ist, fragt sie ganz nebenbei: »Kennt die Polizei denn seinen Namen?« Julie bemüht sich, so beiläufig wie möglich zu klingen, doch Melanies Reaktion beweist ihr, dass es nicht geklappt hat.

»Julie, hier steht alles drin. Lies es einfach. Warum interessiert dich das eigentlich so? Und warum macht dich diese Story so nervös?«

Julie hält die Luft an. Schließlich zuckt sie nur mit den Schultern und läuft rasch zu ihrem Schreibtisch. Sie mag Melanie nicht ansehen, denn sie fürchtet, dass die Antwort auf die Frage fett auf ihrer Stirn steht: ICH HABE IHN GETÖTET.

Angestrengt atmet Julie ein und aus. Sie wird sich heute Abend eine Zeitung besorgen und dann entscheiden, was sie tun wird. Bis dahin muss sie lediglich dieses beklemmende Gefühl loswerden und den Tag irgendwie überstehen.

Schließlich blinzelt sie zu Melanie, die konzentriert auf ihren Bildschirm starrt und so ganz nebenbei sagt: »Nein, es gibt keinen Namen zu der Leiche. Zufrieden?«

Julie nickt und widmet sich wieder ganz und gar ihrer Arbeit und ihrer Angst, dass der Name dieses Mannes Markus ist und sie ihn getötet hat.

***

Besorgt läuft Julie in ihrem Wohnzimmer auf und ab, ihre Arme hat sie fest um ihren Körper geschlungen. Sie fühlt sich klein, verletzlich und einsam. Immer wieder starrt sie zum Fernseher und wartet ungeduldig auf die Nachrichten. Sie will es hören, sie will Gewissheit haben, um sich endlich zu entscheiden.

Als sie schließlich die Anmoderation der Nachrichten vernimmt, beendet sie ihren unruhigen Gang. Ihr Herz hämmert wie ein Presslufthammer gegen ihre Rippen, als sie die Bilder sieht, wie der Leichenwagen geschlossen wird und davonfährt. Schnitt auf den Reporter, der mit einer Grabesmiene die Situation schildert: *»Noch ist nicht klar, ob der Mann an den Folgen der Stichverletzungen oder durch Ertrinken gestorben ist. Wie wir erfahren haben, muss der etwa dreißigjährige Mann seit mehr als einer Woche im Wasser gelegen haben. Erst heute Morgen gegen sechs Uhr entdeckte ein Rentner die Leiche am Ufer der Außenalster. Zurzeit gibt es noch keine konkreten Aufschlüsse darüber, wer das Opfer ist …«*

Mit einer schnellen Handbewegung schaltet Julie den Fernseher aus und schleudert die Fernbedienung auf ihr blaues Sofa. »Verdammt! Verdammt! Was soll ich denn jetzt bloß machen?«, ruft sie laut in die Stille ihrer Wohnung. Immer wieder starrt sie auf die schwarze Oberfläche des Fernsehers. Sie hat es gehört. Sie hat es gesehen. Sie hat ihn erstochen! Ihre Knie werden weich. In ihrem Magen bildet sich eine Schwere, die sie in den Abgrund zu ziehen droht.

»Möchtest du nicht erst mal was trinken und dich beruhigen? Komm, setz dich! Ich hole dir ein Glas Wasser oder möchtest du lieber Wein?«

Julie wirbelt herum. Ungläubigkeit und Erleichterung zeichnen sich auf ihrem Gesicht ab.

»Juliette! Was machst du hier? Hatten wir nicht vereinbart, dass du dich erst einmal von mir fernhältst?«

»Ja, das hatten wir, aber du bist in Schwierigkeiten und ich bin die Einzige in deinem Leben, die dir helfen kann. Die Einzige, mit der du reden kannst, Herzchen.«

Julie kaut nervös auf der Innenseite ihrer Wange. Juliettes Angebot klingt verlockend. Sie braucht jetzt jemanden an ihrer Seite, der ihr sagt, was sie tun soll. Aber ist Juliette die Richtige? Heiße Tränen schießen in ihre Augen.

»Julie, setz dich! Du kannst mir doch vertrauen. So wie du mir früher immer vertraut hast. Wir waren eins, wir haben die Hölle überstanden.«

Langsam lässt sich Julie auf das Sofa nieder. Die Tränen rinnen unbändig über ihre Wangen. Sie braucht lange, um sich zu beruhigen.

»Ach, Juliette, alles ist aus dem Ruder gelaufen. Ich hätte nie auf Margarete hören sollen. Sie ist schuld. Sie wollte unbedingt, dass ich keinen Kontakt mehr zu dir habe … Ich wusste, dass es falsch war. Ich hätte dich nicht in meinem Kopf einsperren dürfen. Dann wäre vielleicht das alles nicht passiert.«

»Schon gut. Ich bin wieder bei dir und wir werden die Sache gemeinsam durchstehen.«

Nachdem Juliette mit der Flasche Wein und den Gläsern zurückkommt, sitzen sie für eine Weile schweigend nebeneinander. Es fühlt sich gut und vertraut für Julie an, dennoch bleibt ein Rest von Unwohlsein. Doktor Margarete hat sie davor gewarnt, dass Juliette kämpfen wird, um wie gewohnt bei ihr zu sein und die Führung zu übernehmen.

»Woran denkst du, Julie?«

»Nichts weiter«, antwortet sie wortkarg und nimmt einen kräftigen Schluck Wein. Inständig hofft sie, dass Juliette nichts von ihren Gedanken ahnt. Sie könnte es nicht ertragen, sie zu verlieren, denn sie ist ihr ganzer Halt in diesem jämmerlichen Leben.

Juliette sieht sie mitfühlend an. *»Ich weiß, was du am liebsten machen möchtest.«* Sie legt eine wohldosierte Pause ein und genießt Julies verschreckte Augen, die so viel verraten, und diesen Mund, der sich öffnet, um zu protestieren und es dann doch nicht tut. Juliette lächelt zufrieden. *»Vielleicht ist es gut, wenn du zur Polizei gehst und ihnen von dem Abend berichtest. Aber denk daran, dass sie dann alles wieder ausgraben werden. Und ich weiß nicht, ob das so gut ist. Schließlich bist du gerade dabei, dir ein neues Leben aufzubauen.«* Sie senkt ihren Blick, hält Julies Hand ganz fest in ihrer. *»Und es könnte sein, dass sie uns dann für immer trennen.«*

Unerwartet heftig springt Julie auf. »Hör auf, Juliette!« Sie hält sich die Ohren zu, drückt die Hände ganz fest an die Seiten ihres Kopfes. Sie will Juliettes Stimme verbannen, diese beruhigende Stimme, die sie so sehr liebte, die ihr geholfen hat, als sie sich in der Hölle befand. Doch jetzt ist alles anders. Sie will, dass Juliette verschwindet. Nein, sie will, dass sie ihr beisteht, ihr rät, was sie tun soll.

Lange steht Julie einfach nur da und wünscht sich, dass sie wie von Zauberhand wieder an diesem Samstag an der Alster wäre, als sie sich zum ersten Mal frei fühlte. Dass Markus wieder vor ihr steht und sie fragt, ob sie mit ihm eine Kleinigkeit essen geht. Sie wünscht sich, dass sie ihm antwortet: Nein, nicht heute.

»Julie, du weißt, du kannst das Rad nicht zurückdrehen. Ich mache dir einen Vorschlag: Wir gehen zur Polizei. Aber vorher machen wir uns hübsch und gehen aus und haben ein wenig Spaß. Das ist es doch, was du dir wünschst, richtig?«

»Ja.« *Einfach nur Spaß haben. So wie Melanie.* Wie in Trance lässt sie sich von Juliette leiten, als wäre sie wieder ein kleines Mädchen.

9. KAPITEL

Das Licht der untergehenden Sonne lässt die Elbe golden glitzern. Gemächlich ziehen die Frachtschiffe an den weit geöffneten Panoramafenstern des *Fischereihafen-Restaurants* an der großen Elbstraße entlang. Im Schlepptau der Schiffe kreisen eifrige Möwen, die sich immer wieder ins Wasser stürzen in der Hoffnung, einen der wenigen Fische zu ergattern. Eine sanfte Brise weht von der Elbe durch das Restaurant. Angenehm, weich und erfrischend. Schließt man die Augen, fühlt es sich nach Urlaub, Erholung und Leichtigkeit an.

Patrick atmet diese Leichtigkeit ein und ihm wird plötzlich bewusst, dass er das letzte Mal vor zwei Jahren hier war. Damals war alles noch leicht und schmeckte nach dem großen Abenteuer. Geld, Geschäfte und Spaß. Noch heute kann Patrick dieses Gefühl von damals spüren. Wie eine Hure hatte es sich angefühlt, als das Geschäft im Aufwind war. Verlockung pur. Geld kam ohne Anstrengung zu ihm. Der Im-und-Export-Markt florierte. Egal, womit er handelte. Er machte tatsächlich aus Scheiße Gold. Heute ist ihm schmerzlich bewusst, wie schnell sich das Blatt wendet und wie schnell seine ach so tollen Freunde verschwunden sind.

Für einen Moment schließt er die Augen, darum bemüht, sich noch einmal den schönen Gedanken von damals hinzugeben, doch es gelingt ihm nicht mehr. Es stimmt ihn traurig und er öffnet seine Augen, schüttelt unmerklich den Kopf und muss über seine eigene Melancholie schmunzeln.

»Warum lächelst du so versonnen?«, fragt ihn Andrea mit ihrer rauen Stimme. Lasziv sieht sie ihn an, mit ihren hellblauen Augen, die wie kühle Gletscher wirken, bevor sie das Glas Weißwein an ihre vollen roten Lippen führt. Sie ist die Sorte Frau, der die Kunst des Verführens in die Wiege gelegt wurde. Sie ist charmant, einfühlsam, attraktiv, sexy und sie weiß ganz genau, was sie will und wie sie es bekommt. Patrick liebt diese Gattung Frau. Es lässt ihn als Mann vollkommen erscheinen. Er hat Andrea vor einem Jahr kennengelernt und war auf der Stelle von ihr verzaubert. Doch die Verzauberung hielt nicht lange an, denn es war schnell klar, dass Andrea auf Männer steht, die flüssiger sind als er und ihr etwas bieten können. Trotzdem hat sich so eine Art Freundschaft für gewisse Momente zwischen ihnen entwickelt. Und heute ist einer dieser Momente. Er braucht Ablenkung.

»Patrick, du hast mir noch nicht geantwortet.«

»Entschuldige, aber ich bin so gefangen von deiner Schönheit und diesem Ambiente. Möchtest du noch ein Dessert?«

Andrea beugt sich über den Tisch. »Ja, später«, haucht sie ihm zu.

Patrick küsst ihren Hals, ihr süßer Duft ist betörend. Sanft reibt er seine Nase an ihrem Hals. Er spürt, wie ihr Körper sich anspannt vor wohliger Lust. Es gefällt ihm und stärkt seine männliche Eitelkeit.

»Was meinst du, hast du noch Lust auf einen Drink in

der *Havanna Bar*?«, murmelt er leise in ihr Ohr. Er will das volle Programm. Er will sie zappeln lassen, die Richtung bestimmen.

»Schöne Idee, sehr gern.« Nicht eine Spur von Enttäuschung ist von Andrea zu hören. Sie weiß ganz genau, was Patrick braucht. Und er soll es bekommen.

***

Patrick schlürft an seinem *Cuba Libre*. Der Klassiker für ihn, wenn schon ein Longdrink, dann dieser und am liebsten würde er dazu eine kubanische Zigarre rauchen. Doch seit dem Rauchverbot in öffentlichen Gebäuden ist es vorbei mit diesen Gelüsten. Er fragt sich, wo die Atmosphäre geblieben ist und die gute alte Zeit. Aber ihm bleibt immer noch diese wunderschöne Frau, die Musik und sein *Cuba Libre*.

»Du hängst heute gedanklich sehr in einer anderen Welt, mein Lieber. So niedergeschlagen habe ich dich noch nie erlebt. Sag mir, wie ich dir helfen kann.« Sie ist ihm ganz nahe, er registriert die Wärme ihrer Haut, vernimmt ihren Duft und ihren Drang.

»Entschuldige, Andrea. Es war nicht meine Absicht, dir den Abend zu verderben.«

»Oh, das habe ich nicht gemeint. Es ist nur, dass ich mir tatsächlich Sorgen mache.«

Er betrachtet ihr schönes Gesicht. Sanft streicht er über ihren Arm. Er spürt, wie sich die kleinen Härchen aufstellen.

»Das brauchst du nicht. Ich komme schon klar. Es liegt vielleicht nur daran, dass ich jetzt liebend gern eine Zigarre rauchen würde.« Kaum hat er es ausgesprochen, wird ihm klar, dass seine Stimme künstlich klingt. Jämmerlich irgendwie.

Andrea lacht laut auf. »Nun, wenn das dein einziges Problem ist.« Auch Andrea verstellt sich. Sie ist sauer, das wird Patrick schlagartig bewusst. Er muss sich zusammenreißen, wenn er noch zu seinem geplanten Fick kommen will. Er streicht ihr zärtlich eine Haarsträhne hinters Ohr und küsst ihren Hals.

»Wen beobachtest du die ganze Zeit?« Juliette amüsiert sich über Julie, die wie ein paralysiertes Kaninchen Richtung Bar stiert. Schnell wendet Julie ihren Blick ab und nippt an ihrer *Bloody Mary.* Sie hat Patrick schon beim Hereinkommen bemerkt und ihr Herz setzte für einen Schlag aus.

»Ah, verstehe. Der Mann von der Party.« Juliette holt tief Luft. *»Julie, du weißt, dass es nicht der richtige Augenblick ist, um über einen Mann nachzudenken. Außerdem halte ich ihn für gefährlich.«*

»Höre ich da Eifersucht in deiner Stimme?«, frotzelt Julie keck.

»Nein, nur Besorgnis.«

»Besorgnis? Aber warum? Er sitzt doch da, mit dieser wunderschönen Frau, und wie es aussieht, flirten sie auf Teufel komm raus miteinander.« Überraschenderweise gefällt es Julie überhaupt nicht, dass Patrick sich so verhält. Er war so anders auf der Party bei ihrer Schwester. Er war so normal, freundlich und interessiert. Und jetzt benimmt er sich wie ein aufgeblähter balzender Gockel.

»Er ist ein Mann, der nichts anbrennen lässt. Komm, lass uns gehen, bevor er uns sieht.« Julies eben noch so kecke Art verfliegt wie der Duft einer Lilie im Sommerwind.

»Ja, du hast wie immer recht.« Ein wehmütiger Ton schwingt mit, begleitet von einem tiefen Seufzer. Der Abend war bis gerade eben lustig. Sie hatte es genossen, mit Juliette von Bar zu Bar zu tingeln. Vor allem, als sie zutreffenderweise meinte: ›Denk daran, es könnte unser letzter Drink in Freiheit sein‹.

Sie hatten gelacht und Witze gerissen und Julie war es egal, ob die Menschen um sie herum sie anstarrten. Sie weiß schließlich ganz genau, was mit ihr nicht stimmt. Sie ist allein. Da ist niemand neben ihr.

Andrea haucht Patrick einen Kuss auf die Wange, bevor sie sich zu den Toiletten aufmacht. Patrick sieht ihr hinterher. Sein Blick wird magisch angezogen von den Bewegungen ihres Hinterns, der sich seicht bei jedem Schritt hin und her wiegt. Es macht ihn nicht an. Also eigentlich schon, er ist ja schließlich ein Mann, aber es macht ihn nicht so an wie früher. Warum, weiß er selber nicht, denn ursprünglich wollten er und Andrea zu ihm fahren. Eine schnelle heiße Nummer. Wie schon hundert Mal zuvor. Hat er Angst? Angst zu versagen, so wie er in seinem Job versagt? Er versucht, den gewaltigen Klumpen auf seiner Seele zu ignorieren, will ihn fortspülen. Kurzentschlossen bestellt er sich noch einen *Cuba Libre.*

Der Barkeeper stellt ihm mit einem breiten und wissenden Lächeln den Longdrink hin. Verdutzt registriert Patrick dieses Lächeln. Hat der Barkeeper ihm etwa auch zugezwinkert? Wie ein Ertrinkender umfasst Patrick das Glas und ihm wird bewusst, wie albern seine Gedanken sind.

Er lässt seinen Blick über die Menschen schweifen, die sich angeregt unterhalten und dabei so wunderbar entspannt wirken. Und dann sieht er diese kupferfarbenen kurzen Haare. Ganz in der hintersten Ecke der Bar. Er reckt seinen Kopf, ist versucht aufzustehen, doch dann bemerkt er, wie Julie abrupt aufspringt und sich mit gesenktem Kopf ihren Weg Richtung Ausgang bahnt.

Als sie an ihm vorbeikommt, springt er vom Barhocker und ruft ihren Namen. Er will gerade zu ihr eilen, als er eine Hand auf seinem Arm spürt. »Hey, du willst doch nicht etwa ohne mich gehen?«, fragt Andrea kokett.

Julie hört ihren Namen und zwingt sich, nicht aufzusehen. *Nicht umdrehen, einfach weitergehen, raus hier!* Erst, als sie im Freien ist und die frische Luft riechen kann, atmet sie erleichtert auf.

»Das war knapp.« Juliette hakt sich bei ihr unter und mit staksigen Beinen überqueren sie den Platz am Fischmarkt. Immer wieder ist sie versucht, sich umzudrehen. *»Reiß dich zusammen, Julie.«*

10. KAPITEL

Mit einem kräftigen Ruck öffnet Julie die schweren goldgelben Samtvorhänge in ihrem Wohnzimmer. Der Morgen ist noch blass und lässt einen im Zweifel, wie er sich entscheiden wird: sonnig oder trüb.

Julie interessiert es nicht, sie hat die halbe Nacht damit zugebracht, ihr Versprechen einzuhalten. Sie hat das Grafik-Programm für Melanie fertiggestellt. Jetzt wird sie duschen und sich zurechtmachen. Sie hat alles geplant. Als Erstes wird sie im Büro vorbeischauen und Melanie das Programm geben, das sie gerade auf eine externe Festplatte lädt. Und dann wird sie endlich zur Polizei gehen.

Während Julie sich sorgfältig schminkt, überlegt sie krampfhaft, ob sie vorher noch einmal mit Juliette reden sollte. »Nein, ich schaffe das auch so«, sagt sie zu ihrem Spiegelbild, das weit weniger zuversichtlich aussieht. Tiefe Schatten unter ihren Augen. Ein Mund, der vor Kummer ganz schmal geworden ist. Wangen, die hohl und eingefallen sind. *Ich löse mich auf!*, rast es durch ihren Kopf.

***

»Nein, es ist völlig in Ordnung, dass Sie mich informiert haben. Selbstverständlich werde ich mich darum kümmern. Ja, das mache ich. Und vielen Dank, Doktor Hallmann.« Victoria legt das Telefon langsam auf dem Esstisch ab. Ihre Beine fühlen sich wie Gummi an, ihre Gedanken rasen wie auf einer Autobahn an ihr vorbei. Laut, vibrierend und nicht zu stoppen.

Kurzerhand greift sie sich ihre Autoschlüssel und hastet zur Haustür. Unvermittelt bleibt sie stehen, überlegt, eilt wieder zurück, um eine Notiz für Stephan zu hinterlassen. Den Gedanken, kurz in sein Büro nebenan zu gehen, verwirft sie schnell. Das dauert zu lange und sie müsste hundert Fragen beantworten. Nein, die hingekritzelte Nachricht muss reichen.

Während sie ihren Alfa Spider aus der Garage fährt, überschlagen sich ihre Gedanken erneut. *Wo soll ich suchen? Was muss ich bedenken? Gott verflucht!*

Als hätte sie einen Autopiloten eingeschaltet, fährt sie zielstrebig zu Julies Büro. Direkt davor wird gerade ein Parkplatz frei, und wäre es ein normaler Tag, hätte sie vor Freude gelacht und sich einen Glückspilz genannt. Doch jetzt ergreift sie eiligst die Chance und parkt ungeduldig ihren Wagen.

Hastig öffnet sie die Bürotür und ihr Blick geht suchend durch den Raum. Julies Platz ist leer. Ohne sich über die fragenden Blicke zu kümmern, stürmt sie auf Melanie zu, die ihr entgeistert entgegenblickt.

»Guten Morgen, Melanie. Ist Julie da?« Victoria bemüht sich, ihre Stimme unter Kontrolle zu halten.

»Sie war kurz hier und hat mir ein paar Dateien gegeben. Dann ist sie wieder weg. Warum, ist was passiert?« Melanie ist sofort von Victorias Hektik infiziert. »Was ist denn los?«, fragt sie nach und erhebt sich zügig von ihrem Stuhl. Sie springt um den Schreibtisch und schaut Victoria mit hochgezogenen Augenbrauen an, deren ernste Miene und steife Haltung sie erstarren lassen.

»Hat sie gesagt, wohin sie will?« Victoria späht durch den Raum, als wäre dies ein Spielchen und Julie würde gleich grinsend aus ihrem Versteck erscheinen. Schwachsinn! Sie haben nie Verstecken gespielt. Zu oft mussten sie sich verstecken, und das war kein Spiel. Victoria holt tief Luft und ringt sich ein Lächeln ab. »Entschuldigen Sie, Melanie. Ich bin eben die große Schwester, die sich allzu oft unnötige Sorgen macht«, schwindelt sie und fügt etwas ruhiger hinzu: »Wir waren verabredet und es ist nicht ihre Art, einfach so einen Termin zu verpassen.« Sie streicht sich souverän eine Strähne ihres Haares hinters Ohr. »Julie hat also nicht gesagt, was sie vorhat?«

Melanie schüttelt den Kopf – immer noch fasziniert über diesen Stimmungswandel, den sie sonst nur von Julie kennt. »Nein, sie sagte nur, dass sie noch etwas zu erledigen hätte.«

»Tja, dann … Falls sie sich meldet, richten Sie ihr bitte aus, dass sie mich umgehend anrufen möchte.« Mit einem gewinnenden Lächeln wendet sich Victoria rasch zum Gehen.

Melanie starrt noch lange auf die geschlossene Bürotür, sie kann noch immer das leichte Parfüm riechen und wie schon bei ihrem ersten Kennenlernen fragt sie sich, was die beiden Schwestern gemeinsam haben. Mit einem Seufzer lässt sie sich wieder auf ihren Stuhl sinken. Intuitiv wählt sie die Nummer von Julies Smartphone.

Victoria stürmt auf ihr Auto zu. *Was jetzt? Wo soll ich verdammt noch mal suchen?* Rasant fährt sie aus der Parklücke, ohne in den Seitenspiegel zu sehen. Das Resultat ist ein energisches Hupen hinter ihr. Victoria sieht in den Rückspiegel und beherrscht sich gerade noch, nicht den Stinkefinger zu heben.

Sie gibt Gas und fährt ziellos den Lehmweg entlang, biegt in die Löwenstraße und verringert hier das Tempo. Unvermittelt fragt sie sich, warum sie so panisch ist. Was ist schon dabei, wenn Julie mal ein, zwei Sitzungen schwänzt? *Weil sie in letzter Zeit sonderbar ist, darum!*, gibt sie sich selbst die Antwort. Vielleicht ist es ratsam, wieder zu Julies Wohnung zu fahren. Kurz überlegt sie, ob sie es noch einmal versuchen sollte, Julie anzurufen, doch sie kennt die Antwort jetzt schon. Mailbox.

Zügig biegt sie in die Martini-Straße ab und gelangt auf die Troplowitzstraße. Die Sonne blendet, die gestressten Autofahrer mit ihren hektischen Gesten und wildem Gehupe gehen ihr auf die Nerven. Wenn die wüssten, was sie gerade durchmacht, hätten sie vielleicht ein wenig Verständnis dafür, warum sie so langsam fährt.

Aus dem Nichts taucht Julie vor ihr auf. Wie eine Fata Morgana steht sie da vor dem großen Gebäude.

»Julie!« Ohne lange zu zögern, stellt Victoria ihren Wagen einfach ab und rennt auf ihre Schwester zu, die wie angewurzelt vor dem Polizeirevier steht.

»Julie!« Victorias gellender Schrei erreicht Julie nur wabernd. Zum zweiten Mal innerhalb von ein paar Tagen steht sie nun hier und wieder ist da jemand, der sie zurückhält. *Warum?* Langsam dreht sie sich um und schaut in das sorgenvolle Gesicht ihrer Schwester. Ihr Atem geht flach, obwohl ihr Herz wie verrückt schlägt. Was macht

Victoria hier? Ihre Entschlossenheit ist verflogen. Unsicher schaut sich Julie um. Warum konnte sie nicht einfach in dieses beschissene Polizeirevier gehen?

»Julie, was machst du hier?« Victorias Stimme ist ungewohnt zittrig. Aufmerksam betrachtet Julie ihre Schwester. Die kleinen Schweißperlen auf ihrer Stirn, ihre ansonsten so akkurat frisierten Haare, die sich jetzt aus dem lieblos gebundenen Zopf gelöst haben, der süßliche Geruch von Angst. Oh, wie vertraut ihr dieser Geruch ist. Aber sonst? Wer ist diese Frau, die nun keuchend vor ihr steht? Nein, es gibt keine Vertrautheit zwischen ihr und Victoria, nur der Umstand, dass sie miteinander verwandt sind. Und doch fühlt sie eine gewisse Verbundenheit …

»Julie, was ist los, was machst du hier?«, wiederholt Victoria ihre Frage.

»Ich muss es wissen.«

»Was musst du wissen?«

»Ob ich es war, ob ich ihn getötet habe.«

Verdutzt sieht Victoria in Julies ernstes Gesicht. *Was nun, wie muss ich reagieren?* Gibt es eine Geheimformel, wie man sich in einer solchen Situation verhält? »Ich fürchte, ich habe keine Ahnung, wovon du sprichst, aber das könnten wir vielleicht bei einer Tasse Kaffee klären. Was hältst du davon?«

»Vic, ich will es endlich hinter mich bringen. Diese Ungewissheit macht mich krank.«

Victoria bemüht sich, ganz ruhig zu bleiben, obwohl ihr die Nervosität den Nacken hochkriecht. Der Lärm der vorbeirasenden Autos tut sein Übriges, dass sie keinen klaren Gedanken fassen kann. Doch sie muss jetzt cool bleiben. Sie darf keinen Fehler machen.

Julie lächelt ihre Schwester an. Es ist ein Lächeln, als würde sie zum Schafott geführt werden, ein Lächeln der Vergebung, das Lächeln einer Märtyrerin. Dann wendet sie sich ab und begibt sich zum Haupteingang des Polizeipräsidiums. Sie spürt den harten Griff an ihrem Arm, der sie zurückhält.

»Warte! Ich bitte dich! Lass uns erst reden, damit ich es verstehe und dann gehen wir gemeinsam hinein.« Das Flehen in Victorias Stimme lässt Julie zögern. Aufmerksam studiert sie Victorias Miene. »Warum, Vic? Warum interessiert dich plötzlich mein Leben? Wo warst du all die Jahre, als ich dich brauchte?« Sie bemerkt ein kurzes Zucken um Victorias Mundwinkel. Es erinnert sie an ihren Vater, bevor er hässliche Worte zu ihrer Mutter sagte. Schnell wendet sich Julie ab.

»Es tut mir leid. Du hast recht, aber jetzt bin ich da. Ich mache mir Sorgen um dich. Bitte, Julie, lass uns ein paar Schritte gehen.«

Victoria hat es geschafft, dass Julie ein paar Schritte mit ihr geht. Sie stakst neben ihr her, als würde sie nur darauf warten, dass sie ganz schnell wieder zurück kann, um endlich das zu tun, was auch immer sie tun will. Victoria muss schnell sein, sonst verliert sie Julies Aufmerksamkeit. »Erzähl mir, was dich so aufregt.«

»Das sagte ich doch schon. Ich habe wahrscheinlich einen Mann getötet. Hast du denn die Nachrichten nicht gesehen? Der Tote aus der Alster!«

»Nein. Aber wieso kommst du darauf, dass du ihn umgebracht hast?«

»Weil alles zusammenpasst.«

Victoria bleibt stehen. Es ist unerträglich heiß und der Wunsch nach einem eisgekühlten Getränk wächst. Sie bemüht sich, so beherrscht wie möglich zu wirken, als sie nochmals den Vorschlag macht, etwas trinken zu gehen. »Ich verspreche dir, dass wir wiederkommen werden. Außerdem stehe ich in zweiter Reihe vor dem Polizeirevier.«

***

Das kleine Restaurant in der Martinistraße ist spärlich besucht. Noch ist keine Mittagszeit und außerdem ist es viel zu heiß, um an Essen zu denken. Trotz der Hitze bestellt sich Victoria einen grünen Tee und kommentiert ihre Bestellung: »Wusstest du, dass man die natürliche Klimaanlage des Körpers aktiviert, wenn man an heißen Tagen etwas Warmes trinkt?«

Julie ignoriert ihren Vortrag und bestellt sich ein Wasser mit Zitrone und Eiswürfeln. Der jungen Kellnerin fällt es sichtlich schwer zu akzeptieren, dass die beiden nur etwas trinken möchten. Victoria starrt sie unmissverständlich an, ihr Blick ist forsch und duldet keine Diskussion. Mit hoch erhobenen Kopf und einem leise gemurmelten ›blöde Schickse‹ entschwindet sie und knallt mürrisch ihr Tablet auf den Tresen.

»Ich verstehe nicht, was daran so schwer zu verstehen ist? Wenn wir was essen möchten, dann werden wir es sagen.« Immer noch erbost über diese freche Göre, versucht Victoria erneut, ihre Haare in den nun äußerst lädierten Zopf zu stopfen.

Fasziniert über die eben gebotene Szene und den ungewohnt desolaten Zustand ihrer Schwester lehnt sich Julie fest an die Lehne des Stuhls und wartet ab. Sie wird ihre Situation erst erklären, wenn sich Victoria beruhigt hat.

Und das geschieht, nachdem diese den ersten Schluck dampfenden Tee genossen hat. Langsam setzt Victoria die Tasse ab, atmet tief ein, dann wieder aus und blickt schließlich mit einem gewinnenden Lächeln zu Julie. »Magst du mir erzählen, was passiert ist? Warum du glaubst, dass du …«, Victoria senkt ihre Stimme und beugt sich ein wenig zu Julie herüber, »… warum du der Meinung bist, dass du jemanden umgebracht hast?«

»Weil ich mich von einem wildfremden Mann habe ansprechen lassen. Wir sind etwas essen gegangen und dann wollte er noch einen Drink nehmen, aber das war mir zu viel und ab dem Punkt weiß ich nicht mehr, was passiert ist.« Völlig zusammenhanglos rattert Julie ihre Geschichte herunter. Krampfhaft umklammert sie dabei das Glas Wasser und Victoria fürchtet, dass es gleich zerspringen wird.

»Aber das ergibt doch keinen Sinn, ich meine … Warum bist du überhaupt mit einem wildfremden Mann mitgegangen?«

»Weil ich zum ersten Mal das Gefühl hatte, dass ich ein ganz normaler Mensch bin. Es ging mir gut.« Hastig nimmt sie einen Schluck Wasser und stellt das Glas hart auf den Tisch zurück. »Und dann am nächsten Morgen, als wir beide zum Brunch verabredet waren, da lag meine Kleidung im Bad verstreut und da war überall Blut drauf.« Julies Stresspegel steigt und sie weiß nicht, wie lange sie noch ruhig sein kann. Sollte sie ihre Beruhigungspillen nehmen? Aber dann wäre sie ausgeknockt – nicht gerade vorteilhaft, sollte sie sich heute doch noch aufraffen können, das Polizeirevier endlich zu betreten. Ungeduldig wippt ihr Bein auf und ab. Sie fragt sich, warum Victoria nichts erwidert. Die Zeit scheint endlos dahinzustreichen, sie spürt nichts weiter als diese Unruhe und Einsamkeit.

»War Juliette bei dir?« Victorias Stimme ist geduldig und leise. Ihre Augen ruhen auf Julies ebenmäßigem Gesicht, das jetzt eine aschgraue Farbe angenommen hat. Sie fühlt, wie sich ihr Gewissen regt. Nein, sie kennt diese Frau nicht, die ihre Schwester ist. Julie ist eine Fremde, auch wenn in ihnen das gleiche Blut fließt und sie eine makabre Vergangenheit verbindet. Das ist alles. Victoria richtet sich auf und ihr Ton ist hart, als sie ihre Frage wiederholt: »War Juliette bei dir?«

»Nein. Sie war schon lange nicht mehr da, deshalb habe ich mich ja auch so gut gefühlt.« Beschämt über diese Aussage wendet Julie schnell ihren Blick ab. Sie kommt sich schäbig vor, weil sie gerade ihre beste Freundin verraten hat.

»Und ist sie jetzt da? Ich meine, seit du mit diesem Mann …?«

Julie nickt und Tränen schimmern in ihren Augen. »Ja, und ich bin dankbar dafür«, stößt sie trotzig hervor. Ein feindseliger Zug hat sich um ihren Mund geschlichen, als sie hinzufügt: »Ich habe ja sonst niemanden.«

Victoria ignoriert diese bittere Pille, die ihr Julie gerade zugeworfen hat. Sie schweigt. Findet keine Worte, keine Antwort.

»Warum hast du mich eigentlich gesucht?«

»Weil deine Therapeutin angerufen hat und mir mitteilte, dass du die letzten zwei Sitzungen versäumt hast.« Victoria ist versucht, ihre Hand auf Julies Arm zu legen, um ihr zu zeigen, dass sie da ist, dass sie ihr Trost spenden möchte. Doch sie weiß ganz genau, wie Julie reagieren wird. »Warum warst du nicht bei ihr? Du hast die Termine nicht mal abgesagt. Wäre es nicht besser gewesen, gerade jetzt … ich meine, besser als zur Polizei zu gehen? Vielleicht …«

»Nein! Margarete kann mir da nicht helfen. Sie ist Therapeutin, kein Jurist.« Julie schließt für eine Sekunde die Augen, atmet tief durch. »Ich halte die Ungewissheit nicht mehr aus!« Abrupt springt sie von ihrem Stuhl und begibt sich schnurstracks zum Ausgang.

Hastig folgt ihr Victoria, greift nun doch nach ihrer Hand und flüstert: »Warte einen Moment. Du kannst da nicht so einfach hingehen und sagen: ›Hey, ich denke, ich habe einen Typen umgebracht‹. Denk nach, Julie! Du bist auf dem besten Weg, dein Leben in den Griff zu bekommen. Willst du alles wegwerfen?«

»Ich bin weit davon entfernt, mein Leben in den Griff zu bekommen. Sieh mich an! Ich weiß noch nicht mal, was ich getan habe. Ich werde nie so sein wie die anderen. So wie du! Nie!«

»Julie, bitte! Du kannst es schaffen. Glaube mir.«

»Pah, das sagst du? Du kennst mich doch gar nicht. Wir kennen uns nicht. Wir haben uns vor knapp zwei Jahren wiedergesehen, all die Jahre dazwischen sind nicht existent.« Schnaubend vor Empörung starrt sie Victoria an, die nun erwidert:

»Du hast recht und wir sollten darüber reden. Ich mache dir einen Vorschlag und hoffe, du wirst ihn annehmen. Ich werde versuchen herauszufinden, wer dieser Mann ist, der tot in der Alster gefunden wurde. Und wenn es der Mann ist, den du kennst, dann gehen wir gemeinsam zur Polizei.«

»Wie bitteschön willst du das anstellen?«

»Das lass mal meine Sorge sein.« Victoria legt Zuversicht in ihre Worte. »Wir sollten aber einen Termin bei deiner Therapeutin machen und uns eine gute Ausrede einfallen lassen. Alles wird gut, glaube mir.« Vorsichtig umarmt sie Julie. Drückt sie ganz sanft an sich in der Hoffnung, dass sie es zulässt.

Julie schwankt zwischen dem Bedürfnis, einfach das zu tun, was sie ihrer Meinung nach tun muss, und dem neuen Drang, Victorias Vorschlag zu folgen. Der Lärm der Stadt verschluckt die beiden, als sie auf die Straße treten.

***

Die vertraute Note von Stephans Aftershave hängt in der Diele wie ein Willkommensgruß. Nur dass Victoria diesen Gruß gerade nicht erwidern will. Sie wäre jetzt lieber allein. Das Treffen mit Julie war anstrengend. Sie muss eine Lösung finden, und zwar sehr schnell, bevor alles den Bach heruntergeht.

Immer noch hat sie den Geruch des Aftershaves in der Nase, als sie durch die Küche geht, die einen Zugang zur Terrasse hat. Dort steht Stephan, seine Hände hinter dem Rücken gefaltet, den Blick auf das Lilienbeet gerichtet. Und obwohl er ihr den Rücken zugekehrt hat, weiß sie, in welcher Stimmung er ist. Wohlwollen und Zufriedenheit. Für Victoria ist beides gleichbedeutend langweilig. Er ist ein Langweiler geworden, hat einen Stillstand erreicht, den sie niemals erreichen möchte. Victoria will immer wach und agil sein, niemals in Stagnation verharren.

Stephan dreht sich langsam herum und als er sie erblickt,

winkt er ihr lachend zu. Victoria erwidert seinen Gruß widerwillig und sein Lachen legt sich kalt um ihr Herz.

»Warum bist du schon zu Hause?«, fragt sie und haucht ihm einen Kuss auf die Wange.

»Der Termin beim Notar war schneller erledigt als gedacht.« Ein siegreiches Grinsen macht sich auf seinen festen Lippen breit. »Und wir haben hundertfünfzigtausend Euro mehr auf dem Konto.« Er zwinkert ihr zu, umfasst ihre Taille und drückt sie fest an sich. »Ich bin der glücklichste Mann auf der Welt. Ich habe eine wunderbare Frau, einen Job, der mir die schönen Dinge im Leben ermöglicht, und ein Heim, in dem ich gern lebe.« Er schmiegt seine Nase an Victorias Hals und atmet ihren Duft ein, der nach Schweiß und dem schalen Parfüm von gestern riecht. Für einen Moment stutzt er, doch dann drückt er sie noch ein wenig fester an sich. Ihr Geruch hat etwas an sich, das sein Begehren weckt.

Victoria bemerkt seinen Drang und windet sich galant aus seiner Umarmung. »Ich muss unbedingt unter die Dusche. Ich schwitze wie ein Stier.«

»Wo warst du eigentlich? Wolltest du nicht einen Bürotag einlegen?«

»Ja, das wollte ich … aber dann hatte ich einen Anflug von Bewegungsdrang. Also bin ich einfach durch die Gegend gelaufen.« Schnell küsst sie ihn flüchtig auf den Mund und befreit sich endgültig aus seiner Umarmung. »Warum bereitest du nicht einen Latte macchiato für uns zu, während ich mich frisch mache?«

11. KAPITEL

Der Wind rüttelt an den Bäumen, als würde er sie maßregeln, um daran zu erinnern, dass er das Sagen hat. Victoria trägt ihre Haare offen. Ein Fehler, wie sie jetzt feststellen muss. Angestrengt kämpft sie mit den widerspenstigen Haarsträhnen, die ihr immer wieder die Sicht nehmen. Der stürmische Wind ärgert sie maßlos, denn sie hat so viel Zeit für ihr Styling investiert. Sie wollte perfekt und kompetent aussehen. Und nun?

Julie amüsiert sich über Victorias widerkehrenden Versuch, die Haare aus dem Gesicht zu streichen. Es erinnert sie dumpf an die Zeit, als Victoria ein Teenager war. Schon damals hatte sie lange Haare und trug diese absichtlich so, dass sie ihr Gesicht bedeckten. Und dann kam ihre Mutter und strich es fortwährend aus ihrem Gesicht. ›*Kind, du hast so ein hübsches Gesicht. Du kannst es ruhig zeigen*‹. Ihre Stimme war dabei stets ruhig und liebevoll, während Victoria wütend auf die Hände ihrer Mutter schlug – in ihren Augen der blanke Hass. ›Nein, das macht den Bastard nur geil‹, hatte Victoria stets erwidert. Und obwohl Julie die Worte nicht verstand, erkannte sie irgendwann ihre Bedeutung. Fortan trug auch sie das Haar offen, damit es ihr Gesicht verhüllte. Erst als alles vorbei war, schnitt Julie sich die Haare kurz. Ein Akt des Abschieds, des Vergessens … der leider nichts brachte.

Heute sieht es einfach nur absurd aus, wie Victoria mit dem Wind und ihren Haaren kämpft. »Vielleicht hättest du dir die Haare hochstecken sollen.« Prompt erntet Julie einen strafenden Blick. Automatisch duckt sie sich und zieht dabei die Schultern ein. Verlegen schenkt sie jetzt dem Gehweg ihre Aufmerksamkeit.

»Du hast recht, Julie. Manchmal bin ich in solchen Dingen ein wenig ungeschickt.« Ein schwacher Versuch, die Schärfe ihres Blickes zu mildern.

Dumpf hallen ihre Schritte in dem mit einer billigen Marmorimitation verkleideten Treppenhaus nach. Der Geruch nach Reinigungsmitteln beißt ihnen in der Nase.

Unvermittelt bleibt Victoria stehen. »Julie, bitte denk daran, was wir besprochen haben. Du hast die Sitzungen versäumt, weil du krank warst und nicht, weil du dachtest, dass du jemanden … ermordet hast. Und wie wir jetzt Gott sei Dank wissen, hast du es nicht getan.« Sie lächelt Julie zuversichtlich an und fügt hinzu: »Ich wusste es von Anfang an. Und ich bin meiner Bekannten sehr dankbar, dass sie mir diese äußerst diskrete Information gegeben hat.«

»Woher weiß sie das eigentlich? Und wie sicher ist diese Information?« Diese Frage nagt schon die ganze Zeit an Julie, seit Victoria sie abholte und ihr die frohe Botschaft überbrachte. Bisher hatte sie sich nicht getraut, Victoria zu fragen, sie war viel zu überwältigt von der Nachricht, dass der Tote nicht Markus, sondern Dirk mit Vornamen hieß. Den Nachnamen wollte und durfte Victorias Bekannte wohl nicht verraten.

»Das habe ich dir doch schon gesagt. Sie ist Journalistin. Wir kennen uns schon ewig. Also nun freu dich doch einfach darüber und denke nicht mehr daran. Du warst es nicht. Basta! Dieser Markus ist nicht tot.«

»Aber was ist mit dem Blut an meiner Kleidung? Da war Blut. Ganz bestimmt!«

»Vielleicht hast du dich getäuscht und es war irgendetwas anderes. Rotwein vielleicht. Du sagtest doch, dass du Wein getrunken hast an dem Abend.«

Diese Worte hatte auch Juliette zu ihr gesagt. Ja, vielleicht war es nur Wein. Vielleicht. Nein! Sie hatte Weißwein getrunken. Heiß schießt ihr die Erkenntnis durch den Körper. Sie hat Victoria nichts von dem Weißwein gesagt. Sie will ihr erklären, dass … Doch Victoria ist schon in den Empfangsraum der Praxis gegangen.

»Guten Morgen, Frau Doktor Hallmann. Ich möchte mich persönlich dafür entschuldigen, Sie nicht darüber informiert zu haben, dass Julie krank war. Die Aufregung hätten wir uns sparen können. Verzeihen Sie bitte.« Victoria hat ihr geschäftliches Lächeln aufgesetzt und ergreift fest die ausgestreckte Hand von Doktor Margarete Hallmann.

Eine kleine Frau Anfang sechzig mit einem wachen Blick. Ruhig und angenehm freundlich erwidert sie Victorias Händedruck und wendet dann ihre Aufmerksamkeit auf deren Schwester. »Julie, wie schön, Sie zu sehen. Geht es Ihnen wieder besser?« Mit einem sanften Druck auf Julies Rücken geleitet Margarete Hallmann die Patientin in ihr Sprechzimmer, mit einem Kopfnicken und einem äußerst freundlichen Lächeln schaut sie über ihre Schulter zu Victoria.

Diese muss ihre Nervosität herunterschlucken. Sie bekommt immer Beklemmungen, wenn sie einen Seelendoktor auch nur in ihrer Nähe spürt. »Ich komme dann in einer Stunde wieder.« Die Tür schließt sich leise und Victoria fummelt angespannt an ihrem Haar. Selbst der nichtsagende Blick der Empfangsdame dieser Privatpraxis bereitet ihr Unbehagen. Mit erhobenem Haupt schreitet sie zum Ausgang und atmet erst wieder aus, als sie das Treppenhaus erreicht hat.

»Möchten Sie sich setzen, Julie?«

»Nein, ich denke, ich stehe lieber.«

Margaretes schmale Lippen haben dieses magische Lächeln angenommen, ihre blassblauen Augen sind wach und geduldig auf ihr Gegenüber gerichtet. Julies Stille und ihre Unruhe lassen sie erahnen, dass etwas geschehen ist. Nach einer Weile fragt sie: »Hat Juliette Sie besucht?«

Julie nickt langsam.

»Und wie war das für Sie?«

Julie zuckt nur mit den Schultern.

»Warum war Juliette bei Ihnen?«

»Ich weiß nicht. Vielleicht weil ich sie vermisst habe, vielleicht weil ich es so wollte. Sie hat mir gefehlt. Sie ist doch ein Teil von mir.« Julie mag Margarete nicht ansehen. Hölzern wandert sie durch das Büro.

Margaretes Augen verfolgen Julies Wanderung. Sie ist still, wartet auf den Moment, der ihr richtig erscheint, um die nächste Frage zu stellen.

»Gibt es etwas, das Sie mir erzählen möchten?«

»Nein.« Julie stoppt ihre Wanderung und verschränkt demonstrativ ihre Arme. Margarete ist schlau und manchmal hat Julie das Gefühl, dass sie Gedanken lesen kann.

»Okay, aber warum ist dann Juliette wieder bei Ihnen?«
»Das sagte ich doch schon, weil ich sie vermisst habe.«
Margarete erhebt sich von ihrem Bürostuhl und geht langsam auf Julie zu. »Ich glaube Ihnen nicht, Julie. Ich denke, etwas ist passiert.«
Julie schluckt, die Nähe von Margarete beruhigt sie und bereitet ihr gleichermaßen Unwohlsein.

Das Seitenfenster ihres Wagens ist einen winzigen Spalt geöffnet und der Wind treibt die warme Luft herein. Victoria ist versucht, die Klimaanlage anzuschalten. *Verflucht!* Sie starrt nun schon seit einer halben Stunde ununterbrochen auf das Fenster im dritten Stock. Als könnte sie die Worte sehen, die dort in der Praxis gesprochen werden. Und noch etwas erzeugt ihre Unruhe, etwas, von dem sie nie gedacht hätte, dass es jemals passiert. Sie fühlt etwas, was sie vermeiden wollte, weil sie Angst davor hat. Sie fängt an, etwas für Julie zu empfinden.

***

Nackt sitzt Julie am Wannenrand, in ihrer Hand eine Flasche Badezusatz. Fasziniert beobachtet sie, wie das duftende Gel zähflüssig ins heiße Wasser sickert und sich daraus feinporiger Schaum bildet. Sie fühlt sich lethargisch und ausgelaugt und kann sich nicht entschließen, einfach den Wasserhahn abzudrehen und in die Wanne zu steigen. Margarete hat ihr zugehört. Julie hat ihr erzählt, was passiert ist. Allerdings nur die halbe Geschichte. Sie hat ihr nur gesagt, dass sie jemanden kennengelernt hat und es nicht gut war. Deshalb hat sie Juliette erlaubt, wieder ein

Teil von ihr zu werden. Sie hat Margarete angelogen. Es war kein gutes Gefühl. Julie schluckt ihr schlechtes Gewissen herunter. Margarete hat sie nicht verurteilt. Ganz im Gegenteil. Sie hat sie bestärkt. Es sei ein gutes Zeichen, dass sie sich langsam öffnet und andere Menschen teilhaben lässt. Sie solle Geduld haben und akzeptieren, dass zwei Persönlichkeiten in ihr wohnen. Und Margarete sagte auch, dass Julie ihr zweites Ich annehmen solle. Es wäre das Einzige, was ihr helfen wird. Nur muss sie versuchen, die Oberhand zu behalten.

Aber wie soll sie das machen? Sie braucht Juliette. Ohne sie ist sie verloren. Juliette war doch immer für sie da. Sie war da, wenn *er* mit seinen großen Händen über ihre Haut strich. Wenn seine derben Finger in die Tiefen ihres Körpers drangen. Wenn er sich an ihr rieb und mit seiner groben Stimme diese furchtbaren Worte in ihr kleines Ohr flüsterte. Sie war da und hatte mit ihr geredet, mit ihr gelacht und mit ihr lustige Lieder gesungen. Juliette passte auf sie auf.

Langsam lässt sie sich vom Wannenrand in das duftende Wasser gleiten. Die Wärme tut ihr gut. Sie schließt ihre Augen und sinkt tiefer in das sie umhüllende Nass, bis die Welt nicht mehr existiert.

Ihre Augen sind weit geöffnet, die Gedanken ruhig und hinfällig. Es fühlt sich alles so mühelos an. Sie schließt die Augen und gibt sich dieser Leichtigkeit hin. Ganz weit hinten in den Tiefen ihres Bewusstseins vernimmt sie eine ihr vertraute Stimme. Erst leise, dann eindringlicher. Fordernd verscheucht sie die eben noch so friedvolle Stimmung.

Prustend schießt Julies Kopf aus dem wohlig warmen Wasser.

»Dachtest du, ich würde dich ertrinken lassen? Willst du dich einfach davonschleichen wie eine feige Hündin?« Anklagend und verletzt stößt Juliette die Worte mit ihrer dunklen Stimme hervor. *»Nein, mein Herzchen, so leicht kommst du mir nicht davon. Denn ich will leben und du ebenfalls. Ich weiß es, ich kann es spüren.«*

Beschämt über das, was sie vorhatte, hangelt sich Julie aus der Badewanne. Nach Luft schnappend und keuchend vor Erschöpfung fischt sie sich ein Handtuch vom Haken und wickelt ihren bebenden Körper damit ein.

»Siehst du. Es gibt nichts Liederlicheres, als sich feige aus dem Leben verdrücken zu wollen. Was haben wir nicht schon alles durchlebt? Und sieh uns an, wir atmen noch. Wir können es schaffen ...«

»Juliette, bitte hör auf!«

»Wieso? Immer wenn du bei Margarete warst, benimmst du dich eigenartig.« Juliette setzt sich ganz nah zu Julie auf den Rand der Badewanne. Ihre Nähe, ihre Wärme erwecken eine vertraute Sicherheit in Julie. Und es reißt sie in Stücke. »Ich bin Julie. Ich bin eine Person und Juliette ist ... sie ist mein zweites Ich. Aber ich bin eine Person. Es gibt nur mich.« Mit bebenden Lippen wiederholt sie immer und immer wieder diese Worte.

Pitch – Pitch. Dumpf hallt der Tropfen nach, als er die Oberfläche des Badewassers erreicht. Fröstelnd wickelt Julie das Handtuch noch fester um ihren Körper. Es ist still. Juliette ist nicht mehr da.

Pich – Pitch – Pitch

12. KAPITEL

Sinnenfreudig lehnt sich Stephan in das weiche Lederpolster des Besuchersessels in seinem Büro und bläst den blauen Qualm seiner dicken Havanna in die Luft. »Du darfst es auf gar keinen Fall Victoria verraten, dass ich dieses Monstrum rauche … Gott, wie ich das liebe«, flüstert er und lacht leise auf, zieht noch einmal kräftig an der dicken Zigarre, sinkt dabei selbstvergessen immer tiefer in die Polster hinein und schaut sinnierend dem blauen Rauch nach. Mit einem unerwarteten Ruck setzt er sich auf. »Mist, Patrick! Wir haben noch was vergessen. Whisky!« Er springt auf und eilt zur Bar. »Single Malt?«

»Ist das nicht ein wenig früh?«

»Seit wann fragst du nach der Urzeit für einen guten Tropfen und eine hervorragende Zigarre?«

»Seit ich nicht mehr dreißig bin, und das ist jetzt schon fünf Jahre her.«

»Tja, dann musst du wohl weitere … lass mich überlegen … siebzehn Jahre warten, um in mein Alter zu kommen, damit du es wieder ohne Reue genießen kannst.« Mit einem breiten Grinsen reicht er Patrick ein Glas. »Was gibt es Neues, wie laufen die Geschäfte?«

Bevor Patrick antwortet, nimmt er einen kräftigen Schluck. Brennend rinnt der Whisky seine Kehle hinunter und wärmt sofort seine Innereien. Er muss sich tatsächlich Mut antrinken, bevor er mit seinem ältesten und besten Freund reden kann. Wie jämmerlich. Er hat es versaut.

»Die Geschäfte … nun es stagniert. Aber das kenne ich ja mittlerweile schon. Kein Grund zur Sorge.« Er leert sein Glas und hält Stephans prüfendem Blick stand. »Stephan, es ist alles gut. Ich hatte nur das Bedürfnis, dich zu sehen. Einfach so.«

»Natürlich … Aber du weißt, wenn du Probleme hast, dann kannst du immer mit mir reden.«

»Das weiß ich.« Für eine Sekunde blickt er verunsichert auf den makellosen Dielenboden. Eine Sekunde, die so schnell vergeht und doch eine Ewigkeit in sich birgt. Mit einem Grinsen hält er sein leeres Glas in die Luft.

Nachdem Stephan die Gläser erneut gefüllt hat, sitzen sie für einen weiteren Moment still in dem von Zigarrenrauch geschwängerten Zimmer. »Sag mal, die Schwester von Victoria … Wie ist die so?«

»Was meinst du mit: *Wie ist die so*?«

»Sie macht einen netten Eindruck, aber irgendwie … sie ist so anders als Victoria.« Verlegen dreht Patrick das Glas in seiner Hand hin und her. Warum hat er überhaupt diese Frage gestellt? Und warum geht er nicht wieder zurück in sein verwaistes Büro und kümmert sich darum, seine Gläubiger ruhigzustellen? Er atmet tief aus.

Stephan linst Patrick über den Rand seines Glases an, zieht noch einmal kräftig an der Zigarre und sagt schließlich: »Mein lieber Patrick, es ist kompliziert. Ich habe dir auf der Party schon gesagt, dass du am besten Victoria fragst. Sie kann es dir besser erklären. Aber dränge sie nicht.« Die letzten Worte bergen eine Härte in sich, die er so nicht wollte. Stephan spült die Nachwehen seiner Bemerkung mit dem letzten Schluck Whisky in seinem Glas herunter.

Verdutzt über diese forsche Antwort lässt Patrick es sein und fragt nicht weiter nach. Es ist sowieso Zeit zu gehen. Mit einer gespielten Geschäftigkeit blickt er auf seine Armbanduhr. »Ich muss los. In einer Stunde habe ich noch ein Meeting.« Warum schwindelt er seinen Freund an? Da ist schon lange kein Meeting mehr. Da sind nur Gläubiger, die er vertrösten muss. »Also, mein Lieber. Danke für die Zigarre und dieses herrliche Gesöff.«

»Das glaube ich jetzt nicht!« Victorias scharfe Stimme zerschneidet nicht nur den blauen Dunst im Raum.

»Victoria, Liebes!« Stephans hysterische Stimme wirkt albern. Mit eiligen Schritten ist er bei ihr und will sie küssen, doch sie wendet sich angewidert von ihm ab. »Du stinkst nach Qualm und Alkohol. Wisst ihr, wie spät es ist? Elf Uhr am Vormittag!« Sie schießt Patrick einen scharfen Blick zu, eilt zum Fenster, das auf den Garten zeigt, und öffnet es weit. Die Dunstschwaden ziehen an ihr vorbei und verflüchtigen sich sofort in dem böigen Wind. Nachdem sie ein paar Mal ein- und ausgeatmet hat, bemüht sie sich um eine neutrale Fassung. »Entschuldigt bitte, ich bin ein wenig durch den Wind.«

Sie schenkt Stephan ein flüchtiges Lächeln. Während sie zur Tür geht, berührt sie beiläufig Patricks Arm. »Schön, dich zu sehen. Geht es dir gut?«

»Ja, alles bestens.«

Doch Victoria ist schon an der Tür und rauscht aus dem Büro. Stephan fährt sich linkisch mit der Hand über sein Kinn. Es ist nicht das erste Mal, dass Victoria so aufbrausend reagiert. In letzter Zeit häufen sich diese Anfälle und es bereitet ihm Sorge.

»Tja, mein lieber Patrick. Nun hast du mal eine kleine Vorstellung bekommen, wie es ist, mit einer temperamentvollen Frau verheiratet zu sein.« Stephans Lachen wirkt aufgesetzt, während er Patrick seinen Arm auf die Schultern legt, um ihn zur Tür zu begleiten. Zweifel und Angst brauen sich plötzlich in ihm zusammen, weshalb er hinzufügt: »Dennoch könnte ich ohne ihr Temperament nicht sein. Sie hält mich jung und gibt mir das Gefühl zu leben.«

»Du liebst sie sehr, nicht wahr?« Stephans Arm auf seiner Schulter fühlt sich vertraut an, doch jetzt wiegt er schwer auf ihm.

»Ja, mehr als alles andere auf der Welt.« Er sieht Patrick dabei entschlossen an. Eine unbehagliche Stimmung breitet sich zwischen ihnen aus.

Victoria knallt die Schlafzimmertür hinter sich zu und lehnt sich müde dagegen. Es war unbequem mit Julie. Als sie aus ihrer Therapiestunde kam, war Julie noch ruhiger als sonst. Victoria hatte sich bemüht, sie nicht sofort mit ihren Fragen zu bedrängen, doch irgendwann hielt sie es nicht mehr aus. »Was hat Doktor Hallmann gesagt?«

Wie sie es erwartet hatte, sah Julie sie mit ihren wunderschönen traurigen Augen an und sagte nichts. Erst als sie bei Julie zu Hause waren, fand diese ihre Sprache wieder. »Keine Sorge, Vic. Ich habe Doktor Hallmann nichts von dem Toten gesagt. So wie du es mir aufgetragen hast.«

So wie du es mir aufgetragen hast. Lächerlich! Julie hatte sie einfach stehenlassen. Unmut macht sich in Victoria breit. Doch was soll sie tun? Sie muss sich freimachen von diesen unschönen Gedanken, diesem Gefühl der Spannung, dem Kontrollverlust – nicht zu wissen, wie es weitergeht. Sie muss sich entscheiden, und zwar schnell. Sonst war alles umsonst.

Als Victoria auf die Terrasse tritt, erblickt sie Stephan. Er hat seine Hände tief in die Taschen seiner Leinenhose vergraben und den Blick auf den Garten gerichtet. Versunken in dem Spiel der sich im Wind wiegenden Lilien, die sich dieses Jahr besonders prächtig und intensiv in ihrem Farbenspiel zur Schau stellen. Für einen kurzen Augenblick löst sich Victorias Anspannung und dieser Augenblick ist es, der sie beflügelt und bestätigt. Mit einer längst vergessenen Leichtigkeit nähert sie sich ihrem Mann. Sie schmiegt ihren Kopf an seine breiten Schultern und die Geborgenheit, die sie dabei empfindet, stimmt sie traurig. Doch ihr Entschluss steht fest.

***

Schon in der Halle des Geschäftsgebäudes unten am Hafen riecht es nach ›Big Business‹ und dem ganz großen Geld. Damals war dieser Geruch einer der Gründe, warum Patrick die Büroräume angemietet hat. Geschäfte machen und dick abkassieren. Das hatte am Anfang auch hervorragend geklappt. Er ist schier im Kreis gelaufen, um die Flut der Aufträge zu bewältigen. Das ist jetzt sechs Jahre her. Damals war er ganz oben. Er hätte nie gedacht, dass sich das Blatt so schnell wenden kann. Zuerst war die Talfahrt nur etwas holprig, eine vorübergehende Flaute, doch dann befand sich die Firma im freien Fall. Kurz vor dem großen Crash hatte er noch ein paar lukrative Aufträge an Land ziehen können, aber jetzt hängt alles an dem sprichwörtlich seidenen Faden.

Seufzend schließt er die Augen und lässt den Geruch langsam auf seiner Zunge zergehen. Ja, es riecht hier immer noch nach Erfolg. Vielleicht gibt es doch Hoffnung und er kann das Ruder wieder herumreißen. Vielleicht. Energisch drückt er auf den Knopf des Fahrstuhles. Galant leise öffnet sich die Tür. Es hat ihn schon immer fasziniert, wie ruhig und sanft dieser Fahrstuhl ist. Ohne Rucken setzt er sich in Bewegung und befördert Patrick in den fünften Stock.

»Hallo, Lisa. Irgendwas Wichtiges?« Unsinnige Frage. Aber Lisa lässt ihn nicht im Stich. Wie am ersten Tag lächelt sie ihn an. »Nur das Übliche, aber nichts, was wir nicht allein bewältigen könnten.« Auf Lisa ist Verlass, seine persönliche Assistentin und faktisch das Herz der Firma. Lisa heißt eigentlich Elisabeth und ist im letzten Winter sechzig Jahre alt geworden. Patrick hatte eine fette Party für sie organisiert. Er war quasi pleite, aber die Freude in Lisas Augen war es ihm wert. Sie hatte es verdient wie keine andere.

Die wenigen Angestellten, die er noch beschäftigt, räumen langsam ihre persönlichen Sachen zusammen. Manche Schreibtische sind bereits verwaist. Es ist Freitagnachmittag und die Telefone stehen still. Er wünscht ihnen allen ein angenehmes Wochenende und wendet sich noch einmal an Lisa. »Warum gehen Sie nicht auch. Ich bin jetzt hier und kann das machen. Fahren Sie mit Ihrem

Mann an die See. Ich weiß, Ihr Mann liebt es, dort zu sein.« Lisa schenkt ihm ein breites Lächeln voller Dankbarkeit und schnappt sich ihre Handtasche.

Innerhalb einer halben Stunde ist es still in den Büroräumen. Patrick lehnt sich weit zurück in seinem eleganten Chefsessel, legt die Beine über Kreuz auf den Schreibtisch, verschränkt seine Hände hinter dem Kopf und stiert ins Leere. Der Gedanke, dass er seinen Traum, die größte Import-Export-Firma zu schaffen, bald an den Nagel hängen kann, macht ihn wütend und traurig zugleich.

Gereizt springt er auf und wendet sich dem großen Fenster zu. Seine geballten Hände vergräbt er tief in die Taschen seiner Jeans. Er hätte Stephan fragen sollen, ob er ihm einen Kredit gewährt oder zumindest einen guten Rat geben kann. Doch er konnte es nicht, er war zu feige.

»Verfluchte elende Scheiße!«, entfährt es ihm laut. Ein leises Kichern hinter ihm lässt ihn vor Schreck zusammenzucken. Er wirbelt herum und sieht in das vertraute Antlitz einer Frau. »Victoria! Wie kannst du mich nur so erschrecken? Ich hätte mir fast in die Hose gemacht.« Erleichtert, sie zu sehen und dankbar darüber, dass sie da ist, schließt er sie fest in seine Arme.

13. KAPITEL

Tänzelnd läuft Victoria die Treppe vom ersten Stock herunter. Frisch und voller Tatendrang folgt sie dem Geruch des frisch gebrühten Kaffees. Stephan lächelt, als er sie erblickt. Sie sieht so wunderschön aus. Und wieder ereilt ihn dieses unruhige Gefühl, das er schon seit Wochen verspürt.

»Oh wie schön, Frühstück auf der Terrasse! Du bist ein Schatz.« Sie schlingt ihre Arme um seinen Nacken und küsst ihn leidenschaftlich.

»Mmh, mehr davon!« Er zwinkert ihr zu, drückt ihre Hand, die sich um seinen Nacken schlingt und hält sie sanft fest. »Du siehst blendend aus. Hast du gut geschlafen?«

»Ja, fantastisch.« Victoria schenkt ihm ein kurzweiliges Lächeln, bevor sie versonnen über den prächtigen Garten schaut. Ganz nebenbei fragt sie: »Was hältst du davon, wenn wir in unser Landhaus fahren?«

»Du meinst jetzt?«

»Ja. Es ist so ein tolles Wetter und wir waren schon lange nicht mehr dort. Außerdem möchte ich gern Julie mitnehmen. Die Ruhe wird ihr guttun.«

»Du hast mir noch gar nicht gesagt, wie es bei ihrer Therapeutin war?«

»Das ist es ja. Sie hat offensichtlich wieder einen Rückfall. Du weißt doch, es ging ihr eine Zeit lang sehr gut, natürlich wird sie nie wieder ganz *normal* sein, aber das, was sie geschafft hat, sich wieder freier zu fühlen, ist aus einem unerfindlichen Grund verlorengegangen.« Sie schluckt hart und ihre eben noch so unbekümmerte Art ist einer tiefen Besorgnis gewichen. »Ich glaube, es würde ihr guttun.« Gedankenverloren fügt sie zwei Löffel Zucker in ihren Kaffee. »Es würde mir und ihr guttun, ein paar Tage raus aus der Stadt zu sein.« Victoria sagt es in einem Tonfall, der leise und nur für sie bestimmt zu sein scheint. Von Sorge erfüllt, richtet sie ihren Blick auf Stephan, der sie aufmerksam beobachtet.

Jede ihrer Bewegungen, jedes Wort und jede Geste nimmt er in sich auf und wägt ab. Sein Herz macht sich weit für diese Frau, für die Liebe seines Lebens. Den Drang, sie unvermittelt in seine Arme zu schließen und nie mehr loszulassen, muss er mühevoll unterdrücken. Sie würde es nicht zulassen. Nicht jetzt! Und noch etwas beunruhigt ihn, ein wirklich unschöner Gedanke, den er mit aller Macht verdrängt. Stephan richtet seine Aufmerksamkeit auf Victoria, die ihn stirnrunzelnd ansieht. Er räuspert sich und nickt ihr verständnisvoll zu. »Es tut mir so leid für Julie und natürlich für euch beide. Ich weiß gar nicht, was ich sagen soll.«

Mit einem liebvollen Lächeln drückt sie seine Hand, die verkrampft auf dem Tisch liegt, als würde sie nicht zu ihm gehören. Es fühlt sich merkwürdig an und doch so vertraut.

»Weißt du, ich denke, es wäre von Vorteil für Julie, wenn sie einfach aus diesem … diesem Moloch herauskommt. Ich habe das Gefühl, dass die Stadt sie gerade erdrückt.« Victoria rührt ihren Kaffee um, und als hätte ihr dieses Umrühren geholfen, eine Entscheidung zu treffen, fügt sie bestimmt hinzu: »Und ich möchte, dass du mitkommst. Wir sind doch eine Familie.« Wehmut mit einem Schuss Traurigkeit umwölkt ihre Aussage. Seufzend nimmt sie einen Schluck Kaffee und vermeidet es, Stephan anzusehen. »Bitte, lass uns fahren und vielleicht rufst du Patrick an, dann ist es ausgeglichener für dich.« Ihr Lachen ist wunderschön. »Was denkst du?«

Stephan überlegt lange. Die Aussicht, mit Victoria ein paar Tage aufs Land zu fahren, hat einen gewissen Reiz. Aber warum auch noch Patrick? Er holt tief Luft und verdrängt diesen Gedanken. »Okay, aber ich muss morgen Abend wieder hier sein, weil ich am Montag einen neuen Interessenten habe, der seine Immobilie veräußern möchte. Fünf Millionen.« Er schnalzt dabei mit der Zunge. Ein Geräusch, das sie erschaudern lässt. Trotzdem antwortet sie euphorisch: »Wow! Das ist ja ein toller Auftrag.«

»Noch ist er nicht in trockenen Tüchern. Du weißt, wie lange so etwas dauert. Falls ich ihn als Kunden gewinnen kann, wird es Monate dauern, bis das Objekt seinen Besitzer wechselt.«

»Ach, du schaffst das, wie du alles schaffst.« Aufmunternd strahlt sie ihn an. »Also, was ist, fahren wir?«

»Ja, okay. Wir fahren.«

***

Julies Wohnung gleicht einem Chaos. Überall liegen Kleidungsstücke herum, als hätte sie ihren Schrank aussortiert und wäre dann plötzlich an der Entscheidung gescheitert, was sie wegwerfen kann. Geflissentlich übersieht Victoria die Unordnung, welche so gar nicht zu ihrer Schwester passt. Zumindest zu der Julie, die sie in den vergangenen Monaten kennengelernt hat.

»Alles ist geregelt. Ich habe mit Lehmann gesprochen und er hat kein Problem damit, dass du dich für eine Woche ausklinkst. Ganz im Gegenteil. Er sagte, du bist die Beste und er will, dass du erholt aus den Ferien zurückkehrst.« Zuversichtlich sieht Victoria ihre Schwester an, die völlig perplex vor ihr steht. Sie hat den Eindruck, dass Julie keineswegs aus ihrem Schneckenhaus heraus will. »Also, was ist? Pack ein paar Sachen zusammen und dann geht es los. Du wirst es lieben. Vertrau mir.«

Die euphorischen Worte prallen von Julie ab. »Aber ich habe keine Lust dazu.« Ein schwacher Versuch, sich ihre Freiheit zu erobern. »Ich möchte einfach nur allein sein. Kannst du das nicht verstehen? Einfach nur für mich. Es gibt so vieles, was mir im Kopf herumgeht … Ich will und muss einiges für mich sortieren.«

»Das verstehe ich sehr gut. Auch mir ging es so und … Ach, Julie. Bitte! Du bist meine Schwester und ich kenne dich eigentlich überhaupt nicht. Aber ich würde es so gern nachholen. Kannst du das verstehen? Wir haben ein gemeinsames Schicksal und ich weiß manchmal nicht, wie ich damit umgehen soll.« In Victorias Augen bilden sich Tränen, die sie verstohlen wegwischt. Ihre Stimme zittert.

»Bitte, Julie. Ich möchte dich nach all den Jahren kennenlernen. Bitte gib mir, gib uns diese Chance.«

Verdammt. Vielleicht hat Victoria recht. Julie ist hin- und hergerissen. Im Grunde ist Victoria immer noch eine Fremde für sie. Und wenn sie ein normales Leben führen will, sollte sie das endlich ändern und zustimmen, mit ihr diese Woche auf dem Land zu verbringen. Aber warum ist da dieser Knoten in ihrem Magen, warum pocht es in ihrem Kopf? »Ich muss aufs Klo.«

Im Bad läuft Julie unruhig auf und ab. Sie muss eine Entscheidung treffen. Das kann doch nicht so schwer sein. Was ist denn so abwegig? Victoria möchte mit ihr ein paar Tage verbringen und im Grunde ist es doch gut, oder? Julie wirft einen prüfenden Blick in den Spiegel und sieht ihre großen Augen, die ängstlich dreinschauen. Sie blickt in das Gesicht einer Frau, die jung und keck aussieht. Aussehen sollte! Doch sie fühlt sich unwohl und unsicher. Nein, sie wird nicht Juliette fragen, was sie tun soll. Sie entscheidet selbst.

Als sie aus dem Bad kommt, steht Victoria immer noch an derselben Stelle. Ihre Anspannung und ihre Unsicherheit sind nicht zu übersehen. Für Julie ein ungewöhnliches Bild. So kennt sie ihre Schwester nicht. Kennen? Pah, was weiß sie schon von ihr? Die erwachsene Victoria agiert doch stets souverän, wirkt aufgeräumt und niemals verunsichert. Was hat sich verändert? Für einen winzigen Moment verspürt Julie den Schalk in ihrem Nacken, der Victoria gern noch ein wenig länger auf die Folter spannen will. Julie lässt es, weil es ihr in dieser Situation albern erscheint. »Also gut. Lass uns fahren«, sagt sie und genießt es, wie sich Victorias Gesichtszüge von einer Sekunde auf die nächste entspannen. Was für eine Wandlung. Immer noch fasziniert von diesem Phänomen, packt Julie ihre Reisetasche.

»Was meinst du, sollen wir offen fahren?« Victoria hat ihren geliebten Alfa Romeo Spider für die Überlandfahrt gewählt. Sie schielt unbeschwert zu Julie herüber, die sich zunehmend entspannt. »Ja, das würde mir gefallen.«

Als sie es endlich geschafft haben, den zähen Stadtverkehr und die Hektik auf der A7 hinter sich lassen, genießt Julie die Fahrt am Ufer der Elbe immer mehr.

Gelöst lehnt sie sich noch tiefer in den weichen Ledersitz. Durch die dunklen Gläser ihrer Sonnenbrille beobachtet sie Victoria, die sich ein Kopftuch umgebunden hat wie die Diven der Fünfzigerjahre. Die große Sonnenbrille auf der Nase, ihr wohlgeformter Mund, der entspannt und weich vor sich hin lächelt. Urplötzlich muss Julie lachen.

»Weißt du, an wen du mich gerade erinnerst? An Susan Sarandon in dem Film ›Thelma und Louise‹. Sie hat die Louise gespielt, irgendwann in den Neunzigern. Hast du den Film gesehen?«

»Das ist nicht dein Ernst, oder?«, antwortet Victoria gespielt mokiert. »Dann bist du Geena Davis in der Rolle der wunderbaren Thelma. Ja, das gefällt mir.« Lachend legt Victoria den Kopf in den Nacken und drückt das Gaspedal noch ein wenig mehr durch. »Aber wir werden uns nicht von der Klippe stürzen.«

»Nein. Denn das Leben ist viel zu schön.« Verwundert über ihre eigene euphorische Aussage, lacht Julie laut auf.

Victoria verringert das Tempo, als sie durch die kleinen Orte entlang der endlosen Obstplantagen fahren. Die Sonne kitzelt auf Julies nackten Armen und der Fahrtwind streicht befreiend über ihr Gesicht. Es fühlt sich so gut an, so zwanglos. Sie könnte ewig so weiterfahren. An nichts denken, nur die Sonne und den Wind auf ihrer Haut spüren.

»So, wir sind gleich da. Ich hoffe, es gefällt dir. Es ist nicht so wie in der Stadt, eher schlicht und dem Stil der

Umgebung angepasst.« Sie schielt hinüber zu Julie, die ganz in Gedanken zu sein scheint und ihre Worte nicht wahrnimmt.

Kurz hinter dem Ort Cranz biegt Victoria rechts ab und nach ein paar Metern wieder links auf einen kleinen holprigen Schotterweg. Rechts neben dem Weg hinter einer hohen Hecke aus immergrünem Liguster erstrahlt der verschnörkelte Giebel des Fachwerkhauses. Victoria lächelt. Sie liebt dieses Haus. Es strahlt Bodenständigkeit aus. Seit mehr als hundert Jahren steht es genau hier an diesem Platz, es hat viele Menschen kommen und gehen gesehen, Leid und Glück erlebt. Und doch hat es all die Zeit überstanden, auch wenn es ein wenig lädiert war, als Stephan es vor ein paar Jahren gekauft hat. Sie hat es damals sofort in ihr Herz geschlossen und es zu ihrem *Projekt* ernannt. Heute ist sie so stolz darauf. Sie fragt sich, ob Julie ihre Gefühle nachvollziehen kann. Ob sie diese Schönheit, die Geschichte und Tradition, die dieses Haus beinhaltet, überhaupt wahrnimmt. Gegen ihren Willen entweicht ihr ein frustrierter Seufzer.

Julie wirft ihr einen fragenden Blick zu. Victoria hebt nur leicht eine Augenbraue und Julie ereifert sich sofort in einem Freudengeschrei. »Oh, das sieht toll aus, Vic! Und so standesgemäß. Nach deinen Beschreibungen habe ich ehrlich gesagt etwas Kleineres erwartet. Aber das hier strahlt Reichtum aus.« Julie grinst und springt aus dem Wagen. »Ich bin gespannt, wie es innen aussieht. Komm, Vic! Ich sterbe vor Neugierde.«

Entschlossen schnappt sie sich ihre Reisetasche aus dem Kofferraum und eilt den Weg aus weißem Kies hinauf zur prächtig verzierten Haustür. Sie muss sich zusammenreißen, sich nicht nach Victoria umzudrehen. Auch wenn sie ihre Schwester noch nicht lange kennt, hat sie doch eines sofort herausgefunden: Victoria steht auf Prunk und Gloria. Noch ganz in ihren süffisanten Gedanken vertieft, fährt sie vor Schreck laut schreiend zusammen, als die Haustür aufgerissen wird und ein Mann vor ihr steht.

Stephan weicht ebenfalls erschrocken zurück. »Tut mir leid, Julie. Ich wollte dir keinen Schrecken einjagen.«

Julies eben noch so gelöste Stimmung ist verflogen und an ihre Stelle ist die altbekannte Unsicherheit getreten.

»Hallo, Stephan. Puh, ich hatte dich nicht erwartet«, stammelt sie nervös und blickt sich suchend nach Victoria um, die ein freudiges Lächeln aufgesetzt hat und Julies enttäuschte Miene einfach ignoriert.

»Stephan, Liebling! Kannst du mir bitte mit den Lebensmitteln helfen?«

Stepahn reagiert sofort und eilt zu Victoria. Julie ist wie gelähmt. Was will Stephan hier? Sie hatte angenommen, mit Victoria allein zu sein und sich auf der Fahrt hierher ausgemalt, wie es sein würde, ein paar Tage mit ihrer Schwester zu verbringen. Wie sie zusammen kochen, faul in der Sonne liegen und endlich in Ruhe miteinander reden würden. Allein! Victoria sprach von einer Chance, die Julie ergriffen hat. Eine Chance, endlich über die Zeit zu sprechen, die so dunkel und bedrückend gewesen ist. Für sie beide. Julie hat so viele Fragen, auf die sie eine Antwort haben möchte – in der Hoffnung, sich vielleicht auf diese Art mit dem Geschehenen zu arrangieren. Doch jetzt ist alles anders. Sie werden nicht allein sein, keine Fragen, keine Antworten. Julie fühlt sich gefangen wie eine hässliche Ratte in der Falle. Immer noch steht sie auf der Türschwelle – unfähig, etwas Sinnvolles zu tun.

***

Victoria sagt kein Wort, als sie die breite Holztreppe hinaufgeht, die in den ersten Stock führt. Bei jedem Schritt gibt die Treppe ächzende Laute von sich. Julie läuft neben ihr und Victoria vermeidet es, ihre Schwester anzusehen. Oben angekommen, öffnet sie schwungvoll die Tür zum Gästezimmer. »Das ist dein Zimmer für die nächsten Tage. Ich hoffe, es gefällt dir. Und dieses Zimmer hat auch ein eigenes Bad.« Voller Stolz öffnet sie die Badezimmertür. Wie im gesamten Haus ist auch hier alles im Landhausstil gehalten. Victoria hat jedes noch so kleine Detail selbst ausgesucht. Es ist eine komplett andere Welt im Vergleich zu ihrem Haus in Hamburg.

Julie folgt ihr ins Bad. »Wunderschön. Und die Badewanne mit Löwenfüßen. Wow!« Obwohl sie sich bemüht, fröhlich und euphorisch zu wirken, hört selbst sie, wie lahm und gequält ihre Stimme klingt.

»Warum hast du mir nicht gesagt, dass Stephan auch da ist?«, platzt es endlich aus ihr heraus.

Victoria drängt sich an Julie vorbei aus dem Bad. »Weil ich es nicht für so wichtig empfand. Außerdem fährt er morgen wieder. Hey, mach dir keine Gedanken. Wir werden eine schöne Zeit haben. Versprochen.«

Lange sehen sie sich an – in dem Bemühen zu erkennen, was die andere gerade denkt. Julie senkt schließlich ihren Blick. »Tut mir leid, es ist nur so, dass ich mit Stephan …«

»Du hast ein Problem mit ihm? Das hast du mir nie

gesagt. Ich dachte immer, du magst ihn. Er ist dir doch nicht … ich meine, er ist dir doch nicht zu nahegekommen? Wenn es so ist, musst du es mir sagen!«

Julie kann Victorias Aufregung förmlich riechen. Es ist eine feine Note aus süßlichem Schweiß und Adrenalin. Nicht aufdringlich, aber spürbar.

»Nein! Er ist immer sehr höflich und zurückhaltend. Ach, vergiss es.«

»Julie, sag doch, was stört dich an ihm? Es würde mich sehr traurig machen, wenn ihr euch nicht versteht.«

»Nichts weiter, alles gut.« Julie bemüht sich um eine aufmunternde Handbewegung, mit der sie Victorias trübe Gedanken wegwischen will. Doch es misslingt ihr. Victoria steht immer noch ratlos mitten in diesem geschmackvoll eingerichteten Zimmer.

Krampfhaft setzt Julie zum nächsten Versuch an. »Das Zimmer ist toll. Gemütlich mit diesen kleinen Sprossenfenstern und den Holzbalken an der Decke. Wirklich sehr einladend. Hier werde ich es aushalten können. Ganz sicher!« Jedes Wort stimmt, je mehr sich Julie in dem Raum umsieht, desto mehr fallen ihr die kleinen Details auf und sie fühlt sich von Sekunde zu Sekunde wohler. »Ich denke, es war eine gute Entscheidung, mit hierher zu kommen. Danke, dass du darauf bestanden hast.«

»Das freut mich, dass es dir gefällt und es freut mich noch mehr, dass du es nicht bereust, hier zu sein.« Victoria ist versucht, Julie zu berühren. In diesem flüchtigen Augenblick erinnert sie sich an das fünfjährige kleine Mädchen, das ihre ältere Schwester bewundernd ansah – mit ihren großen runden Augen, die nicht verstanden, die neugierig und doch so unglücklich die Welt betrachteten. Schon damals brachte es Victoria nicht über sich, Julie fest in die Arme zu schließen, sie zu beschützen. Etwas, was sie lange Zeit verdrängt hatte, schleicht sich unaufhaltsam an die Oberfläche ihres Bewusstseins. Und es fühlt sich furchtbar an.

»Bevor das auch noch schiefgeht: Patrick wird auch gleich hier sein.« Noch ehe Julie ihrem Protest und ihrer Enttäuschung freien Lauf lassen kann, fügt Victoria schnell hinzu: »Keine Sorge, auch er wird morgen wieder abreisen. Und dann haben wir dieses große Haus ganz für uns allein.« Sie zwinkert Julie verschmitzt zu und wendet sich schnell zur Tür. Ihr Herz schlägt wie wild und ihr Magen krampft sich zusammen.

Leise schließt sich die Tür hinter Victoria. Es ist still, nur das Knarren der Treppe und ihre eiligen Schritte sind zu hören. Lange schaut Julie auf die geschlossene Tür. Der Gedanke, dass sie mit zwei Männern in einem Haus sein wird, behagt ihr nicht. Aber was soll passieren? Sie benimmt sich albern. Ja, das ist es: albern und kindisch. Sich selbst Zuversicht einredend, verstaut sie ihre Sachen in dem mit bunten Farben bemalten Bauernschrank. Als sie damit fertig ist, steht sie unschlüssig im Zimmer. *Geh nach unten, geh und genieße die Zeit mit den Menschen, die dir nichts Böses wollen.*

Waren das ihre Gedanken? Oder hat sich Juliette eingemischt? Es müssen ihre Gedanken gewesen sein, denn Juliette hat sie aus ihrem Kopf verbannt und mit ihr eine Abmachung getroffen, still zu sein.

***

Gelächter weht ihr entgegen, während sie die Treppe heruntergeht. Am Treppenabsatz hält sie kurz inne, streicht mechanisch über ihr kurzes Haar und blickt noch einmal rasch an sich herunter. Alles okay, keine Flecken auf der Hose, keine Fusseln auf dem weiten Leinenhemd. Ungelenken Schrittes durchquert sie die Halle und das großzügige Wohnzimmer.

An der Terrassentür bleibt sie einen Moment lang stehen und betrachtet Victoria und Patrick, wie sie zwanglos und sehr vertraut miteinander umgehen. Sie scherzen, berühren sich beim Reden. Für einen winzigen Atemzug versetzt ihr dieses Bild einen Stich. Es stimmt Julie traurig. Sie weiß, für sie wird es noch ein langer Weg sein, um ebenso problemlos mit Menschen umzugehen. Und da ist noch etwas anderes, was sie berührt. Es ist Patrick und sein Lachen, seine sanften Berührungen auf Victorias Arm, sein Kopf, der sich zu ihrer Schwester neigt, um ihr etwas ins Ohr zu flüstern. Sie sieht, wie seine Wange leicht über Victorias streicht. Julies Herz schlägt schneller, nicht vor Wut, sondern vor Enttäuschung. Enttäuschung auf ihre Eigentümlichkeit, auf ihre Narben, die niemand sehen kann, aber die so dick und wulstig sind, dass sie von einem Blinden gesehen werden, wenn er nur genau hinhört und spürt, wie sich Julie bewegt und wie sie um Fassung und Normalität ringt. Es sind Narben, die ihre Mutter mit strikten Regeln zu kaschieren versuchte.

Julie atmet hörbar ein und aus. Ein trauriges Lächeln legt sich über ihre Lippen. Hat sie wirklich gedacht, dass Patrick sie jemals als Frau ansehen würde? *Nein,* ist ihre traurige Erkenntnis.

Julie reckt ihr Kinn und will gerade auf die Terrasse hinaus, als sie Stephan hinter sich bemerkt.

»Oh, könntest du mir bitte zur Hand gehen? Ich glaube, ich lasse gleich das Tablett mit dem Grillfleisch fallen.«

Ohne zu zögern, ergreift Julie das Tablett. Aus den Augenwinkeln bemerkt sie, wie Stephan ebenfalls das süße Gelächter von Victoria und Patrick verfolgt. Eine eigentümliche Übereinstimmung verbindet die beiden, während sie unbeholfen die Grillutensilien auf die Terrasse tragen.

Über den Rand seines Weinglases erblickt Patrick Julie, die verlegen das Tablett mit dem Grillfleisch in den Händen hält und offensichtlich nicht weiß, was sie damit tun soll. Sie sieht so zerbrechlich aus. Und so schön in diesem warmen goldenen Licht der untergehenden Sonne. Die großen Augen wirken noch größer, als er sie in Erinnerung hat. Er springt von seinem Korbstuhl auf und eilt ihr mit einer warmherzigen Begrüßung entgegen. »Julie. Schön, Sie wiederzusehen. Warten Sie, ich helfe Ihnen damit.«

Mit ausgestreckten Armen hält sie ihm das Tablett entgegen. Sie mag ihn nicht ansehen. Nicht jetzt. Denn sie fürchtet, er könnte ihre Enttäuschung darin sehen. »Hallo, Patrick. Ja, das wäre sehr nett. Vielen Dank. Ach und übrigens, da wir ja das Wochenende zusammen verbringen, sollten wir uns vielleicht duzen«, erwidert sie brüsk und setzt sich rasch in einen der Korbsessel, die um einen verwitterten Holztisch gruppiert sind.

Ihr ist bewusst, dass sie überreagiert und es macht sie wütend auf sich selbst. Aber nun ist es nicht zu ändern. Sie spürt seinen Blick auf ihrem Rücken und vernimmt seine angenehme Stimme, die sie nervös macht. Da ist es schon wieder, dieses flatternde Gefühl in ihrer Magengegend.

»Ja, dann hätten wir das ja geklärt«, gibt Patrick amüsiert von sich und setzt sich wieder auf seinen Platz, nachdem er das Tablett neben den Grill gestellt hat.

»Darf ich dir ein wenig Wein einschenken?«, fragt er Julie, die mit einem aufgesetzten Lächeln nickt.

Er reicht ihr das Glas und seine Finger berühren für den Hauch einer Sekunde die ihren. Flüchtig zuckt Julie zusammen – bemüht, sich nicht anmerken zu lassen, dass sich seine Berührung wie ein elektrischer Schlag angefühlt hat. Mit sanfter Stimme sagt er: »Ich wünsche dir und Victoria eine tolle Mädelswoche.«

Julie lächelt krampfhaft und trinkt hastig ihren Wein. *Entspann dich, Julie!*, hallt es in ihrem Kopf. Und der Wein tut sein Übriges. Sie würde so gern etwas Freundliches sagen, doch in ihr ist nichts weiter als ein luftleerer Raum. Sie hasst diesen Zustand. Aufgewühlt nippt sie immer wieder an ihrem Glas und schielt dabei zu Victoria, die sich entspannt zurückgelehnt hat.

»Ja, ich freue mich wahnsinnig auf ein paar Tage Ruhe. Mein letzter Auftrag wurde abgesegnet und das nur dank Julies neuem Grafikprogramm. Es ist übrigens toll zu handhaben. Ich schulde dir etwas, Julie. Du hast mir dadurch viel Arbeit und Zeit erspart.«

Julie lächelt sie schüchtern an. »Kein Problem, Vic. Das habe ich sehr gern gemacht«, antwortet sie leise, ohne Victoria anzusehen. Schnell trinkt sie noch einen Schluck Wein. Wie souverän Victoria ist. So würde sie auch gern sein. Ob sie es jemals schaffen wird? Hastig trinkt sie ihr Glas leer und stellt es auf den Tisch, um es gleich wieder in ihre Hände zu nehmen, damit sie etwas hat, an dem sie sich festhalten kann. Irgendwie wird sie das Gefühl nicht los, dass alle sie anstarren und darauf warten, dass etwas Unmögliches mit ihr passiert. *Juliette wüsste, was jetzt zu tun wäre.*

Patrick scheint Julies Unbehagen zu bemerken und erhebt sein Glas. »Danke für die Einladung. Eine gute Idee, der Stadt mit ihrem Mief und der Hitze den Rücken zu kehren.« Er prostet den beiden Frauen und seinem besten Freund zu, lächelt dabei und sagt: »Victoria, Stephan, vielen Dank. Ihr habt mich gerettet.« Sein Blick sucht Stephan, der sich am Grill zu schaffen macht und ihn schief anlächelt.

Victoria lacht leise und legt sanft ihre Hand auf seinen Arm. »Ja, du hast recht. Ich überlege schon eine ganze Weile, ob es nicht Sinn für mich macht, über eine längere Zeit hierzubleiben.«

»Von diesen Überlegungen hast du mir noch gar nichts erzählt?« Stephan ist sichtlich überrascht. Sein Blick wandert auf Victorias Hand, die immer noch auf Patricks Arm ruht.

»Doch, das hatte ich, aber vielleicht hast du mir nicht zugehört. Außerdem kann ich überall arbeiten. Ich muss dazu nicht in Hamburg sein, ich Glückliche.« Victoria wird sich Stephans Blick auf ihrer Hand gewahr, die immer noch wie selbstverständlich auf Patricks Arm liegt. »Aber noch ist es ja nur ein Gedankenspiel«, fügt sie verlegen hinzu und verschränkt ihre Arme.

Eine unangenehme Stille entsteht, die nur durch das unermüdliche Abendkonzert der Amseln durchbrochen wird. Patrick räuspert sich, sein Blick schweift flüchtig zu Stephan, der mit ernster Miene seinen Gedanken nachzuhängen scheint und leise vor sich hin flucht, weil er das

Feuer nicht in Gang bekommt. Laut sagt er in die von Vogelgezwitscher getauchte Stille: »Julie, wo hast du dich eigentlich die ganzen Jahre über versteckt?«

Die Frage kommt so unerwartet, dass Julie fast den Wein ausspuckt, den sie gerade schlucken wollte. »Wie meinst du das?«

»Ich kenne Victoria und Stephan schon eine halbe Ewigkeit, aber niemals wurdest du erwähnt.« Er zwinkert ihr zu. »Ich hoffe, du hast nichts Schlimmes verbrochen.«

»Ich … ich war …«

»Oh, das ist ganz einfach zu erklären«, mischt sich Victoria dankenswerterweise ein. »Julie und ich, wie soll ich sagen, wir hatten lange keinen Kontakt. Es war so ein albernes Frauending. Und ich muss gestehen, es war meine Schuld.« Sie lächelt Julie liebevoll an. »Aber jetzt ist alles wieder gut und ich bin froh, dass wir uns wiederhaben.« Sie schaut Julie lange an, bevor sie sagt: »Und das haben wir nur Stephan zu verdanken, denn er hat darauf bestanden, dass wir wieder zueinanderfinden.« Sie schenkt ihm ein Lächeln und wirft ihm einen Kuss durch die Luft zu.

Dankbar über diese Geste, erhebt er sein Weinglas. »Das lag mir am Herzen. Besonders für Julie.« Er schaut zu Julie, die noch mehr in sich gesunken ist, und sie tut ihm leid. Doch bevor er etwas Aufmunterndes sagen kann, fährt Patrick in seinem nonchalanten Plauderton fort.

»Verstehe … dann habt ihr euch wegen eines Mannes gestritten?« Ironie liegt in seiner Aussage und seine Augen ruhen dabei auf Julie, die verlegen an ihren kurzen Haaren zupft. Der Ausdruck in seinen Augen macht sie nervös, am liebsten würde sie ihm die ganze Wahrheit ins

Gesicht brüllen. »Ja.« Kurz und knapp kommt die Antwort von ihr. »Könnte ich noch etwas Wein haben? Bitte.«

***

Unruhig wandert Julie in ihrem Zimmer auf und ab. Sie kann sich nicht beruhigen. Die ganze Situation war fürchterlich, der Abend die reinste Katastrophe. »Mist, verfluchter!«

»Du sollst doch nicht fluchen, Julie.«

»Entschuldige, Juliette. Aber es befreit so schön. Ich kam mir furchtbar hilflos vor.«

»Tja, meine liebe Julie. So ist das Leben. Es gibt Situationen, da möchte man sich am liebsten wegbeamen.« Juliette lacht laut auf. *»Übrigens, der Patrick steht auf dich. Sei vorsichtig. Aber das habe ich dir ja schon gesagt. Und bevor du ausflippst, nimm einen guten Rat an …«*

»Juliette, bitte! Ich muss da allein durch. Außerdem hatten wir eine Abmachung. Also bitte, halte dich daran!«

»Julie, alles in Ordnung?« Erschrocken wirbelt sie herum. Vor ihr steht Victoria.

»Was willst du? Warum kommst du einfach so in mein Zimmer?«

»Ich hatte geklopft …«

»Ach ja? Ich habe nichts gehört.«

»Ist Juliette bei dir?«

»Nein. Und nun lass mich allein. Ich bin müde.«

Während Victoria die Tür hinter sich zuzieht, huscht ein kleines schiefes Lächeln über ihre Lippen.

14. KAPITEL

Leise vor sich hin summend, befüllt Victoria den Wasserkessel. Sie blickt durch das geöffnete Fenster über der Spüle hinaus in den Garten. Es ist ein schöner Morgen, das weiche Sonnenlicht und das aufgeregte Vogelgezwitscher stimmt sie fröhlich.

»Wo ist Stephan?«

Hinter ihr steht Patrick. Er wirkt zerknirscht und unausgeschlafen. »Auch ich wünsche dir einen guten Morgen«, trällert sie gutgelaunt.

»Na ja …« Er setzt ein gequältes Lächeln auf. »Ich habe nicht sonderlich gut geschlafen.«

»Das sehe ich dir an. Was ist los?«

»Wo ist Stephan?«

»Er ist im Garten. Magst du auch einen Tee?«, fragt sie und stellt den Wasserkessel auf den Herd.

»Warum benutzt du nicht den Wasserkocher?«

»Weil ich Tee kochen möchte und dazu benutze ich den Wasserkessel … Herrgott, seit wann interessiert dich das?«

»Entschuldigung, es ist nur … Victoria, wir müssen reden.«

»Gern. Worüber möchtest du reden?«

»So geht es nicht weiter. Ich kann nicht mehr.«

»Was meinst du? Ich verstehe dich nicht.«

»Wir müssen es beenden. Mir ist klargeworden, dass ich

es nicht länger aushalte, meinen Freund zu hintergehen.« Es kostet ihn Kraft, das zu sagen.

»Aber … ich verstehe nicht. Warum auf einmal? Was ist passiert?«

»Nichts ist passiert. Es ist mein Gewissen, das mich plagt.« Um Vergebung bittend, legt er seinen Arm um ihre Schultern. Der Kessel auf dem Herd zischt und dampft, bis er schließlich ein schrilles Pfeifen von sich gibt.

Victoria windet sich aus seiner Umarmung und wendet sich hastig von ihm ab. Sie braucht Zeit. Bedächtig nimmt sie den pfeifenden Kessel vom Herd. »Sag mir den Grund, Patrick. Das bist du mir schuldig.« Ruhig dreht sie sich zu ihm um. »Ich liebe dich. Du bist alles, wofür es sich lohnt zu leben.«

»Victoria, bitte mach es uns … mir nicht so schwer. Ich … ich werde dir nie das bieten können, was du gewohnt bist.«

»Seit wann ist Geld so wichtig? Ich brauche es nicht. Ich brauche dich!« Pure Verzweiflung liegt in ihren Worten. »Ich werde mich von Stephan trennen …«

»Bitte, Victoria, sei vernünftig! Stephan würde es nicht überleben. Er liebt dich …«

»Nein! Ich werde einen Weg finden, und wenn du denkst, dass ich mittellos bin, dann irrst du dich gewaltig. Auch wenn wir einen Ehevertrag haben, ich habe vorgesorgt. Schließlich bin ich nicht blöd.« Sie ist gereizt. Das Thema Geld stand nie zwischen ihnen. Patrick weiß von dem Ehevertrag und jetzt benutzt er diese fade Ausrede.

»Victoria, ich bitte dich! Es ist besser, wenn wir getrennte Wege gehen.«

»Das glaubst du doch selber nicht, was du da gerade sagst.«

Patrick wendet seine Augen von ihr ab. Er will nicht, dass sie sieht, wie recht sie damit hat.

»Sieh mich an! Sieh in meine Augen und sage mir, dass du mich nicht mehr liebst.«

»Victoria, ich habe mich entschieden …«

»Und wann hast du diese Entscheidung getroffen? Gestern Nacht? Oder war es vor drei Tagen, als du mich auf deinem Schreibtisch gevögelt hast?«

»Bitte, hör auf, so zu reden.« Seine Hand streicht zart die Tränen von ihrer Wange.

Julie hat es sich auf einer Liege im Garten gemütlich gemacht. Der große Kirschbaum spendet lichten Schatten und strahlt Ruhe und Frieden aus. Sie blickt durch das Blätterwerk in den strahlend blauen Himmel und fühlt sich pudelwohl. *Endlich!* Das Buch in ihrer Hand verspricht unterhaltsam zu sein, der laue Wind streichelt sanft ihr Haar. Das Leben ist schön. Mit einem Lächeln schlägt sie die erste Seite auf.

»Was liest du?«

Julie blinzelt der Stimme entgegen. »Ein Buch.«

»Das sehe ich. Zeig mal.« Patrick nimmt ihr das Buch aus der Hand und liest den Titel laut vor. »Ein Sommer am Meer – ein Sommer voller Liebe …« Ein tiefer Seufzer beendet seinen Satz. »Ach, Julie, ich dachte, du liest etwas mit mehr Tiefgang.«

»Was meinst du damit?«

»Nichts weiter. Vergiss es.« Ohne sie zu fragen, setzt er sich auf den Liegestuhl neben ihr und schweigt für eine Ewigkeit.

Julie verharrt abwartend. Sie ist gut darin, zu warten

auf das, was passieren wird. Dank ihrer Mutter, die darauf bestand, dass Julie sich so unauffällig wie möglich benimmt, nicht aus der Reihe tanzt und erst etwas sagt, wenn sie gefragt wird. *Lerne abzuwarten, mein Kind*. Nur einmal hat sie nicht abgewartet. Als ihr Vater sich wieder zu ihr legte, und das war gut so.

Endlich bewegt sich Patrick und sieht sie an. »Was ist wirklich zwischen dir und Victoria vorgefallen, warum habt ihr euch so lange nicht gesehen?«

»Weil ich die Männer töte, die mir zu nahekommen.«

Patrick lacht unsicher und wundert sich über Julies eigenartige Stimme. Sie klingt anders, so dunkel und auf eine angenehme Weise erotisch.

Julie sieht ihn mit geweiteten Augen an. Es war nicht sie, die geantwortet hat, sondern Juliette. In ihrem Kopf wummert es. »Ich … ähm, tut mir leid, das wollte ich nicht«, presst sie panisch hervor.

Dann springt sie vom Liegestuhl auf und ist im Begriff, davonzustürmen, als Stephan plötzlich vor ihr auftaucht. »Julie, sieh nur: Ist sie nicht wunderschön? Bitte nimm sie, sie soll dich an diesen wunderbaren Tag erinnern.«

Julie starrt auf die gelbe Rose und auf die Hand, die sie hält. Kopflos rennt sie an Stephan vorbei, zurück ins Haus. In ihr Zimmer. In Sicherheit!

Patrick will ihr nachlaufen, doch Stephan hält ihn am Arm fest.

»Lass sie, Patrick! Ist besser, wenn du sie in Ruhe lässt.« Nachdenklich sieht er auf die Rose in seiner Hand und legt sie bedacht auf den Liegestuhl neben das Buch.

»Was ist mit ihr?«

»Da musst du mit Victoria reden. Ich werde und kann

nichts dazu sagen. Es ist eine Familienangelegenheit.« Stephan wendet sich zum Gehen, er zögert und dreht sich noch einmal zu Patrick um. Lange sieht er ihn an, entscheidet sich dann aber doch, nichts mehr zu sagen.

***

Völlig aufgelöst stürmt Julie in ihr Zimmer. Wie peinlich hat sie sich gerade eben benommen? Es muss aufhören, dass sie sich versteckt. Juliette muss aufhören! Und sie muss endlich anfangen, der Welt zu sagen, was mit ihr los ist. Sie will leben! Aber würden die Menschen sie verstehen? Würde ein Mann wie Patrick sie verstehen? Akzeptieren, dass in ihr zwei Seelen wohnen? Zwei, die unzertrennlich sind ›*Nichts wird zwischen uns kommen*‹. Dieses Bündnis haben sie geschlossen, und es hat Julie beschützt, wenn sie das Martyrium der gierigen Hände auf ihrem Körper ertragen musste. Die Qual der Erinnerung schnürt ihr die Kehle zu. Ihr Atem geht schwer.

Das Zuschlagen von Autotüren reißt sie aus ihren Gedanken. Sie hört den satten Klang von Stephans Jaguar, der sich ohne Eile entfernt. Julie eilt zum Fenster und blickt auf den Hof. Sie kann gerade noch die Rücklichter von Stephans Wagen sehen, als er auf die Straße abbiegt. Warum hat er ihr die Rose geben wollen? »Ach, verdammt!«, seufzt sie frustriert und will sich gerade vom Fenster abwenden, als sie Victoria und Patrick unten im Hof erblickt. Victoria hat ihre Arme fest vor ihrer Brust verschränkt, ihr Blick ist auf den weißen Kies gerichtet. Unbeholfen steht Patrick vor ihr, dann beugt er sich zu ihr und gibt ihr einen Kuss auf die Wange, er flüstert ihr etwas ins Ohr und Victoria schüttelt energisch ihren Kopf. Bedrückt steigt er in seinen TR5 und fährt mit quietschenden Reifen davon. Kies wirbelt auf.

Victoria steht noch lange in der Einfahrt und sieht den sich schnell entfernenden Rücklichtern nach. Julie fühlt sich plötzlich deplatziert. Sie würde am liebsten auf der Stelle nach Hause fahren. Aber kann sie ihre Schwester jetzt alleinlassen? Sie spürt, dass Victoria traurig ist. Sieht, wie sich diese gerade über das Gesicht wischt. Weint sie etwa? Was ist da zwischen ihr und Patrick?

15. KAPITEL

»Julie, komm runter! Endlich sind wir allein und können machen, was wir wollen.« Victoria lacht wie ein Teenager. »Komm schon, Schwester.« Das Wort *Schwester* klingt hart.

Unentschlossen, ob sie der Aufforderung von Victoria folgen soll, verharrt Julie in ihrem Zimmer. Ein erneutes Rufen lässt ihr keine andere Wahl.

Während sie die knarrende Treppe hinabsteigt, beobachtet sie Victoria, die sich lässig ihr offenes Haar zu einem Zopf bindet. Sie scheint sich wieder gefangen zu haben. Von der gerade eben noch schwachen Frau, die weinend in der Einfahrt steht, ist keine Spur mehr. Victoria ist eine Meisterin der Selbstdisziplin. Julie bereut sofort, dass sie noch vor ein paar Minuten Mitleid mit ihr hatte.

»So, nun haben wir das ganze Haus nur für uns. Ich komme mir vor wie damals, als Mutter zum Einkaufen war, der Hinterwäldler seiner Arbeit nachging und wir aufatmen konnten … Erinnerst du dich?« Kaum hat Victoria die Worte ausgesprochen, beißt sie sich sofort auf die Unterlippe. Sie bemüht sich, einen fröhlichen Ton anzuschlagen. »Was wollen wir anstellen? Hast du Hunger? Ich habe Bärenhunger.«

Julie steht immer noch auf dem Treppenabsatz und schaut Victoria hinterher, wie sie in die Küche verschwindet. »Komm, Julie. Ich mache uns was zu essen!« Sie klingt überdreht.

Langsam nähert sich Julie der Küche und lehnt im Türrahmen. Für eine Sekunde wünscht sie sich, dass Stephan und Patrick wieder zurückkommen. Victoria macht sie nervös, wie sie hektisch den Kühlschrank auf und zu macht und allerlei Lebensmittel auf den groben Holztisch stapelt.

»Was ist los, Vic?«

»Was soll los sein? Nichts! Ich habe nur Hunger. Also, lass uns essen.«

Julie setzt sich auf eine Holzbank vor dem Tisch und sieht Victoria dabei zu, wie sie Unmengen an Essen wahllos in sich hineinstopft. »Ich habe dich noch nie so gesehen, Vic. Du machst mir Angst.«

»Weißt du was, mir macht es auch Angst.« Sie seufzt schwermütig und lässt die Hähnchenkeule, die sie am Vorabend gegrillt hatten, angewidert auf den Teller sinken. »Du hast recht, ich benehme mich unmöglich, aber hey, wir sind doch unter uns. Wir sind Schwestern.«

»Vic, wir sind Schwestern, die sich nicht kennen.«

»Dann sollten wir es nachholen, denn deshalb sind wir ja hier.« Provokant sieht sie Julie an. »Frag mich. Was willst du über mich wissen?«

»Ich weiß nicht, ob das jetzt ein guter Zeitpunkt ist. Du bist viel zu aufgebracht.«

»Bullshit! Ich bin ganz normal. Also, frag. Los!«

Unsicher blickt Julie sie an, dann gibt sie sich einen Ruck. »Also gut. Was war das gestern Abend, als du sagtest, dass es Stephans Idee war, dass wir uns wiedersehen … ich meine, dass wir wieder *zueinanderfinden* sollten?« Ihr Herz klopft bis zum Hals. Denn diese Frage ist die wichtigste überhaupt. Lange hatte sie darüber nachgedacht, warum Victoria so unerwartet in ihr Leben platzte, doch nie hatte sie den Mut, nach dem Warum zu fragen.

»Nun, um ehrlich zu sein. Ja, er hat mir immer wieder zu verstehen gegeben, dass ich dir gegenüber eine Verantwortung habe, dass es nicht nur dir, sondern auch mir guttun würde, wenn wir wieder Kontakt haben.« Sie nimmt die angeknabberte Hühnerkeule wieder auf und betrachtet sie lange und eingehend.

»Ich weiß, das klingt jetzt abgedroschen, aber du warst immer in meinen Gedanken. Wir haben schließlich dasselbe Schicksal geteilt.« Sie löst ihren Blick von der Hühnerkeule und legt sie zurück auf den Teller. Julie schweigt und das strapaziert Victorias ohnehin schon angefressene Nerven. Doch sie will es nicht auf die Spitze treiben. Und ja, sie muss sich beruhigen. »Es tut mir leid, dass ich so lange gewartet habe.«

»Du hast ganze zweiundzwanzig Jahre gebraucht«, presst Julie hervor. »Warum hast du mich damals einfach so alleingelassen? Warum war ich dir egal und warum auf einmal willst du, dass wir so tun, als wären wir die besten Schwestern.«

Stille schwebt wie dichter Nebel über dem Tisch. Kein Geräusch dringt hindurch.

»Weil ich sechzehn Jahre alt war damals, weil ich Gott verflucht nur an mich gedacht habe, an mich und an dieses Arschloch, dem ich entkommen musste! Ich habe nicht nachgedacht. Damals. Es war eine Kurzschlusshandlung und dann war ich weg. Es fühlte sich gut an. Ich hatte dich und Mutter aus meinen Gedanken verdrängt. So wie alles andere auch. Ich wäre vor die Hunde gegangen, wenn ich noch einmal zurückgekommen wäre.«

»Ich glaube dir kein Wort. Ich war sechs Jahre, Vic. Sechs! Ich musste deinen Platz einnehmen! Verstehst du? Ich war allein!«

»Du hattest Juliette!«

Julies Oberkörper wiegt sich vor und zurück. Die Erinnerung an die Ängste, die Erniedrigung und die Schmerzen sind überwältigend. Ihr Blick wandert ruhelos durch die Küche, dann richtet er sich auf Victoria. »Du bist eine feige Lügnerin! Nicht Julie und ich, sondern du hättest diesem Schwein den Garaus machen sollen.«

Victoria hält sich vor Schreck die Hand vor den Mund. Leise und ungläubig flüstert sie durch ihre Finger: »Juliette?«

»Ja, und ich erzähle dir jetzt mal, wie es so war. Möchtest du es hören, Victoria?«

»Julie, bitte! Sprich du mit mir … sie macht mir Angst.«

Es ist nur ein Flüstern. Victoria rührt sich nicht einen Millimeter. Gebannt starrt sie auf Julie, die nicht länger Julie ist. Wie abwesend ihr Gesichtsausdruck ist, wie leer ihre Augen …

Tief und lang atmet Julie ein und aus. Ganz allmählich klingen ihre ruckartigen Bewegungen ab und ihr eben noch blanker Ausdruck gewinnt an Leben. »Wir haben dieses Schwein abgeschlachtet und Juliette hat recht, eigentlich wäre es deine Aufgabe gewesen.« Flüchtig sieht sie Victoria an. »Willst du wissen, wie wir es getan haben?«

Stumm nickt Victoria und wünscht sich inständig, dass es schnell vorübergeht.

»Eines Nachts kam er in mein Zimmer. Ich habe schon geschlafen, aber ich war vorbereitet. Mein Schlaf war nie tief zu dieser Zeit. Juliette hatte mir gesagt, wie wir es machen. Gemächlich näherte er sich meinem Bett. Ich roch seinen von Alkohol getränkten Atem, das mit Schweiß vermischte Aftershave. Ich blinzelte und sah seine Hände, die zu einem Kelch geformt waren. Ich hatte mich nass gemacht. Ich wusste, was als Nächstes kommen würde. Er wollte mich ficken. Seit ich sechs Jahre war, fickte er mich. Und immer wieder hatte er dasselbe Ritual.« Julie hält ihren Atem an. Die Bilder in ihrem Kopf sind so präsent, so brutal real.

»Als er an meinem Bett stand, öffnete er seine Hände und es rieselten gelbe Rosenblätter auf mich hernieder. Das war das Zeichen für einen Fick. In jeder meiner Körperöffnungen fickte er mir die Seele aus dem Leib.« Julies Augen sind starr auf einen Punkt im Nirgendwo gerichtet. Es vergehen unendliche Sekunden, bis sie weitersprechen kann.

»Juliette hat mir gesagt, wie wir es machen. Ich vertraute ihr und dennoch hatte ich unsagbare Angst zu versagen. Als er sich sicher war, dass ich die Rosenblätter bemerkt hatte, zog er sich die Hose herunter und betrachtete mich mit diesem freundlichen Lächeln. Und erst, als ich mich bewegte, beugte er sich zu mir herunter … und das war der Moment. Mein Moment. Ich ließ ihn auf mich sinken, machte meine Beine breit und als er sein Gesicht an meinem Hals vergrub, holte ich das lange scharfe Messer hervor, das ich unter dem Kopfkissen versteckt hatte. Ich stach zu, immer und immer wieder.«

Die Küche ist mittlerweile in ein schummriges graues Licht getaucht. Victoria ist wie erstarrt. Sie hatte die Polizeiakte gelesen, sie hatte mit den zuständigen Psychiatern gesprochen, doch das, was sie gerade gehört hat, übertrifft ihre kühnste Vorstellung von dem, was ihre kleine Schwester durchmachen musste. Jetzt ist sie bereit, muss es sein, auch noch den Rest von Julies Geschichte zu erfahren. Sie muss es wissen. Es ist wichtig für ihre Zukunft.

»Was war mit Mutter? Was ist dann passiert?«

Julie lacht ein kehliges Lachen. »Sie ist in mein Zimmer gekommen, sah mich mit ihren riesigen traurigen Augen an und sagte zu mir: ›Du bist ein mutiges Kind. Ich liebe dich so sehr‹. Ich lag da, mit diesem Mistkerl auf mir und sie tat nichts!«

Heftig springt Julie auf, sie kann nicht mehr, ihr Kopf pulsiert. Die Bilder darin sind ein einziger Schmerz. Sie möchte weinen, aber sie kann nicht. Lange sieht sie auf Victoria, die wie versteinert auf die mittlerweile schrumpeligen Hähnchenkeulen starrt. »Du willst wissen, was dann passiert ist? Warum, Vic? Warum interessiert dich das so plötzlich?«

»Weil ich es wissen muss … ob …«

»Was? Ob ich sie auch umgebracht habe?«

Victoria nickt.

»Nein, das hat sie selber getan. Sie hauchte mir einen Kuss auf die blutverschmierte Stirn und ließ mich allein in all dem Blut und mit diesem toten Schwein auf mir. Juliette und ich wussten nicht, was wir tun sollten. Es hat lange gedauert, bis ich diesen Mistkerl von mir geschoben hatte. Ich denke, ich war eine Stunde oder auch zwei einfach nur in meinem Zimmer.« Julie lacht plötzlich amüsiert. »Wir haben Lieder gesungen, lustige Lieder. Irgendwann bin ich aus meinem Zimmer und habe nach Mutter gerufen. Und da hing sie. Sie hatte sich aufgehängt in ihrem Schlafzimmer, an der Gardinenstange.«

Julie kichert in sich hinein. Dann spricht sie mit ernster

Stimme weiter. »Erinnerst du dich, was sie immer sagte: ›Daran kann man einen Bären hängen. So fest ist sie‹. Wie stolz sie darauf war, diese beschissene Stange eigenhändig an die Wand gebracht zu haben … Weißt du, was ich denke? Sie hat schon sehr früh daran gedacht, sich genau dort aufzuhängen.«

Worte von damals kriechen wie unerwünschte Gäste in Julies Kopf. Worte, die ihre Mutter so liebevoll zu ihr sagte, wenn sie allein waren. *Du bist mein Sonnenschein und ich weiß, du wirst mich eines Tages glücklich machen.* Sie küsste dann Julies Augen und strahlte sie glücklich an. Das waren die schönsten Momente in Julies Leben.

Die Luft in der Küche ist stickig und durchtränkt von düsteren Erinnerungen. Victoria schluckt trocken. Am liebsten würde sie das Fenster weit öffnen, doch sie wagt es nicht, sich zu bewegen.

»Du hättest ihn töten sollen, Vic. Es wäre deine Aufgabe gewesen.« Müde reibt sich Julie über ihre Augen, dann legt sie ihre zitternden Hände in den Schoß. »Du hättest mich nicht alleinlassen dürfen.«

Ein langes Schweigen erfüllt den Raum. Durch die Fenster dringt das Licht des Mondes und wirft harte Schatten auf ihre Gesichter. Victoria räuspert sich laut. Sie muss diesen Wall der Vergangenheit durchbrechen. »Ich war sechzehn Jahre, Julie! Teenager und Wrack zugleich! Ich konnte nicht mehr. Der einzige Gedanke war, vor diesem Schwein zu fliehen.« Langsam erhebt sie sich und setzt sich vorsichtig neben Julie. »Es tut mir leid, dass ich nur an mich gedacht habe. Ich werde versuchen, es wiedergutzumachen«, flüstert sie und legt ihren Arm um Julies Schulter. Sie spürt, wie sich Julies Körper noch mehr verkrampft. So gern würde sie ihren schmächtigen Körper jetzt an sich drücken, aber sie kann es nicht. Sie empfindet Mitleid, aber sie spürt keine Verbundenheit. Alles, was Victoria erlebt hat, gehört zu jener Vergangenheit, die sie aus ihren Gedanken und ihrem Herzen verbannt hat. Alles! Auch die kleine Julie und ihr Schicksal. Sie hat die Angst und die Wut und die Ohnmacht fest verschlossen, als sie damals geflohen war, und den Schlüssel in die Düsternis der Vergangenheit geworfen. Doch jetzt ist alles wieder da. Julie, die Wut und die Schuldgefühle.

»Du hast recht. Vielleicht hätte ich dieses Schwein töten sollen. Damit wäre dir das Leid erspart geblieben. Aber ich war nicht so stark wie du. Ich hatte keine Juliette. Ich war allein, als ich damals panisch das Haus verließ. Selbst noch ein halbes Kind. Mit nichts auf dem Leib außer meinen Klamotten. Kein Geld. Keine Zukunft. Ein Leben von einem warmen Bett zum nächsten, das ich bereitwillig mit jedem dahergelaufenen Kerl teilte. Bis ich irgendwann auf Stephan traf. Er hat mich aufgenommen, mich aus dem Elend befreit. Und ich bin ihm aus tiefster Seele dankbar für seine Loyalität, seine Fürsorge, sein Verständnis und seine Liebe.« *Doch unsere Zeit ist vorüber.* Dieser Gedanke ist für Victoria der Anker in ihrem Leben. Alles, was noch zählt.

Das Klingeln des Telefons lässt beide zusammenzucken. Victoria ist dankbar für diese Unterbrechung. Nur zu gern springt sie auf.

Hastig ergreift sie das Telefon in der Diele. *Bitte, lass es Patrick sein.* Nicht einen Moment bereut sie diesen Gedanken. Sie will seine Stimme hören, die ihr sagt, dass es ihm leidtut, dass er alles zurücknimmt und sie immer noch liebt. Ihr Herz schlägt schnell. »Hallo?«

»Hallo, Liebes. Geht es dir und Julie gut?« Stephan. Er klingt müde und verunsichert. Victoria strengt sich an, ihre Enttäuschung unter Kontrolle zu halten. »Es geht uns gut. Wir reden. Und ja, es ist erschreckend aber wichtig ... Stephan, ich melde mich. Okay? Bitte nicht böse sein, dass ich so kurz angebunden bin.«

»Ich verstehe das und bin froh, dass ihr ein paar Tage nur für euch habt. Nutzt die Zeit, um euch besser kennenzulernen und euch auszusprechen.«

Unwillkürlich rollt Victoria genervt mit den Augen. »Ja, ich bin auch froh. Also, gute Nacht. Ich melde mich.«

»Victoria ...? Ich liebe dich.«

Eine Woge aus Schock und Adrenalin rast in Sekundenschnelle durch ihren Körper. Es kribbelt in ihrem Magen. »Ja, ich dich auch.« Hastig legt sie auf. Schweiß hat sich auf ihrer Stirn gebildet. Sie blickt auf ihre Hände, die wie Espenlaub zittern.

Während sie in die Küche zurückgeht, knipst sie die Deckenbeleuchtung an. Der Spuk der alten Geister verschwindet mit dem grellen Licht der Halogenstrahler. Hastig öffnet sie das Fenster, um auch noch den letzten Rest der bedrückenden Stimmung herauszulassen. Der Wind hat aufgefrischt und der Klang des Windspiels vor dem Fenster, das sie sonst immer beruhigt, zerrt jetzt an ihren Nerven.

»Wer war das?«

»Stephan. Ich soll dich grüßen.« Victoria holt eine Flasche Wein aus dem Kühlschrank. »Magst du auch ein Glas?«

»Ja, sehr gern.« Julie beobachtet jede Bewegung von Victoria und plötzlich wird ihr bewusst, dass sie nicht das verkörpert, was Julie die letzten zwei Jahre in ihr gesehen hat. »Warum betrügst du ihn?«

Die Frage lässt Victoria zusammenzucken, fast wären ihr die Gläser aus der Hand geglitten. »Wie kommst du denn darauf?«, fragt sie empört und stellt die Gläser auf den Tisch.

»Ich habe euch gesehen, als ihr euch verabschiedet habt. Du und Patrick. Und gestern Abend, wie ihr euch immer berührt habt. Es war so eindeutig.« Julie greift nach der Flasche und gießt den Wein in die Gläser. Dann nimmt sie einen kräftigen Schluck und betrachtet Victoria eingehend. Es amüsiert sie, wie die sonst so souveräne Victoria jetzt nach den richtigen Worten sucht, wie sie unsicher darauf herumkaut und doch keinen Satz formulieren kann.

»Verdammte Hure! Du vögelst mit dem Freund deines Mannes, dem du für seine Loyalität und Liebe so beschissen dankbar bist? Was bist du nur für eine gottverfluchte Heuchlerin!« Es ist Juliette, die Julies Gedanken laut herausbrüllt. Noch bevor Julie reagieren kann, trifft Victorias Hand ihre Wange.

16. KAPITEL

In der Nacht hat es geregnet. Und jetzt in der aufgehenden Sonne bilden sich Nebelschwaden, die wie ein Seidentuch über das feuchte Gras wabern und immer höher steigen, je mehr die aufkeimende Wärme der Sonne auf sie trifft.

Das Surren der Räder ist kräftig und gleichmäßig. Julie genießt die feuchte Luft, die kühl durch ihre Lungen strömt. Es ist wie ein Rausch, auf dem Fahrrad dahinzugleiten, vorbei an den Obstfeldern und dem Deich. Sie ist früh aufgestanden. Das Haus war still und so friedlich, doch die Erinnerung an die vergangene Nacht ist deprimierend. Warum hat es sie so aufgeregt, dass Victoria eine Affäre mit Patrick hat? Es geht sie nichts an. Es ist nicht ihr Leben.

Julie steigert sich immer mehr in diese Gedanken hinein, sie kann nichts dagegen tun, obwohl sie weiß, dass es ihr nicht guttun wird. Und noch eine schleichende Erkenntnis nimmt von ihr Besitz. Sie wird es niemals schaffen, dass Juliette sich zurückhält mit ihren bissigen Kommentaren.

»Ha, ja, das hättest du wohl gern. Ehrlich, Julie, deine Gedanken machen mich traurig.«

Julie sieht neben sich, wie Juliette versucht, mit ihrem Tempo mitzuhalten. Sie tritt noch kräftiger in die Pedale, denn sie will sich jetzt nicht mit Juliette auseinandersetzen. Sie ahnt, was sie ihr sagen wird.

»Bitte, mein Herz! Halte an und rede mit mir. Du weißt, dass wir eine Lösung finden müssen. Es tut mir leid, dass ich so vorlaut war. Aber weißt du, warum du so aufgebracht warst? Weil du Gefallen an Patrick gefunden hast und weil Victoria es ist, die von ihm gevögelt wird und nicht du. Aber das willst du ja sowieso nicht, weil du es gar nicht über dich bringen kannst, dass ein Mann dich berührt.« Die Worte sind laut, harsch und ungeschönt.

Julie bebt vor Entrüstung. Natürlich hat Juliette recht, aber niemals würde sie es zugeben. Sie bremst hart und springt vom Rad. Ihre Beine zittern von der ungewohnten Anstrengung. Sie ist bestrebt, nicht auf das Thema Patrick einzugeben, will nicht darüber diskutieren, denn sie fürchtet, dass sie verlieren wird.

Juliette ist neben ihr angekommen, ein schüchternes Lächeln auf ihren Lippen, ihr Blick schweift über den Kanal. *»Schön ist es hier. So friedlich. Und wie das hier riecht.«* Geräuschvoll zieht sie die Luft durch ihre Nase. Völlig entspannt, als wäre nichts gewesen, lächelt sie Julie an.

Und Julie muss sich zusammenreißen, um nicht vor Wut laut loszuschreien. »Lenk nicht ab! Wir hatten eine Abmachung und du hast dich nicht daran gehalten.«

»Ach, mein Herz. Begreif doch endlich, dass ich nur deine Gedanken ausspreche. Vielleicht solltest du ein wenig mehr daran arbeiten, dich besser unter Kontrolle haben. Dann bin ich auch still.«

»Du wirst nie still sein. Es sei denn, ich zerschmettere mein Gehirn.« Julie schluckt hart, denn ihre Worte, ihre

Gedanken entsprechen der Wahrheit. Ihrer Wahrheit und ihrem Drang, diesem Elend endlich ein Ende zu setzen.

»Daran solltest du nicht einmal denken. Schäm dich! Nach allem, was wir durchgemacht haben.«

»Ja, das ist es doch. Ich werde es nie schaffen!«, brüllt Julie empört.

Ein Obstbauer, der zwischen seiner Kirschplantage wandelt, sieht erstaunt auf, als die lauten Worte zu ihm herüberwehen. Eine unangenehme Störung an diesem herrlichen Morgen, wie er findet. Ratlos schaut er hoch zum Deich, zu der Frau mit dem Fahrrad, das zwischen ihren Beinen klemmt. Mit einer Hand balanciert sie das Rad und mit der anderen gestikuliert sie wild. Ihre Worte sind wütend und vom Weinen verzerrt. Stirnrunzelnd wendet er seinen Blick von ihr ab und schüttelt ungläubig seinen Kopf.

Julie ist plötzlich still. Sie ringt nach Luft und den richtigen Worten. »Juliette, etwas hat sich verändert zwischen uns. Mein Leben ändert sich, ich bitte dich, mir dabei zu helfen.«

Juliette schweigt. Keine Zustimmung oder Ablehnung von ihr. Nur eisiges Schweigen.

Entschlossen schwingt Julie sich auf ihr Fahrrad und radelt rasch davon. Ihre Gedanken drehen sich im Kreis. Sie weiß, dass sie immer nur mit sich selbst redet. Sie weiß, dass Juliette ihre Stütze im Leben ist, aber auch eine Bürde, die sie erdrückt. Und dennoch kann sie ohne Juliette nicht leben. Sie ist eins mit ihr.

Ihr Atem geht keuchend. Tränen rinnen nur so von ihren Wangen, heiß und nicht willkommen. Sie ist froh, dass niemand sie gesehen hat, wie sie dort auf dem Damm stand und lautstark eine Diskussion mit sich selbst führte. Sie verringert ihr Tempo, lenkt ihre Gedanken auf etwas Schönes. Die Sonne, die mittlerweile den Nebel aufgesogen hat und ihr goldenes Licht so klar und rein gen Erde schickt, dass die Konturen der Landschaft ihre gewohnte Schärfe erhalten. Die seidige Luft, die nach Meer schmeckt. Die Stare, welche in perfekter Formation von einem Kirschenbaum zum nächsten fliegen. Julie saugt die Szenerie in sich auf wie ein Schwamm. Ein Hauch von Glückseligkeit berührt sie.

Unterhalb des Damms entdeckt sie ein Haus mit einem Garten, der einem Blumenmeer gleicht. Bunt, frech und fröhlich streben riesige Stockrosen zum Himmel. Petunien, die ihre Blüten weit geöffnet haben, Margeriten, die sich rein und unschuldig im sanften Wind wiegen. Mitten in dieser Oase des Friedens befinden sich Kinder, die andächtig vor kleinen Staffeleien stehen oder hocken. Hochkonzentriert schwingen sie mit ihren kleinen Händen die Pinsel über die Leinwände. Ihre Augen huschen zwischen Leinwand und dem Blumenmeer hin und her. Mitten unter den Kindern erspäht Julie eine Frau. Sanft und zufrieden lächelt sie den Kindern zu, ermutigt sie, gibt ihnen Anweisungen.

Julie hat ihr Rad gestoppt. Wie versteinert beobachtet sie die friedvolle Atmosphäre. Dann bemerkt sie, dass die Frau in einem Rollstuhl sitzt. Mühsam manövriert diese den Rollstuhl zwischen den aufgestellten Staffeleien und Blumenrabatten hindurch. Ihr Haar ist kurz, wie das von Julie, nur dass es die Farbe von hellem Weizen hat. Die Frau legt ihren Kopf in den Nacken und lacht ungehemmt auf, als ein Kind versehentlich die Blüte einer Stockrose in seinen Händen hält – bei dem Versuch, sie genauer zu studieren.

Unwillkürlich muss Julie ebenfalls lachen. Eine Welle von Freude und Traurigkeit spült durch ihren Körper. Fasziniert stellt sie fest, dass diese Frau trotz ihrer Behinderung glücklich wirkt. Eine Woge der Wehmut überrollt plötzlich ihre Sinne. Sie will sich von dieser Idylle lösen, jedoch fällt es ihr unsagbar schwer.

Die Frau mit dem Weizenhaar hat sie bemerkt und sieht in Julies Richtung. Sie beschattet mit einer Hand ihre Augen gegen das Sonnenlicht.

Julie nickt flüchtig einen Gruß und radelt rasch davon.

***

Ununterbrochen sieht Victoria auf ihre Armbanduhr. Die Zeit schleicht dahin. Genervt verflucht sie sowohl sich selbst als auch Julie. Sie hat sich dieses Treffen anders vorgestellt. Nicht so dramatisch und emotional. Natürlich war ihr klar, dass es nicht einfach sein würde, aber der gestrige Abend sprengte all ihre Vorstellungen. Und jetzt macht sie sich tatsächlich Sorgen um Julie. »Mist, verdammter!«, entfährt es ihr und zum hundertsten Mal geht sie hinaus auf den Hof und beobachtet die Einfahrt zum Grundstück. Sie ist ratlos. Was soll sie tun? Soll sie die Polizei rufen? Victoria muss selbst über diese Idee lachen, denn was soll sie ihnen sagen? Dass ihre Schwester nicht alle beisammen hat, dass sie sich gestritten haben, weil Julie sie mit der puren Wahrheit konfrontierte?

»Verflucht noch mal«, stößt sie seufzend hervor, während

ihre Augen unaufhörlich die Auffahrt absuchen – in der Hoffnung, dass Julie jede Sekunde auftaucht. Langsam wendet sie sich dem Haus zu. Das Bedürfnis, Patrick anzurufen, muss sie mühsam unterdrücken. Sie sehnt sich nach seiner Stimme, nach seinen Berührungen. Noch einen letzten Blick wirft sie zur Einfahrt und begibt sich dann entschlossen in die Diele. Sie muss mit ihm sprechen.

Im Wohnzimmer liegt immer noch ihre Tasche. Sie kramt ihr Smartphone hervor, ihr Herz schlägt bis zum Hals. Tausend Gedanken lassen ihren Kopf zum Überquellen bringen. Was sagt sie ihm nur? Auf keinen Fall darf es so klingen, als würde sie ohne ihn nicht leben können.

Seine dunkle Stimme meldet sich. Er klingt müde. »Hallo, ich bin es.« Die Stille am anderen Ende lässt ihr Blut in den Adern gefrieren. Und dann die Erlösung.

»Victoria. Ich bin froh, dass du dich meldest. Wie geht es dir? Ich … ich wollte dich auch schon anrufen.«

Victoria atmet entspannt aus und schließt ihre Augen vor Erleichterung.

Julie lehnt das Fahrrad an die Hauswand und eilt in die Diele. Sie will so schnell wie möglich in ihr Zimmer. Eine Dusche nehmen und sich überlegen, wie es jetzt weitergehen soll. Bleiben oder darauf bestehen, nach Hause zu fahren? Ganz tief in ihrem Inneren möchte sie gern bleiben. So hart es gestern Abend auch für sie war, das Reden hat gutgetan. All die Jahre hat sie darauf gewartet, Victoria zu erzählen, wie es für sie war. Als Kind hatte sie oft schlaflos im Bett gelegen und sich ausgemalt, wie Victoria reagieren würde. Damals hatte sie fest daran geglaubt, dass Victoria sie mit offenen Armen aufnimmt und all ihre Wunden mit Küssen bedeckt. Julie muss lachen, denn die Vorstellung ist so fremd. Ein typischer Kleinmädchentraum.

Leise öffnet sie die Haustür. Es ist still. Sie wägt ab, ob sie nach Victoria rufen soll, entscheidet sich aber dagegen. Langsam schleicht sie sich zur Treppe und hält inne, als sie Victorias Stimme aus dem Wohnzimmer hört. Lieblich, humorvoll, mit einem Lächeln darin. Julies Neugier ist geweckt. Vorsichtig schleicht sie durch den Flur. Neben der Tür presst sie sich an die Wand und linst verhalten ins Wohnzimmer.

Victoria sitzt auf dem Sofa, ihre Beine untergeschlagen, eine Hand spielt mit ihrem Haar. Sie lacht laut auf, dann wird sie plötzlich ernst. Julie hält ihren Atem an, um besser lauschen zu können.

»Patrick, ich muss dich sehen. Ich muss, denn es gibt da etwas, was ich mit dir besprechen will und die Zeit drängt. Ich kann nicht warten, bis ich wieder in Hamburg bin.« Stille. »Bitte, Patrick, sag so etwas nicht. Ich dachte, dass du …« Ihre Stimmung schlägt unerwartet um. »Verstehe. Nein, schon gut.« Sie wirft ihr Smartphone aufs Sofa.

Auf Zehenspitzen schleicht Julie die Treppe hinauf. Leise schließt sie ihre Zimmertür und atmet erst jetzt erleichtert aus. Noch während sie das Bad ansteuert, zieht sie sich ihr verschwitztes T-Shirt über den Kopf. Ihr Blick fällt aufs Bett und sie erstarrt.

Auf ihrem Kopfkissen liegt ihr Buch, das sie auf dem Liegestuhl vergessen hat. Eine gelbe Rose darauf. Julie zittert am ganzen Körper, ihr Sichtfeld verengt sich. Ein panischer Schrei dringt aus ihrer Kehle. Sie versucht zu atmen. Immer tief ein und aus. *Nicht überreagieren, einfach atmen!*, redet sie sich selber zu.

Geradewegs wird die Tür aufgestoßen. »Julie! Was ist los? Warum schreist du so?«

Julie ringt mit sich und den Worten. Immer wieder muss sie Schlucken und Victorias verstörter und strenger Blick helfen ihr nicht. Und dann stößt sie scharf die Worte hervor. »Hast du das Buch und die Rose auf mein Bett gelegt?« Die Panik, die sie erfüllt, ist nicht zu überhören und auch Entrüstung schwingt eindeutig mit.

»Beruhige dich, was für ein Buch und was für eine Rose? Wovon sprichst du?«

Mit zitternden Fingern deutet Julie auf das Kopfkissen. Auf dem ein Buch mit einer sorgfältig drapierten gelben Rose liegt. Es hat etwas Sinnliches, Erotisches an sich, als wäre es ein Geschenk für eine Geliebte. *Das war das Zeichen für einen Fick. Er hatte immer dasselbe Ritual.*

Victoria braucht einen Moment, bis sie begreift. Sie hebt die Rose auf und in diesem Moment rieseln die gelösten Blüten aufs Bett. Als hätte sie sich an den Dornen gestochen, lässt sie den nun nackten Stiel fallen.

Es ist still im Zimmer. Julie schlingt schützend die Arme um ihren entblößten Oberkörper.

Victorias Augen wandern zu ihr. Bedacht bewegt sie sich auf Julie zu, reicht ihr eine Bluse, die sie vom Stuhl neben dem Bett genommen hat. Hastig ergreift Julie die Bluse und wendet sich von Victoria ab.

Mit einer Spur von Mitleid betrachtet Victoria den nackten Rücken von Julie.

»Vielleicht war es Juliette?«

»Wie kommst du darauf? Natürlich nicht!«

»Nun … ich weiß nicht, es ist doch nur … Herrgott, du und Juliette! Kann es nicht sein, dass du … ich meine Juliette …« Sie spricht den Satz nicht zu Ende. »Julie, wir haben gestern Abend über deine Vergangenheit gesprochen, auch von den gelben Rosenblättern. Vielleicht war das zu viel für dich?«

Julie starrt sie mit ihren großen blaugrünen Augen an. Wut, Fassungslosigkeit und unendliche Traurigkeit schwimmen darin. Ohne Victoria zu antworten, flieht sie ins Bad und schließt die Tür hinter sich ab.

Ihr Körper bebt, ihr Kopf dröhnt. Sie blickt in den Spiegel und sieht eine junge Frau, die nicht weiß, wer oder was sie wirklich ist. Mit bebenden Fingern kramt sie aus dem Spiegelschrank ihre Beruhigungspillen.

Victoria kann Julies Weinen hören. Sie ist versucht, versöhnliche Worte durch die Tür zu schicken. Doch was kann sie ihr sagen? Was könnte Julie trösten?

17. KAPITEL

Es ist weit nach Mitternacht. Der volle Mond schickt sein kaltes Licht durch die Bäume. Lange gespenstische Schatten tanzen an der Wand und kriechen über ihre Bettdecke.

Angestrengt starrt Julie ins Nichts. Sie kann nicht schlafen. Zuviel geht ihr durch den Kopf. Zu viele Fragen, auf die sie keine Antwort findet oder finden will. Vielleicht sollte sie sich ablenken, einfach so tun, als wäre die Welt um sie herum in Ordnung. Immer wieder schielt sie auf den kleinen Tisch neben ihrem Bett. Dort liegt das Buch, das sie so gern lesen möchte, sich aber nicht traut, es in die Hand zu nehmen. Victoria hat alle Rosenblätter entsorgt, sogar ihr Bett frisch bezogen. Alles ist rein und sauber, da ist nur noch dieses Buch, das ihr Kopfzerbrechen bereitet. *Es ist nur ein Buch, verdammt noch mal. Reiß dich zusammen!* Beherzt schnappt sie danach. *Es ist nur ein Buch!* Sie schlägt es auf, liest, aber sie nimmt die Worte nicht auf.

Irgendwann hat der Schlaf sie übermannt. Das Buch ist ihr aus der Hand geglitten und zu Boden gefallen. All die süßen Worte, die dort stehen von Liebe und Geborgenheit, haben Julie nicht erreicht. Sie wälzt sich unruhig hin und her. Bilder rauschen durch ihren Kopf. Verschwommen, nicht greifbar und ohne Zusammenhang. Doch die Angst, die sie auslösen, lässt Julie aufschrecken. Ein vertrauter Geruch steigt ihr in die Nase. Es ist *sein* Geruch. Sofort ist sie hellwach.

Wild und ohne Orientierung hetzen ihre Augen durch den Raum und bleiben an der Tür hängen. Ein schwacher Lichtstrahl scheint unter dem Spalt hindurch und kriecht über den Holzboden. Wie gebannt sind ihre Augen darauf gerichtet. Das leise Knarren der alten Holztreppe lässt Julie ihren Atem anhalten. Der Lichtstrahl wird von einem dunklen Schatten verdrängt. Stille. Wie betäubt stiert sie auf den Türgriff. Sie formt ihren Mund zu einem Schrei, doch kein Laut dringt heraus. *Beweg dich, Julie. Schnell!*

Wild tastet sie nach der Nachttischlampe, endlich findet sie den Knopf. Warmes heimeliges Licht verdrängt die gespenstische Dunkelheit. Kein Lichtstrahl, der durch die Ritze der Tür ins Zimmer dringt. Kein Schatten, der sie ängstigt, ist dort zu sehen. Nichts. Nur das Licht der Nachttischlampe und des Mondes gesellt sich stumm zu ihr.

18. KAPITEL

»Guten Morgen, Julie. Hast du gut geschlafen?« Victoria sitzt am reichlich gedeckten Frühstückstisch und gießt sich Kaffee ein. »Magst du auch?«

»Ja, danke. Das sieht toll aus, aber wer soll das alles essen?« Julie bemüht sich, normal zu klingen. Sie hat sich vorgenommen, nichts von der gestrigen Nacht zu sagen, denn sie ist sich nicht einmal sicher, ob es real war.

Victoria beobachtet Julie aus den Augenwinkeln, auf der Suche nach Anzeichen, ob der Spuk des gestrigen Tages noch an ihr haftet. Nach einer Weile des Schweigens fragt sie mit einer betont fröhlichen Note in ihrer Stimme: »Wollen wir etwas unternehmen? Was hältst du davon, wenn wir auf eine dieser Obstplantagen fahren, Äpfel oder Kirschen kaufen und daraus einen Kuchen backen?« Victoria ist voller Energie und Julie lässt sich von ihr anstecken.

Zwei Stunden später kommen sie beladen mit Obstkisten und diversen Tüten wieder zurück. Die Küche gleicht im Nu einem Obstladen. Victoria lacht laut auf und schüttelt dann den Kopf. »Ich denke, wenn wir alles verarbeiten, können wir gut und gern hundert Kuchen backen.«

»Kannst du das denn? Ich meine, backen?« Julie lehnt an der Spüle und sieht Victoria dabei zu, wie sie die Kirschen entkernt.

»Ja, mittlerweile kann ich es ganz gut. Ich habe es gelernt. Stephan hat mir diverse Koch- und Backkurse verordnet.« Sie hält inne, der rote Saft der Kirschen rinnt über ihre Finger. Durch ihre zusammengepressten Lippen murmelt sie bitter: »Ich verdamme und verachte Mutter, dass sie sich nicht gekümmert hat.« Rasch lenkt sie ihre Aufmerksamkeit wieder auf die Kirschen. Sie will nicht darüber nachdenken, wie ihr Leben verlaufen wäre, hätte ihre Mutter ihnen mehr Aufmerksamkeit geschenkt und diesen Bastard zum Teufel gejagt. Sie wären jetzt glücklich. Sie und Julie.

»Sie war eine einsame Frau.«

»Das glaube ich jetzt nicht. Du verteidigst sie? Die Frau, die nie für dich, für uns da war? Julie, das kann nicht dein Ernst sein!« Fassungslos funkelt Victoria ihre Schwester an.

»Wieso? Ich sage nur, dass sie auch einsam war.« Julie fühlt sich unwohl. Die Spüle im Rücken und Victoria dicht vor ihr mit diesem wilden Ausdruck in ihren Augen, der sie massiv an ihren Vater erinnert. Heftig stößt sie sich von der Spüle ab und setzt sich auf die Holzbank am Tisch.

Sie linst hinüber zu Victoria, die sie immer noch aufgebracht fixiert und kein Wort sagt. Angespannt knetet Julie ihre Finger, bis sie weiß und blutleer sind. »Ich habe sie lange dafür gehasst genau wie du. Ich weiß, dass sie große Schuld daran trägt, was mit uns passiert ist. Dennoch, heute sehe ich in ihr eine einsame Frau, feige und ohne Rückgrat. Eine Frau, die ich niemals sein möchte.« Noch während sie den Satz beendet, ereilen sie Zweifel, ob sie nicht doch so ist wie ihre Mutter. *Feige und ohne Rückgrat.*

»Julie, ich verstehe dich nicht. Wie kannst du sie verteidigen? Sie war ihm hörig und es war ihr egal ...«

»Nein, das war es ihr nicht! Es war ihr nicht egal. Du hast ja keine Ahnung, wie er sie schikaniert und geschlagen hat ... Wie auch? Da hattest du dich ja schon längst aus dem Staub gemacht.« Aufgebracht springt Julie von der Bank. »Vielleicht wäre alles anderes gekommen, wenn du dageblieben wärst. Denn als du gegangen bist, hat sich alles nur noch verschlimmert.«

»Ach, willst du mir etwa sagen, dass es meine Schuld war? Soll ich mich jetzt schuldig fühlen?«

»Nein. So habe ich es nicht gemeint«, unterbricht sie Julie leise. »Ich möchte nur, dass du es verstehst.«

»Was soll ich daran verstehen? Fakt ist, wir wurden von *unserem Vater* missbraucht und unsere Mutter war zu feige, es zu unterbinden. Das ist das Einzige, was ich verstehe. Wir sind Opfer von diesen verkorksten Menschen. Und eines noch! Auch wenn ich geblieben wäre, hätte sich nichts daran geändert.«

»Du hättest mich retten können.«

»Verdammt, Julie! Wie denn? Begreife doch, dass auch ich am Ende war.« Wie schon in der vergangenen Nacht springen Victoria jene Schuldgefühle an, die sie vor langer Zeit begraben hatte. Sie darf es nicht zulassen. Eingehend sieht sie Julie an, diese Frau, die ihre kleine Schwester ist. Die Frau, die sie nicht kennt und am liebsten aus ihrer Erinnerung und ihrem jetzigen Leben ausradieren möchte. Victoria fallen keine versöhnlichen Worte ein. »Auch mir wurde ein großer Teil meines Lebens genommen. Nicht nur dir.«

»Du hast ein wunderbares Leben, Victoria. Du hast

eine Zukunft, einen Mann, der dich liebt, Geld … und keine Albträume und Ängste, dass dich jemand berührt, dass du verurteilt wirst, weil alle denken, dass du nicht ganz richtig im Kopf bist, wenn du Gespräche führst mit einem Menschen, der gar nicht existiert. Außer in meinem Kopf. In diesem kaputten Kopf!« Heiße Tränen schießen Julie in die Augen, die sie ungestüm mit dem Handrücken wegwischt.

Victoria ist mit zwei Schritten bei ihr. Das Gesicht ganz nah an dem ihrer Schwester. Durch zusammengepresste Lippen zischt sie: »Du hast doch gar keine Ahnung, wie mein Leben sich anfühlt! Glaubst du wirklich, dass ich ein Leben in Freude verbringe? Glaube mir, ich verbringe ein Leben in einem goldenen Käfig. Von mir wird nichts weiter als Dankbarkeit erwartet. Ich weiß nicht, was schlimmer ist.«

Bewegungslos blicken sie sich an – in dem Bemühen zu ergründen, was in dem anderen vor sich geht.

»Ich möchte nach Hause. Es war eine schöne Idee, aber ich denke, es funktioniert nicht. Wir werden uns nie verstehen. Zu viel Zeit ist vergangen. Zeit, die wir nie wieder aufholen können. Ich bedeute dir nichts und auch ich muss immer mehr feststellen, dass ich nicht in der Lage bin, so etwas wie Familienbande zwischen uns zu spüren.« Ruhig und gelassen bringt Julie die Worte heraus. Entschlossen erhebt sie sich.

»Nein, Julie! Wir ziehen das hier durch. Setzt dich wieder hin!«

Victorias scharfe Worte lassen Julie zusammenzucken. Und für einen Wimpernschlag fühlt sie sich wie das kleine Mädchen von damals, das gehorchte, wenn man ihr etwas befahl. Ganz weit unten in ihrem Magen kocht die Wut. Nur mit viel Kraft schafft sie es, in einem ruhigen Ton zu sprechen. »Warum? Um dein schlechtes Gewissen zu besänftigen?«

»Was für ein schlechtes Gewissen? Nein, das habe ich nicht. Nicht mehr. Das liegt lange hinter mir«, entrüstet sich Victoria. Sie fühlt sich ertappt. Jetzt wäre der passende Moment, die Wahrheit laut auszusprechen. Lange denkt sie darüber nach, viel zu lange, denn der Augenblick hat sich verflüchtigt, wie der Duft eines Parfüms im Wind. Aufgebracht sagt sie stattdessen: »Als ich auf der Straße lebte, habe ich alles hinter mir gelassen. Du warst nicht existent für mich. Ich wollte vergessen, und das ist mir sehr gut gelungen. Bis zu dem Tag, als Stephan diese Idee hatte, dich aus dem betreuten Wohnen zu holen und dir ein neues Leben zu ermöglichen.« Sie ringt mit sich, denn das Gefühl, dass ihr die Luft abgedreht wird, ist unerträglich. »Und wenn du mir zugehört hast, dann wirst du wissen: Ich mache alles, was Stephan sagt.«

»Dann war es auch seine Idee, dass wir hier sind?«

»Nein, das war meine Idee. Aber ich wusste, dass er es mit Wohlwollen registrieren würde.«

»Und was willst du jetzt von mir? Soll ich lernen, wie man Kuchen backt? Soll ich noch mehr von mir erzählen, wie unser Vater mich vergewaltigt hat? Und wie sehr ich dich vermisste? Ist es das, was du willst? Oder ist es nur dein ganz persönlicher Egotrip?«

Victoria bleibt ihr die Antwort schuldig, und als wäre nichts gewesen, geht sie zur Spüle und widmet sich den Kirschen.

»Du kannst mich mal!«, brüllt Julie los und stürmt aus der Küche.

***

Anders als am Morgen davor herrscht eine brütende Hitze, passend zu Julies Stimmung. Während sie mit dem Fahrrad am Kanal entlangfährt, brutzelt die Sonne auf ihren Armen, selbst der Fahrtwind schafft keine Abkühlung. Doch die Bewegung tut ihr gut. Sie musste raus aus dem Haus, weg von Victoria, weg von dieser hässlichen Diskussion. Erst jetzt bemerkt sie, dass Juliette sich nicht in die Auseinandersetzung mit Victoria eingemischt hat. Ist das ein gutes Zeichen? Vielleicht. Unbewusst hat sie ihren Weg zu dem Haus eingeschlagen, wo sie gestern diese Frau mit den Kindern gesehen hat. Jetzt ist der Garten still. Keine fröhlichen Kinderstimmen, keine Staffeleien mit weißen Leinwänden, die zum Leben erweckt werden wollen. Ein Hauch von Enttäuschung legt sich auf ihre Brust. Aber was hat sie erwartet?

Langsam radelt Julie den Weg entlang und schaut wehmütig in den prächtigen Garten, als sie die Frau in ihrem Rollstuhl entdeckt. *Irgendetwas stimmt da nicht.* Julie springt von ihrem Rad und beobachtet die Situation, bis sie sicher ist, dass die Frau Hilfe braucht.

Unsicher öffnet Julie das Gartentor. Sie zögert, bevor sie hineinschlüpft. Ihr Herz schlägt ihr bis zum Hals. Die Fülle der verschiedenen Gerüche, die ihr entgegenwehen, rauben ihr die Sinne. Es fühlt sich so gut an. Fast schwerelos bewegt sie sich auf den hinteren Teil des Gartens zu. Immer wieder muss sie den Drang unterdrücken, an den

Blüten zu riechen, ihre Nase ganz tief in den einen oder anderen Blütenkelch zu stecken.

»Hallo, brauchen Sie Hilfe?«

Die junge Frau schaut auf und sofort macht sich ein erleichtertes Lächeln auf ihren Lippen breit. »Sie schickt der Himmel. Ja, ich brauche Hilfe. Dieser verdammte Rollstuhl! Die Räder haben sich zwischen den Wegplatten verkeilt. Wie unachtsam von mir. Herrje!« Sie redet in einer Tour, die Tonlage ihrer Stimme schwankt zwischen Belustigung und Frustration.

»Was muss ich tun?«, fragt Julie, deren Hände bereits auf den Griffen des Rollstuhls liegen.

»Einfach nur mit Schwung schieben, bis ich wieder auf dem Weg bin.«

Beherzt schiebt Julie den Rollstuhl und nach einigem hin und her ruckeln ist er da angelangt, wo er hinsoll.

»Vielen Dank. Sie haben mich gerettet.« Die Erleichterung ist ihr deutlich anzusehen. »Puh, ich glaube, ich hätte hier bis zum Sankt-Nimmerleins-Tag gesessen, wenn Sie nicht zufällig vorbeigekommen wären. Danke noch mal. Ich heiße übrigens Nina.« Sie streckt Julie ihre Hand entgegen.

Julie zögert. Sie ist glücklich, der Frau geholfen zu haben, aber es kostet sie Überwindung, diese Nina zu berühren. Aufmerksam schaut sie in ihre strahlendblauen Augen, dann auf ihren Mund, der immer noch erleichtert lächelt, und ergreift schließlich Ninas Hand, deren Druck fest ist, angenehm warm und souverän. Das verleiht Julie eine gewisse Sicherheit. »Ich heiße Julie.«

»Wohnen Sie hier, Julie? Ich habe Sie noch nie gesehen … Nein, warten Sie, stimmt nicht. Das waren Sie gestern auf dem Fahrrad, stimmt's?«

Sofort schießt Julie die Schamesröte ins Gesicht. Sie fühlt sich ertappt, als hätte sie eine Dummheit begangen. Zustimmend nickt sie, während ihre Augen unstetig über den Garten wandern. Sie hasst sich für ihre Verlegenheit.

»Also, Sie machen hier ein paar Tage Urlaub, richtig?« Ninas freundliche Stimme holt Julie aus ihren Gedanken. Sie nickt und kaut auf ihrer Unterlippe. »Meine Schwester hat ein Wochenendhaus hier. Den Kanal entlang und dann links …«

»Oh, das große alte Fachwerkhaus?«, unterbricht Nina sie begeistert. Julie nickt wieder.

»Wow, es ist eines der schönsten Häuser hier.«

»Finden Sie? Nun, ich mag Ihr Haus lieber. Es strahlt so viel Freude und …« *Geborgenheit*, will sie sagen, lässt es aber. Sie kennt diese Frau nicht und schon allein diese Tatsache bereitet ihr plötzlich Unbehagen. »Ich gehe dann mal. Sie kommen ja zurecht oder brauchen Sie noch Hilfe?«

»Nein, alles gut. Wenn Sie möchten, dann besuchen Sie mich doch wieder. Ich würde mich sehr freuen.«

Nina blickt Julie lange hinterher, wie sie hastig durch den Garten eilt und unentwegt etwas vor sich hin murmelt. *Vielleicht ein Fall für Chris*, denkt sie sich und schaut zum Himmel, wo einsam und still eine Möwe fliegt.

Der Geruch nach frischgebackenem Kuchen weht Julie entgegen, als sie die Diele betritt. Sie zieht den köstlichen Duft durch ihre Nase ein und verspürt im selben Augenblick einen riesen Appetit. Ihr Weg führt sie direkt in die Küche. Backbleche voll mit Apfel- und Kirschkuchen, verteilt auf dem Tisch und der Arbeitsplatte. Am liebsten würde sie sofort ein Stück Apfelkuchen essen, sie greift bereits danach … doch etwas ist merkwürdig. Das Haus ist erschreckend still. Julie hält ihren Atem an. Nichts.

Nervös eilt sie zurück in die Diele und ruft laut nach Victoria. Nichts. Sie sieht im Wohnzimmer nach, aber auch hier ist sie nicht. Keuchend jagt sie die Stufen hinauf zu den Schlafzimmern. Ihr Herz verkrampft sich, als sie an Victorias Tür klopft. Nichts. Das Zimmer ist leer. Das Bett ist feinsäuberlich gemacht, alles ist perfekt aufgeräumt.

Panik erfasst Julie, während sie die Treppe hinunterstürmt, raus in den Garten. Aus Leibeskräften brüllt sie Victorias Namen. Keine Antwort. Nur das stetige Zwitschern der Schwalben.

Mit klopfendem Herzen rennt Julie ins Haus zurück. Sie hat es wieder getan. Victoria hat sie alleingelassen. Unschlüssig dreht und wendet sie sich in der Diele auf der Suche nach einer Antwort. *Was soll ich jetzt tun?*

»Verdammt, Julie, beruhige dich! Du benimmst dich wie ein kleines Kind. Denk nach!«, hört sie die ermahnenden Worte von Juliette, die lässig an der Küchentür steht, ein mitleidiges Lächeln auf den Lippen.

»Du hast recht. Ich muss einfach nur Victoria anrufen. Richtig?« Juliette nickt.

Julies Kehle ist trocken, als sie das Telefon in der Hand hält. Es ist ihre Schuld, dass Victoria nicht da ist. Sie hätte nicht so aus dem Haus stürmen dürfen. Nicht nach ihrem Streit. Julie schluckt und versucht, ruhig und gleichmäßig zu atmen. Dann hört sie einen Wagen in der Auffahrt. Kurz darauf das Öffnen der Flügeltür zur Holzgarage.

Victoria dreht den Zündschlüssel herum und der Motor erstirbt sofort. Sie bleibt im Wagen sitzen und starrt einfach nur geradeaus. Nichts scheint sie zu sehen oder wahrzunehmen. Langsam wandern ihre Augen zum Rückspiegel. Unmerklich schüttelt sie ihren Kopf, als sie Julie erblickt, die an der Haustür steht. Fragend, nervös und unsicher.

Victoria reißt die Autotür auf und springt aus dem Wagen. »Wo warst du? Ich habe mir Sorgen gemacht. Seit einer Stunde fahre ich wie eine Bekloppte durch die Gegend. Herrgott, Julie!«

Aufgebracht schreitet Victoria das Wohnzimmer ab. Immer wieder streifen ihre Augen Julie, die angespannt auf dem Sofa sitzt, ihren Blick fest auf ihre Hände gerichtet.

»Julie, so kann das nicht weitergehen. Du kannst nicht einfach bei jeder Konfrontation wegrennen. Wir müssen einen Weg finden, uns besser kennenzulernen, ohne dass wir uns die Augen auskratzen.« Kurzentschlossen setzt sie sich neben Julie. »Ich bitte dich, lass uns noch mal von vorn anfangen.« Behutsam legt sie ihre Finger auf Julies ineinandergeschlungen Hände. Sie spürt das Zucken, als sie sich berühren. Julie lässt es geschehen.

Durch die geöffnete Verandatür weht ein lauer Wind und streicht zärtlich über Julies Gesicht. Sie lächelt Victoria an, bemüht, Ähnlichkeiten zwischen ihnen zu erkennen. Es gelingt ihr nicht. Wenn sie in Victorias Augen sieht, dann ist es ihr, als würden die Augen ihres Vaters sie ansehen. Schnell wendet sie ihren Blick ab. »Du hast recht, ich benehme mich wie ein albernes kleines Mädchen.« Mit aller Macht unterdrückt sie den Drang aufzuspringen. Die körperliche Nähe macht sie nervös und die Angst, dass Juliette in ihr erwacht, ist gewaltig.

Als hätte Victoria ihre Gedanken gelesen, erhebt sie sich und blickt auf Julie herunter. »Nun ja, manchmal benimmst du dich wirklich so. Aber ich glaube, ich kann dich verstehen. Ich denke, wir schaffen es, wenn wir uns immer wieder vor Augen halten, woher wir beide kommen.« Sie neigt ihren Kopf zur Seite und ein zufriedenes Lächeln umspielt ihren Mund. »Wie sieht's aus, Lust auf ein Stück Apfelkuchen?«

19. KAPITEL

Am Firmament türmen sich gewaltige Wolken. In der Ferne durchzucken Blitze den düsteren Himmel. Noch ist es ruhig. Es ist nur eine Frage der Zeit, wann das Unwetter losbrechen wird.

Die kühle Abendluft streicht durch die Büsche. Julie und Victoria haben es sich in den breiten Korbsesseln unter dem alten Kirschbaum mit flauschigen Decken gemütlich gemacht. Sie haben nicht viel miteinander gesprochen, nur die wenigen schönen Momente aus ihrer Kindheit ausgetauscht. Es tat ihnen gut, die Nähe des anderen zu spüren.

Der frisch gebackene Kuchen liegt ihnen schwer im Magen. Schweigend betrachten sie die rasch ziehenden Wolken und die Blitze am Horizont. Hinterhältig schleicht sich der Wind zu ihnen heran und die Kälte, die er in sich trägt, kriecht langsam an ihnen hoch.

»Ich denke, ich werde jetzt schlafen gehen.« Julie erhebt sich und streckt ihre steifen Glieder. »Ganz schön frisch geworden, findest du nicht auch?«

»Ja, es wird wohl doch noch ein Unwetter geben.« Victoria macht eine lange Pause, in der ihre Gedanken weit weg zu sein scheinen. »Julie, ich danke dir für diesen friedlichen Abend. Schlaf gut und angenehme Träume.«

Nachdenklich steigt Julie die Treppe hinauf. Das leise Knarren der Stufen, der Duft nach Kuchen, der immer noch in der Luft hängt, haben etwas Heimeliges an sich. Vielleicht wird ja doch noch alles gut. Sie muss sich nur mehr entspannen und nicht immer gleich aus der Haut fahren. Das kann doch nicht so schwer sein. Mit einem zuversichtlichen Seufzer erklimmt sie die letzten Stufen und erstarrt mitten in der Bewegung, als ein gewaltiger Blitz gefolgt von einem ohrenbetäubenden Donner sie vor Schreck laut aufschreien lässt. Von der Diele dringt ebenfalls ein entsetzter Schrei zu ihr hinauf. »Verdammter Mist!«, hallt Victorias erregte Stimme durch die Diele. Sie blickt die Treppe hinauf. »Herrje, ich mache mir gleich in die Hosen, so habe ich mich erschrocken.«

Julie lacht laut auf. »Gut zu wissen, dass nicht nur mich fast der Schlag getroffen hat. Das kam so unvermittelt. Mein Herz rast immer noch.« Auf eine irrige Weise ist sie erleichtert und spürt ganz plötzlich ein wenngleich noch äußerst feines Band der Verbundenheit. Zart und jungfräulich. »Keine Angst, ist doch nur ein Gewitter. Es gibt Schlimmeres im Leben. Also schlaf gut … Schwester.« Julie lacht und es klingt befreit.

»Ja du auch … Schwester.« Dieses Wort auszusprechen, fällt Victoria schwer. Ein prickelnder Schauer durchströmt ihren Körper, am liebsten würde sie jetzt weinen.

Zuversichtlich sowie mit sich und er Welt im Reinen, betritt Julie ihr Zimmer. Eine Dusche wäre jetzt angebracht, schlafen und auf den nächsten Morgen hoffen. Sie hält inne. Langsam zieht sie die Luft durch ihre Nase. Wie ein feiner Schleier ist da dieser Geruch in ihrem Zimmer. Eine Gänsehaut macht sich auf ihrem Körper breit.

Grell, bösartig und mit Urgewalt blitzt und donnert es. Starker Regen vom Wind gepeitscht prasselt urplötzlich an die Fenster.

Gedankenverloren räumt Victoria den Geschirrspüler ein. Sie muss sich ablenken. Nicht wegen des Gewitters und fürchterlichen Sturms, der draußen sein Unwesen treibt. Es sind ihre Gefühle, die ihr heute so verkehrt vorkommen. Es war ein schöner Moment, den sie gerade mit Julie hatte. Die Erinnerung an ein für Victoria schon fast vergessenes Erlebnis mit Julie drängt sich in ihren Kopf. Damals hatte Julie sie gerettet, sich für sie geopfert, als ihr Vater wütend auf Victoria war, weil sie ihm nicht gehorchen wollte. Julie hatte sich zwischen sie geworfen und mit ihren kleinen Fäusten auf ihn eingeschlagen. Wie eine Löwin hatte sie gekämpft, ihre kleine Schwester. Victoria hält ihren Atem an bei der Erinnerung und den Gefühlen, die sie bei ihr auslösen. *Schwester.* Nein, sie will jetzt nicht über Julie nachdenken. Sie will sich lieber an das Treffen mit Patrick erinnern, das sie vor ein paar Stunden mit ihm hatte. Die Gelegenheit war günstig. Als Julie nach ihrem Streit davongerannt war, hatte Victoria die Chance ergriffen, ihn zu treffen. Sie musste ihn sehen. Sie brauchte Gewissheit, um eine Entscheidung zu treffen. Mein Gott, wie hatte sie sich gefreut, ihn zu sehen. Und wie gut hat es ihr getan, ihm alles zu sagen. Wer sie ist und was sie war und woher sie kommt. Er war so zärtlich und liebevoll. Und doch spürte sie, dass sich etwas verändert hat. Er war entsetzt und schockiert über ihre Geschichte, aber noch entsetzter über Stephan. Für den Hauch einer Sekunde bemerkte sie eine Kluft zwischen ihnen. Doch dann nahm er sie in die Arme. Sie kann ihn immer noch spüren, sie hört immer noch seine leise gemurmelten Worte, die von Liebe getragen wurden.

In Gedanken versunken, hält Victoria einen Teller in ihrer Hand, den sie nun in den Geschirrspüler räumt. Sie hat sich entschieden. Was auch passiert, sie wird ihren Plan durchziehen – nur in etwas abgeänderter Form.

Mit Nachdruck räumt sie den nächsten Teller in den Geschirrspüler. Mitten in der Bewegung verharrt sie und lauscht angestrengt. Was war das für ein Geräusch? Hart und kurz, als hätte jemand eine Tür zugeschlagen. Sie sieht aus dem Fenster. Der Sturm hat zugenommen, die Äste des Kirschbaumes biegen sich bedrohlich zur Seite. *So viel Urgewalt.*

Der grelle Schrei, den sie vernimmt, erschreckt sie so sehr, dass der Teller krachend zu Boden fällt. »Julie?«

Victoria eilt zur Treppe und lauscht, ihr Herz rast so schnell, dass sie kaum Luft bekommt. Keuchend stürmt sie die Treppe hinauf.

Nur ein paar Sekunden später stößt sie die Tür zu Julies Zimmer auf. Wild suchen ihre Augen den Raum ab. Ihr Herz setzt einen Schlag aus, als sie Julie zusammengekauert in der hintersten Ecke zwischen Bett und dem umgestoßenen Nachttisch erblickt. »Was ist los?« Ihre Stimme zittert vor Aufregung.

Stumm deutet Julie mit ihrer flatternden Hand auf die Badezimmertür. Ihre Augen sind schreckgeweitet, ihre

Lippen beben und undeutlich wiederholt sie immer wieder: »Er ist da … Er ist wieder da!«

Panisch drückt sie sich noch enger in die Ecke, als der Sturm wütend an den Fenstern rüttelt und Blitz und Donner sich ein dröhnendes Rendezvous geben.

Victoria fällt es schwer, sich zu konzentrieren. Wie gebannt starrt sie auf Julie und ihren zitternden Finger, der auf das Badezimmer zeigt.

»Wer ist da? Wen hast du gesehen, Julie?«

»Ihn!«

Victoria fasst all ihren Mut zusammen. Mit steifen Beinen bewegt sie sich auf die angelehnte Badezimmertür zu. Entschieden stößt sie sie auf.

Ihr bleibt schier die Luft weg. Vor Entsetzen hält sie sich die Hand vor den Mund, während sie auf den Spiegel starrt. Mit knallrotem Lippenstift und in steilen Buchstaben steht dort eine Nachricht, die sie erschaudern lässt.

Zieh dein Kleidchen an, mein Engelchen!
Und sieh mal, was Papa dir mitgebracht hat.
Einen Lippenstift.
Mach dich hübsch, mein Engelchen!

Ihr Blick wandert langsam zur Dusche. An der Stange des Duschvorhangs hängt fein säuberlich auf einem Kleiderbügel ein rosafarbenes Mädchenkleid.

Victoria braucht lange, bis sie das, was sie sieht, verarbeitet hat. »Verflucht, was ist hier los?« Kaum hörbar presst sie die Worte heraus, während sie sich vorsichtig Julie zuwendet.

Diese hockt immer noch in der Ecke des Zimmers, eingekeilt zwischen umgekipptem Nachttisch und Bett. Die Nachttischlampe ist unter das Bett gerollt und taucht den Holzboden in ein sanftes Licht.

»Komm, Julie. Komm raus hier.« Victorias Stimme ist leise und dennoch fordernd. Sie reicht Julie ihre Hand. »Komm, schnell!«

Julie drückt sich noch enger in die Ecke und hält schützend die Arme über ihren Kopf. »Fass mich nicht an … Hörst du? FASS MICH NICHT AN!«

Die raue Stimme Juliettes lässt Victoria geschockt zurückweichen. Das war eindeutig zu viel für Julie. Sie muss vorsichtig sein. Alles droht auseinanderzubrechen. Ganz sachte nähert sie sich. »Julie, vertrau mir und komm aus der Ecke heraus.«

»Ich war das nicht«, murmelt Julie. Sie blickt neben sich. Ein unstetes Lächeln auf Juliette gerichtet, die ihre Hand ganz festhält und ihr zuflüstert: *»Nichts kann zwischen uns kommen. Erinnerst du dich?«* Julie nickt zustimmend, doch in Wahrheit weiß sie nicht, was sie denken oder fühlen soll. Die Welt um sie herum ist nicht mehr dieselbe. Sie ist wieder ein sechsjähriges Mädchen, das durch Höllenqualen muss.

***

Es dauerte eine gefühlte Ewigkeit, bis Victoria Julie davon überzeugen konnte, mit ihr nach unten zu gehen. Fest in eine Ecke des Sofas gekauert, hat Julie die Beine eng an ihren Körper gezogen, ihre Arme umschließen fest ihre Knie. Sie wiegt ihren Körper rhythmisch hin und her. Monoton wiederholt sie immer wieder die Worte: »… ich will nach Hause, ich will nach Hause, da bin ich sicher, dort findet er mich nicht …«

Victoria reagiert nicht darauf. Sie ist viel zu sehr damit beschäftigt, ihre eigene Unruhe in den Griff zu bekommen. Was soll sie tun? Sobald sie sich Julie nähert, zuckt sie panisch zusammen und würde wohl am liebsten in das Sofa hineinkriechen. Die Frage, ob es nicht doch Julie (Oder Juliette?) gewesen ist, die die Nachricht an den Spiegel geschrieben hat, drängt sich immer mehr auf. Genauso wie bei dem Buch und der Rose. Eine andere Erklärung gibt es nicht. Oder doch? Nein. Niemand war hier. Es kann nur Julie gewesen sein. Und wenn dem so ist, dann ist sie hochgradig gefährlich. Nackte Angst legt sich kalt und unbarmherzig um ihren Körper. *Verdammt, was soll ich machen?*

»Okay, Julie. Wir fahren nach Hause. Ich werde den Wagen aus der Garage holen. Du wartest genau hier. Hast du mich verstanden?«

Mit ihren großen Augen starrt Julie sie an. »Ich bin nicht verrückt, Vic. Ich war das nicht. Er war es. Er ist hier. Ich konnte ihn riechen.«

»Schon gut, Julie. Wir fahren gleich. Warte hier! Versprochen?«

Julie nickt und eine Spur von Erleichterung legt sich auf ihre verkrampfte Miene.

In der Diele schnappt sich Victoria ihre Regenjacke. Als sie die Tür öffnet, bläst ihr der Sturm mit aller Gewalt entgegen. Mühsam stemmt sie sich gegen den Wind, nur langsam kommt sie voran, während der Regen unerbittlich in ihr Gesicht peitscht.

Völlig außer Atem erreicht sie die Garage. Die Haare kleben ihr am Kopf, ihr ist kalt. Rasch setzt sie sich in ihren Wagen und dreht den Zündschlüssel herum. *Klack.* Nichts tut sich. Noch einmal und wieder hört sie nur ein dumpfes *Klack.* Hysterisch dreht sie den Schlüssel, versucht es noch ein paar Mal, doch der Motor bleibt stumm.

Hastig springt sie aus dem Wagen, öffnet die Motorhaube und im selben Moment weiß sie, dass es sinnlos ist. Sie versteht nichts davon. Frustriert knallt sie die Haube herunter. Tausend Gedanken drehen sich im Kreis und lassen die Panik in Victoria ansteigen.

Julie versucht, ihrer Bewegungslosigkeit zu entfliehen. Ganz weit hinten in ihrem Kopf weiß sie, dass sie sich beruhigen und in die Realität zurückkehren muss. Und bei alldem kann sie Juliette nicht ignorieren, die mit leiser besorgter Stimme in ihr Ohr flüstert: *»Wir sind ganz allein in dem Haus, Julie. Wenn er noch hier ist, dann sollten wir gewappnet sein. Wir brauchen eine Waffe oder er wird dich töten.«*

Juliette hat recht, sie muss sich wehren können, wenn er kommt. Wie in Trance schleicht sie in die Küche, wühlt durch diverse Schubladen und greift sich ein Messer. Ihr Puls hämmert laut in ihrem Kopf, als sie das Messer griffbereit zwischen den Kissen auf dem Sofa versteckt.

Frustriert und nass bis auf die Haut lehnt sich Victoria an den Türrahmen des Wohnzimmers. Julie springt erwartungsvoll auf. »Können wir fahren?«

Victoria schüttelt ihren Kopf. »Nein, der Wagen springt nicht an.«

Julie lässt sich diese Information lange durch den Kopf gehen, bevor sie fragt: »Wieso springt der Wagen nicht an? Wie lange müssen wir noch hierbleiben? Was ist, wenn er jetzt kommt?«

Victoria reagiert nicht darauf. Viel zu sehr ist sie damit beschäftigt, eine Lösung zu finden.

»Vic, wieso springt der Wagen nicht an?«

Victoria hasst es, wenn es panisch wird, das hindert sie am Denken. Und dennoch ist ihr bewusst, dass sie jetzt nicht auch noch hysterisch werden darf. Kraftlos lässt sie sich in den Sessel gegenüber von Julie fallen. »Ehrlich gesagt habe ich keine Ahnung. Als ich heute unterwegs war, lief er einwandfrei.«

»Und das macht dich nicht stutzig?«

»Sollte es das? Ich habe keine Ahnung von Autos. Kann doch passieren, dass sie ihren Geist aufgeben.« Ihre Antwort klingt zu schrill. »Julie, lass bitte die Fragerei.«

»Ich habe Angst. Ich ahne, dass etwas passieren wird.«

»Hör bitte auf! Was soll passieren?« Victoria springt auf, bleibt dann aber unschlüssig stehen. Ihre Geduld ist aufgebraucht. »Bist du sicher, dass nicht du … Hast du das an den Spiegel geschrieben?«

Julie schließt ihre Augen und beginnt wieder damit, sich wie eine Verrückte vor und zurück zu wiegen. »Nein, ich war es nicht! Ich will nach Hause. Bitte!« Sie kann nicht länger ihre Tränen zurückhalten, sie kämpft. Sie kämpft gegen sich, gegen Juliette, die ihr unentwegt ihre Bedenken zuflüstert, sie kämpft gegen ihre Angst.

Victoria ist hin- und hergerissen. Kann sie Julie glauben? Wenn sie es nicht war, wer dann? Die Ungewissheit zerrt an ihren Nerven. Unruhig wandert sie umher, bleibt am Fenster stehen und sieht hinaus. Der Sturm hat nicht nachgelassen und der Regen ist noch heftiger geworden. Immer wieder durchzucken grelle Blitze den Himmel.

»Ich werde Stephan anrufen, er soll uns abholen.« Sie will nicht, dass er ihr hilft und wieder einen Trumpf in der Hand hat, dass sie ohne ihn nicht überleben könnte. *Scheiße!* Aber mittlerweile hat sie es aufgegeben, nach einer anderen Lösung zu suchen. Ohne Auto kommen sie bei diesem Sauwetter nicht weg. Und Patrick …? *Nein!*

Noch ein Blick auf Julie, die wie ein verlorenes Kind verängstigt vor sich hin brabbelt, genügt ihr. Sie eilt in die Diele und greift sich das Telefon von der Station. Eine Ewigkeit hält sie es in ihrer Hand. *Ist das meine Chance? Ist es Schicksal?* Sie schielt zu Julie ins Wohnzimmer. Victorias Finger zittert, als sie die Kurzwahltaste drückt.

Es dauert, bis sie endlich Stephans Stimme hört. Aufgeregt sprudeln die Worte nur so aus ihr heraus. »Bitte, du musst uns abholen …« Ein mächtiger Blitz und gleichzeitiger Donner lässt sie den Atem anhalten. »Oh, mein Gott! Stephan, hast du das gehört? Hier tobt ein Unwetter und … Stephan? Stephan, kannst du mich hören?« Wild sieht sie auf das Telefon. Das Display ist dunkel. Wieder drückt sie die Kurzwahl. Nichts. Die Leitung ist tot.

Im Haus ist es plötzlich stockfinster. Nur für Sekunden erhellen die schnell aufeinanderfolgenden Blitze die Szenerie. »Verflucht!«

Victoria eilt ins Wohnzimmer. Julie ist an der Terrassentür und betrachtet handlungsunfähig das urgewaltige Schauspiel, welches sich draußen abspielt. »Julie, komm da weg! Hilf mir, der Strom ist ausgefallen. Wir müssen Kerzen anzünden.«

Was ist passiert? Warum passiert es? Als sie Victorias Anweisungen vernimmt, kommt Leben in sie. Ja, Kerzen anzünden. Eine Lösung finden. Gott, wie sehr sie ihren Zustand hasst. Warum kann sie nicht einfach normal sein? Aber wie sollte sie? Sie hat Todesangst!

»Julie! Komm, verflucht nochmal!«

Der scharfe Ton in Victorias Worten lässt keine weiteren Gedanken zu.

***

Alle verfügbaren Kerzen haben sie im Wohnzimmer und in der Küche verteilt. Es sieht einladend und gemütlich aus. Ein harter Kontrast zu der tobenden Stimmung, die vor und im Haus herrscht.

»Hast du Stephan erreichen können?«

»Ja, aber die Verbindung ist unterbrochen. Ich weiß nicht, ob er alles verstanden hat. Ich hoffe es.«

Das ist nicht das, was Julie hören wollte. »Verdammt, Victoria! Ich will nach Hause!« Sie rennt zur Haustür. Schlagartig erstarrt sie. Ganz langsam taumelt sie rückwärts. Weg von der Tür. »Ich kann ihn riechen, Vic. Er ist hier«, flüstert sie angsterfüllt.

Victoria atmet tief durch. »Julie, bitte!« Verzweifelt läuft sie zur Tür und packt Julies Arm, zerrt sie ins Wohnzimmer. »Hör auf damit! Du machst mir Angst.«

»Vic, ich kann ihn riechen. Er ist da!«

»Er kann nicht da sein. Er ist tot! Verstehst du? TOT!«

Julie fühlt sich wie eine Ertrinkende. Sie muss an die Oberfläche gelangen, aber es fällt ihr so schwer. Immer wieder zerrt etwas an ihr, das sie hinabzieht in dieses feuchte Grab. Sie weiß, dass es passieren wird. Sie kann es fühlen. Viel zu lang musste sie Tag um Tag austarieren, um zu fühlen, wann sie dran ist, wann er kommen wird. Und jetzt spürt sie es wieder.

»Es tut mir leid, Vic, wenn ich dich erschrecke. Ich bin selber ganz durcheinander und weiß nicht, was ich glauben soll. Aber eines weiß ich genau: Er ist da!« Sie wiegt sich hin und her und summt ein Lied.

Mit versteinerter Miene beobachtet Victoria ihre Schwester. Das Summen schmerzt in ihren Ohren. Es ist ein Duett zwischen Julie und Juliette. Victoria würde am liebsten fortlaufen, all diesen Irrsinn hinter sich lassen. Wieder einmal! Sie kann es nicht mehr ertragen. Unauffällig schielt sie auf ihre Armbanduhr. Wie viel Zeit ist vergangen? Vielleicht eine halbe Stunde oder auch mehr. Sie weiß es nicht. »Okay, ich versuche noch mal, den Wagen zum Laufen zu bringen. Aber ich sage dir gleich, mach dir nicht allzu große Hoffnungen.«

20. KAPITEL

Die Zahnbürste kreist gleichmäßig über die Zähne. Weißer perliger Schaum bildet sich. Im Badezimmer riecht es nach Pfefferminz. Patrick summt im Takt der kreisenden Zahnbürste irgendeinen Radiosong. Während seine ersten schiefen Töne erklingen, werden sie durch das Klingeln seines Smartphones unsanft unterbrochen. Automatisch fällt sein Blick auf den kleinen Wecker auf der Ablage unter dem Spiegel. 22:00 Uhr.

Er spuckt kräftig den Schaum ins Waschbecken, wischt sich den Mund am Handtuch ab, während er ins Wohnzimmer geht und das Smartphone vom Tisch nimmt. Beim Blick auf das Display ist er versucht, den Anruf zu ignorieren. »Fuck!«, brummt er vor sich hin und nimmt das Gespräch an.

»Patrick, hier ist Stephan.«

Er will gerade protestieren, doch etwas in Stephans Stimme lässt ihn aufhorchen und seinen Unmut ausblenden.

»Was ist los?«

»Du musst mir einen Gefallen tun.«

***

Wie ein Irrer rast Patrick über die Autobahn. Je näher er sich dem alten Haus nähert, desto stärker wird der Regen.

Kräftige Windböen rütteln an der Karosserie seines Wagens, seine Finger klammern sich fester um das Lenkrad. Er kann es immer noch nicht fassen, dass er bei diesem Mistwetter wie ein von Hexen gejagter Kerl auf dem Weg ist, um nach Victoria und Julie zu schauen. Was sollte nicht in Ordnung sein? Stephan klang sehr dramatisch am Telefon. Und genau das und ein mulmiges Gefühl, dass tatsächlich etwas Furchtbares mit Victoria passiert sein könnte, haben ihn dazu angetrieben, Stephans Bitte nachzukommen. Flüchtig überlegt er, was ihn erwarten könnte. Eine Julie, die sich wie eine Irre aufführt, weil es gewittert? Victoria, die es nicht schafft, der Situation Herr zu werden?

Ein gewaltiger Blitz schlägt nicht unweit von ihm in einen Baum ein. Patrick gibt Gas. Stephan hat versprochen nachzukommen, sobald er wieder in Hamburg ist. Wieso ist er mit dem Zug nach Köln gefahren? Egal.

***

Victoria stößt ein Gebet zum Himmel und hofft auf ein Wunder, während sie den Schlüssel ins Zündschloss steckt. *Klack.*

»Verflucht noch mal!« Wütend rammt sie ihre schmale Faust auf das Lenkrad. *Was jetzt?* Mittlerweile ist es stockdunkel in der Garage. Vorsichtig tastet sich Victoria zum Werkzeugtisch. Ihre Hände gleiten über die Oberfläche, tasten nach der Taschenlampe, die dort eigentlich stehen müsste. Da!

Noch einmal öffnet sie die Motorhaube, obwohl sie weiß, dass sie keinen blassen Schimmer hat. Ein Akt der Hoffnung, dass vielleicht doch noch ein Wunder geschieht. Den Tränen nahe, starrt sie im Schein der Taschenlampe auf schmutzigen Stahl, Schläuche und … ihre sonst so starke Fassung zerfließt wie Butter in der Sonne. Sie lässt ihren Tränen freien Lauf.

Der Sturm hat nicht nachgelassen, rüttelt unaufhörlich am Dach und lässt die Flügeltür der Garage wild hin und her wehen. Irgendwo fällt ein Baum krachend zur Erde. Doch all das nimmt sie nicht wahr, ihr Schluchzen ist lauter als das wütende Temperament der Natur.

Wo bleibt nur Victoria? Julie hält es nicht länger aus. Sie muss etwas tun, sich bewegen, Entscheidungen treffen. Unsicher erhebt sie sich vom Sofa. Das Flackern der Kerzen malt wild tanzende Schatten. Der Wind, der um die Hausecken pfeift und das ächzende Stöhnen des Gemäuers lösen bei Julie noch mehr Grausen aus. Wie angewurzelt bleibt sie stehen, nicht in der Lage, auch nur einen Schritt zu gehen. Angestrengt lauscht sie. Nichts. Außer dem ungezügelten Sturm und peitschenden Regen. Nichts. Kein rettendes Motorengeräusch. Keine Victoria. Sie beschließt, noch ein paar Minuten zu warten, und wenn Victoria dann nicht wieder da ist, wird sie zu ihr laufen. Mit diesem Kompromiss fühlt sie sich besser und will sich zurück aufs Sofa setzen, als sie ein Knarren hört. Auf der Treppe! Oder? Sie hält den Atem an.

Victoria wischt sich entschlossen die Tränen von den Wangen. *Warum bin ich nur so dumm?* Fluchend beugt sie sich noch einmal unter die Motorhaube, zerrt und rüttelt an den Kabeln und Schläuchen, von denen sie nicht weiß, wofür sie da sind. Inständig hofft sie, dass Stephan die Brisanz der Situation erkannt hat und auf dem Weg zu ihnen ist.

Mit einem lauten Knall weht die Garagentür zu. Victoria schreit vor Schreck laut auf. »Ist da jemand? Hallo? Julie, bist du da? Julie!« Stürmisch hastet sie zur Tür, um sie wieder aufzustoßen. Doch nichts bewegt sich. Mit aller Kraft stemmt sie sich dagegen. Nichts. Nur der heulende Sturm und der peitschende Regen. In rasendem Tempo ist die Panik bei ihr angelangt. Hektisch dreht und wendet sich Victoria zu allen Seiten – auf der Suche nach einem Weg hinaus.

Wild fliegt der Schein der Taschenlampe durch die Garage. Rechts und links an den Wänden sind schmale Fenster. Zu hoch! Victorias Augen hetzen wild suchend durch den kleinen Raum. Sie findet eine Trittleiter. Nur mit Mühe und auf Zehenspitzen stehend kann sie einen Blick aus dem Fenster werfen. Der Winkel ist ungünstig. Sie sieht nur einen kleinen Ausschnitt der Auffahrt und vom Haus. Und dann erhellt sich ihre Miene. Scheinwerfer tanzen durch die Dunkelheit. Der Wagen hält direkt vor dem Haus. Victoria reckt sich noch mehr, um zu erkennen, wer es ist. Aus Leibeskräften brüllt sie seinen Namen.

Patrick springt aus seinem TR5 und ohne sich umzublicken, stürzt er auf den Eingang zu.

Als er die Tür aufstößt, fegt der Sturm durch die Diele. Das Licht der Kerzen flackert auf und erlischt. Schnell schließt er die Tür hinter sich. Seine Augen brauchen ein paar Sekunden, bis sie sich an die Dunkelheit gewöhnen. Rasch blickt er in die Küche und dann zum Wohnzimmer. »Victoria? Julie?«, ruft er und nähert sich dem Wohnzimmer.

An der Tür bleibt er stehen und späht angestrengt durch den dunklen Raum. Dann entdeckt er Julie, die zitternd in der Ecke des Sofas kauert. »Julie? Alles okay? Wo ist Victoria?« Hastig nähert er sich dem Sofa. Er sieht nicht das Messer in Julies Hand, während er sich hastig zu ihr hinunterbeugt. »Ich bin es, Patrick. Julie, ist alles in Ordnung?«

Victoria wühlt verzweifelt auf der Werkbank herum und findet schließlich einen Hammer. Mit zitternden Beinen besteigt sie die kleine Leiter. Der Griff des Hammers liegt schwer in ihrer Hand. Sie holt aus und zerschmettert das schmale Fenster. Die frische regengeschwängerte Luft tut gut. Sie atmet tief durch, bevor sie Patricks Namen hinausbrüllt. Nichts. Das Haus liegt im Dunkeln und es ist viel Zeit vergangen, seit er darin verschwunden ist. Ihre Angst wächst mit jeder verstreichenden Sekunde.

Sie betrachtet das schmale Fenster und entscheidet, dass sie durchpassen wird. Sie muss durchpassen! Hastig entfernt sie das zerbrochene Glas und zieht sich am Fensterrahmen hoch. Kleine Glassplitter bohren sich in ihre Handflächen. Sie ignoriert den Schmerz, zieht sich mit äußerster Kraft hoch. Doch die Öffnung ist schmal und der Winkel ihrer Körperhaltung passt nicht. *Scheiße!* Victoria beißt die Zähne zusammen und mit einem lauten Stöhnen mobilisiert sie ihre Kräfte. Die Leiter wackelt bedrohlich und kippt mit einem dumpfen Knall um.

Eingekeilt hängt Victoria am Fenster. Sie strampelt mit den Beinen, bemüht, ihr Gewicht nach vorn zu verlagern.

Dennoch rutscht sie Zentimeter für Zentimeter nach unten – zurück in ihr Gefängnis.

Autoscheinwerfer blenden sie. Ein weiterer Wagen rast die Auffahrt hinauf. Viel zu schnell. Doch für Victoria können sie nicht schnell genug sein. Noch bevor der Wagen hält, schreit sie um Hilfe. Sie erkennt Stephan, der sich hektisch im Kreis dreht, um ihren Schrei zu lokalisieren.

»Hier, Stephan! In der Garage!«

Er stürmt auf sie zu. »Victoria!« Krampfhaft hält sie sich am mit zersplittertem Glas übersäten Fensterrahmen fest.

»Mein Gott! Was ist passiert? Warum war das Garagentor von außen verriegelt? Warte!« Stephan stützt sie ab und lässt sie langsam an sich heruntergleiten. »Liebes, geht es dir gut?« Er will sie küssen, umarmen und liebkosen, doch sie windet sich aus seiner Umarmung.

»Wir müssen nach Patrick sehen. Er ist im Haus. Mit Julie!«, brüllt Victoria und rennt an ihm vorbei.

***

»Patrick!« Victoria fühlt ihren Herzschlag, ihre Panik und ein unheilvolles Wissen. Noch bevor sie das Wohnzimmer betritt, fängt ihr Körper heftig an zu zittern und ihr Atem geht unregelmäßig. Sie spürt nichts. Sie hört nichts. Sie fühlt nichts. Ein Moment der Leere, der Ungläubigkeit, der Lethargie. Dennoch schafft sie es, einen Fuß vor den anderen zu setzen. Sie will es sehen. Sie will es fühlen.

Wie von Sinnen stürzt sie auf den leblosen Körper zu, der auf dem Sofa liegt. Sie umschlingt Patrick, wiegt ihn sanft wie eine Mutter, die ihr Kind trösten will. Erst als sie merkt, dass er ihre Umarmung, ihre Liebkosung nicht erwidert, schreit sie ihre traurige Gewissheit in die düstere Realität.

Fassungslos beobachtet Stephan seine Frau. Sie so zu sehen, macht ihn wütend. Es ist wie ein Tritt in seine Weichteile. Er kann ihn spüren, den Schmerz, die Zurückweisung. Nie hat sie ihn mit solch einer Leidenschaft umarmt. Er lässt seinen angehaltenen Atem entweichen und wendet seinen Blick auf Patrick, der ihn anzusehen scheint. In diesem Moment wird ihm bewusst, was geschehen ist. Behutsam nähert er sich Victoria, legt seine Hände auf ihre Schultern und versucht, sie von Patrick zu ziehen.

Vehement schüttelt Victoria seine Hände von ihren Schultern. »Lass mich«, zischt sie ihn eisig an. Stephans Berührung ist wie eine Folter. Sie will ihren Patrick in den Armen halten, ihn solange es geht spüren, hoffen, dass er durch ihre Wärme und Liebe doch noch zurück ins Leben findet.

»Bitte, Victoria … Er ist tot! Du kannst nichts mehr für ihn tun.«

»Was weißt du denn schon? Lass mich in Ruhe!«

Ungerührt von Victorias emotionalem Ausbruch sagt er leise aber bestimmend: »Wir müssen die Polizei rufen. Komm jetzt.«

Sein kontrollierter Tonfall erzeugt Ekel in ihr, sie schließt ihre Augen, vergräbt ihr Gesicht an Patricks Hals und atmet seinen Duft ein, der sich langsam verändert.

Stephan hat Mühe, nicht die Beherrschung zu verlieren. »Victoria, ich bin ebenso bestürzt wie du. Er war mein Freund!« Für eine Sekunde schließt er seine Augen und mit kraftloser Stimme fügt er hinzu: »Mein bester Freund.« Er wirkt plötzlich wie ein alter Mann.

Aber anders als Victoria, die sich ihrem Schmerz auf so schamlose Weise hingibt, beginnt es in seinem Kopf zu rattern. »Victoria, wo ist Julie? Wo ist JULIE?«

21. KAPITEL

So leidenschaftlich die Natur ihr Unwesen treibt, so wild und hemmungslos war der Sex, den Nina gerade erlebte. Ein entspanntes Lächeln ruht auf ihren Lippen und eine Woge von zufriedener Erschöpfung breitet sich in ihrem Körper aus. Sie wendet ihren Kopf zur Seite und blickt in die sanften braunen Augen von Chris. Unwillkürlich muss sie lachen, ihr ist gerade das Bild eines treuen Dackels in den Sinn gekommen. Sie weiß, dass es unfair ist, denn sie liebt diesen Blick.

»Was lachst du?«

»Nichts weiter.« Sie schließt schnell ihre Augen und verdrängt das Bild des Dackels. Sie liebt ihren Chris, mehr als alles andere auf der Welt, auch wenn sie eine schwere Zeit hinter sich haben oder gerade deshalb. »Weißt du, was schade ist?« Sie atmet tief und wohlig ein. »Es ist verdammt schade, dass wir nicht öfter so ein grandioses Unwetter haben.«

Chris braucht eine Sekunde, um zu verstehen. Sein Lachen ist warm und vertraut. Er schmiegt sich eng an Nina, küsst zart ihren Hals und flüstert ihr ins Ohr: »Dieses Unwetter war in jedem Fall etwas ganz Besonderes. Aber du weißt schon, dass durch die Routine die Exklusivität ihren Reiz verliert?«

»Du bist ein verdammter Realist und kein Romantiker.

Doktor Cristian Lange, der Psychologe mit dem Herz für das Wesentliche.«

»Autsch, nun hast du meiner armen Männerseele aber gehörig eine verpasst. Ich weiß nicht, ob sie das überlebt. Schließlich sollte meine Aussage über die Naturgewalt, welche sowohl hier als auch draußen stattfand, romantisch sein.«

Nina rollt mit den Augen. »Ich glaube, wir lassen das mit dem Süßholzraspeln. Das wird nix.«

»Ich habe Hunger. Wie sieht es mit dir aus?«

»Es ist mitten in der Nacht!«

»Na und? Hunger ist Hunger.«

Ohne weitere Diskussion wirft er ihr ein Sweatshirt und ihre Jogginghose zu, streift sich anschließend selbst ein T-Shirt und eine Jeans über. »Ich habe Hunger.« Nina lacht amüsiert auf und zieht sich wie befohlen an.

Schwungvoll trägt er sie in die Küche. Eigentlich hat er erwartet, dass sie protestiert, denn sie mag es nicht, herumgetragen zu werden wie ein kleines Kind. Sie will ihre Selbständigkeit, ihre Würde bewahren. Manchmal ist es sehr, sehr anstrengend mit ihr. Und deshalb freut er sich umso mehr, dass sie jetzt keinen Widerstand zeigt. Mit dem Ellenbogen drückt er auf den Lichtschalter der Küchenbeleuchtung. Nichts. »Immer noch kein Strom. Wie romantisch«, bemerkt er ironisch und setzt Nina sanft auf einen Küchenstuhl. »Wo sind die Kerzen, mein *Schatz*?«

»In der obersten Schublade. *Schatz*.« Nina ist herrlich amüsiert und lässt ihn machen. Eifrig zündet er Kerzen an und verteilt sie in der Küche und im angrenzenden Wohnbereich. Gemütlich sieht es aus. Draußen scheint es ruhiger geworden zu sein, nur noch der Regen fällt unaufhörlich vom schwarzen Himmel.

Chris bereitet ihnen Sandwiches zu und öffnet eine Flasche Wein. »Bist du sicher?«, fragt Nina irritiert.

»Hundertprozentig. Erstens weil ich glücklich bin und – nachdem ich dieses Sandwich verschlungen habe – mit Sicherheit zufrieden. Und weil ich morgen frei habe. Schon vergessen?«

Nina beißt beherzt in ihr Sandwich. Der Wein ist köstlich um diese Uhrzeit. Die ganze Atmosphäre ist ein Traum.

Ein zaghaftes Klopfen an der Verandatür lässt beide aufschrecken. Skeptisch sehen sie sich an. »Ich glaube, wir hören Gespenster. *Huihuihui*«, scherzt Nina übermütig.

Das Klopfen wird aggressiver. Nina starrt Chris an. Mit drei Schritten ist er an der Verandatür.

Nina hat das Gefühl, in der Falle zu sitzen. Sie kann sich nicht fortbewegen, ihr Rollstuhl ist im Schlafzimmer. »Was ist los, Chris? Wer ist das?«

Chris starrt auf die durchnässte Gestalt, die vor der Verandatür steht und ihn panisch anstarrt, als sei er der Teufel. Er ignoriert Ninas angsterfüllten Rufe und öffnet langsam die Verandatür. Die Frau weicht verängstigt zurück. Zähneklappernd formt sie ein Wort. »Nina?«

***

Der Sturm zieht seines Weges und hinterlässt eine Verwüstung, die nur die Natur versteht. Der Regen lässt allmählich nach und auch das Gewitter zieht weiter, sammelt neue Kraft, um sich an anderer Stelle zu entladen.

Eingehüllt in eine Decke hockt Julie auf einem Stuhl in der spärlich beleuchteten Küche. Sie kann und will nicht sprechen. Nicht darüber nachdenken, was passiert ist. Selbst Juliette schweigt. Mit gesenkten Augen fummelt sie nervös an den Flusen der Decke herum, die ihr Nina gegeben hat.

»Julie? Ist doch richtig, oder? Ihr Name ist Julie.« Ninas quirlige Stimme verdrängt für einen Wimpernschlag Julies Lethargie. Sie nickt, dennoch traut sie sich nicht, aufzublicken. Sie spürt diesen Mann, der in der dunklen Ecke steht und sie penetrant beobachtet. Er hat ihr die Verandatür geöffnet, hat sie ins Haus gebeten. Er war sehr nett, nicht aufdringlich. Nur deshalb ist sie hineingegangen. Aber jetzt macht sein Blick ihr Angst.

Es ist still in der von Kerzenschein erfüllten Küche. Würde ein Fremder hier vorbeischauen, er hätte mit Sicherheit das Gefühl, dass es ein friedliches und harmonisches Miteinander ist. Doch der Schein trügt. Die Atmosphäre ist angespannt.

Nina hat es noch nie gut vertragen, wenn nicht alles seinen geraden Weg geht, und das hier gleicht einem Irrgarten. Was will diese Frau hier? Warum ist sie ausgerechnet zu ihnen, zu ihr, gekommen? Tief in ihr ahnt sie es, aber das will und kann sie nicht zulassen. Nicht schon wieder! Und dennoch sorgt sie sich um diese Fremde, zu der sie sich auf wundersame Weise hingezogen fühlt.

»Chris, wärst du so lieb und holst mir meinen *Diva Cadillac*?«

Als Chris außer Hörweite ist, sagt sie verschwörerisch zu Julie: »Nicht wundern, so nenne ich meinen Rollstuhl. *Diva Cadillac*. Ich dachte mir, wenn ich schon in so einem Ding jeden Tag hin und her rolle, muss er einen besonderen Namen haben.«

Julie nickt und ein Hauch von einem Lächeln legt sich um ihren Mund. Nina räuspert sich, denn was sie in Julies Augen sieht, bereitet ihr Unbehagen und erfüllt sie zugleich mit einer gewissen Zuneigung. »Julie, ich freue mich, dass Sie in Ihrer Not zu mir gekommen sind. Ehrlich, es ehrt mich … aber der, der ihnen wirklich helfen kann, ist Chris. Er ist Psychologe.«

Julie rückt von Nina ab. Diese Nachricht ist mehr als nur beunruhigend. Wenn sie das gewusst hätte, wäre sie niemals hierhergekommen. Durch den tobenden Sturm und peitschenden Regen. Lieber hätte sie sich in die Este geworfen oder besser noch in die Elbe. Sie sitzt in der Falle. Niemand kann ihr helfen. Das wird ihr schlagartig klar, denn schließlich weiß sie selbst nicht, was wirklich geschehen ist.

»Julie? Alles in Ordnung? Ich schwöre Ihnen, Chris ist ein Mann, auf den man sich verlassen kann. Vertrauen Sie mir … vertrauen Sie ihm. Ich würde Ihnen das nicht sagen, wenn ich es nicht genau wüsste.« Nina ist versucht, ihren Arm um Julie zu legen, doch instinktiv lässt sie es.

Julie hat sich noch fester an die Wand gedrückt. Ihre Augen wandern unstetig durch den Raum. Aus der Ecke vernimmt sie die ruhige, nicht aufdringliche Stimme des Mannes, der jetzt näherkommt und den Rollstuhl für Nina bereitstellt. Unwillkürlich zieht sie die Decke noch fester um ihren Körper.

»Hallo, Julie. Ich bin Chris. Ich weiß nicht, ob Nina Ihnen schon von mir erzählt hat.«

Julie ignoriert ihn, sie wendet den Kopf zur Seite. Sie kann nicht antworten, sie will nicht darüber sprechen.

»Okay, das macht nichts. Ich möchte Ihnen helfen, Julie. Offensichtlich ist etwas passiert, was sie sehr mitgenommen hat.« Chris zieht sich einen Stuhl heran und setzt sich ihr gegenüber.

»Möchten Sie vielleicht einen Tee?«, fragt Nina, der die Stille unheimlich ist.

Die Frage ist so normal, dass Julie zustimmend nickt.

»Sehr gut, denn ich brauche jetzt einen. Was für ein Wetter, so etwas habe ich noch nie erlebt. Sie etwa? Ich möchte nicht wissen, wie mein Garten aussieht. Die schönen Blumen. Ich hoffe sehr, dass sie es überstanden haben. Was meinen Sie, Julie?«

»Ich denke, die robusten werden es geschafft haben.«

»Zucker, Milch?«, fragt Nina und stellt Julie eine dampfende Tasse Tee auf den Tisch.

»Beides bitte.« Julie rührt monoton in ihrem Tee. Die Decke rutscht ihr dabei von den Schultern. Das Blut auf ihrem T-Shirt wirkt fast wie ein Batikmuster. Hastig schielt Nina zu Chris, der unmerklich mit dem Kopf schüttelt und sie dann stumm auffordert, ruhig weiterzureden.

»Oh, der Tee tut gut. Bei dem Unwetter könnte man fast meinen, es ist mitten im Winter. Furchtbar! Ich hoffe inständig, dass die Obstbauern nicht allzu viel Schaden davongetragen haben.«

Julie zeigt keine Reaktion. Vorsichtig schlürft sie ihren Tee, als wäre sie allein. Immer wieder linst Nina ungeduldig zu Chris, der ruhig, ja fast schon gelassen, einfach nur dasitzt. Sie entscheidet sich, die Frage aller Fragen zu stellen: »Julie, was ist mit Ihnen passiert?«

Julie schaut hektisch von Nina zu Chris, dann wendet sie ihren Kopf zur Seite und flüstert etwas. Nina sieht Chris fragend an, der seine Hand hebt und gebannt auf Julie starrt.

»Ich möchte nicht mit diesem Mann reden. Ich möchte, dass er geht.« Ihre Stimme ist rau und emotionslos. Plötzlich verzieht sie ihr Gesicht und sagt mit weicherer Stimme: »Bitte, ich brauche Hilfe.«

»Schon gut, Julie. Ich werde Ihnen helfen.« Chris steht auf, gibt Julie den Raum, den sie offensichtlich braucht. »Sie müssen mir nur eine Frage beantworten, dann lasse ich Sie in Ruhe. Okay? Das ist sehr wichtig! Hatten Sie einen Unfall? Ist noch jemand verletzt?«

Julie schüttelt ihren Kopf. »Ich bin müde.«

»Ja, das verstehe ich und mir ist sehr daran gelegen, dass es Ihnen gutgeht. Was halten Sie davon, wenn ich Sie zu einem Arzt fahre?«

»Ich bin nicht verletzt!«

»Dann ist das also nicht Ihr Blut auf Ihrer Kleidung?«

»Ich bin müde.« Julie blickt hilfesuchend zu Nina. »Bitte!«

Nina räuspert sich verlegen. »Sie sagten, dass Ihre Schwester hier ein Haus hat. Sollen wir sie anrufen?«

»Nein! Nicht meine Schwester!« Julie springt auf. Hektisch sieht sie sich um. Wie ein gefangenes Reh, das nach einem Fluchtweg sucht.

Chris beobachtet jede ihrer Regungen. Ihre Augen, in denen sich Panik und Hilflosigkeit widerspiegeln.

»Ganz ruhig, Julie. Setzen Sie sich doch wieder und lassen uns gemeinsam eine Lösung finden.« Chris' ruhige Worte scheinen Julie tatsächlich zu besänftigen, langsam lässt sie sich zurück auf den Stuhl sinken.

»Kann ich sonst irgendjemanden anrufen? Ihren Mann, Ihren Freund oder Ihre Eltern?«

»Er war da … Ich habe ihn gerochen.« Sie schluckt hart, zieht die Beine an ihren Körper. »Ich hatte Angst und habe mich ganz klein auf dem Sofa gemacht, damit er mich nicht sehen kann. Es war so dunkel … Ich weiß nicht, was passiert ist.« Ihre letzten Worte sind nur noch ein Flüstern.

»Wer war da, Julie?«

»Er.«

»Ich verstehe nicht ganz, was Sie meinen, Julie? Helfen Sie mir bitte.«

»Verdammt noch mal, das Schwein war da und wollte uns wieder wehtun.« Ihre Stimme wirkt verändert, hat wieder diesen rauen Klang.

»Okay. Das waren nicht Sie gerade. Stimmt's, Julie? Wer war das, die gerade gesprochen hat? War das eine Freundin von Ihnen?«

»Ich … ich würde mich so gern ausruhen. Bitte!«

»Sicher. Wir haben ein kleines Gästezimmer, dort können Sie sich hinlegen. Ruhen Sie sich aus und dann sehen wir morgen weiter.«

Chris bohrt nicht nach, er hat eine Vermutung und braucht ebenso Zeit, die richtige Entscheidung zu treffen.

Während Nina Julie das Zimmer zeigt, greift er sich das Telefon. Die Leitung ist tot. Sein Smartphone hat ebenfalls keinen Empfang. *Verdammt! Und nun?* Er muss etwas unternehmen. Unentwegt reibt er über sein Kinn. Er braucht eine Lösung. Seit anderthalb Jahren arbeitet er mit dem LKA zusammen. Die Arbeit dort hat ihn eine

Menge gelehrt, vor allem wie er sich in solchen Situationen vorschriftsmäßig verhält – im Rahmen der geltenden Gesetze. Er weiß, dass diese Julie dringend Hilfe benötigt. Und nicht nur sie. Wenn das Blut auf ihrem T-Shirt nicht von ihr stammt, muss es mindestens einen Verletzten geben, vielleicht sogar einen Toten. Gegebenenfalls ein Tier. Und wenn nicht …?

»Worüber denkst du nach?«

Ninas leise Stimme lässt ihn herumfahren. »Kennst du ihren Nachnamen?«

»Nein, aber ich weiß, wo sie beziehungsweise ihre Schwester wohnt. Willst du etwa dort hinfahren?«, fragt sie zögerlich.

»Nein, keine Sorge. Ich lasse dich nicht mit ihr allein.«

Nina entspannt sich erleichtert. Sie kennt Chris, der ganz offensichtlich darauf brennt, sofort etwas zu unternehmen. »Ich glaube nicht, dass sie gefährlich ist. Sie ist einfach nur durcheinander.«

Christ schüttelt gedankenverloren den Kopf. Er scheint anderer Meinung zu sein.

Julie schließt ihre Augen und atmet den Duft der frischen Bettwäsche, die nach Blumen riecht. Sie sinkt noch tiefer in das weiche Kissen und lässt sich einhüllen von dem reinen Duft. Das leise Gemurmel aus der Küche verbannt sie. Nur für ein paar Stunden will sie das Geschehene verdrängen.

22. KAPITEL

Chris' Smartphone piept in einer Tour, um ihm zu signalisieren, dass er Nachrichten hat. Müde reibt er sich die Augen und tastet nach dem verdammten Ding. Er ist immer noch vollständig bekleidet und auch Nina hat darauf bestanden, sich nur aufs Bett zu legen – für den Fall, dass sie ganz schnell hochmüssen, weil ihr Gast etwas anstellt und sie sofort reagieren müssen.

Endlich hat er sein Smartphone in der Hand und checkt die Nachrichten. Allesamt aus der Klinik. Nichts Wichtiges, nur die Info, dass alles in Ordnung ist – trotz des Unwetters. Typisch für Schwester Veronika. Die gute Seele der Psychiatrischen Abteilung des Uniklinikums Eppendorf. Nachdenklich schaut er auf den Wecker neben sich. 5:45 Uhr. Ob es zu früh ist, Kommissar Schulz anzurufen?

Erst einen Kaffee und dann wird er alles Nötige veranlassen, um Julie nach Hamburg zu bringen.

Vom Duft des Kaffees angelockt, rollt Nina in die Küche. »Ich möchte auch einen. Puh, ich habe so schlecht geschlafen. Wie geht es dir? Soll ich Julie wecken?«

»Warte bitte. Ich möchte vorher noch ein paar Telefonate führen.«

Er wählt die Nummer der Polizeistation in Cranz. Noch ehe der Anschluss zustande kommt, legt er auf und wählt stattdessen die Handynummer von Kommissar Schulz in Hamburg.

»Mensch, Chris, das ist Gedankenübertragung …« Auf seine ganz spezielle Art poltert der Kommissar direkt und ohne Umschweife los. Und Chris ziehen sich die Eingeweide zusammen. *Das Blut stammt nicht von einem Tier!*

»… ich bin gerade auf dem Weg zu Ihnen. Es hat einen Mord gegeben und eine Frau ist spurlos verschwunden. Vielleicht brauche ich Ihre Hilfe und …«

»Sie ist hier.« Stille. Chris kann förmlich sehen, wie sich Schulz nachdenklich über seinen Schnäuzer streicht. Noch bevor der Kommissar etwas sagen kann, berichtet Chris, was gestern Nacht passiert ist. »Die vermisste Person ist eine gewisse Julie, richtig? Schulz, ich möchte sie mit in die Klinik nehmen. Sie ist stark traumatisiert und …«

»Verdammt, Chris!«

»Schulz. Wir treffen uns später in der Klinik.« Er legt schnell auf, bevor der Kommissar reagieren kann. Bevor er fragt: ›Warum haben Sie mich nicht früher informiert, warum haben sie die Polizei nicht sofort angerufen?‹. Er kennt Schulz, er muss immer erst poltern und dann nimmt er am Ende alles wieder zurück. Doch dafür bleibt keine Zeit. Entschlossen wählt er die Nummer des UKE Eppendorf.

»Guten Morgen, Veronika. Wir haben einen Neuzugang.«

***

Fades Sonnenlicht und Nebelschleier begleiten Julie und Chris auf der Fahrt nach Hamburg. Julie hat ihren Kopf an das Seitenfenster gelehnt. Die im Nebel eingehüllten

Obstbäume rauschen an ihr vorbei. Manchmal sieht es so aus, als würden sie Julie etwas hinterherrufen. Unwillkürlich fragt sie sich, ob es freundliche, aufmunternde Rufe sind oder gar hässliche Beschimpfungen. Sie will nicht weiter darüber nachdenken, fügt sich in ihr Schicksal und hüllt sich in Stille. Ihre Kraft ist aufgebraucht. *Ich habe schon wieder einen Menschen getötet!*, hallt es fortwährend durch ihren Kopf.

Sie schielt zu Chris hinüber, der bedächtig den Wagen über die nebelverhangene Straße lenkt. Er war sehr nett zu ihr. Er hat ihr alles erklärt, ihr versprochen, dass sie sich keine Sorgen machen muss. Sie glaubt ihm nicht. Damals, als sie ein Kind war, lag es auf der Hand, dass sie aus Notwehr gehandelt hat. Niemand fragte nach dem Warum. Alle gaben ihr Recht, trösteten sie und lobten sie für ihre Courage, dass sie sich aus den Klauen ihres Peinigers befreit hatte. Ja, er hatte es verdient. Doch jetzt, jetzt war es der kaltblütige Mord einer Irren. Eine, die ihr Leben nicht in den Griff bekommt. Jetzt spielt es keine Rolle mehr, wer oder was sie zu dem gemacht hat. Zu dieser irren Killerin, die sie heute ist. Ihr wird übel bei dem Gedanken.

Sie wendet ihren Blick auf die Obstbäume. Wie kleine Geister spielen sie mit dem Nebel.

»Wie wird es weitergehen? Was wird mit mir geschehen, wenn ich in der Klinik bin?«

Chris blickt kurz zu ihr. »Erst einmal sind Sie in der Klinik sicher …«

»Sicher wovor?«, fällt Julie ihm ins Wort, ohne ihn anzusehen.

»Nun, vor den ellenlangen und öden Fragen der Polizei.« Er bemüht sich, seinen Worten eine fröhlich-sarkastische Note zu verleihen, doch Julie zeigt keine Reaktion.

»Okay. Sie stehen unter meinem Schutz und meiner Obhut. Das bedeutet, dass wir beide uns die nötige Zeit nehmen, gemeinsam herauszufinden, was passiert ist.«

»Ja, das habe ich verstanden. Aber glauben Sie mir denn?«

Chris braucht eine Weile, bis er antwortet. »Nun, ich glaube, dass es eine gute Entscheidung von Ihnen war, meine Hilfe anzunehmen. Und in erster Linie gehe ich immer davon aus, dass ich es mit einer unschuldigen Person zu tun habe.«

»Ich dachte, Sie sind Psychologe und nicht Polizist?« *Er lügt. Er wird mir nicht ein Wort glauben, geschweige denn mich verstehen.* Sie zweifelt schließlich selbst daran, ob sie es nicht doch war. Auch wenn sich ganz tief in ihr etwas regt, das sie nervös macht.

»Ja, Julie. Ich bin Psychologe und arbeite eng mit der Polizei zusammen. Ich kann verhindern, dass die Jungs Sie in die Mangel nehmen. Nicht, bevor wir beide herausgefunden haben, wie ich Ihnen helfen kann.«

»Verstehe.« Sie wendet sich zu ihm um und betrachtet eingehend sein Profil. Er sieht sympathisch aus, vertrauenserweckend. Die kleinen Grübchen, wenn er lacht, gefallen ihr. Seine Stimme ist angenehm und er riecht gut. Das ist wichtig für sie. Unerwartet befällt sie ein dumpfes, machtloses Gefühl. Es macht sie ruhelos. Aber warum? Was regt sie auf? Wie gern würde sie jetzt mit Juliette sprechen. Sie spürt, wie Juliette auf dem Rücksitz ihre Aufmerksamkeit sucht. Doch jetzt ist nicht der richtige Zeitpunkt.

Sie schließt die Augen und erinnert sich daran, was ihre

Therapeutin Margarete ihr für solche Situationen geraten hat: ›*Lenken Sie Ihre Gedanken auf etwas Schönes, Lustiges und Positives. Atmen Sie tief durch und spüren Sie, wie die reine Luft durch Ihren Körper fließt*‹.

Ihre Finger tasten nach dem kleinen Knopf an der Beifahrertür. Erleichtert nimmt sie wahr, wie das Fenster herunterfährt. Sie atmet tief ein und aus. Der Fahrtwind fegt über ihr Gesicht. Es tut so gut.

»Warum ist Nina nicht mitgekommen?«

»Hätten Sie sie gern dabeigehabt?«

»Ja. Ich mag sie. Sie ist freundlich und sie hat eine Behinderung, genau wie ich.«

Chris nimmt sich Zeit für seine Antwort. Schließlich sagt er: »Sie hat gelernt, mit ihrer Behinderung umzugehen. Und ich finde, sie macht es sehr gut. Finden Sie nicht auch?«

»Sie kämpft jeden Tag. Genau wie ich.«

»Wofür kämpfen Sie, Julie?«

»Für ein normales Leben.«

Chris fährt auf die Autobahn. Der Nebel hat sich verzogen und Erleichterung macht sich in ihm breit. So zäh wie der Nebel waren auch seine Gedanken. Julie, die gestern noch ein schweigendes, zitterndes Wesen war, ist heute äußerst präzise mit ihren Fragen und ihren Gedankengängen. Dennoch gibt sie nichts von sich oder von dem, was geschehen ist, preis. Es wird spannend und er freut sich auf die Arbeit mit ihr. Chris will so schnell wie möglich in der Klinik ankommen. Er braucht mehr Informationen über Julie und was tatsächlich passiert ist. Unruhig schielt er immer wieder auf seine Armbanduhr. Dann gibt er Gas.

»Wie lange noch, bis wir da sind?«
»Wenn alles gut geht, etwa zwanzig bis dreißig Minuten.«
»Ich müsste mal zur Toilette.«

***

Nachdenklich streicht sich Kommissar Schulz über seinen fein säuberlich gestutzten Schnäuzer, während er die Nachricht auf dem Badezimmerspiegel liest.

Zieh dein Kleidchen an, mein Engelchen!
Und sieh mal, was Papa dir mitgebracht hat.
Einen Lippenstift.
Mach dich hübsch, mein Engelchen!

Schulz kann sich keinen Reim darauf machen, was dieser mit knallrotem Lippenstift geschriebene Spruch zu bedeuten hat. Er weiß nur, dass es kein leichter Fall sein wird. Ausgerechnet jetzt, ein paar Wochen vor seiner Pensionierung. Er träumt seit Monaten davon, endlich in Ruhe angeln zu gehen. Ein Klischee, das er im Grunde seines Herzens verabscheut. Noch nie in seinem Leben war er angeln, doch jetzt sehnt er sich danach. Seufzend wendet er sich vom Spiegel ab und sieht seinen Assistenten an.

»Ottmar, machen Sie ein paar Fotos und schicken diese sofort zu Doktor Lange. Und sagen Sie der Spurensicherung, dass sie gründlich sein sollen. Und vergessen Sie das Kleid nicht. Sie wissen schon, das volle Programm. Dieser Fall stinkt mir gewaltig!«

Ottmar steckt lässig die Hände in seine Hosentaschen. »Chef, ist alles längst geschehen.«

»Gut.« Der Kommissar nickt zufrieden und starrt wieder auf den Schriftzug am Spiegel.

»Ganz schön krass, oder?«, unterbricht Ottmar seine Gedankengänge.

»Ja, und ich fürchte, es wird kompliziert. Das Geschmiere am Spiegel sieht nach einem kranken Hirn aus. Mensch Ottmar, dass wir aber auch immer so einen Glücksgriff ins Klo …«

»Chef, Sie haben mir mal gesagt, dass wir niemals voreilige Schlüsse ziehen dürfen.« Ein breites Grinsen erhellt Ottmars schmales Gesicht.

Victoria hält den Kessel unter den Wasserhahn. Geistesabwesend schaut sie aus dem Fenster. Überall sind Menschen in weißen Schutzanzügen, die bedächtig den Garten und auch das Haus nach Spuren absuchen. Was für eine Idiotie Die Mörderin ihres geliebten Patrick ist Julie.

Das Wasser quillt über den Kessel, doch sie merkt es nicht. Der Gedanke, dass sie Patrick nie wiedersehen kann, ihn nie wieder berühren und liebkosen wird, lähmt sie.

Als Stephan ihr den Kessel aus der Hand nimmt und den Wasserhahn zudreht, zuckt sie zusammen. »Warum setzt du dich nicht, Victoria. Ich mache das schon.«

Sie sieht ihn flüchtig an, wischt sich ihre nassen Hände an ihrer Jeans ab. Wie in Trance wendet sie sich dem Küchentisch zu und setzt sich zu Kommissar Schulz, der sie eindringlich taxiert. Immer wieder huschen ihre Augen über das kantige Gesicht des Kommissars. Er wirkt nicht sonderlich kompetent auf sie, weshalb sie sich fragt, ob dieser alte Mann in der Lage ist, die Situation richtig einzuschätzen. Er wirkt müde. Viel zu ruhig und gelassen.

Nervös kratzt Victoria mit dem Daumennagel auf der Holztischplatte und fragt: »Julie ist also in der Psychiatrie, Herr Kommissar?«

»Ja, sie ist auf dem Weg dorthin. Wie ich Ihnen schon sagte, ist sie vergangene Nacht zum Haus gelaufen, in dem Doktor Lange mit seiner Lebensgefährtin lebt. Kennen Sie die beiden?«

»Nein.«

»Und Julie? Hat sie Ihnen gegenüber erwähnt, dass sie die beiden kennt?«

»Julie ist zum ersten Mal hier. Und sie ist keine Person, die schnell Kontakt findet. Ich mache mir solche Vorwürfe … Es war meine Idee hierherzufahren, damit wir uns besser kennenlernen… Und jetzt ist ein Mensch gestorben, der weder mir noch ihr etwas antun wollte.« Tränen schimmern in ihren Augen, als sie den Kommissar endlich ansieht.

»Es tut mir leid, Frau Behrens, aber ich muss Ihnen noch ein paar Fragen zum gestrigen Abend stellen. Warum ist Patrick Jansen hergekommen und warum wollten Sie so überstürzt nach Hause?«

Victoria blickt ihn verwirrt an. »Das habe ich Ihnen doch schon gesagt. Julie hatte Panik, weil das, was an dem Spiegel im Bad steht, sie an … unseren Vater erinnerte. Hören Sie, ich weiß, dass niemand hier im Haus war. Sie hat es selber inszeniert. Verstehen Sie doch!« Victorias Daumennagel kratzt nervös über das grobe Holz des Esstischs. Dann bricht er ab. »Julie ist krank. Ihre Therapeutin meinte, dass es eine gute Idee sei, wenn wir Zeit miteinander verbringen. Verdammt, warum? Julie wollte nicht mitkommen, ich habe sie dazu überredet. Es ist alles meine Schuld.« Sie kann die Tränen nicht länger aufhalten.

Stephan ist sofort an ihrer Seite, legt fürsorglich den Arm um ihre Schultern und blickt Schulz an. »Ich weiß, Herr Kommissar, Sie müssen Ihre Arbeit machen, aber können wir eine Pause einlegen?«

Schulz streicht über seinen Schnäuzer und nickt.

»Liebes, warum legst du dich nicht hin? Ich rede mit dem Kommissar und dann fahren wir nach Hause. Okay?« Liebevoll wischt er die Tränen von ihren Wangen. Sie nickt ihm dankbar zu und entschuldigt sich bei Schulz.

Die beiden Männer sehen ihr lange nach. Die Stille, die sich breitgemacht hat, wird durch das schrille Pfeifen des Wasserkessels verjagt. Umständlich bereitet Stephan den Tee zu. Schulz bemerkt seine ungelenken Handgriffe, spart sich aber einen entsprechenden Kommentar. Stattdessen räuspert er sich geräuschvoll und fragt: »Was meinte Ihre Frau damit, dass das Geschmiere am Spiegel Julie an ihren Vater erinnert?«

Stephan, der gerade mit der Teekanne an den Tisch tritt, gerät für einen Augenblick aus der Fassung. Sein Bemühen, den Tee ordentlich in die Tassen zu gießen, erfordert äußerste Konzentration und dennoch geht einiges daneben. Gegen seine Art nimmt er einfach seine flache Hand und wischt damit über den Tisch und anschließend die Feuchtigkeit an seiner Hose ab.

Schulz kneift unwillkürlich die Augen zusammen. In diesen Moment wünscht er sich, Chris wäre hier. Der Psychologe hätte ihm bestimmt sagen können, was mit diesem Mann nicht stimmt. Ohne seinen geschätzten Kollegen kann er nur raten; der Mann wirkt auf ihn emotional eingezwängt.

Die Blicke des Kommissars machen Stephan nervös. Mit betont fester Stimme antwortet er: »Der Vater hat die beiden vergewaltigt.« Er muss seine aufkommende Wut unterdrücken. Im leisen Tonfall spricht er weiter. »Julie hat es am schlimmsten erwischt. Sie hat diesen Bastard abgestochen.« Das Wort *abgestochen* betont er hart und bösartig. Seine Augen haben einen kalten Ausdruck angenommen. Als der Kommissar nichts sagt, bleibt auch er stumm.

Schulz rührt langsam in seinem Tee und macht sich eine gedankliche Notiz, die Akte anzufordern. »Wie lange ist das her?«

»Fast zwanzig Jahre ... Julie ist in Behandlung. Soll ich Ihnen die Adresse ihrer Therapeutin geben? Wissen Sie, mich macht diese Geschichte immer noch sehr wütend.«

»Ja, das kann ich gut verstehen.« Schulz nippt am Tee, der stark ist, aber dennoch wunderbar schmeckt. Dann sieht er zu Stephan, der immer noch steht. »Warum setzten Sie sich nicht?«

»Oh, entschuldigen Sie, aber im Stehen habe ich meine Gefühle besser im Griff.« Mit einem tiefen frustrierten Seufzer setzt sich Stephan schließlich doch. Der Kommissar macht ihn fahrig. Er sieht aus, als hätte Gott vergessen, ihm genügend Grips in seinen Schädel zu geben, aber etwas sagt ihm, dass er sich täuscht.

Unruhig wandern seine Hände über den Tisch, zur Tasse vor ihm. Wieder verschüttet er Tee und wischt ihn mit dem Hemdsärmel weg, auf dem sich ein hässlicher brauner Fleck bildet.

»Es scheint Sie sehr mitgenommen zu haben. Wie gut waren Sie befreundet.«

Die Frage wirft Stephan für eine Sekunde aus der Bahn. »Wen meinen Sie?«

»Nun, Sie und Patrick Jansen?«

»Ja, natürlich. Patrick. Etwa zwölf Jahre … Wissen Sie, er war wie ein Sohn für mich. Es hat mir Freude bereitet, zu sehen, wie er Karriere gemacht hat. Wie spontan und unkompliziert er sein Leben bestritt.«

»Warum war er hier?«

»Weil ich ihn darum gebeten habe. Victoria rief mich gestern Abend an. Sie war furchtbar aufgeregt und noch bevor ich etwas fragen konnte, war die Leitung tot. Mein Gefühl sagte mir, dass da etwas nicht stimmen konnte … Nun, ich war leider nicht abkömmlich. Ich saß im Zug von Köln nach Hamburg und hatte noch etwa eine halbe Stunde Fahrzeit vor mir. Wissen Sie, Herr Kommissar, nur einen Tag zuvor haben Victoria und ich telefoniert. Sie war ganz aufgelöst wegen der Streitereien mit Julie. Deshalb rief ich Patrick an, damit jemand so schnell wie möglich vor Ort ist. Und als ich wieder in Hamburg war, bin ich sofort hierhergefahren.«

»Was für Streitereien hatte Ihre Frau mit Julie?«

»Aufarbeitung der Vergangenheit. Sie haben sich zweiundzwanzig Jahre nicht gesehen. Es ist kompliziert. Aber wie gesagt, fragen Sie Julies Therapeutin. Warten Sie, ich hole die Telefonnummer …«

Schulz nickt, macht sich ein paar Notizen auf einem kleinen Block und verstaut ihn umständlich in seiner Jackentasche.

»Später, Herr Behrens. Was haben Sie in Köln gemacht?«

»Ich hatte eine Besprechung mit einem neuen Klienten … Ich kann Ihnen die nötigen Beweise geben, wenn Sie möchten. Ich habe alles zu Hause in meinem Büro.«

Schulz betrachtet sein Gegenüber eindringlich. Die gepflegten Hände, seine bemüht gefasste Haltung, die Augen, die für Schulz' Geschmack zu wenig preisgeben. Wie sagt Chris immer? ›*Sieh dir die Augen an. Sie sind der Spiegel der Seele*‹. In den Augen dieses Mannes spiegelt sich nichts. Seufzend erhebt er sich. »Gut, Herr Behrens, das war's erst einmal. Ich möchte, dass Sie uns für weitere Fragen zur Verfügung stehen. Melden Sie sich bitte, sobald Sie zurück in Hamburg sind. Am besten heute noch.«

Es war keine Bitte. Und endlich erkennt Schulz etwas in diesen Augen: Verachtung.

Victoria blickt aus dem Fenster und ihr läuft es kalt den Rücken herunter, als sie sieht, wie der Metallsarg in den Krankenwagen geschoben wird. Die Kälte ist das Einzige, was sie spürt. Nichts weiter. Nur diese alles beherrschende Leere. Ähnlich wie damals in der Hölle. Aber anders als heute, war sie als Teenager stark. Damals hat sie mit ihrem Vater gespielt. Ihn auf Distanz gehalten, ihm gedroht. Auch wenn er es immer wieder geschafft hatte, sie zu vergewaltigen, war es ihm nie gelungen, sie zu brechen. *Dieses kranke Schwein!* Durch ihre Schwester ist er wieder in ihr Leben getreten. Eingedrungen! Penetrant und widerwärtig. Doch das wird sie verhindern. Julie darf nie wieder in ihre Nähe kommen.

***

Der Nachrichtenton seines Smartphones vermischt sich mit dem *Klack-klack* seines Blinkers, während Chris von der Autobahn abbiegt, um auf die nächstbeste Raststätte zu fahren.

Er parkt direkt vor dem Eingang der Damentoilette. Bevor er den Zündschlüssel umdreht, fragt er sich, ob er mit hineingehen soll. Nachdenklich schielt er zu Julie herüber, die ihren Sicherheitsgurt löst und die Hand schon am Türgriff hat.

»Wenn es Ihnen nichts ausmacht, komme ich mit.«

»Sie meinen, Sie möchten mir beim Pinkeln zusehen?«

Julie hält sich verlegen die Hand vor den Mund. Es war Juliette, die sich einfach vorgedrängelt hat. Chris scheint es nicht gemerkt zu haben und Julie überspielt diesen kleinen Fauxpas, indem sie lächelnd hinzufügt: »Entschuldigen Sie. Natürlich dürfen Sie mit. Sie müssen ja schließlich aufpassen. Aber bitte, ich muss jetzt wirklich ganz schnell zur Toilette.«

Chris kommt sich wie ein Idiot vor, als er den Toilettenraum nach Fluchtmöglichkeiten absucht. Mit einem entschuldigenden Kopfnicken gibt er den Weg frei und Julie eilt sofort in eine der Kabinen. Er postiert sich draußen direkt neben der Tür. Eine junge Frau rauscht mit zwei kleinen Mädchen an Chris vorbei und beäugt ihn aufmerksam. Das ältere der beiden Mädchen streckt ihm frech die Zunge entgegen. Ungehalten zerrt die Frau ihre Tochter am Arm in den Toilettenraum. Chris kommt sich wie ein Spanner vor und bezieht nun gegenüber Stellung. Von hier hat er einen ebenso guten Blick auf die Tür. Er bemüht sich, unauffällig zu wirken und dann fällt ihm sein Smartphone ein. Er öffnet die Nachricht von Ottmar.

»*Verdammt, wir sitzen in der Falle, Herzchen.*« Auch Julie hat bemerkt, dass sie den Plan aufgeben muss, sich einfach aus dem Fenster zu schwingen. Es gibt kein Fenster! Aber ist es denn überhaupt eine gute Idee? Seufzend lässt sie sich auf der Toilette nieder und macht das, was sie eigentlich tun wollte. Sie pinkelt. Dabei starrt sie auf den klebrigen Fußboden und die beschmierte Toilettentür. Ekel steigt in ihr auf. Schnell zieht sie ihre Hose hoch und stürmt aus der Toilettenkabine. Angewidert hält sie ihre Hände unter den Wasserhahn, der sofort reagiert, und wäscht sich akribisch die Hände. Dabei schaut sie in den Spiegel, verdrängt die Erinnerungen und begutachtet ihr ausgemergeltes Gesicht. Tiefe Schatten unter müden Augen. Ihr kurzes Haar hat jeglichen Glanz verloren. »Scheiße, ich schaffe es nicht.« Ihre Augen brennen von den Tränen, die unbedingt herauswollen, doch sie will jetzt nicht heulen. Sie füllt ihre Hände mit Wasser und kühlt ihr Gesicht damit, doch das Brennen in ihren Augen will einfach nicht verschwinden.

»Doch, mein Herz, ich bin da und wir schaffen das. Du weißt doch: ›Nichts kann zwischen uns kommen‹.«

Julie will jetzt nicht mit Juliette sprechen. Auch wenn sich ihre Anwesenheit und ihr Versprechen so wunderbar vertraut anfühlen. *»Hast du die Mutter mit den beiden Kindern bemerkt?«* Juliette zwinkert ihr zu. *»Deine Chance. Du musst es zumindest versuchen. Komm schon! Du bist stark!«*

»Ja, ich bin stark. Verdammt! Du hast recht, ich bin STARK!«

Vorsichtig öffnet Julie die Tür zum Ausgang und späht hinaus. Erleichtert atmet sie auf, als sie Chris entdeckt, der etwa eineinhalb Meter von der Toilettentür entfernt an einer Wand lehnt, seine Aufmerksamkeit voll auf sein Smartphone gerichtet. Hinter ihr hört sie die Frau mit den beiden Mädchen, die unbedingt rauswollen. Es gibt ein kleines Gedränge an der Tür, als auch noch drei ältere, lautstark diskutierende Frauen hineinwollen. Das ist Julies Chance. Im Gemenge presst sie sich eng an die Wand, verdeckt durch die Kinder und deren Mutter, verlässt sie die Toilette, hält Schritt mit ihnen, den Kopf gesenkt. Sie wagt es kaum, zu atmen.

Das ältere Mädchen sieht sie feindselig an. Ihr gefällt es offenbar nicht, dass sie sich wie eine Verbrecherin benimmt. Sie setzt gerade an, um ihre Mutter lautstark auf Julie aufmerksam zu machen, als diese ihre Schritte beschleunigt und hinaus ins Freie eilt.

Sie hat keine Zeit, durchzuatmen. Sie rennt, biegt um die nächste Ecke des Gebäudes und orientiert sich. Etwa zwanzig Meter vor ihr stehen ein paar Trucks, direkt dahinter eine Reihe aus dichten Büschen. Immer wieder blickt sie sich nervös um. Niemand nimmt Notiz von ihr. Sie stürmt los, hinüber zu den parkenden Trucks, weiter in den Schutz der Büsche. Hier holt sie tief Luft und späht keuchend durch die feinen Äste. Ihr Adrenalinpegel ist auf Anschlag, während sie sich tiefer in das Gebüsch hineinzwängt. Sie ignoriert die feinen Kratzer in ihrem Gesicht. Ihr Atem geht stoßweise. Die *Finkenwerder Ringbrücke* ist etwa einhundert Meter entfernt. Kann sie das schaffen? Sie schließt ihre Augen. *»Du schaffst das, Herzchen!«*

Julie nickt und spurtet los. Der Verkehr ist mäßig und ihr gelingt es fast mühelos, auf die andere Seite zu kommen. Blind läuft sie weiter auf die Bahnschienen zu. Das ohrenbetäubende Warnsignal der Lok nimmt sie nicht wahr. Sie stolpert, kommt ins Straucheln und dann sieht sie den Güterzug direkt auf sich zukommen. Instinktiv mobilisiert sie ihre Kräfte und hetzt taumelnd Richtung Brücke.

Schweißgebadet, zitternd und mit trockener Kehle lehnt sie sich an einen der Brückenpfeiler. Für einen kurzen Moment will sie ihre Unternehmungen aufgeben. Über ihr fahren die Autos, neben ihr sind unzählige Bahngleise, sie ist umzingelt von Gestank und Lärm. Das Gelände ist offen und feindselig. Was hat sie sich nur dabei gedacht? Ein frustrierter Fluch, ein Aufatmen und Julie rennt los.

Von einer Deckung zur nächsten. Gehetzt und getrieben von ihrer Verzweiflung. Den *Dradenauer Deichweg* entlang, die Bahngleise fest im Blick. Bei jedem Geräusch hechtet sie in die Grünanlagen zwischen der Straße und den Gleisen.

Sie läuft einfach drauf los, ohne sich Gedanken zu machen, ob es die richtige Richtung ist. Immer wieder blickt sie sich um, doch da ist niemand, der sie verfolgt. Ein Anflug von Hochgefühl breitet sich in ihr aus. Sie kann es schaffen! Ja, mit jedem Schritt, den sie vorankommt.

Chris ist immer noch ganz von Ottmars Nachricht begeistert. Eine gute Info, mit der er arbeiten kann. Zufrieden steckt er das Smartphone in die Tasche seiner Jeans und schaut zur Tür des Toilettenraums, aus der jetzt drei ältere Damen herauskommen, die lautstark diskutieren. Moment mal! Wo ist die Frau mit den Mädchen? Wo ist …? Er schaut auf seine Uhr. Zehn Minuten. »Verflucht!«, ruft er und stürmt in die Damentoilette. »Julie?!« Er rüttelt an den Türen sämtlicher Kabinen, die ihn mit leidenschaftsloser Leere empfangen. »Verfluchter Mistdreck!«

Chris rennt zurück zu seinem Wagen. Die vage Hoffnung, dass Julie am Auto wartet, schwindet mit jedem Schritt.

***

Die Euphorie ist der Ernüchterung gewichen. Julie hat das Ende des Industriegebiets erreicht. Seit fast einer Stunde irrt sie von einem Gebüsch zum nächsten. Völlig außer Atem stützt sie die Hände auf ihre Oberschenkel. Sie hat keinen blassen Schimmer, wo sie sich befindet, welche Richtung sie einschlagen soll, geschweige denn eine Idee, wie es jetzt weitergeht. Wieder nagt der Zweifel an ihren Nerven, ob sie vielleicht doch die falsche Entscheidung getroffen hat. Wäre es nicht ratsamer gewesen, mit in die Klinik zu fahren und es diesem Chris zu überlassen, was mit ihr passieren soll? Fast sehnsüchtig schaut sie über ihre Schulter, ob da jemand ist, der ihr die Entscheidung abnimmt.

Die Mücken fressen sie auf. Angelockt durch ihren Schweiß. Die Sonne, die auf ihrer Haut sticht. Der Durst, der so gewaltig ist. Sie bemüht sich, all die Gedanken zu sortieren, die wie ein wildes Karussell in ihrem Gehirn kreisen. Es fällt ihr so unsagbar schwer. Schließlich entscheidet sie sich, weiterzugehen – in der Hoffnung, dass sie die richtige Richtung eingeschlagen hat. Sie will zurück nach Cranz. Zum Haus ihrer Schwester. Auch wenn der Gedanke daran ihr einen eisigen Schauer über die Haut jagt. Vielleicht erinnert sie sich dort, was wirklich passiert ist.

23. KAPITEL

Die Lilien haben das Unwetter nicht überstanden. Braune Flecken verunstalten die einst prächtigen Blüten. Der Garten ist eingefangen in Trauer und Vergänglichkeit.

Wütend steht Victoria inmitten der Beete. Der Garten war immer ein Refugium der Ruhe für sie gewesen, doch jetzt strahlt er nur Sterblichkeit aus. Sie hasst diesen Garten und diese vermeintlich stolzen Lilien, die nicht um ihr Überleben gekämpft, sondern sich feige dem Unwetter gebeugt haben. Sie hasst die Parkbank, deren Holz glitschig ist und den Geruch des Moders angenommen hat.

Seit sie vor einer Stunde hier angekommen sind, steht sie einfach nur da, zwischen den verdammten Lilien. Verzweifelt sucht sie nach einer intakten Blüte … nach Hoffnung, einem Sonnenstrahl in der Düsternis. Patrick liebte Lilien. Fast flehend gleitet ihr Blick durch den Garten. *Bitte, eine Blüte, nur eine einzige!* Sie stapft durch die feuchten Beete, ihre helle Leinenhose ist nass und vom Blütenstaub der Lilien verfärbt. Tränen der Hoffnungslosigkeit rinnen unaufhörlich über ihre Wangen.

»Victoria, was machst du da?«

Stephans Stimme lässt sie für eine Sekunde erstarren. Warum muss er die Stimmung ruinieren, warum lässt er sie nicht einfach in Ruhe? Und dann erblickt sie die Lilie. Lächelnd nähert sie sich dieser einzigen perfekten Blüte.

Ganz vorsichtig, fast schon zärtlich berührt sie die festen Blütenblätter. Sie schließt ihre Augen und wird ganz ruhig. Ihre Tränen versiegen. Sie ist glücklich.

24. KAPITEL

»Was für ein Schlamassel ist das, Herr Doktor Lange?«

Schulz' Augen funkeln zornig. Wenn er Chris mit *Herr Doktor* anspricht, dann ist er richtig sauer. Der Kommissar stützt seine Fäuste auf Chris' Schreibtischplatte. Er wartet auf eine Antwort, und zwar auf eine gute, plausible. »Also, sagen Sie schon!«

Chris lehnt sich in seinen Bürosessel und atmet hörbar aus. »Verdammt ja, ich habe einen Fehler gemacht. Ich war zu leichtsinnig und mit meinen Gedanken bei der Nachricht von Ottmar. Ehrlich, ich dachte, sie musste wirklich nur zur Toilette.« Die drohende Haltung des Kommissars macht ihn nervös und lässt ihn noch tiefer in seinen Bürosessel sinken. »Schulz, wir bekommen das wieder hin. Wir finden sie, ganz bestimmt.«

»Dass ich nicht lache, Herr Doktor! Die Suche läuft mittlerweile seit drei Stunden.«

Wütend knallt ihm Schulz die Polizeiakte zum Fall ›Julie Sommer‹ auf den Tisch. »Da steht alles drin, was wir bisher wissen. Die Ermittlungsergebnisse und Gerichtsprotokolle von damals sowie die Adresse ihrer Therapeutin. Und wenn ich mich beruhigt habe, dann können wir uns gern darüber unterhalten. Und zwar in meinem Büro. Ich rufe Sie an.«

Ohne ein weiteres Wort stürmt Schulz aus der Tür, die

lautstark ins Schloss fällt. Schulz ist sauer und Chris kann es ihm nicht verübeln. Er hat von Anfang an Mist gebaut. Langsam zieht er die Akte zu sich und beginnt zu lesen.

***

»Vielen Dank, dass Sie so schnell die Zeit gefunden haben. Ich weiß das sehr zu schätzen.«

»Ist doch selbstverständlich, Doktor Lange. Schließlich ist Julie meine Patientin und das, was Sie mir am Telefon erzählten, hat mich sehr bestürzt.«

Chris reicht Doktor Margarete Hallmann die Hand und bittet sie, in seinem Büro Platz zu nehmen. Sie sieht immer noch verdammt gut aus und ist trotz ihres Alters eine attraktive Frau. Elegant in ihrem ockerfarbenen Kostüm und der weißen Bluse. Er überlegt und kommt zu dem Schluss, dass sie mindestens sechzig sein muss. Chris hält Doktor Margarete Hallmann für eine der kompetentesten Therapeuten in Bezug auf Missbrauchsopfer. Die elegante zierliche Frau hat ihn schon während seines Studiums fasziniert. Ihre ruhige Art, ihr Verständnis sowohl für die Opfer als auch für die Täter haben so manches Mal für ausschweifende Diskussionen in den Vorlesungen gesorgt. Sie hatte stets sachlich und ohne Emotion auf die Anfeindungen reagiert. Ein Satz brannte sich seinerzeit bei Chris ein:

›Die Täter sind ihre eigenen Opfer.‹

Damals hatte er ihre Aussage nicht verstanden, heute jedoch zumindest eine vage Vermutung, was sie damit meinte. Er beschließt, sie danach zu fragen, wenn das alles hier vorbei ist. Vielleicht ist sie heute aufgeschlossener, denn damals hatte sie nie eine Antwort darauf gegeben, was nicht nur Chris äußerst ungewöhnlich fand. Bis heute ist sie eine Frau, die den Missbrauch insbesondere an Kindern zu den abscheulichsten Verbrechen der Menschheit zählt.

»Nun, Doktor Lange, wie wollen wir vorgehen?«

»Ich möchte alles über Julies Geschichte erfahren. Ausnahmslos alles. Und zwar aus Ihrer Sicht, Doktor Hallmann.«

Margarete sieht Chris mit ihren klugen blauen Augen an. »Also gut. Aber ich warne Sie, es wird nicht nett.«

Während Doktor Hallmann über den Fall ›Julie Sommer‹ berichtet, hat Chris einige Mühe, objektiv zu bleiben. Als Psychologe hat er schon einiges gesehen, gehört, erlebt … Aber das?! Doktor Hallmann hat recht, es ist nicht nett, was er hört. Immer wieder ermahnt er sich, seine persönlichen Gefühle einzudämmen, objektiv zu bleiben. Es fällt ihm schwer. Die Therapeutin berichtet schonungslos über die sechsjährige Julie, wie sie in ihrer kindlichen Unschuld auf den Knien des Mannes sitzt, der ihr Vater ist. Wie seine Hände in ihr Höschen gleiten. Er sieht die Achtjährige, die auf einem Bett voll gelber Rosenblätter vergewaltigt wird. Oral. Vaginal. Anal. Wie sie mit ihrer Freundin Juliette ein geheimes Spiel spielt, um nicht anwesend zu sein, wenn ihr Vater sie missbraucht, quält, erniedrigt. Und er sieht die Zehnjährige, wie sie mit dem Teil ihrer gespaltenen Persönlichkeit einen Plan schmiedet und sie all ihren Mut, all ihren Schmerz sammelt, um die Kraft zu haben, ihrem Peiniger das Messer in den Körper zu rammen. Mehrfach! Immer wieder …

»Alles in Ordnung, Doktor Lange?« Margarete blickt Chris besorgt an. Auch sie hat ihre Erfahrungen. Mehr als er. »Haben Sie Fragen?«

Chris richtet sich auf. Erst jetzt bemerkt er, wie sein Körper während Margaretes Ausführungen in sich zusammengesunken ist. »Ja, alles in Ordnung. Was war mit der Mutter, warum hat sie nicht eingegriffen?«

»Tja, die Mutter ist ein anderer Fall von Missbrauch. Sowohl physisch als auch psychisch. Eine labile Persönlichkeit. Sie wurde permanent von ihrem Mann unter Druck gesetzt und verprügelt. Nichtkompensierte Schuldgefühle, mangelndes Unrechtsempfinden, fehlendes Verantwortungsbewusstsein, Drohungen, Erniedrigungen, dissozial-aggressives Verhalten … das Übliche.« Margarete atmet schwer auf. »Die sprichwörtliche Kombination aus Zuckerbrot und Peitsche, mit Tendenz zur Peitsche. Die Mutter hat nur so lange durchgehalten, bis ihre jüngste Tochter das tat, was sie hätte tun wollen. Traurig, nicht wahr? Noch in derselben Nacht, nachdem Julie ihren Vater getötet hat, nahm sie sich den berühmten Strick und erhängte sich an einer Gardinenstange.« Margarete schickt ihren Blick an einen Ort, der düster ist, voller Gier, Hass und Verzweiflung. »Ich nehme an, sie wähnte Julie in Sicherheit und konnte endlich das finden, wonach sie schon immer suchte: Frieden.«

Chris nickt nachdenklich. »Was war mit ihrer Schwester Victoria?«

»Nun, sie ist aus dem Haus geflohen, als Julie sechs war. Verdrängte Schuldgefühle sowie passiv-aggressives Verhalten wären typisch in ihrem Fall. Ich habe Victoria ein paar Mal gesehen. Könnte passen. Aber konkret möchte ich mich zu keiner Diagnose hinreißen lassen, wenn Sie verstehen, Herr Kollege.« Margarete verändert ihre Sitzposition, sie wirkt unruhig, nicht mehr ganz so resolut.

»Ich habe mich oft gefragt, warum Victoria ihre kleine Schwester einfach so im Stich gelassen hat. Gründe gibt es genug, die Fachliteratur ist voll davon. Sie war in der Pubertät, hochgradig traumatisiert und ihr Denken irrational – höchstwahrscheinlich von Angst und einem ausgeprägten Selbsterhaltungstrieb motiviert. Ich konnte sie nie danach fragen, weil sie sich mir stets entzogen hat. Außerdem ist nicht sie meine Patientin, sondern Julie. Es war mir nicht möglich. Verstehen Sie?«

Eine schleichende Stille legt sich über die beiden. Für einen Moment steht die Welt still.

»Warum hat sich Victoria nach dem Mord … entschuldigen Sie … also, nachdem Julie ihren Vater …« Chris hat erhebliche Schwierigkeiten, die passende Formulierung zu finden, denn faktisch hat Julie einen Mord begangen, wenngleich er nachvollziehbarerweise vom Gericht als Notwehr abgegolten wurde.

Margarete spürt seine Zerrissenheit, erkennt sich selbst darin wieder. Voller Verständnis lächelt sie ihn jetzt an und ermutigt ihn, weiterzusprechen. »Tun Sie sich keinen Zwang an. In dieser brutalen Welt des Missbrauchs gilt wohl eine politisch unkorrekte Formulierung zu den geringsten Verbrechen. Im Fokus unserer Bemühungen sollten die Schicksale und ihre Opfer stehen. Also, sprechen Sie, wie Ihnen der Schnabel gewachsen ist, Chris. Wir sind unter uns.«

Chris räuspert sich verlegen, es ist ihm unangenehm, dass er sich wie ein unerfahrener Student verhält. Doch Margaretes positives Lächeln ermutigt ihn. »Warum hat Victoria sich nie bei Julie gemeldet, sich nicht um sie gekümmert? Sie war irgendwann volljährig und hätte Julie aus dem Heim holen können. Wie war … ist das Verhältnis zwischen den beiden?« Er hat genau das ausgesprochen, was ihm gerade durch den Kopf ging. Ermutigt von der einvernehmlichen Stimmung, die Margarete aussendet.

»Das kann ich Ihnen leider nicht sagen, nur meine Vermutung. Wie gesagt: verdrängte Schuldgefühle, passiv-aggressives Verhalten, ausgeprägter Selbsterhaltungstrieb. Victoria ist eine klassische Perfektionistin. Alles, was nicht in ihre vermeintlich heile Welt passt, ignoriert sie so gut sie kann.«

»Okay, ich verstehe. Hoffentlich werde ich Victoria noch kennenlernen und mir dann selbst ein Urteil bilden können. Gern mit Ihrer Hilfe, Margarete. Kommen wir zurück zu Julie. Wie stark ist ihr Alter-Ego? Juliette, richtig?«

Margarete atmet tief aus. »Extrem stark. Die beiden Persönlichkeiten treten nicht ausschließlich nacheinander auf. Julie sieht Juliette, kann sogar mit ihr kommunizieren. Das macht den Fall dieser dissoziativen Identitätsstörung so komplex. Oh, natürlich weiß Julie mittlerweile, dass Juliette nicht real ist, aber in bestimmten Situationen, besonders wenn sie unter Stress steht, ist Juliette für sie körperlich anwesend. Faszinierend, kann ich Ihnen sagen.«

Sie mustert Chris, der nachdenklich seine Fäuste unter sein Kinn gestützt hat und sich in seinen Gedanken zu verlieren scheint.

***

Die Luft ist seidig warm und erfüllt vom Gesang der Stadt. All das bemerkt Margarete nicht, als sie mit Chris auf dem Parkplatz des Krankenhauses steht, während sie in ihrer großen Umhängetasche herumhantiert und schließlich eine Packung Zigaretten zutage fördert. Umständlich zündet sie sich eine Zigarette an und inhaliert gierig den Rauch.

»Sehen Sie mich nicht so an. Jeder Mensch hat seine Laster.« Margarete lacht leise und entspannt sich allmählich. »Eine dumme Angewohnheit, die mich immer wieder einholt, wenn ich wütend bin. Und ich bin sehr wütend. Wütend darüber, dass Julie wieder in Gefahr ist.« Sie zieht noch einmal an der Zigarette und betrachtet durch den Rauch Chris, wie er seine Hände tief in die Taschen seiner Jeans vergräbt und ganz offensichtlich nicht weiß, wie er seine nächste Frage formulieren soll.

»Fragen Sie ruhig. Ich höre Ihnen zu.«

»Glauben Sie, dass Julie … nun, dass sie ihren Vater in dem Landhaus tatsächlich gerochen hat?«

»Ja. Wenn Julie sagt, dass er dort war, dann würde ich der Sache nachgehen. Natürlich lebt ihr Vater nicht mehr. Aber so krank Julie auch ist, sie leidet nicht unter klassischer Paranoia. Da muss etwas sein. Etwas Greifbares. Für Julie sind Gerüche eine Art Orientierung. Sie lotet die Menschen nach deren Geruch aus.« Margarete zieht noch einmal an der Zigarette, bevor sie sie auf den Asphalt fallen lässt und austritt.

»Doktor Lange, Sie wissen genauso gut wie ich, dass Menschen mit einer multiplen Persönlichkeitsstörung nicht *irre* sind. Was meinen Sie, wie lange ich gebraucht habe, um Julie begreiflich zu machen, dass Juliette ein Teil von ihr ist, der seinerzeit und heute vielleicht wieder eine wichtige Funktion übernimmt. Ich habe Julie mehr als nur einmal erklärt, dass Juliette sie gerettet hat, damit sie eben *nicht* irre wird. Es ist schwer für sie, das zu akzeptieren. Natürlich! Julie steht unter massivem Druck. Ihr Wunsch nach Normalität ist so zerstörerisch wie nachvollziehbar.«

Sie holt tief Luft und macht einen Schritt auf Chris zu. »Chris, Sie wissen selbst, wie traumatisch die Erlebnisse sein müssen, bis es zu einer dissoziativen Störung kommt. Es ist letztlich die wahrscheinlich einzige Rettung für diese armen Seelen, ein schützender Mechanismus, um irgendwie zu überleben. Ach, das macht mich so verflucht wütend. Kennen Sie die Statistiken, Chris? Auch wenn die Werte scheinbar zurückgehen, waren es 2016 immer noch vierzehntausendeinundfünfzig Fälle von Kindesmissbrauch. Knapp vierzig pro Tag! Und das sind nur die polizeilich erfassten. Die Dunkelziffer ist weitaus höher, aber das muss ich Ihnen nicht erklären, Herr Kollege.«

Ohne ein weiteres Wort bückt sie sich, sammelt den Zigarettenstummel vom Asphalt und verstaut ihn sorgfältig in einem Taschentuch, das sie in ihre Handtasche steckt. Dann zieht sie eine Akte daraus hervor und händigt sie Chris aus. »Da steht Julies Leben drin. Alles, was Sie wissen müssen, um zu verstehen.« Sie legt ihre Hand auf seinen Arm und lächelt ihn aufmunternd an. »Sie schaffen das auch ohne mich. Julie wird Ihnen vertrauen, da bin ich mir sicher.«

Margarete wendet sich ihrem Auto zu, öffnet die Tür und befördert die Umhängetasche auf den Beifahrersitz.

Chris steht da, mit der Akte in der Hand und beobachtet die Grande Dame der Psychotherapie im Bereich der *dissoziativen Identitätsstörung*. Er ist immer noch ganz gefangen von dem, was sie ihm gerade sagte. Noch bevor Margarete den Motor startet, ist er an der Autotür. »Sie glauben wirklich, dass Julie ihn nicht getötet hat?«

»Das habe ich nicht gesagt. Es kann durchaus sein, aber ich habe meine Zweifel. Julie war auf dem besten Weg, ein Leben ohne Juliette im Vordergrund zu führen. Irgendetwas ist passiert. Aber was, das müssen Sie herausfinden.«

»Ich danke Ihnen, Doktor Hallmann.«

»Nennen Sie mich Margarete. Ich melde mich bei Ihnen, falls mir noch etwas einfällt … Und wenn Sie meine Hilfe brauchen, bin ich jederzeit für Sie da. Machen Sie es gut, Chris.«

25. KAPITEL

Endlich! Julie hatte es schon fast aufgegeben. Immer wieder musste sie sich versichern, dass sie dieses oder jenes Haus schon einmal gesehen hat. Bei den Obstplantagen wurde es schwieriger, doch dann fand sie ein Schild, das ihr definitiv bekannt vorkam. ›*Unsere Äpfel sind süß, saftig und von der Natur geküsst*‹. Sie weiß ganz genau, dass sie sich über den Werbeslogan vor ein paar Tagen köstlich amüsiert hat.

Doch dann übermannt sie unerwartet das vertraute Gefühl der Furcht. Stocksteif steht sie einfach nur da und starrt auf das Werbeschild. Ihre Kehle ist rau und der Durst übermächtig. Erst als ein Auto laut hupend an ihr vorbeirauscht und der Fahrer ihr einen Vogel zeigt, erwacht sie aus ihrer Lethargie.

Keine fünfzehn Minuten später erblickt sie die Auffahrt des Hauses. Mit dem Urinstinkt eines wilden Tieres flüchtet sie in die Deckung einer Hecke. Akribisch beobachtet sie die Umgebung. Sie kann nichts feststellen, was ihr schaden könnte. Dennoch schleicht sie sich entlang der Hecke bis zur Auffahrt. Von Victoria oder Stephan keine Spur.

Unruhig späht sie immer wieder über das Gelände. Alles ist still. Einen flüchtigen Moment verharrt sie in ihrer

Deckung, dann sprintet sie zum Haus. Ihr Herz hämmert wie wild gegen ihre Brust. Ihre Lungen ziehen sich zusammen. Sie fühlt nichts, als wäre sie gar nicht anwesend. Als würde sie einen Film ansehen und gebannt die actionreiche Szene mit der coolen Hauptdarstellerin verfolgen.

Sie streckt ihre Hand aus, um die Tür zu öffnen. Kalter Schweiß rinnt ihr den Nacken herunter. Ihr Atem geht stoßweise. Angst. Pure dreckige Angst hat von ihr Besitz ergriffen. *»Öffne die verdammte Tür, Herzchen!«* Juliettes hysterische Stimme lässt sie zusammenfahren, trotzdem schafft sie es, die Türklinke herunterzudrücken. Verschlossen! Eine irrige Erleichterung durchströmt Julie, gefolgt von einem bizarren Lachanfall, der allerdings schnell verschwindet. Unruhig blickt sie sich um. Hat sie jemand gehört oder gesehen? Und hat sie wirklich erwartet, dass die Tür unverschlossen sein würde?

Wie die Hauptdarstellerin in ihrem imaginären Film schleicht sie zur Terrassentür. Doch auch hier Fehlanzeige. »Scheiße!« Laut fluchend setzt sie ihren Weg fort und umrundet das Haus. Als sie schon frustriert aufgeben will, entdeckt sie die Klönschnacktür der Küche, die zum Garten führt. Hoffnungsvoll greift sie nach der Klinke der oberen Türhälfte mit dem traditionellen Fenster. Fast hätte sie vor Freude aufgeschrieben, doch dann verharrt sie. *Könnte eine Falle sein, Herzchen. Vielleicht wirst du erwartet!*

»Juliette, da ist niemand! Die haben einfach vergessen, den oberen Teil der Tür abzuschließen. Sieh hier … der Schlüssel steckt von innen!« Und doch hämmert ihr Herz bis zum Hals. Juliette wird zunehmend erregter. Julie kann ihre Ungeduld kaum ertragen und faucht sie an.

»Juliette, sei endlich still! Wir müssen vorsichtig sein. Herrgott nochmal! Warum mischst du dich immer ein? Ich bin keine Idiotin!« So nervenzehrend das Wortgefecht mit Juliette ist, so viel Kraft und Mut gibt es ihr.

Beherzt öffnet sie den oberen Teil der Tür und entriegelt den unteren Teil. Sie zieht die Luft tief durch die Nase ein. Versucht, die Gerüche zu sortieren, die ihr entgegenströmen, bevor sie die Küche betritt. *»Julie, sei vorsichtig.«* Juliettes nörgelnde Stimme in ihrem Nacken macht Julie noch unruhiger, als sie sowieso schon ist.

Der Geruch nach Apfelkuchen hängt noch vage in der Luft. Julie runzelt die Stirn, da ist noch ein anderer Geruch, sie atmet tief ein. Es ist Tee und ein Geruch, den Julie nicht einordnen kann. Noch einmal saugt sie die Luft tief durch ihre Nase ein. Aftershave. Allerdings ein Duft, der ihr fremd ist. Für eine Weile steht sie einfach nur da in dieser wunderschönen Landhausküche und das Elend droht sie zu verschlucken. Natürlich sind hier so viele Gerüche, die sie nicht kennt. Es waren Menschen hier, die sie jetzt hetzen, weil sie eine Mörderin ist. Eine, die irre im Kopf ist, die nicht ganz richtig tickt. Deshalb kleben hier die Gerüche an den Wänden, krallen sich in den Stoff der Vorhänge und Sitzkissen fest. In Julie tobt ein Sturm der Wut, Verzweiflung und Ratlosigkeit.

»Und wie lange willst du dich noch in Mitleid und Schande suhlen?«

Julie wirbelt herum und erblickt Juliette, die lässig an der Klönschnacktür lehnt. *»Herzchen, du musst dich zusammenreißen. Du willst ohne mich das Leben bestreiten? Sieh dich an, du stehst da und bedauerst dich selbst. Als kleines Mädchen hattest du mehr Mumm!«*

Julie strafft ihr Kreuz. Sie erwidert nichts, denn sie weiß, dass Juliette recht hat. Juliette hat immer recht. Juliette weiß, was zu tun ist. Sie hat immer alles im Griff.

Entschlossen wendet sie sich von ihr ab, läuft zum Kühlschrank und greift sich eine Flasche Wasser. Gierig setzt sie die Flasche an und das kühle Nass rinnt ihr erquickend die Kehle hinunter. Während sie trinkt, sieht sie sich in der Küche um.

Alles ist picobello aufgeräumt. Die Küche ist blitzblank. Selbst die Reste des Kuchens sind nicht mehr da. Ein Anflug von Erheiterung befällt Julie. Sie ist versucht, den Mülleimer zu checken, aber sie lässt es, denn sie weiß auch so, dass er leer ist. Mit Sicherheit Stephans Werk. Er ist der schlimmere Kontrollfreak der beiden. Es ist nur *normal*, wenn er in einer solchen Ausnahmesituation seinem Zwang ungebremst nachgeht. Schließlich war Patrick sein Freund. *Patrick!* Der Gedanke lässt sie zusammenzucken, denn für einen Augenblick hat sie Patrick tatsächlich verdrängt.

Mit klopfendem Herzen wagt sie sich in die Diele, dabei vermeidet sie den Blick zum Wohnzimmer. Sie hat es sich irgendwie leichter vorgestellt und gedacht, dass die Erinnerungen zu ihr finden würden, wenn sie erst einmal hier wäre. In diesem Wohnzimmer. Auf dieser Couch. Doch jetzt kann sie nicht einmal hinsehen.

Der Geruch nach Blut in seiner metallischen Form steigt ihr unaufhaltsam in die Nase. All ihre aufgestaute Euphorie verpufft wie eine Seifenblase. Das Gefühl der absoluten Leere füllt stattdessen ihren Geist und ihren gesamten Körper. Was ist letzte Nacht wirklich passiert?

Warum hat sie seine Stimme nicht erkannt? Er hat doch etwas gesagt, oder? Was war es? Die Leere in ihrem Kopf erdrückt sie. Warum kann sie sich an nichts erinnern? Alles ist so verflucht verschwommen, nichts ist greifbar. Kraftlos rutscht sie an der Wand herunter. Die Tränen auf ihren Wangen spürt sie nicht einmal. Ihr Vorhaben, hier die Wahrheit herauszufinden, droht zu scheitern. Sie kann nicht ewig hierbleiben. Die Polizei wird mit Sicherheit bald auftauchen, um nach ihr zu suchen. *Scheiße!*, flucht sie stumm, richtet sich langsam auf und schielt ein letztes Mal ins Wohnzimmer. Sie wird wiederkommen und es erneut versuchen. Ja. Ganz bestimmt! Seufzend schreitet sie die knarrende Treppe hinauf.

An der Tür zu ihrem Zimmer verharrt sie, holt tief Luft, reißt die Tür auf und stürmt hinein. In Windeseile scannt sie den Raum. Aus den Augenwinkeln registriert sie, dass die Badezimmertür geschlossen ist. Eine kurze Erleichterung. Sie muss überlegen, was sie mitnimmt. Wenn sie all ihre Sachen einpackt, weiß die Polizei oder Victoria sofort, dass sie hier war. Das darf nicht passieren! Julie will, nein, sie muss wieder hierherkommen können. Sie ist sich sicher, dass hier der Schlüssel ist, den sie braucht, um zu beweisen, ob sie Patrick getötet hat oder nicht. Nein, sie darf nichts mitnehmen. Es muss alles so bleiben. Rasch dreht sie sich um und wendet sich der Tür zu. Abrupt bleibt sie stehen. Ihr Smartphone.

Sie eilt zu dem kleinen Tisch neben ihrem Bett und findet das Telefon unter dem aufgeschlagenen Buch. Jenes Buch, über das Patrick gescherzt hat. Die Erinnerung versetzt ihr einen Stich. Sie mochte Patrick. Nein, das stimmt nicht. Es war mehr … Bevor eine erneute Welle von Emotionen sie aus ihrer Dynamik herausreißen kann, stürmt sie aus dem Raum.

Ihr Weg führt sie geradewegs zu Victorias Schlafzimmer. Ohne sich lange aufzuhalten, wählt sie ein paar Kleidungsstücke und stopft sie nachlässig in einen Rucksack, den sie ganz weit hinten im Kleiderschrank gefunden hat. Als sie fertig ist, sieht sie sich noch einmal in dem Raum um. Alles ist so penibel aufgeräumt. Als wäre nichts geschehen. Das macht sie wütend. Doch auch für diese Wut hat sie keine Zeit, weshalb sie dieses Gefühl zu den anderen steckt, die allmählich die Leere in ihr füllen. Entschlossen rennt sie aus dem Zimmer und die Treppe hinunter.

Bevor sie das Haus durch die Klönschnacktür verlässt, späht sie hinaus und sucht akribisch das Gelände ab. In der Ferne hört sie ein paar Autos, Fischreiher, die sich laut schreiend beschweren, Schwalben, die aufgeregt zwitschernd ihren Nachwuchs betreuen. Sonst ist es still.

Julie zwängt sich aus der Tür und verschließt sie sorgsam. Der Schüssel wandert in die Hosentasche ihrer Jeans. Und jetzt? Wohin soll sie gehen? Juliette drängt sich in ihrem Kopf, doch Julie gibt ihr keinen Raum. Sie will selbst entscheiden. Und sie hat auch schon eine Idee. Vorsichtig schlängelt sie sich an der Hauswand entlang. Und da steht es, wie sie es verlassen hat. Erleichtert ruhen ihre Augen auf dem Fahrrad, das friedlich an der Hauswand lehnt.

***

Chris hat das Seitenfenster seines Subaru heruntergedreht und das Radio auf volle Lautstärke gestellt. Der kühle

Fahrtwind in seinem Gesicht und die laute Musik helfen dennoch nicht, diesen verkorksten Tag einfach hinter sich zu lassen. Er will einfach nur nach Hause und diesen Tag als einen schlechten abhaken, der viel zu lang und echt mies war. Oder? War er denn tatsächlich so schlecht? Er hat viel über Julie erfahren. Dank Doktor Hallmann weit mehr, als er jemals von Julie selbst erfahren hätte. Zumindest in so kurzer Zeit. Schulz hat hierzu natürlich eine komplett andere Meinung. Er ist Pragmatiker. Für ihn zählen nur verwertbare Ergebnisse. Chris schlägt vor Wut über sich selbst auf das Lenkrad. Klar war es seine Schuld, dass Julie fliehen konnte. »Gottverdammt!« Er stellt die Lautstärke des Radios bis auf Anschlag. Die Lautsprecher quälen sich, einen halbwegs vernünftigen Ton hervorzubringen. Und dennoch hallen die Worte von Schulz in seinem Kopf nach.

Nachdem Chris Margarete verabschiedet hatte, rief er Schulz an, um sich mit ihm zu verabreden. Keine Stunde später saß Chris im Büro des Kommissars. Ottmar versorgte ihn erst einmal mit dem berühmt widerlichen Kaffee, der seit Stunden auf der Wärmeplatte dahinvegetierte. Doch Chris war von jeher nicht in der Position, sich darüber zu mokieren. Er schluckte ihn einfach herunter, genau wie seinen Stolz. Und er ließ sich Zeit, Schulz sollte seine Show bekommen.

Der Kommissar nutzte die Situation in vollen Zügen aus. »Mann, Mann, Mann! Lieber Herr Psychologe, was haben Sie sich eigentlich dabei gedacht? Sie haben sich wie ein beschissener Anfänger verhalten. Ich dachte, das hätten wir längst hinter uns! Ihnen war doch bewusst, dass die Dame unter ihrer Obhut steht, oder? Sie ist die

Hauptverdächtige in einem Mordfall und verrückt obendrein. Verdammt!«

Chris atmete lang und tief ein, dann wieder aus. Dabei beobachtete er genau die Regungen in Schulz' Miene. Und da war es, dieses kleine Lächeln um seine Augen, das Chris spontan ausnutzte, dem wütenden Kommissar ein wenig Wind aus den Segeln zu nehmen.

»Nun machen Sie mal halblang, Schulz. Was hätte ich denn tun sollen?«

»Na, mit ihr auf dieses beschissene Klo gehen, was denn sonst?« Der Kommissar war kaum noch zu bremsen und Ottmar bereits hinter seinem Computerbildschirm in Deckung gegangen. Ein kluger Mann.

»Ich habe den Toilettenraum geprüft. Keine Fenster. Also alles nach Vorschrift.«

Schulz zog eine Augenbraue steil nach oben. »Und warum ist sie dann entkommen? Hat sie sich auf magische Weise in Luft aufgelöst oder was?«

Chris zuckte nur mit den Schultern, sein Blick streifte Ottmar, der sich immer noch hinter dem Bildschirm seines Computers versteckt hielt. Sollte er sagen, dass er von der Nachricht, die Ottmar ihm geschickt hatte, fasziniert war? Dass sein Gehirn schon tausende Kilometer weiter war – auf der Suche nach einer Erklärung, auf der Suche nach Antworten auf das, was da am Spiegel stand? Nein. Er hatte sich entschieden, den Mund zu halten, stattdessen das Ruder herumzureißen und übergangslos von dem Treffen mit Doktor Margarete Hallmann zu berichten. Wie Chris es vermutet hatte, gewann er die volle Aufmerksamkeit des Kommissars.

»Gute Arbeit, Doc. Und wirklich brauchbare Informationen.« Schulz strich sich unentwegt über seinen Schnäuzer, nahm einen Schluck Kaffee und verzog sein Gesicht. »Wissen Sie, Chris, ich habe viel erlebt, aber diese Missbrauchsgeschichten gehen mir immer wieder an die Nieren.« Nachdenklich blickte er auf den kalten pechschwarzen Kaffee.

»Was ist mit Julie? Irgendeine Spur?«

»Nein. Sie ist wie vom Erdboden verschluckt. Das ist es ja, was mir Sorge bereitet.« Ein weicher Zug bildete sich um Schulz' Mund. »Verdammt, ich würde das arme Ding gern in Sicherheit wähnen.«

»Ich nehme an, dass Sie in ihrer Hamburger Wohnung waren?« Schulz nickte zustimmend. »Ja, und auch am Landhaus haben wir alles nach ihr abgesucht. Das letzte Mal vor …«, er sah auf seine Armbanduhr, »Ottmar, das war vor etwa zwei Stunden, oder?« Ottmar bestätigte mit seinem nach oben gestreckten Daumen und vergrub sich schleunigst wieder hinter seinem Bildschirm.

Chris verlangsamt das Tempo, als er mit seinem Subaru an dem Landhaus vorbeifährt. Sollte er einen Blick wagen, nachsehen, ob Julie sich nicht doch hier aufhält? Kurz entschlossen reißt er das Lenkrad herum und biegt auf die Auffahrt ein. Der Kies unter den Reifen knirscht sanft, als er sich im Schritttempo dem Haus nähert. Sein Blick schweift suchend von rechts nach links.

Julies Atem stockt, als sie das knirschende Geräusch des Kieses auf der Einfahrt hört. Hektisch wirft sie sich den Rucksack über und umklammert fest das Lenkrad des Fahrrades. *Was jetzt?* Ihr Herz hämmert wie verrückt. Sie wagt einen schnellen Blick um die Hausecke und erkennt das Auto von Chris.

Er parkt seinen Wagen direkt vor dem Haus. Langsam nähert er sich der Haustür, prüft, ob sie verschlossen ist. Er macht einen Schritt zurück und sein Blick wandert zu den oberen Fenstern im ersten Stock. Nichts. Aber was hat er erwartet, dass Julie ihm fröhlich hinter einem der Fenster zuwinkt? Genervt über sich selbst schüttelt er den Kopf und späht durch eines der unteren Fenster in die Diele. Auch hier kann er nichts Auffälliges erkennen. Sein Weg führt ihn um das Haus herum. Er linst durch jedes sich ihm bietende Fenster. Dann prüft er die Klönschnacktür, auch diese ist verschlossen.

Julie wagt wieder einen Blick um die Hausecke. Entsetzt stellt sie fest, dass Chris verschwunden ist. Ihr eben noch so schneller Herzschlag setzt für eine Sekunde aus.

So leise wie möglich schiebt sie das Fahrrad über die Rasenkante neben der Auffahrt, schwingt sich dann auf den Sattel und tritt kräftig in die Pedale.

Der Fahrtwind streicht über ihr verschwitztes Gesicht. Sie wagt es nicht, ihre Augen nach hinten zu wenden. Wie eine Wilde rast sie über kleine Nebenstraßen, die immer wieder in Sackgassen münden, bis sie sicher ist, dass Chris ihr nicht folgt.

***

Abseits der Touristenmeile findet sie eine kleine private Pension und steuert jetzt geradewegs darauf zu. Sorgfältig stellt sie ihr Fahrrad ab und wischt sich die verschwitzten Haare aus dem Gesicht. Einen winzigen Moment zögert sie, denn Juliette regt sich in ihr. Doch noch bevor Juliette ihre Bedenken äußern kann, zischt Julie durch zusammengekniffene Lippen: »Nicht jetzt, Juliette. Sei still!«

Ein heller metallischer Ton erklingt, als Julie die Glocke an der Tür betätigt. Kurz darauf hört sie eine fröhliche Stimme rufen: »Ich bin gleich da.« Eine kleine rundliche Frau öffnet ihr die Tür. Ihre wachen emsigen Augen huschen über Julie. »Moin. Kann ich Ihnen helfen?«

»Hallo … ja, ich …« Julie räuspert sich und bemüht sich um einen munteren Tonfall. »Ich würde gern ein Zimmer mieten. Sie vermieten doch, oder?«

»Aber ja. Kommen Sie nur herein.«

»Entschuldigen Sie, kann ich vorher mein Rad irgendwo unterstellen? Ich habe dummerweise mein Schloss vergessen.«

»Ach, hier klaut niemand. Hier kennt jeder jeden und wenn etwas wegkommen würde …« Die Wirtin merkt schnell, dass Julie mit dieser Antwort nicht zufrieden ist und lenkt ein. »Aber sicher. Dort im Schuppen können Sie Ihr Fahrrad unterstellen.

Nachdem Julie ihr Fahrrad verstaut hat, folgt sie der kleinen Frau ins Haus. Sie hat keinen Blick dafür, wie es eingerichtet oder ausgestattet ist, denn ihr Begehren schreit lediglich nach einer Dusche und einem Bett.

»So, wenn Sie mir dieses kleine Formular ausfüllen würden und ihren Ausweis dabeihaben.«

»Ja, natürlich.« Panisch durchwühlt Julie den Rucksack. *»Ich habe es dir sagen wollen, aber du hast ja nicht zugehört. Nun bin ich gespannt, wie du aus der Nummer* *herauskommst.*« Juliettes entrüstete leise Stimme erreicht nicht nur Julie.

»Wie meinen Sie?«

»Ach nichts weiter, ich habe nur meinen Ausweis in Hamburg gelassen. So was Blödes. Denn eigentlich wollte ich gar nicht übernachten ... aber dann ... es gefällt mir so gut hier bei Ihnen und spontan dachte ich, dass ich hier ein paar entspannte Tage verbringen möchte. Na ja, das wird dann wohl nichts. Schade.«

Bei den Zauberworten *ein paar Tage* entspannen sich die Gesichtszüge der Frau. »Ach, was soll's. Tragen Sie hier einfach Ihren Namen und Ihre Adresse ein.«

Innerlich triumphierend, trägt Julie den Namen und die Adresse ihrer Kollegin Melanie in das Gästeverzeichnis und schenkt anschließend der Wirtin ein gewinnendes Lächeln.

»So, meine liebe Melanie. Ich hoffe, Sie werden sich bei uns wohlfühlen«, zwitschert die Wirtin fröhlich und öffnet die Tür zu einem Gästezimmer im ersten Stock. »Möchten Sie morgen frühstücken?«

»Ja, das wäre toll. Ach, gibt es heute Abend auch etwas?«

Die Frau runzelt die Stirn, sagt dann aber: »Wenn Sie möchten, kann ich Ihnen eine kalte Platte herrichten.«

»Das wäre großartig. Ich habe einen Bärenhunger.«

Julie schlüpft lächelnd durch die Tür, die sie gleich darauf hinter sich schließt. Allmählich wird ihr Herzschlag ruhiger und sie sieht sich in dem kleinen Zimmer um. Es ist zweckmäßig, aber gemütlich eingerichtet. Ein kleiner runder Tisch mit einer gehäkelten Decke, zwei Sechzigerjahre-Sessel und ein Bett mit einer Tagesdecke darauf, die mit bunten Blumen bedruckt ist. Nicht unbedingt der

Stil, den Julie mag, aber für ein paar Tage das perfekte Versteck.

Der Drang, sich vom Schmutz der Ereignisse und ihrem eigenen Gestank zu befreien, ist überwältigend. Eiligst entledigt sie sich ihrer Kleidung und erstarrt mitten in der Bewegung. Die Tür zum Bad ist leicht geöffnet und ein frischer Windzug streift über ihren nackten Körper. Sekunden verstreichen, ohne dass Julie sich bewegen kann. Urin läuft warm ihre Beine entlang. Als sie es bemerkt, fängt sie bitterlich an zu weinen und mit einem wilden Aufschrei stürmt sie durch die Badezimmertür.

Da ist nichts. Das Fenster ist geöffnet und nur der Wind spielt mit dem Duschvorhang.

***

Stimuliert von der warmen Abendluft, die durch die offene Terrassentür weht, flackert das Kerzenlicht auf dem großen eleganten Esstisch nervös hin und her.

Stephan betrachtet Victorias Antlitz, das im Spiel der tanzenden Kerzen noch hagerer und gespenstischer wirkt als bei Tageslicht. Er greift sich das Glas Rotwein vom Tisch und leert es hastig. »Es ist eine Blamage für die Polizei, dass dieser Psychologe Julie hat entwischen lassen. Ich kann es immer noch nicht glauben, dass sie geflohen ist.« Er wartet auf eine Reaktion von ihr und füllt das Glas aufs Neue. »Dieser Kommissar Schulz hat sich für morgen angekündigt. Ich werde mal ein ernstes Wörtchen mit ihm reden. So etwas darf doch nicht passieren. Findest du nicht auch?« Immer noch keine Reaktion von ihr. Er kann nicht einschätzen, was sie denkt oder fühlt.

Seitdem sie wieder zu Hause sind, hat sie nur das Nötigste mit ihm geredet.

»Bitte, Stephan! Ich bin nicht in der Stimmung, darüber zu sprechen.«

»Liebes, ich mache mir Sorgen um dich. Ich verstehe deinen Schmerz nur allzu gut, vor allem weil es deine Schwester war. Deine eigene Schwester ... Ich würde wahrscheinlich verrückt werden – gerade jetzt, da sie auch noch frei herumläuft.« Er langt über den Tisch, um Victorias Hand zu berühren. Vergeblich. Abweisend verschränkt sie die Arme und starrt ins Leere. »Bitte, Victoria, sprich mit mir. Auch ich habe einen geliebten Menschen verloren. Glaube nicht, dass es mich kalt lässt.«

»Ach, hör doch auf«, presst sie unwirsch hervor. Sie kann ihn nicht ansehen und noch weniger will sie mit ihm reden. Sie spürt seinen bohrenden Blick, doch sie weigert sich, ihn anzusehen und stochert in den grünen Bohnen auf ihrem Teller herum. Ihr Steak hat sie nicht einmal angerührt. Sie starrt auf den Teller und der Anblick des Bratensaftes, der sich mit dem Blut des Steaks vermischt, bereitet ihr Übelkeit.

»Du musst etwas essen, Liebes.«

»Ich habe keinen Appetit.« Sie schiebt ihren Stuhl zurück und will sich erheben. Schnell greift Stephan nach ihrem Arm. Sein Griff ist fest. »Bitte, setz dich wieder.« Der Ausdruck in seinen Augen duldet keinen Widerspruch. Zögernd setzt sich Victoria.

»Danke, Liebes. Es bedeutet mir sehr viel. Ich bin genauso erschüttert wie du. Aber wir können nichts mehr daran ändern. Wir müssen nach vorn schauen. Gemeinsam schaffen wir das. Wir haben doch uns und unsere Liebe.« Endlich findet seine Hand die ihre.

Victoria fühlt die Wärme, die von seiner Hand ausgeht. Früher einmal hat es sie beruhigt, doch jetzt ekelt es sie an. »Du hättest ihn nicht anrufen dürfen.«

»Ich verstehe nicht. Was willst du damit andeuten? Willst du mir etwa die Schuld daran geben, dass er …?«

Ihre Augen treffen sich und es ist, als hätten sie sich nie gekannt.

26. KAPITEL

Der goldgelbe Dotter fließt langsam an der braunen Eierschale hinab. Das knusprige Geräusch, als Julie in das Brötchen beißt, der betörende Duft des Kaffees, der um ihre Nase weht, all das lässt sie für einen Moment die Tatsache verdrängen, dass sie hier nicht im Urlaub ist, sondern herauszufinden versucht, ob sie nur verrückt ist oder eine eiskalte Killerin. Eine Frau ist, die jeden um sich herum tötet, der auch nur die leiseste Ahnung hat, was ihren Verstand zum Aussetzen veranlasst. Julie erschrickt über ihren Gedankengang. *Was ihren Verstand zum Aussetzen veranlasst.* Sie weigert sich, weiter darüber nachzudenken. Doch Juliette regt sich in ihr. *»Mein Herz, du darfst deine Gedanken nicht verdrängen.«* Julie starrt sie an, wie sie mit ihrem Zeigefinger das Eigelb von der Schale wischt und diesen dann genüsslich ableckt. »Was meinst du damit, Juliette?«

»Du weißt ganz genau, was ich meine.« Juliette dreht sich um und tuschelt hinter vorgehaltener Hand: *»Achtung, die Wirtin ist im Anmarsch.«*

»Alles in Ordnung? Möchten Sie noch einen Kaffee?«

»Nein, danke. Alles bestens.«

»Ich dachte, Sie hätten etwas gesagt.« Die Frau taxiert sie mit ihren flinken Augen und beugt sich plötzlich verschwörerisch zu Julie hinunter. »Was ist Ihr Plan, was werden Sie unternehmen?«

Unwillkürlich weicht Julie zurück. Für eine schrecklich lange Sekunde ist sie verwirrt. Weiß diese Frau über sie Bescheid? Angespannt lacht sie auf. »Ich werde ein wenig mit dem Rad die Gegend erkunden.«

Die Wirtin nickt zustimmend. »Sie sollten sich aber beeilen, denn der Wetterbericht sagt, dass es am Nachmittag ein Gewitter geben soll.« Sie wischt sich die Hände an ihrer Kittelschürze ab. »Aber na ja, der Wetterbericht ist immer so eine Sache. Wissen Sie, wir hatten vor zwei Tagen einen höllischen Wetterumschwung. Ich dachte, die Welt würde gleich untergehen. Und nun raten Sie mal?« Die Wirtin sieht Julie an, und als diese nichts äußert, fährt sie mit einem konspirativen Unterton in der Stimme fort: »Laut Wetterbericht sollte es der schönste Abend und eine sternenklare Nacht werden. Tja, ich konnte kein Auge zumachen bei diesem furchtbaren Unwetter.« Als sie Julies blasses Gesicht sieht, hält die Wirtin inne. »Kindchen, was ist denn mit Ihnen los, Sie sind ja ganz grün um die Nase.«

Julie winkt ab und ringt sich zu einem schwachen Lächeln durch, obwohl sie die Erinnerung an besagte Nacht unkontrolliert aus der Fassung bringt. »Alles in Ordnung. Dann werde ich mich mal spurten.«

Erleichtert schließt Julie die Tür hinter sich ab. Sie muss ruhiger werden und nicht bei jedem kleinsten Hinweis in Panik ausbrechen. Resigniert setzt sie sich auf die Bettkante. Hat sie überhaupt einen Plan, eine Idee? Sie muss ihre Gedanken klarbekommen. Sie weiß, dass da etwas ist, was sie antrieb, wieder hierher zu kommen. Aber was? Sie langt in den Rucksack und kramt nach ihrem Smartphone.

Lange hält sie es in der Hand. *Denk nach, Herzchen! Die Bullen können es orten.* Aber sind sie so clever? Sie riskiert es und schaltet das Telefon an. Das Bedürfnis, mit Victoria zu sprechen, ist groß. Als das Smartphone zum Leben erwacht, signalisiert es auch schon diverse Nachrichten. Alle von Melanie. Julie wird sich schmerzlich bewusst, dass sie niemanden hat, außer Juliette und Melanie. Und Melanie ist nur eine Arbeitskollegin. Dennoch freut sich Julie und scrollt die Nachrichten durch. Melanie hat Fotos von ihrem London-Trip geschickt. Für einen Moment vergisst Julie ihre Sorgen. Sie lacht über Melanies Kommentare, die sie zu den Fotos geschrieben hat. Das Lachen tut ihr gut. Es befreit. Und dann stockt ihr der Atem. Als hätte sie sich die Hände verätzt, lässt sie das Smartphone auf den Fußboden fallen.

***

»Guten Morgen, Herr Behrens. Vielen Dank, dass Sie sich die Zeit nehmen, uns ein paar Fragen zu beantworten.« Schulz lässt seinen Blick routiniert durch Stephans Büro gleiten. »Das ist übrigens Doktor Lange.« Stephan erwidert den Gruß des Kommissars und mustert dann ausgiebig diesen Doktor Lange, während er ihm die Hand reicht.

»Ich kann Ihnen leider nicht sagen, dass es mich freut, Sie kennenzulernen, Doktor Lange. Denn Sie waren schließlich derjenige, der …« Immer noch hält er die Hand des Psychologen fest. Seine Kiefermuskeln spannen sich. »Ich weiß gar nicht, was ich dazu sagen soll.«

»Warum sagen Sie nicht einfach das, was Ihnen auf der

Zunge liegt. Ich bin ein großer Junge. Ich vertrage das schon.« Chris sieht Stephan herausfordernd an. So hat er sich die Begrüßung nicht vorgestellt. Es war ihm klar, dass Stephan Behrens nicht begeistert sein würde, aber dieser arrogante Herrschaftston gefällt Chris ganz und gar nicht.

Schulz räuspert sich. »Nun, wir entschuldigen uns noch einmal dafür. Natürlich darf so etwas nicht passieren. Dennoch es ist passiert und wir können das Rad der Zeit nicht zurückdrehen. Aber keine Sorge, wir überwachen rund um die Uhr alle Möglichkeiten, wo sie sich aufhalten könnte und eine Fahndung ist ebenfalls raus. Also kein Grund zur Sorge. Bislang haben wir sie alle bekommen.« Der Kommissar hat eine Extraportion Zuversicht in seine Worte gelegt. »Abgesehen davon müssen wir noch einige Fragen klären. Julie Sommer ist zwar im Moment die Hauptverdächtige, aber in diesem besonderen Fall … Sie verstehen schon. Julie Sommer hat ein Problem, was eben sehr speziell ist.« Schulz kommt ins Straucheln und Chris springt rettend ein.

»Was der Kommissar meint, ist der Umstand, dass Julie unter multipler Persönlichkeitsstörung leidet. Hervorgerufen durch das schwere Trauma aufgrund des Missbrauchs in ihrer Kindheit. Ähnlich wie bei Ihrer Frau, nur dass sich Julie ein Zweites Ich zugelegt hat, um zu überleben.« Chris genießt den Ausdruck in der Miene des feinen Herrn Behrens. Ablehnung und Überraschung … und wieder dieser feine Hauch von Verachtung.

»Nun, da haben Sie ja schon fleißig recherchiert.« Steif bittet er die beiden, in seinem Büro Platz zu nehmen.

»Meine Herren, egal was passiert, aber um eines möchte

ich Sie bitten«, er blickt eindringlich von Chris zu Schulz, »bitte behandeln sie die Sache so diskret wie möglich. Meine Frau hat lange gebraucht, um wieder ein normales Leben führen zu können. Und ich befürchte, sie wird daran zerbrechen. Nicht nur, weil ihre Schwester einen sehr engen und treuen Freund ermordet hat, sondern weil auch ihre Geschichte in die Öffentlichkeit gezerrt würde.« Seine Stimme wird zu einem bizarren Flüstern. Der Raum fühlt sich eigenartig stickig und still an. Es ist ein Moment, der Achtsamkeit erfordert. Chris und Schulz tauschen einen schnellen Blick aus. »Wir werden alles versuchen, um den Fall so diskret wie möglich zu handhaben. Vorausgesetzt, Sie arbeiten eng mit uns zusammen, Herr Behrens.« Schulz ist ganz Diplomat und hat Stephans volle Aufmerksamkeit.

»Aber das ist doch selbstverständlich, Herr Kommissar. Und um Ihnen meine Kooperation zu beweisen, habe ich wie versprochen meine Reiseunterlagen zusammengestellt. Und hier ist auch der Kontakt meines Kunden …« Mit einem stolzen Lächeln schiebt er Schulz einen weißen Umschlag über die staubfreie Glastischplatte seines Schreibtischs. »Ich wäre Ihnen sehr dankbar, den Kunden nicht zu kontaktieren.« Er hebt beschwichtigend seine gepflegten Hände. »Es sei denn, es lässt sich nicht vermeiden.« Seine Augen huschen dabei zu Chris, der ihn freundlich anlächelt. Der Psychiater macht einen eher harmlosen Eindruck. Und doch ist da etwas an ihm, dass seine Alarmglocken sachte schwingen lässt.

Schulz hat Mühe, den Umschlag an sich zunehmen, ohne den Schreibtisch zu berühren. Für ihn ist es unbegreiflich, wie man in einer solch sterilen Atmosphäre konstruktiv arbeiten kann. Er schielt zu Chris hinüber, der gerade Anstalten macht, sich vom Stuhl zu erheben und mit überzogener Aufmerksamkeit durch das makellose Büro wandert.

Chris kann Behrens' Blick fühlen, wie er ihn beobachtet. Er ist gespannt, wie lange Behrens es aushält, dass er so ungeniert durch sein Heiligtum marschiert. Und während er auf den großen Knall wartet, nimmt er in Sekundenschnelle jedes für ihn wichtige Detail auf. Ein Raum sagt so viel mehr über die Persönlichkeit seines Besitzers aus, als es ein harmloses Gespräch vermag. Ein Raum kann sich nicht verstellen, er ist da. Offensichtlich. Ein Raum erzählt eine Geschichte, versprüht Emotionen, Liebe, Leidenschaft, Neid, Hass, Angst. Und dieser Raum ist so zwiegespalten. Er war nicht von seinem Bewohner eingerichtet worden. Die abgewetzten Ledersessel, die mit Sicherheit Behrens' Lieblingsstücke sind, sowie das Regal mit den Klassikern der Literatur stehen im starken Kontrast zum kühlen Schreibtisch, den schlichten Gemälden und der puristischen Einrichtung. Sterilität versus Pomp und Gloria.

Durch die bodenlangen Fenster erhascht Chris einen Blick in den Garten. Mitten in einem Beet kniet Victoria und wühlt in der noch feuchten Erde. Ihr langes Haar hat sie zu einem Pferdeschwanz zusammengebunden, ihren Blick fest auf das gerichtet, was sie gerade tut. Aus dieser Entfernung ist die einzige Ähnlichkeit zu Julie ihre zierliche Gestalt und der Hauch eines Kupfertons in ihrem Haar.

Chris muss mit ihr sprechen, und zwar jetzt in dieser unverfänglichen Situation. Gemächlich schlendert er Richtung Tür, bleibt einen Moment dort stehen und setzt eine interessierte Miene auf, als würde er dem Gespräch zwischen Schulz und Behrens folgen.

»Nehmen Sie doch gern wieder Platz, Doktor Lange.«

Chris hebt seine Hand und erwidert: »Danke, aber ich stehe lieber.«

Sichtlich irritiert widmet sich Stephan wieder Kommissar Schulz zu, der ihm eine Unmenge an Fragen stellt, die allesamt nichts mit dem Mord an Patrick zu tun haben und die ihm so lächerlich vorkommen, dass er sich gewaltig zusammenreißen muss. Als er wieder zur Tür schaut, ist der Psychologe verschwunden.

»Wo ist Doktor Lange hin?« Eine Note der Anspannung schwingt mit und Schulz muss sich ein Grinsen verkneifen.

»Keine Ahnung, er wird mit Sicherheit gleich wieder hier sein.«

Mit bloßen Händen gräbt Victoria die Knollen der Lilien aus der feuchten Erde. Immer wieder wischt sie sich mit dem Handrücken die Tränen von den Wangen und die Erde an ihren Finger hinterlässt lange dunkle Streifen auf ihrer blassen Haut. Schon aus einiger Entfernung spricht Chris sie an. Auf keinen Fall möchte er sie erschrecken oder in Verlegenheit bringen, denn das, was sie dort gerade macht, wirkt auf ihn wie etwas ganz Persönliches, Intimes. »Frau Behrens?«

Victorias Kopf wirbelt herum, ihre Augen sind rot gerändert. Sie erhebt sich mühsam und wischt ein weiteres Mal über ihr tränennasses Gesicht. Ihre helle Hose weist dunkle Flecken an den Knien auf, eine Strähne ihres Haares hat sich aus dem Zopf gelöst, doch das alles scheint ihr egal zu sein. Fragend sieht sie Chris an.

»Frau Behrens, ich bin Doktor Christian Lange.« Er streckt ihr seine Hand entgegen. Victoria zögert für einen Atemzug. »Oh, entschuldigen Sie, Doktor Lange. Meine Hände sind ganz schmutzig.«

»Kein Problem. Ich kenne das von meiner Lebensgefährtin. Sie würde am liebsten den lieben langen Tag im Garten buddeln.«

Victorias eben noch offene Gesichtszüge verdunkeln sich. »Meine Schwester war bei Ihnen, stimmt's?« Sie senkt ihre Augen und räuspert sich. »Sie ist Ihnen entwischt. Ich wette, Juliette hat sie dazu angestiftet.« Ein kleines sarkastisches Lächeln gleitet über ihre verspannten Lippen.

»Ja, das ist gut möglich. Ich hatte ein intensives Gespräch mit Frau Doktor Hallmann.« Chris mustert sie unauffällig. »Wie ist Ihr Verhältnis zu Julie?«

Victoria presst ihre Lippen aufeinander, bis sie nur noch ein hässlicher Strich sind. Nicht ein Wort, nicht eine Geste. Chris wartet geduldig. Nach einer Weile sieht sie ihn an. »Es war schwierig mit ihr. Es war nie klar, was sie wirklich fühlt, wer sie gerade ist. Ich hatte Schuldgefühle ihr gegenüber, weil ich sie damals im Stich gelassen habe. Ich gebe mir die Schuld, dass sie so geworden ist.«

Victoria wendet schnell ihren Kopf zur Seite und verfällt erneut in Schweigen. Zu viele Emotionen rasen durch ihren Körper, wild, aggressiv, nicht greifbar. Sie hat es ausgesprochen. Sie hat zugegeben, dass sie Schuldgefühle gegenüber Julie hegt. *Verflucht!*

»Wie gesagt, Frau Doktor Hallmann war gestern bei mir. Ich kenne Ihre und Julies Geschichte. Und es tut mir leid für sie beide. Wir werden gemeinsam herausfinden, was passiert ist. Das verspreche ich Ihnen.«

»Hm«, presst Victoria hervor. Ganz offensichtlich kostet sie jede Reaktion, jedes Wort und jede Geste ungeheure Kraft. Tränen steigen wieder auf und sie bemüht sich, sie zurückzuhalten. »Entschuldigen Sie, Doktor Lange. Was kann ich sonst noch für Sie tun?«

»Nichts weiter, ich wollte mein Beileid aussprechen und sehen, wie es Ihnen geht. Sie waren eng mit dem Verstorbenen befreundet, richtig?«

Victoria nickt teilnahmslos. Chris bemerkt, wie sie gegen die Tränen ankämpft. Er betrachtet das aufgewühlte Beet. *Etwas Neues erschaffen. Das alte Verbannen. Verdrängung.* »Sie haben einen wunderschönen Garten. Wollen Sie das Beet neu bepflanzen?«

»Ja, das Unwetter hat auch hier gewütet und alles zerstört. Außerdem mag ich keine Lilien mehr.«

»Mochte Patrick Lilien?«

Entgeistert starrt Victoria ihn an und schlagartig verliert sie das letzte bisschen ihrer Kontrolle. Ihr Kinn zittert. »Er liebt Lilien. Patrick hat mir geholfen, sie zu pflanzen. Er hat einen grünen Daumen. Wissen Sie, was das bedeutet? Alles, was er pflanzt oder berührt, erblüht …« Chris fällt auf, dass sie die Gegenwart als Zeitform benutzt. Und so, wie sie von ihm spricht, liegt Zärtlichkeit darin.

Unruhig rutscht Stephan auf seinem Bürostuhl hin und her. »Sagen Sie, Herr Kommissar, wie lange wollen Sie mir immer wieder dieselben Fragen stellen? Ich habe Ihnen alles über mein Geschäft berichtet und über die Geldsorgen von Patrick und dass ich mich angeboten habe, ihm zu helfen. Wenn Sie keine anderen Fragen haben, dann würde ich jetzt gern zu meiner Frau gehen.«

Er reckt seinen Hals und starrt auf Victoria, die mit dem Psychologen auf der Bank im Garten sitzt.

»Nun, fürs Erste reicht mir das. Ach, nur noch eines. Entschuldigung, aber wenn ich mir nicht alles aufschreibe …« Schulz kramt ausgiebig in seiner Jackentasche und holt schließlich seinen Notizblock hervor, den er nun aufschlägt. »Sie sagten aus, dass das Garagentor verriegelt war, als Sie an Ihrem Haus in Cranz ankamen. Ist das korrekt?«

Stephan runzelt seine Stirn. Ihm ist anzusehen, dass seine Geduld gefährlich stark auf die Probe gestellt wird. Sein Wutpegel ist bereits im roten Bereich, dennoch ringt er sich dazu durch, eine erklärende Antwort zu geben. »Ja, das ist richtig, der Holzriegel ist offensichtlich durch den Sturm oder das Zuschlagen der Tür heruntergerutscht und hat die Tür verriegelt. Es lagen unzählige abgebrochene Äste vor der Garage sowie ein Fass, in dem wir altes Laub und Gartengut sammeln.«

»Und Ihre Frau hat das Fenster eingeschlagen und versuchte, sich bei Ihrer Ankunft durch die schmale Öffnung zu zwängen?«

»Ja. Sie schrie um Hilfe und ich habe es fast nicht bemerkt, weil der Sturm so laut war.«

»Verstehe. Ich denke, das wäre für heute alles.«

Schulz erhebt sich, klemmt Behrens' Unterlagen unter den Arm, die ihm ein Alibi verschaffen sollen, und schielt dabei in den Garten, wo Chris immer noch bedächtig mit Victoria spricht. »Sagen Sie, Herr Behrens, warum glauben Sie, hat Julie Herrn Jansen ermordet?«

»Woher soll ich das wissen? Wie der Psychologe schon sagte, Julie leidet an einer psychischen Erkrankung.« Die

Antwort kommt schnell, ohne lange darüber nachzudenken und ohne Emotion.

»Nun, aber waren es nicht Sie, der es für guthieß, dass Julie und Ihre Frau sich wieder näherkommen? Ich meine, haben Sie es nicht veranlasst, dass Julie hier in Ihre Nähe zieht?«

Stephan würgt den trockenen Kloß in seinem Hals herunter, als wäre er aus Beton. »Wissen Sie, Herr Kommissar, wenn ich auch nur im Geringsten geahnt hätte, wohin das Ganze führt, glauben Sie mir, ich hätte anders gehandelt. Ich dachte, eine Familie gehört zueinander. Egal was in der Vergangenheit geschehen ist.«

»Sie haben keine Kinder, oder?«, hakt Schulz nach, obwohl er die Antwort längst kennt.

»Nein.«

»Wie sieht es mit dem Rest Ihrer Familie aus?«

»Da ist niemand mehr. Vielleicht ist das der Grund, warum ich es mir gewünscht habe, dass die beiden wieder zueinanderfinden. Eine Familie. Harmonie. Ein volles Haus an Weihnachten …« Ein Anflug von Traurigkeit umhüllt Stephan, der jetzt völlig abwesend scheint.

»Herr Behrens, alles in Ordnung?«

»Ja, ja. Wie geht es jetzt weiter?«

»Ich halte Sie auf dem Laufenden. Keine Sorge. Und grüßen Sie mir Ihre Frau.«

***

Schulz startet den Dienstwagen. »Und wie lief es?«

Chris spannt seinen Sicherheitsgurt über seine Brust. »Gut. Die Frau ist völlig erledigt. Ich vermute, dass sie ein Verhältnis mit Patrick Jansen hatte.«

Schulz grinst süffisant und lenkt den Wagen schwungvoll aus der Parklücke. Chris hält sich am Griff der Beifahrertür fest. Er hasst den sportlichen Fahrstil des Kommissars. Um sich abzulenken, fragt er Schulz: »Und, wie ist Ihr Eindruck von Herrn Behrens?«

»Oh, er ist nervös. Sie hätten Ihre Freude daran gehabt zu sehen, wie er immer unruhiger wurde, als er Sie im Garten mit seiner Frau entdeckte.« Schulz sieht Chris belustigt an. »Sie sollten sich entspannen, Chris. Ich habe nun schon seit … lassen Sie mich überlegen … ja, seit fünfundvierzig Jahren einen Führerschein und noch nie ist etwas passiert.«

»Egal, irgendwann ist immer das erste Mal.«

Schulz lacht schallend auf und Chris kann nicht anders, als mit einzustimmen.

Victoria sitzt immer noch auf der Bank – um sie herum das reinste Chaos. Aufgetürmte Lilienstiele mit traurig verklebten Blüten, tiefe schwarze Löcher klaffen in der Erde, als würden sie ihr etwas sagen wollen. *Sterblichkeit.* Sie atmet den herben Geruch der feuchten Erde ein. Und das Bild, was sich in ihrem Kopf bildet, lässt sie erschrecken. Bald wird ihr Geliebter in ebensolcher Erde vermodern. Eins mit ihr werden, als hätte er nie existiert. Unwillkürlich starrt sie auf ihre Hände. Was ist, wenn an ihren Händen verweste und zu Erde gewordene Menschen kleben? Um ihre Brust zwängt sich ein kalter Ring so hart wie Stahl.

Die Hand, die sich auf ihre Schulter legt, ist genauso kalt und schwer. Der Ring zieht sich noch fester um ihre Brust.

»Victoria, was machst du hier?«

»Ich bringe den Garten in Ordnung.«.

»Was wollte Doktor Lange von dir?«

»Sein Beileid aussprechen.«

»Was hältst du davon, wenn ich unseren Gärtner anrufe? Er kann das ebenso gut erledigen.«

Victoria ignoriert ihn, wirft sich auf den Boden und scharrt mit bloßen Händen in der Erde.

27. KAPITEL

Das Basecap tief ins Gesicht gezogen, radelt Julie mit gesenktem Kopf den Deich entlang. Sie ist so in ihre Gedanken versunken, dass sie geradewegs auf die Einfahrt des Landhauses fährt. Erst in letzter Sekunde sieht sie den Polizeiwagen, der vor dem Hauseingang steht.

Sie macht eine Vollbremsung und kommt ins Straucheln. Bevor sie zu Boden stürzen kann, springt sie vom Rad und schleppt sich damit in die Büsche. Gerade in dem Moment, als zwei Beamte aus der Haustür kommen.

Julie hat sich flach auf den Boden gelegt. Sie wagt es kaum zu atmen. Die Beamten sehen gelangweilt aus. Der größere von ihnen bleibt vor der Tür stehen und sieht zu dem Busch, in dem Julie sich jetzt noch kleiner macht. Wortfetzen wehen zu ihr herüber.

»Die wird nicht so bescheuert sein und hierherkommen. Oder was meinst du, Klaus?« Klaus hat die Haustür verschlossen, steckt den Schlüssel sorgfältig in die Beweistüte und zückt sein Handy.

»Nee, glaube ich auch nicht. Mensch, die hat den Kerl abgestochen wie ein Schwein und wohl ein ziemliches Ding an der Waffel.« Er schüttelt angewidert den Kopf.

Julie schluckt. Am liebsten würde sie aufspringen und ihren Unmut laut herausbrüllen. Verstohlen linst sie zu den beiden und duckt sich sofort wieder. Der Größere sieht genau in ihre Richtung. Sie erkennt, wie er seine Augen zusammenkneift und abwägt. Er macht schon einen Schritt auf sie zu, als sein Kollege Klaus ihn am Arm festhält. »Mist! Warte mal, Thomas. Gib mir mal dein Handy, bei meinem ist der Akku leer.« Ohne seinen Blick vom Busch abzuwenden, reicht er seinem Kollegen das Handy. Langsam nähert er sich. Seine schwarzen schweren Schuhe sind jetzt ganz dicht vor ihr. Er bückt sich. Julie kann sein Aftershave riechen. Sie schließt die Augen. Sie ist gefangen! *Oh, bitte nicht!*

»Thomas, was machst du da?«

»Warte! Schau, was ich gefunden habe!« Aufregung liegt in seinen Worten. Julie hält die Luft an. »Einen *Rana esculenta*!«

»Hä?«

»Ein grüner Teichfrosch … Allerdings wundert es mich, dass er sich hier herumtreibt.«

»Vergiss den Frosch. Wir müssen los … Setz ihn ins Gebüsch und beeile dich.«

Vorsichtig teilt Thomas das Gebüsch und setzt den Frosch ab. Julies Herzschlag setzt aus. Dann hört sie, wie sich die Schritte entfernen. Sie wagt es, die Augen zu öffnen … und muss einen Schrei unterdrücken, als der Frosch auf ihr Gesicht zuspringt.

Nach unendlich langen Minuten des Wartens fühlt sich Julie sicher genug. In geduckter Haltung sprintet sie zum Haus. Ihre Finger beben, als sie den Schlüssel ins Schloss der Klönschnacktür steckt. Immer wieder sieht sie sich hektisch um. In der Küche bleibt sie regungslos stehen, bis sich ihr Atem wieder normalisiert hat. Bevor sie in die Diele tritt, lauscht sie angestrengt. Es ist still. Langsam ebbt der Adrenalinspiegel ab. Sie nimmt das Telefon von der Station. Mit unterdrückter Nummer wählt sie Melanies Nummer im Büro.

Melanies Stimme zu hören, als sie sich korrekt mit dem Firmennamen meldet, verunsichert Julie. Sie kann nicht antworten, ihre Stimme ist einfach weg. Mit jeder verstreichenden Sekunde wird Melanie genervter.

»Hallo, wer ist denn da? Okay, also dafür ist mir meine Zeit zu kostbar.«

Julie räuspert sich und hofft, dass sie sich ganz normal anhört, als sie sich schließlich meldet. »Hallo, Melanie. Ich bin's, Julie.« Am anderen Ende herrscht für eine dramatische Sekunde Stille. Und dann legt Melanie los und bombardiert sie mit Fragen. Julie atmet auf. Anscheinend hat ihre Kollegin die Nachricht noch nicht erreicht, dass sie gesucht wird.

Charmant würgt sie Melanie ab. »Mir geht es gut und ich denke, ich werde noch ein paar Tage Urlaub dranhängen. Entschuldige bitte, dass ich mich jetzt erst bei dir melde. Du hattest mir Fotos von deinem London-Trip geschickt. Die sind echt toll ...«, sie zögert, »... ist das dein Freund, der auf den Bildern zu sehen ist?« und hält dann den Atem an.

»Ex ... dieser verdammte Hurensohn ist mein Ex. Seit wir wieder in Hamburg sind, hat dieser Mistkerl sich nicht einmal gemeldet.« Melanies Stimme hat einen giftigen Unterton angenommen.

Bevor Melanie sich in Wehklagen ergötzt, unterbricht Julie sie. »Das tut mir sehr leid. Wir reden, wenn ich wieder in Hamburg bin, okay? Ach, wie heißt er denn?« Melanie zaudert und Julie kann spüren, wie es Melanie anwidert, als sie seinen Namen ausspricht.

Julies Magen verkrampft sich und der Name echot in ihr nach. *Markus.* Schnell verabschiedet sie sich von Melanie und legt rasch auf. Wie passt das alles zusammen? *Denk nach, Julie!* Denken … genau das fällt ihr gerade schwer. Es ist wie eine dichte Wand, hinter der sie nur schemenhaft Schatten wahrnimmt, die sich jetzt auf sie zubewegen, ihr etwas zurufen. Doch was ist es? Erst Juliettes dunkle raue Stimme holt sie zurück.

»Julie, beeil dich mal. Du hast nicht viel Zeit«, drängt Juliette. *»Du bist doch eine IT-Tante, also los! Das Laptop deiner Schwester, es ist oben in ihrem Zimmer.«*

Julie ignoriert Juliettes Einwand. Sie will selbst entscheiden. Das Gefühl in ihrer Magengegend, dass dieser Markus und der Tod von Patrick irgendwie zusammenhängen, macht sie ganz kribbelig. Aber warum? Sollte sie nicht froh sein, dass er tatsächlich noch lebt, dass sie ihn nicht getötet hat? Sie muss sich eingestehen, dass sie Victoria nicht glaubte, als sie sagte, dass der Tote aus der Alster ein anderer wäre. Aber warum verspürt sie keine Erleichterung?

Julie stößt sich von der Wand ab und sprintet die Treppe hinauf.

***

Melanie kaut nervös auf ihrem Daumennagel herum. Immer noch stiert sie auf das Telefon. *Merkwürdig.* Aber was ist nicht merkwürdig an Julie? Die ganze Frau ist ein Mysterium. Liebenswert aber durchgeknallt. Trotzdem hinterlässt dieser Anruf ein bizarres Gefühl in ihr, als würde eine gigantische Lawine auf sie zurollen. Bei diesem Vergleich muss sie unwillkürlich lachen und der

Drang, jetzt eine zu rauchen, lässt sich nicht mehr unterdrücken. Sie schielt zur Uhr. Noch ist keine Pause, aber das interessiert sie nicht. Entschlossen kramt sie in ihrer Handtasche nach ihrem Tabak.

»Melanie, könnten Sie kurz in mein Büro kommen?«

Stocksteif richtet sich Melanie auf und blickt erschrocken in die Augen ihres Chefs. Sie will gerade ansetzen, sich zu verteidigen und Lehmann erklären, dass sie ausnahmsweise außerhalb der Pausenzeiten rauchen muss, als er ihr zuvorkommt.

»Die Herren von der Polizei haben ein paar Fragen an Sie.«

»Polizei?«, krächzt Melanie viel zu laut. Doch der warnende Blick von Lehmann lässt sie sofort verstummen. Rasch folgt sie ihm in sein Büro.

»Meine Herren, das ist Melanie Schneider. Sie ist eine befreundete Kollegin von Julie Sommer.«

Melanie verspürt schlagartig einen Druck auf ihrer Blase. *Verflucht! Immer schön cool bleiben, Mel!* Mit einem freundlichen Lächeln begrüßt sie den Typen mit diesem hässlichen Schnäuzer und muss sich arg zusammenreißen, den witzigen Kommentar für sich zu behalten, der ihr quälend auf der Zunge liegt. Aber da ist noch dieser gutaussehende Kerl, der sie charmant begrüßt. »Hallo, Frau Schneider. Keine Panik!« Er zwinkert ihr zu, als hätte er ihre Gedanken gelesen, nur beunruhigt sie dieser Umstand noch viel mehr. »Oh, wieso sollte ich Panik haben?«

»Eben. Brauchen Sie nicht, wir haben nur ein paar Fragen zu Ihrer Kollegin Julie Sommer.«

»Nun, dann schießen Sie mal los.«

»Wie mir Herr Lehmann sagte, haben Sie ein sehr gutes Verhältnis zu Julie. Ist das richtig?«

»Ja, das stimmt. Aber bevor Sie weiterfragen. Ist was mit Julie passiert?«

»Nun, ich formuliere es mal vorsichtig. Sie steckt in ernsten Schwierigkeiten.«

»Oh, nun bin ich genauso schlau wie vorher.« Melanie grinst Chris keck an, obwohl in ihrem Kopf gerade eine Achterbahn herrscht. Er lacht so erfrischend, das gefällt ihr und dennoch mahnt sie sich zur Vorsicht. Sie mag Julie und ihre Verschrobenheit.

»Julie ist immer in Schwierigkeiten, weil sie besonders ist. Ihre Welt ist nicht so wie unsere.« Melanie muss selber über sich staunen, dass sie das Gesagte so ruhig und, wie sie findet, gut formuliert über ihre Lippen gebracht hat.

»Da haben Sie recht. Deshalb wenden wir uns vor allem an Sie, weil Sie Julie so gut kennen und scheinbar auch auf gewisse Weise verstehen. Hat sie sich bei Ihnen gemeldet?«

Für eine Sekunde blinzelt Melanie. Dann schüttelt sie den Kopf. »Nein, hat sie nicht. Und ich denke, das wird sie auch nicht. Weil wir Kollegen sind und keine Freundinnen im üblichen Sinne.« Melanie sieht demonstrativ auf ihre Armbanduhr. »Wenn Sie sonst keine Fragen haben?«

»Nein, vielen Dank.«

Mit einem flüchtigen Kopfnicken eilt Melanie aus dem Büro. Ihr Weg führt sie geradewegs zu ihrem Schreibtisch. Sie greift sich ihren Tabak aus der Handtasche und stürmt nach draußen.

»Warum haben Sie die Kleine so schnell vom Haken gelassen?« Schulz schwankt zwischen Entrüstung und Neugier, als er mit Chris das Bürogebäude verlässt.

»Weil die Dame etwas weiß.«

»Sie wollen mich verscheißern.«

»Nein, will ich bestimmt nicht.« Chris stößt die gläserne Eingangstür auf und entdeckt Melanie, die an der Hausecke steht und gierig an einer Zigarette zieht. Schulz hat Melanie ebenfalls bemerkt und sieht Chris fragend an. »Ich bin gleich wieder bei Ihnen.« Chris lässt Schulz stehen und steuert auf Melanie zu.

»Schön, dass ich Sie noch treffe.« Er zückt seine Visitenkarte und hält sie Melanie hin. »Falls sich Julie bei Ihnen melden sollte, rufen Sie mich bitte sofort an. Sie helfen Julie damit, wenn Sie es tun.«

Zögerlich nimmt Melanie die Visitenkarte an sich, zieht noch einmal an der Zigarette, bevor sie sie achtlos wegschnippt. Sie hat keine Lust, mit dem Psycho-Doc zu sprechen. Die Angst, dass sie sich verraten könnte, sitzt ihr im Nacken. Sie nickt ihm zu und wendet sich zur Eingangstür.

»Schulz, ich denke, wir sollten die Beamten umgehend noch einmal das Landhaus absuchen lassen.«

Schulz fragt nicht lange nach dem Warum.

28. KAPITEL

Der Himmel hat eine graue Farbe angenommen und der auffrischende Wind lässt die Zweige der Bäume sanft hin und her schwingen. Julie knipst die kleine Lampe an, die auf dem glänzenden braunen Artdeco-Schreibtisch steht.

Grübelnd sitzt sie vor dem Laptop. *»Beeil dich, Julie! Du wirst es doch wohl schaffen, das Passwort zu knacken.«* Julie hält ihren Blick weiterhin stur auf den Laptop, der auf die Eingabe eines Passworts besteht. Sie ignoriert Juliettes Einwand, der sie nervt und daran hindert, sich zu konzentrieren. Unvermittelt verharrt sie und lauscht, dann springt sie auf und eilt zum Fenster. Ein Polizeiauto fährt langsam auf die Einfahrt. »Mist!«

»Sage, ich doch. Beeil dich!«

Julie schnappt sich den Laptop und schleicht die Treppe hinunter. Auf dem Treppenabsatz bleibt sie stehen und lauscht angestrengt. Sie hört das Zuschlagen der Autotüren. Ihre Kehle ist trocken. Kein Speichel füllt ihren Mund. Tausend Gedanken rasen durch ihren Kopf. Sie hätte Melanie nicht anrufen dürfen. Wo ist ihr Fahrrad? Hat sie es gut versteckt? Wie kommt sie hier raus?

Sie sieht die Schatten durch das Milchglas der Haustür. Hört, wie der Schlüssel leise herumgedreht wird. Hektisch schaut sie sich um. Wohin? Wohin kann sie flüchten?

In geduckter Haltung hetzt sie ins Wohnzimmer und

ohne nachzudenken, zwängt sie sich hinter das Sofa und duckt sich flach auf den Boden. Ihr Blick fällt auf den rostroten Fleck, der bis unter das Sofa reicht. Angeekelt rückt sie davon ab. Schließt ihre Augen und würgt den Gedanken herunter, dass es das getrocknete Blut von Patrick ist.

Sie hält den Atem an, als sie die Schritte in der Diele hört, wie die beiden Polizisten leise murmelnd in der Küche miteinander reden. Ihr Herzschlag ist so laut, dass sie nicht verstehen kann, was sie sagen. Sie wagt es nicht zu blinzeln, während sie die Füße der beiden beobachtet, die sich langsam aus der Küche Richtung Wohnzimmer bewegen.

Wie versteinert liegt Julie eng auf den Holzboden gepresst. Neben sich der Blutfleck. Und ein Gefühl, dass sie lange verdrängt hat, steigt in ihr auf. Wie oft hatte sie sich als Kind unter ihrem Bett versteckt und seine Füße gesehen, seinen Geruch vernommen … und dann hatte er sich blitzartig hinuntergebeugt und sie mit einem lauten ›Tata, da bist du ja‹ erschrocken.

Ihr Körper zittert. Sie beißt die Zähne fest aufeinander, weil sie fürchtet, dass das klappernde Aufeinanderschlagen sie verraten würde.

Flink bewegen sich die Füße im Wohnzimmer hin und her. Sie hört, wie die schweren Vorhänge zur Seite gezogen werden. Zwei schwarze Schuhe stehen jetzt direkt vor dem Sofa. »Hier ist niemand. Lass uns noch mal alles absuchen.«

Das dumpfe Knarren der Treppe. Türen, die aufgestoßen werden, Schritte, die hastig durch die Räume eilen.

Julie spürt den Luftzug der offenen Haustür. Sie nimmt

all ihren Mut zusammen und kommt hinter dem Sofa hervor. Das Laptop eng an ihre Brust gepresst, schleicht sie zur Wohnzimmertür. Vage kann sie die Stimmen ausmachen, die vom ersten Stock zu ihr herunterwehen. *Jetzt oder nie!* Sie sprintet los. Nicht ein einziges Mal wagt sie es, sich umzusehen. Draußen greift sie sich das Fahrrad, verdammt sich dafür, dass sie den Rucksack in der Pension vergessen hat. Den Laptop unter ihrer Windjacke verstaut, schwingt sie sich aufs Rad und tritt kräftig in die Pedale. Die Wirtin hat recht behalten, es regnet in Strömen.

Völlig durchnässt erreicht Julie die Pension. Der Laptop klebt an ihrem Bauch unter der Windjacke. Sie saust ins Haus und hofft inständig, dass die Wirtin sie nicht bemerkt. Falsch gedacht.

»Sehen Sie, unserem Wetterbericht kann man vertrauen!« Ruft sie aus der Küche und wischt sich ihre Hände an einem Küchenhandtuch ab, während sie in den Flur kommt und die durchgeweichte Julie sieht. »Oje, Sie hätten lieber einen Südwester mitnehmen sollen.«

Julie sieht sie fragend an. »Was bitteschön ist ein Südwester?«

Die Wirtin lacht auf. »Diese Städter! Wissen aber auch nix. Eine wasserdichte Kopfbedeckung, wenn Sie das besser verstehen.« Ihre Augen flitzen über Julie, die ihre Arme vor der Brust verschränkt und so den Laptop verdeckt. Von ihrer Windjacke perlen die Überreste des Regens. »Vielleicht sollten Sie sich erst mal trockene Kleidung anziehen. Und wenn Sie mögen, kann ich Ihnen ein schönes saftiges Schnitzel braten.«

»Das ist eine wunderbare Idee.« Julie nickt ihr mit einem

gequälten Lächeln zu. Schnellstens wendet sie sich der steilen Treppe zu, die nach oben ins Gästezimmer führt.

Die Wirtin schaut ihr lange nach, stülpt ihre Lippen und verengt ihre Augen nachdenklich zu Schlitzen. »Merkwürdiges Geschöpf«, murmelt sie leise vor sich hin und schlurft zurück in ihre Küche.

Julie lehnt sich an die geschlossene Tür und atmet hörbar aus. Ob die Wirtin bemerkt hat, dass sie etwas unter ihrer Windjacke versteckt hielt? Und woher weiß sie überhaupt, wie das Wetter wird? Julie konnte nirgends einen Fernseher oder ein Radio entdecken. Vielleicht sollte sie über ihr Smartphone die Nachrichten checken.

Wie mag es jetzt wohl Victoria gehen? Was hat Markus mit Melanie zu tun? Hat Melanie sie verraten? Warum war die Polizei sonst zurück ins Landhaus gekommen? Alles dreht sich, die Gedanken überschlagen sich in ihrem Kopf. *»Hör auf zu heulen und komm zum Punkt!«*

Juliettes bissige Kommentare kann sie jetzt am allerwenigsten gebrauchen. Julie verdrängt sie und konzentriert sich auf das, was ihre Therapeutin empfohlen hat: *Eins nach dem anderen.* Genau, das hat Margarete ihr immer wieder gesagt. *Julie, gehen Sie schrittweise vor.* Recht hat sie.

***

Das lauwarme Wasser tut Julie gut. Seit einer halben Stunde steht sie einfach nur unter dem seichten Strahl der Dusche. Ihre Augen geschlossen, ihre Gedanken und Gefühle ausgeschaltet. Ihre Konzentration fest auf das Plätschern des Wassers gerichtet.

»Du hast ganz schön abgenommen. Sieh nur, ich kann deine Rippen zählen.«

Juliettes frotzelnde Bemerkung bringt Julie schlagartig wieder ins Hier und Jetzt. Sie dreht das Wasser ab, zieht den Duschvorhang zur Seite und linst ins Bad. In der Ecke, auf einem kleinen Plastikhocker, sitzt Juliette und grinst sie frech an. Energisch zieht sie den Vorhang wieder zu. *»Mein Herz, sei nicht traurig. Wir schaffen das schon. Du wirst sehen, alles wird sich aufklären. Mensch, das war ganz schön aufregend in Victorias Haus.«*

Julie langt nach ihrem Handtuch. Sie will jetzt nicht mit Juliette reden. Akribisch rubbelt sie ihren Körper trocken. Mitten in der Bewegung hält sie inne und schnuppert an dem Handtuch. Es riecht nach nichts. Nicht ein Hauch von Würze. Sie mochte den Geruch der Bettwäsche bei Nina. So frisch, rein und blumig. Sie muss sie bei Gelegenheit fragen, was sie beim Waschen verwendet.

»Du lenkst ab und verdrängst.« Juliette hat den Vorhang zur Seite gezogen und betrachtet Julie unverhohlen. *»Du musst dich jetzt konzentrieren und deine Gedanken auf das Wesentliche richten. Nicht darauf, ob die Bettwäsche von Nina blumig duftet. Tztztz.«*

»Juliette, ich bitte dich, lass mir ein wenig Zeit für mich.« Vehement zieht Julie den Vorhang wieder zu und stellt erschrocken fest, dass sie sich tatsächlich wünscht, Juliette nicht in ihrer Nähe zu haben. *Was passiert hier gerade?*

Juliette lacht belustigt auf. *»Du probst also den Aufstand? Du willst mich loswerden? Dass ich nicht lache …«*

»Nein! Das stimmt nicht. Ich will dich nicht loswerden«, rudert Julie zurück und ihre nur allzu bekannte Unsicherheit senkt sich über sie. »Aber ich muss etwas verändern, Juliette. Wenn wir miteinander auskommen wollen, dann muss ich diejenige sein, die bestimmt. Gerade jetzt ist das sehr wichtig. Für uns beide!«

Juliette betrachtet sie abschätzend. *»Und wie willst du das anstellen? Willst du mich wieder einsperren und von einem Unglück zum nächsten stolpern? So wie an dem Abend, als du einfach mit diesem wildfremden Typen ins Restaurant gegangen bist, obwohl du ihn gerade mal eine halbe Stunde kanntest? Ja, so?! Herzchen, du weißt doch nicht mal, ob du diesem Markus die Gurgel aufgeschlitzt hast oder nicht! Und dann noch diese dumme Sache mit Patrick … Nein! Das kann ich nicht zulassen.«*

»Ich habe Markus aber nicht die Gurgel aufgeschlitzt. Er lebt.«

»Stimmt. Und das ist auch gut so. Aber das war reine Glückssache. Du solltest mich nie wieder verbannen, Herzchen. Ich bemühe mich so sehr, dass es dir gutgeht, dass niemand dir Schaden zufügt. Niemals wieder! Und das ist auch der Grund, warum ich so aufgebracht bin. Selbst ich hatte an dem Abend in Victorias Haus Panik, als du Patrick …« Seufzend lässt sie sich auf den Plastikhocker fallen. *»Da war ich leider nicht cool. Ich hatte genauso viel Angst wie du. Und dir ist schon klar, dass gerade jetzt etwas ganz und gar nicht stimmt. Diese Blackouts und dann die Flashbacks aus jener Nacht. Du hast sie doch auch, oder?«*

Julie wickelt das Handtuch noch fester um ihren Körper, sie mag Juliette nicht ansehen. Stumm nickt sie.

»Ich wusste es. Und deshalb waren wir heute in Victorias Haus. Ist ein wenig schiefgelaufen, aber wir haben den Laptop von Victoria. Wir können recherchieren. Wir brauchen niemanden. Wir haben doch uns, mein Herz.«

Julie betrachtet angestrengt ihr Gesicht im Badezimmerspiegel. Sieht, wie sich ihr Mund bewegt, wie Juliettes Worte aus ihr herauskommen. *Ich bin wirklich irre. Ich rede mit mir selbst. Ich, Julie, bin kaum noch existent.*

***

Der Regen hat sich verzogen und eine blasse Abendsonne kämpft sich durch den grauen Wolkenschleier. Nebelschwaden ziehen über die Wiesen, ein würzig herber Kräutergeruch steigt in die Luft und Nina atmet tief ein. Sie zieht die Decke enger um ihre Schultern. Obwohl ihr kalt ist, möchte sie noch eine Weile hier draußen sitzenbleiben. Sie liebt diese Stimmungen der Natur.

Langsam wendet sie ihren Blick zu Chris, der neben ihr sitzt und seinen Gedanken nachhängt.

»Was ist mit dir?« Nina streicht liebevoll über seine Wange. Er lächelt sie entschuldigend an, ergreift ihre Hand und küsst ihre Fingerspitzen. »Nichts weiter. Alles gut.«

»Ach, Chris. Ich kenne dich doch. Du weißt, ich bin eine gute Zuhörerin.« Sie neigt ihren Kopf zur Seite und ein kleines Lächeln umspielt ihren Mund. Chris liebt dieses Lächeln, es ist eine Mischung aus Zuneigung und einem Hauch Ironie.

»Ich habe mit Julies Schwester gesprochen und ich bin mir sehr sicher, dass sie ein Verhältnis mit Patrick hatte. Und ich denke, ihr Mann hat es gewusst oder zumindest geahnt.« Gedankenverloren beobachtet er einen Kondensstreifen am abendlichen Himmel, der sich langsam auflöst. »Diese Geschichte ist ziemlich komplex. Und genau deshalb ärgert es mich über alle Maßen, dass ich nicht mit Julie sprechen kann. Ich könnte mich immer noch wegen meiner eigenen Dummheit ohrfeigen.«

Nina lacht leise auf. »Ach, mein lieber Chris. Du bist eben einfach zu gutgläubig, wenn es um Frauen geht.«

Ein kleiner Seitenhieb auf eine dunkle Zeit, die nicht allzu weit zurückliegt. Er schluckt ihn und ein verhaltenes Schweigen macht sich zwischen ihnen breit.

»Diesmal ist es anders«, erwidert er schließlich kleinlaut. Nina haucht ihm einen Kuss auf die Wange. »Weißt du, was mir Sorgen macht?« Sie atmet tief ein. »Dass Julie allein da draußen herumirrt. Sie war so verzweifelt. Ich hoffe inständig, dass sie sich nichts antut.«

29. KAPITEL

Victorias Augen sind auf den Wecker neben ihrem Bett fixiert. Die Leuchtziffern springen auf 5:00 Uhr um. Sie hat nicht eine Sekunde geschlafen, sich nicht gerührt, auch nicht, als Stephan seinen Arm um sie legte. Seine Berührungen widern sie an. Es fühlt sich mittlerweile so ähnlich an wie damals, als ihr Vater sich neben sie legte. Sie ließ ihn gewähren, damals wie heute.

Immer wieder muss sie sich darauf konzentrieren, dass nicht Stephan die Liebe ihres Lebens getötet hat. Es war Julie, die kleine verrückte Julie. Ihre Schwester, die sich ihren Körper mit einer zweiten Seele teilt. Vorsichtig rollt sie sich aus dem Bett und schleicht aus dem Schlafzimmer.

Der Rasen ist feucht und kühl unter ihren nackten Füßen. Sie genießt dieses Gefühl, hat es doch etwas von Lebendigkeit. Für einen Augenblick füllt sie die Leere in ihrem Innern. Mit einer heißen Tasse Tee in der Hand führt sie ihr Weg zu der Bank am Lilienbeet. Nicht eine einzige Lilie ist mehr dort. Nur noch schwarze aufgewühlte Erde.

Und hier werde ich für dich Lilien pflanzen. Sie sind Sinnbild für Erotik und Tod. Das hatte Patrick gesagt und mit seinen Händen tiefe Löcher in die Erde gegraben. Victoria lächelt bei der Erinnerung, während ihr die Tränen über die Wangen gleiten.

»Was machst du so früh hier draußen?«

»Ich erinnere mich an Patrick.« Sie dreht sich nicht zu ihm um. Sie will und kann ihn jetzt nicht ansehen, denn sie fürchtet, dass sie sich übergeben muss, wenn sie es tut.

»Victoria, Liebes! Warum tust du mir das an?«

»Was tue ich dir an, Stephan?«

»Du entfernst dich von mir.«

»Ich bin schon lange weg.«

Abrupt steht Victoria auf, ihre Augen streifen flüchtig Stephans Gesicht. Sie nimmt seine Verwirrung wahr. Ihr neues Verhalten kennt er nicht. Sie fühlt sich stark in diesem winzigen Augenblick und nutzt diese Stärke und seine Verwirrung, um schnell an ihm vorbeizurauschen.

Unkontrolliert donnert sie ein paar Kleidungsstücke in die große Reisetasche. In ihr herrscht Chaos. Aber Victoria empfindet es als äußerst willkommen. Keine Gefühle. Keine Gedanken. Kein Wenn und Aber. Der harte Griff, der sich um ihr Handgelenk legt, holt sie jäh zurück.

»Was denkst du dir? Wo willst du hin?«

»Du tust mir weh, Stephan.« Sie ist ganz ruhig, obwohl der Schmerz höllisch ist. Es fühlt sich an, als würden tausende Ameisen ihre beißende Säure auf ihrer Haut ablassen. Sie sieht Stephan direkt in die Augen und erst jetzt erkennt sie, wie ernst es ihm ist.

»Bitte, Stephan, lass meinen Arm los.« Das Zittern in ihrer Stimme ärgert sie maßlos. Sie hasst seine Macht über sie.

»Tut mir leid, Liebes. Aber ich habe Angst, dich zu verlieren. Ich kann nicht ohne dich.« Er ist weich, zärtlich und als er den roten Abdruck auf Victorias Handgelenk bemerkt, legt sich ein gequälter Schatten über seine Miene. »Tut mir leid. Bitte verzeih mir. Ich liebe dich doch!«

Victoria wendet sich schnell ab. Sie unterdrückt den Drang, ihr Handgelenk zu reiben. »Stephan, ich werde dich verlassen. Und ich möchte, dass du mir jetzt keine Fragen stellst, denn ich würde nur ungerecht reagieren.«

»Nein, das wirst du nicht.« Leise und bedrohlich erreichen seine Worte Victoria, die sich sofort versteift.

»Meine liebe Victoria, du wirst hier bei mir bleiben. Das hatten wir uns geschworen. Erinnerst du dich? Wir waren glücklich. Du warst glücklich.« Er lächelt sie schief an. »Ich habe dich aus dem Sumpf geholt und ich habe dich zu dem gemacht, was du jetzt bist. Das hast du nur mir zu verdanken.«

»Stephan … Ich danke dir dafür. Für alles. Das werde ich mein Leben lang tun. Doch ich liebe dich nicht. Im Grunde habe ich dich nie geliebt. Ich habe dich geachtet, oh ja, das habe ich. Aber Liebe? Nein.«

»Das schmerzt, Victoria. Aber ich bin bereit, das alles zu vergessen. Denn ich weiß, tief in dir drin fühlst du ganz anders. Und du wirst bei mir bleiben.«

»Nein. Stephan, du irrst dich.« Victoria bemerkt, wie sich sein Körper anspannt. Unwillkürlich macht sie einen Schritt zurück und stößt an die Bettkante. Stephan registriert ihre Unsicherheit sofort und nutzt diese vermeintliche Schwäche für sich aus. Mit einem grotesken Lächeln nähert er sich ihr. Sein Handrücken streicht liebevoll über ihre Wange, doch seine Augen sind emotionslos. »Oh doch, du wirst bei mir bleiben. Ich kenne dein kleines Geheimnis, Victoria.«

Ohne ein weiteres Wort dreht er sich um und geht aus

dem Schlafzimmer. An der Tür bleibt er stehen und lächelt sie an. »Übrigens, wir haben gleich einen Termin bei der Polizei.« Leise schließt er die Tür hinter sich.

Die Sekunden verstreichen. Victoria steht immer noch in ihrem wunderschönen Schlafzimmer und starrt auf die geschlossene Tür – schockiert über die Erkenntnis, dass Stephan ihr etwas antun würde, sollte sie sich nicht fügen. Niemals in all den Jahren hat sie diesen bedrohlichen Ausdruck in seinen Augen gesehen. *›Ich kenne dein kleines Geheimnis, Victoria.‹* Seine Worte dröhnen noch immer in ihr nach.

Langsam sortiert sie die Kleidung, die sie in die Reisetasche geworfen hat, wieder sorgfältig in ihren Kleiderschank. Was kann er wissen? Dass sie ein Verhältnis mit Patrick hatte und dass sie ihn mehr alles andere auf der Welt liebte? Oder war es … heiße und kalte Schübe jagen durch ihren Körper. Sie lässt die Bluse in ihrer Hand achtlos auf den Fußboden gleiten. Hektisch eilt sie zu ihrem Schreibtisch und öffnet die Schublade. Sie kann ihn nicht entdecken. Ratlos steht sie da und überlegt angestrengt. *Wo zum Teufel ist mein Laptop?* Und dann fällt es ihr ein. Sie hat ihn im Landhaus vergessen.

»Victoria, Liebes, bist du fertig? Wir müssen uns beeilen, die Herren von der Polizei warten auf uns.«

Victoria entgeht nicht die scharfe Spitze in Stephans Stimme.

30. KAPITEL

Die Morgensonne taucht das Zimmer in ein weiches Licht. Lauwarmer Wind weht durch das gekippte Fenster und streift sanft über Julies Rücken, die eingerollt auf dem Bett liegt. Ihre Augen sind geschlossen. Sie kann sie nicht öffnen. Die Angst, dass dieser Albtraum nie aufhören wird, lähmt sie.

Sie versucht die Bilder in ihrem Kopf zu verdrängen. Die Dunkelheit, den Sturm, das kalte Messer in ihrer Hand. Julie kann es immer noch ganz deutlich fühlen, wie die Klinge in seinen Körper drang. Ganz leicht. Bis zum Schaft. Geschmeidig und ohne Widerstand. Sie spürte das warme Blut, wie es sich auf ihren Händen ausbreitete, der Geruch nach Metall, martialisch und voller Energie. Seine Augen, die sie im Halbdunkel verständnislos ansahen. Wie er sich umwandte, hinter sich blickte und etwas murmelte. Während er fiel, umarmte er sie wie seine Geliebte.

Was hat sie getan? Warum hat sie diesem Mann, den sie liebgewonnen hatte, das Messer in den Bauch gerammt? Unruhig wälzt Julie sich im Bett auf die andere Seite. Ein feiner Schweißfilm auf ihrem Körper lässt sie frösteln. In ihrem Kopf spuken die Bilder umher, brennen sich ein. Patrick hat sich umgesehen. Er hat noch etwas gesagt. Aber was? Julie kämpft mit diesem ohnmächtigen Gefühl, das sie zu verschlingen droht.

»Kscht, mein Herz! Öffne deine Augen.« Das leise und mit einer ungewohnten Angst vermischte Flehen bewegt Julie dazu, ihre Augen zu öffnen. Sie blickt in die geweiteten Augen von Juliette, die sie aufmerksam betrachtet. Lange nimmt sie dieses Bild in sich auf, sie spürt die wachsende Ungeduld ihres zweiten Ichs.

»Weißt du, Juliette, dass es dich gar nicht gibt? Du bist nur in meinem Kopf und es macht mich verrückt. Ich wünschte mir, du wärst Wirklichkeit. Aber es gibt dich nicht. Ich bin es. Immer nur ICH.«

Juliette reagiert nicht. Verzieht sich nur stumm wie eine Schnecke in ihr sicheres Haus. Julie dreht sich auf den Rücken und starrt lange an die weiße Zimmerdecke. Gestern Nacht hat sie es geschafft, Victorias Passwort zu knacken. Im Grunde war es einfach. Sie muss darüber schmunzeln. *Patrick.* Ganz einfach und doch so schwer. Dennoch war ihre Recherche nicht von Erfolg gekrönt. Sie konnte nichts über Markus herausfinden.

Warum hängt sie sich daran nur so auf? Warum rumort es in ihr? Er hat sie angebaggert, sie ist mit ihm gegangen und … sie hat ihn nicht umgebracht. Schließlich war er mit Melanie in London gewesen. Also ist doch alles in Ordnung. Aber da ist etwas, was sie stört. Nur was?

In Windeseile zieht sie sich eine Jeans an, die sie gerade aus dem Rucksack gezupft hat. Der Duft von Victoria weht ihr um die Nase, als sie eine Bluse mit riesigem bunten Blumenmuster überstreift. Victoria hat einen ganz besonderen Geschmack. Julie würde sich niemals so etwas Auffälliges zulegen. Wieder einmal wird ihr schmerzlich bewusst, wie unterschiedlich sie und ihre Schwester doch sind. Das warme Gefühl, welches sie am Abend des

Sturmes für sie empfunden hat, ist längst verschwunden. Victoria ist eine Fremde. Ein Mensch, den sie als Kind kennengelernt hat und der dann einfach verschwunden ist. Julie reißt sich von dem Gedanken los und stürmt die Treppe hinunter. Sie folgt dem Geruch des Kaffees und gebratener Eier mit Speck, bleibt vor der offenen Küchentür stehen und räuspert sich. Die Wirtin wirbelt herum und ein freundliches Lächeln macht sich auf ihrem von Falten geprägten Mund breit. »Guten Morgen. Wenn Sie möchten, können Sie gleich frühstücken.«

Julie braucht nicht zu überlegen, die Entscheidung hat ihr knurrender Magen bereits getroffen.

***

Nina zieht das Gartentor zu und versetzt ihrem *Diva Cadillac* einen kräftigen Stoß. Es ist ein herrlicher Morgen, es duftet nach frischer kräftiger Erde. Sie freut sich darauf, Lena, die Wirtin der neuen Pension, endlich das von ihr bestellte Bild zu überreichen. Lena ist eine nette aber resolute Frau, die ihr Herz auf den Lippen trägt. Nina hat sie sofort in ihr Herz geschlossen.

Von Weitem kann sie die kleine Pension schon sehen. Sie liegt abseits der Hauptstraße und Nina hofft für Lena, dass viele Gäste sie finden werden. Allerdings hat sie ihre Bedenken, denn die meisten Touristen verschwenden nicht viel Zeit bei der Suche nach einer Herberge. Lena ist hingegen überzeugt davon, dass sie als Wirtin überzeugen kann und sich ihre Pension bald als Geheimtipp herumspricht.

Nina überquert die Straße und rollt an den Gartenzaun. Sie hat Schwierigkeiten, das Gartentor zu öffnen. Der Riegel ist zu hoch angelegt. Aber sie wäre nicht Nina, wenn sie das nicht schaffen würde.

»Schmeckt es Ihnen?«

»Wunderbar, vielen Dank. Die saubere Landluft macht wirklich hungrig.« Julie legt entspannt ihr Besteck auf den Teller. »Entschuldigen Sie, wäre es möglich, dass ich Ihr Telefon benutze? Der Akku meines Smartphones ist leer und ich habe das Ladekabel vergessen.« Eine sanfte Röte kriecht ihren Hals hinauf. Sie hasst es zu lügen.

»Ja, sicher. Es ist auf der Station im Flur. Bedienen Sie sich nur.« Lena sammelt das Geschirr vom Tisch, als sie im Augenwinkel einen Schatten am Fenster vorbeihuschen sieht. »Ach du meine Güte.« Sie stellt das Geschirr wieder auf den Tisch und spurtet zur Tür.

Julie sieht aus dem Fenster und erhascht das Profil von Nina, die herzlich von der Wirtin begrüßt wird. Hektisch springt sie vom Stuhl und eilt in den Flur. Sie hört Ninas Stimme und keine zwei Sekunden später greift sie sich das Telefon von der Station und hastet die Treppe hinauf.

Während Nina in den Flur rollt, hört sie im oberen Stock eine Tür schlagen.

»Hast du Gäste?«

»Ja, mein erster Gast. Das ist so aufregend. Ich hoffe, ich mache alles richtig.« Lenas Augen funkeln vor Stolz. »Aber jetzt zeig her, was du Schönes für mich gepinselt hast.«

Mit klopfendem Herzen lehnt sich Julie an die Zimmertür. Was nun? Was ist, wenn die Wirtin ihr erzählt, dass sie eine junge Frau beherbergt? Nina wird eins und eins zusammenzählen, und dann?

Sie öffnet die Tür einen Spaltbreit und lauscht. Nichts. Nicht ein Wort kann sie verstehen. Ein ungutes Gefühl übermannt sie. Es blockiert sie, wenigstens einen vernünftigen Gedanken zu fassen. Sie hasst diese Panikattacken. Die Lügen. Dieses verdammte Versteckspiel! Minutenlang steht sie nur da und wartet darauf, dass das Schicksal für sie entscheidet. Das kräftige Schlagen eines Hammers, der einen Nagel durch die Wand treibt, befreit Julie aus ihrer Lähmung. Leise verriegelt sie ihre Tür und schleicht ins Badezimmer. Mit unterdrückter Nummer ruft sie Melanie an. Sie braucht mehr Informationen über Markus und sie braucht Hilfe. »Melanie, hier ist Julie.«

»Julie! Wo zum Teufel steckst du? Und was ist los? Die Polizei war im Büro …«

»Melanie, hör mit bitte genau zu. Ich brauche jetzt deine Hilfe!« Julie kaut nervös an ihrem Daumennagel, während sie auf eine Reaktion ihrer Kollegin wartet. »Melanie, kann ich dir vertrauen?« Sie spürt, wie Melanie an ihren Haaren zupft und abwägt. Die Zeit rinnt Julie davon. »Melanie?«

»Ja, du kannst mir vertrauen … Oh Gott, hoffentlich ist es nichts Unrechtes. Ach egal. Schieß los!«

31. KAPITEL

Elanvoll schreitet Chris über den Flur des Polizeipräsidiums. Er ist unruhig. Die Sorge um Julie macht ihn ganz konfus. Es gibt immer noch keine Spur von ihr und so langsam macht er sich ernsthafte Sorgen. Ninas Einwand, dass Julie sich etwas angetan habe könnte, nagt an ihm wie eine hässliche Ratte. Er könnte sich das niemals verzeihen. Am frühen Morgen hat er Doktor Margarete Hallmann angerufen, um ihre Meinung zu hören. Und insgeheim hatte er gehofft, dass sie ihn beruhigt. Doch das tat sie nicht. Ganz im Gegenteil. Sie war im Ton eine Spur schärfer als noch vor ein paar Tagen: *»Die Möglichkeit, dass Julie sich etwas angetan hat oder noch antut, besteht durchaus. Julie kann mit Stresssituationen nur sehr schwer umgehen und handelt irrational. Gerade jetzt wird Juliette äußerst präsent sein. Ich hoffe sehr, dass Julie kämpft und die Oberhand behält.«*

Er ermahnt sich, nicht in Panik zu geraten. Er muss strukturiert denken, sonst verzettelt er sich nur.

Nach kurzem Anklopfen betritt er das Büro des Kommissars. Die Befragung der Behrens steht heute auf dem Programm. Alles soll ganz entspannt ablaufen, reine Routine. »Guten Morgen, Schulz.« Lahm begrüßt er den Kommissar, der hinter seinem Schreibtisch sitzt und ihn ohne große Floskeln heranwinkt. »Setzen Sie sich, Chris.« Er schiebt ihm eine Akte über den Tisch und lehnt sich in seinem Stuhl zurück.

Chris studiert eingehend den Bericht der Gerichtsmedizin, während Schulz jede kleinste Regung in Chris' Miene beobachtet. Er ist froh, dass er den Jungen an seiner Seite hat und erinnert sich immer gern an ihren ersten gemeinsamen Fall, der besonders hart und sehr persönlich war. Und dieser Fall scheint sich zu einem ebensolchen Drama zu entwickeln. Ein Anflug von Wehmut befällt Schulz bei dem Gedanken, dass sich ihre Wege bald trennen werden. Unruhig rutscht er auf seinem Stuhl hin und her – in dem Bemühen, seine Emotionen wieder auf die Reihe zu bringen.

»Und was meinen Sie, Chris? Ist das etwas, womit wir arbeiten können?«

»Ehrlich? Es wird schwierig, aber ja … da haben wir etwas.« Der Ansatz von einem Lächeln huscht über Chris' Antlitz. »Aber solange wir Julie nicht finden, ist es meiner Meinung nach nicht zu beweisen, dass …«

»Nun seien Sie doch nicht so negativ! Was ist los mit Ihnen? Wo bleibt Ihr Kampfgeist? Ihnen ist ein Fehler unterlaufen. Na und? Es ist noch nicht zu spät. Mensch, Chris, nun versauen Sie mir bitte nicht meinen letzten Fall.« Es sollte wie ein Scherz klingen, doch niemand lacht. Eine bedrückende Stille legt sich über die beiden und füllt den kleinen Raum.

»Wann kommen die Behrens?« Chris hat das Gefühl, dass seine Stimme viel zu laut und forsch klingt. Schulz sieht auf seine Armbanduhr. »In etwa einer Stunde. Wir sollten uns besprechen, wie wir vorgehen wollen.«

Das Summen des Smartphones in seiner Hosentasche erschrickt die beiden gleichermaßen. Schnell zieht Chris es heraus. Eine Nachricht von Nina. Er will sie wegdrücken, doch dann entscheidet er sich doch, sie zu lesen. Er braucht sowieso eine kleine Abwechslung. Unruhig sieht er abwechselnd auf die Nachricht und zu Schulz.

»Was ist los?«

»Eine Nachricht von Nina. Sie weiß, wo Julie ist.«

***

Stephan hält Victorias Hand fest und lächelt sie flüchtig an. »Keine Angst, Liebes. Wir beide meistern das gemeinsam.« Dabei streifen seine Augen über den langen Korridor des Präsidiums auf der Suche nach dem richtigen Büro.

Victoria bleibt stehen. »Stephan, was meintest du damit, dass du mein kleines Geheimnis kennst?« Sie muss all ihren Mut aufbringen, um ihm diese Frage zu stellen. Jetzt! Vor der Befragung durch diesen penetranten Kommissar.

»Victoria, ich glaube nicht, dass dies der richtige Ort ist, um darüber zu diskutieren.« Er beugt sich zu ihr und flüstert: »Wenn alles vorbei ist, dann werden wir noch genügend Zeit dazu haben. Jetzt machen wir beide erst einmal eine Aussage und dann … dann begraben wir unseren gemeinsamen Freund und fangen ein neues Leben an. Nur du und ich.«

Victoria schluckt hart und mit einem Ruck entzieht sie sich seiner Hand. »Ich verstehe dich nicht mehr, Stephan.«

»Liebes, bitte, nicht hier und jetzt!« Aus den Augenwinkeln hat er einen Beamten entdeckt, der mit ausholenden Schritten auf sie zukommt.

»Entschuldigen Sie bitte, aber der Kommissar Schulz musste unerwartet weg. Wir haben versucht, Sie zu erreichen …«

Stephan baut sich vor dem schlaksigen Ottmar auf. »Ich bitte Sie. Sie haben unsere Handy-Nummern. Als ob wir alle Zeit dieser Welt hätten.«

»Nun, selbstverständlich haben wir auch auf Ihrem Handy angerufen, checken Sie doch bitte Ihre Mailbox.« Ottmar kann sich ein Grinsen nicht verkneifen, als Stephan sein Smartphone prüft und feststellen muss, dass er es ausgeschaltet hat. »Entschuldigen Sie bitte«, gibt dieser nun kleinlaut von sich.

Victoria sagt kein Wort, ihr ist die Situation peinlich und sie wendet sich zum Gehen. Stephan ergreift ihren Arm. Und da ist es wieder, dieses Gefühl, dass sie eine Gefangene ist. Ein wilder Gedanke ereilt sie. Was wäre, wenn sie hier und jetzt laut schreit und sich wie eine Wilde aufspielt? Würde man sie einsperren? Könnte sie Stephan entkommen, nur für einen Moment? Der Gedanke verflüchtigt sich. Es würde nichts ändern.

Stephan schlägt Ottmar gegenüber einen versöhnlichen Ton an. »Was ist denn so dringend gewesen?«

»Es geht um Julie. Sie wurde gesichtet.«

»Wo ist sie?« Stephan linst zu Victoria, die kreidebleich geworden ist.

»Das darf ich Ihnen leider nicht sagen. Wir wissen im Moment noch nichts Konkretes. Also bewahren Sie bitte Ruhe.«

»Ja, sicher. Sollen wir nicht lieber hier warten?« Stephans Stimme klingt plötzlich ganz weich und zuvorkommend.

»Nein, am besten Sie fahren nach Hause. Wir melden uns, wenn wir etwas wissen.« Ottmar wendet sich schnell ab, dreht sich dann aber doch noch einmal um. »Ach ja, und schalten Sie ihr Handy an.«

Victoria sieht zu Stephan, der immer noch ihren Arm festhält. Die Nachricht, dass Julie gesehen wurde, schockiert und freut sie gleichermaßen. Tief in ihrem Herzen wünscht sie sich, dass es ihr gut geht. Erst gestern noch hat sie Julie mehr als alles andere auf der Welt gehasst. Und heute? Heute muss sie sich eingestehen, dass auch Julie eine Gefangene ist. Sie sind Schwestern. Gezeugt von denselben Menschen. Sie teilen dasselbe Schicksal. Aufgewühlt schüttelt sie Stephans Hand von ihrem Arm. »Stephan, lass meinen Arm los, ich werde nicht fliehen.«

32. KAPITEL

Die Fahrt über die Autobahn und später über die holprige Landstraße war ein Höllentrip. Chris ist tausend Tode gestorben, aber er hat die Zähne zusammengebissen und sich gewünscht, Schulz würde noch schneller fahren.

Dieser macht gerade eine Vollbremsung vor einer kleinen Pension. Die Beamten Thomas und Klaus sind schon vor Ort. Wie befohlen, warten sie an der Eingangstür und werden nun unsanft von der Wirtin zur Seite gedrängt. Zeternd und ungestüm rennt sie auf Chris und Schulz zu.

Schulz ignoriert ihr aufdringliches Geplapper und schiebt sich entschuldigend an ihr vorbei, um ins Haus zu gelangen. Chris hingegen lächelt Lena freundlich an. »Es ist gut. Sie haben alles richtiggemacht.«

»Verdammt, nichts ist gut! Ich habe eine Mörderin beherbergt! Was soll daran gut sein?«

»Ist sie noch da?«

»Natürlich nicht. Verdammt! Mein Ruf ist ruiniert.«

»Wir reden später. Okay?«

Chris eilt an ihr vorbei und folgt den Stimmen, die aus dem ersten Stock kommen. Als er Schulz sieht, wie er mit zusammengekniffenen Augen nachdenklich über seinen Schnäuzer streicht, ebbt seine Euphorie auf null ab. Enttäuschung macht sich stattdessen breit. Aber etwas Gutes hat es. Julie lebt, das ist eine gute Nachricht.

»Tja, meine Herren, der Vogel ist ausgeflogen.« Polizist Thomas klemmt lässig seine Daumen in den Hosenbund, verändert dann aber seine lockere Haltung, als er einen scharfen Blick von Schulz kassiert. »Und, haben Sie eine Idee, wohin sie so schnell flüchten konnte, Herr *Kollege*? Sie kommen doch von hier.«

»Wenn Sie mich fragen, ich denke, sie ist per Anhalter rüber nach Hamburg.«

Chris schnaubt ungläubig. Der Polizist linst verlegen zu ihm herüber. »Sie glauben das nicht?«

»Nein. Denn wenn sie das wollte, dann wäre sie schon längst dort.« Chris sieht sich in dem Gästezimmer um. Er saugt es förmlich in sich auf. Was hat Julie vor? Warum ist sie hiergeblieben? Er fängt den wissenden Blick des Kommissars auf und beide nicken sich einvernehmlich zu. Schulz bittet die Beamten, draußen zu warten. Dann schließt er die Tür und lehnt sich dagegen. Er beobachtet, wie Chris den Raum in sich aufnimmt. Es gefällt ihm, was er sieht.

Chris entdeckt das schnurlose Telefon, das auf dem Fußboden neben dem Bett liegt. Er hält es hoch und Schulz nickt ihm zustimmend zu. Chris drückt auf die Wahlwiederholung. Nach dreimaligem Klingeln meldet sich Melanie. Ihre Stimme ist aufgeregt. »Hallo? Julie? Hallo, wer ist da?«

Chris legt auf. »Tja, das war Melanie, die Arbeitskollegin von Julie.«

»Und, eine Idee, wo Julie sich jetzt aufhalten könnte?«

»Ja.«

***

Julie verzieht ihr Gesicht vor Schmerz. Sie hat sich den verdammten Knöchel verstaucht, als sie aus dem ersten Stock der Pension herausgekrabbelt ist und die letzten Meter springen musste. Das Fahrradfahren war eine Qual, aber sie hat es bis zum Landhaus geschafft. Doch jetzt brennt ihr Knöchel wie Feuer.

Sie streift ihren Sneaker vorsichtig vom Fuß. Aus dem Gefrierfach des Kühlschranks fischt sie sich Eiswürfel, wickelt sie in ein Handtuch und legt es vorsichtig auf den schmerzenden Knöchel. Die Kälte tut gut und für einen Moment schließt Julie ihre Augen und versucht sich zu entspannen. Sie weiß, dass sie hier nicht sicher ist. In Kürze wird die Polizei auftauchen. Sie fühlt sich ausgelaugt und schwach. Am liebsten würde sie es geschehen lassen, dass man sie findet und einsperrt. Der Gedanke an Ruhe ist verführerisch. Sie schließt die Augen und ein Gefühl von Frieden legt sich über sie.

»Aufgeben ist keine Option. Mein Herz, du musst weiterkämpfen.«

»Ach, Juliette ich bin so müde.«

»Ich weiß. Aber jetzt hörst du mir zu. Nein, keine Widerworte! Du gehst jetzt sofort aus dem Haus und versteckst dich.«

»Nein. Ich kann nicht mehr.«

»Julie, denk nach! Niemand wird dir glauben. Schon gar nicht, wenn du mit dieser wilden Geschichte anfängst, dass da noch jemand im Haus war.«

»Scheiße! Ich führe schon wieder eine Diskussion mit mir selbst.«

»Nein, ich bin real.« Erschrocken blickt Julie auf. Sie lauscht, sieht sich in der Küche um. Juliette steht am

Fenster und beobachtet die Auffahrt. Ohne sich zu Julie umzudrehen, sagt sie: *»Ich bin du und du bist ich. Schon vergessen? Nicht ich, Juliette, steht am Fenster und hat die Auffahrt fest im Blick, sondern du, Julie.«*

»Hör auf, ich ertrage es nicht mehr!« Julie lässt die Gardine zurückgleiten. *Ich bin ich. Ich bin Julie. Ich bin Juliette. Der starke Teil in mir.*

»Richtig. Und jetzt mach schnell, Herzchen!«

Hastig sieht Julie sich in der Küche um. Alles ist so, wie sie es vorgefunden hat. Dann eilt sie humpelnd in den hinteren Teil des Gartens und zwängt sich durch die Hecke.

»Schulz, wir sollten uns nicht allzu viel Hoffnung machen.« Chris öffnet die Tür des Landhauses. Die beiden Beamten eilen in den ersten Stock. Chris und Schulz nehmen sich den unteren Teil vor. Nach zwanzig Minuten versammeln sie sich in der Diele. »Okay, meine Herren, suchen Sie das Gelände ab.«

Schulz wendet sich an Chris. »Mein Gott, die junge Dame ist echt gut. Das ist ja ein Katz-und-Maus-Spiel erster Sahne.«

»Hm. Aber ein Gutes hat es: Sie lebt.«

»Aber warum macht sie das alles? Ich verstehe es nicht.«

Chris zuckt mit den Schultern, während er in die Küche geht. Nichts Außergewöhnliches fällt ihm auf. »Ich denke, sie hat ihre Gründe und die Angst, dass wir ihr keinen Glauben schenken, treibt sie an. Sie müssen sich vorstellen, es leben zwei Seelen in ihr. Die eine ist Julie, die im Grunde ein ganz normaler Mensch ist. Doch durch den jahrelangen Missbrauch hat sie sich eine zweite Identität zugelegt.

Juliette. Sie ist es, die die Dinge vorantreibt. Ihre Aufgabe ist es, Julie zu beschützen. Verstehen Sie, Schulz?«

»Ehrlich gesagt, nicht so ganz.«

»Ja, ich weiß. Das ist nicht gerade leicht, sich in einen Menschen hinzuversetzen, der quasi zwiegespalten ist. Julie schlüpft in die Rolle von Juliette, wenn sie sich bedroht fühlt, wenn sie das, was sie gerade erlebt, verdrängen will. Als Kind blieb ihr nichts anderes übrig, als sich zu spalten. Sie hätte es sonst nicht überlebt. Was mir allerdings Sorgen macht … Ich weiß nicht, wie ihr Zustand gerade ist. Wer gerade die Regie führt.«

»Chris, das ist jetzt ein wenig zu viel für meinen Verstand.« Schulz hebt seine Arme und lässt sie resignierend sinken.

»Ja, ich gebe zu, es ist schwierig.« Chris lehnt sich an den Rand des Tisches und wendet seinen Blick zur Küchentür. Von hier aus kann er die Diele und das Wohnzimmer sehen. Langsam geht er hinüber.

Hochkonzentriert setzt er sich auf das Sofa und stellt sich das Szenario der stürmischen Nacht vor. Julies Angst und Verwirrtheit. Das mächtige Tosen des Sturmes. Die Dunkelheit. Er steht auf und geht zur Tür. Dann nähert er sich wieder dem Sofa und beugt sich nach vorn, so wie er denkt, dass Patrick es getan hat.

»Was denken Sie, Chris.« Schulz lehnt an der Tür und sieht den Psychologen fragend an.

»Als Julie in der Nacht bei uns auftauchte, sagte sie, dass sie sich auf das Sofa verkrochen hat. Sie war furchtbar aufgewühlt. ›Er war da, ich habe ihn gerochen‹, das waren ihre Worte. Julie ist ein Mensch, der sich von Gerüchen leiten lässt.«

Er sieht in Schulz' skeptische Miene. »Julie hat ihren Vater gerochen und genau das löste bei ihr eine manifestierte Angst aus.«

»Aber wenn das so ist, dann müsste sie doch auch Patrick *gerochen* haben.« Die Skepsis steht dem Kommissar ins Gesicht geschrieben. »Außerdem weiß sie doch, dass ihr Vater tot ist. Schließlich hat sie ihn eigenhändig …«

»Alles richtig, was Sie sagen. Doch es ist die einzige Erklärung, die ich habe, warum Julie unbedingt wieder hier sein will. Sie ahnt, dass noch jemand im Haus war. Sie will es herausfinden. Ich denke, sie hat den Mörder gesehen.«

Beide verharren in Schweigen, jeder hängt seinen Gedanken nach.

»Nach dem Bericht der Rechtsmedizin hege ich auch diesen Gedanken. Aber wer hat einen Grund, Patrick zu ermorden? Das Motiv, Herr Kollege! Nein, das passt alles nicht zusammen.« Schulz reibt sich nachdenklich über seinen Schnäuzer.

»Warten Sie, Chris, da ist etwas …« Schulz stürmt aus dem Haus.

Bei der Garage holt Chris den Kommissar ein, der nachdenklich vor dem geschlossenen Garagentor steht. »Was ist, Schulz?«

»Das Tor, die Verriegelung. Behrens sagte, dass die Garage von außen verschlossen war. Victoria konnte nicht raus. Glauben Sie wirklich, dass der Sturm das bewerkstelligen konnte?«

Schulz öffnet das Garagentor und knallt es dann mit Schwung wieder zu. Der Riegel hat sich nicht bewegt. Motiviert demonstriert der Kommissar es ein zweites

Mal. Nichts. Er rüttelt an dem Riegel, der extrem schwergängig ist. Selbst bei dem Versuch, ihn ganz normal zu schließen, benötigt er einiges an Kraft. »Scheiße!«

»Das ist gut, Schulz. Ich habe eine Idee.«

»Dann raus damit.«

»Ich schlage vor, wir lassen Julie in Ruhe.«

»Wie meinen Sie das? Sollen wir sie hier schalten und walten lassen?«

»Genau das meine ich. Sie hat Angst, dass wir ihr nicht glauben werden. Doch wie wir beide wissen und uns das Garagentor gerade zugeflüstert hat: Hier stimmt wirklich etwas nicht. Ich denke, Julie hat Patrick nicht ermordet. Es war noch jemand im Haus.«

»Chris, das kann ich nicht zulassen. Das verstößt gegen jede Regel …«

»Kommen Sie, Schulz. Was soll denn groß passieren?«

»Dass ich meinen Job verliere? Dass es schiefgeht, wir uns irren und eine mutmaßliche Mörderin einfach machen lassen, bis sie eventuell noch eine Dummheit begeht?!« Schulz holt tief Luft. »Nein, Chris, das kann ich nicht zulassen.«

»Hm. Ich verstehe Ihre Argumentation und gebe zu, dass es ein Risiko birgt. Aber ich würde es trotzdem wagen.« Chris kickt mit den Fuß einen Kieselstein über die Einfahrt, seine Hände tief in die Taschen seiner Jeans vergraben, und schweigt.

***

Die Nacht hat sich gesenkt. Rasch ziehen dunkle Wolken am Himmel vorbei und verbergen im schnellen Wechsel die schmale Sichel des Mondes. Julie verharrt immer noch in der Dornenhecke etwa dreihundert Meter vom Haus entfernt. Die Polizisten sind mit Chris schon seit einer Weile fort. Ihre Augen brennen vom langen Starren auf das Haus. Doch seit Stunden hat sie nicht eine einzige verdächtige Bewegung oder Veränderung bemerkt. Ihr Knöchel pocht, ihr Mund ist trocken und ihr Magen knurrt so laut wie ein Wolf.

Auf allen Vieren kriecht sie aus der Hecke. Für einen Moment lauscht sie in die Dunkelheit, bevor sie in geduckter Haltung zum Haus humpelt. Immer wieder späht sie durch die Fenster, doch sie kann nichts Ungewöhnliches erkennen. Leise steckt sie den Schlüssel in das Schloss der Klönschnacktür und schlüpft hindurch. Sie schließt die Augen und zieht die Luft geräuschvoll durch ihre Nase – in dem Versuch, den Duft einzufangen, der durch das Haus zieht. Wie ein Hund scannt sie die Gerüche. Sie sind alt, keine Wärme, keine Intensität. Julie ist erleichtert, aber dennoch vorsichtig. Als sie den Kühlschrank öffnet, drückt sie auf den kleinen Hebel, der dafür sorgt, dass das Licht im Kühlschrank an oder aus ist. Wahllos kramt sie nach etwas Essbares, wird fündig und greift sich obendrein eine Flasche Wasser.

Behutsam tastet sie sich die Treppe hinauf und huscht so schnell es ihr Knöchel erlaubt in Victorias Zimmer. Dort linst sie aus dem Fenster. Draußen ist es finster. Nur vage erkennt sie die kleine Hecke, die das Grundstück umsäumt. Sie zieht die Vorhänge zu und lässt sich erschöpft aufs Bett fallen.

Begierig trinkt sie direkt aus der Flasche. Während das kühle Nass ihre Kehle herunterrinnt, überlegt sie fieberhaft, was sie als Nächstes tun soll. Sie fühlt sich einsam, ausgesetzt wie eine kleine Katze, die niemand haben will. Flüchtig zieht sie in Erwägung, Victoria anzurufen. Aber was soll sie ihr sagen? *›Entschuldige, Vic, aber nicht ich habe Patrick umgebracht, da war noch jemand … ich habe es gespürt und auch in meinen Träumen sehe ich da einen Schatten hinter Patrick stehen‹.* »Ja, genau. Sie wird jubeln und für mich kämpfen, wie sie es früher auch so toll gemacht hat.« Julie ringt mit sich, dass der Frust sie nicht überrollt. Sie muss sich zwingen, nicht mit Juliette darüber zu reden. Nein, sie muss es allein schaffen. Auch wenn es ihr furchtbar schwerfällt.

***

Melanie legt mit bebenden Fingern den Tabak auf das Blättchen und rollt flink die Zigarette zusammen. Das Ergebnis ist äußerst unbefriedigend. Krumm und ungleichmäßig. »Verdammt und zugenäht!«, schimpft sie zwischen zwei tiefen Zügen. Den ganzen Abend hat sie damit zugebracht, hinter ihrem Ex-Freund Markus herzuspionieren. Auf was für einen Schwachsinn hat sie sich da nur eingelassen? Doch sie hat es Julie versprochen. Außerdem hat ihre schräge Kollegin es geschafft, ihr Interesse zu wecken. Ihren Jagdinstinkt.

Was hat sich dieser Mistkerl nur dabei gedacht, ausgerechnet Julie anzubaggern? Und warum? Und was faselte Julie von einer Verschwörung gegen sie? »Fuck, diese Frau ist mehr als nur schräg.« Melanie muss lachen, zieht noch einmal an ihrer Zigarette und fügt flüsternd hinzu: »Aber sie ist eine äußerst liebenswerte Durchgeknallte.« Und genau aus diesem Grund stürzt sich Melanie noch einmal in die Tiefen des Internets.

Nach einer Stunde gibt sie es erneut auf. Es gab und gibt nichts über ihn zu berichten. Lapidare Facebook-Einträge, knackige Fotos auf Instagram. Melanie starrt mit einem tiefen Seufzer auf eines der Fotos. Ja, er ist ein attraktiver Mann. Einer, der es versteht, die Frauen um den Finger zu wickeln. Und er ist gut im Bett.

Ein flüchtiger Hauch von Wehmut befällt sie. Sie zieht kräftig an der nächsten Zigarette und stößt langsam den blauen Rauch aus. Sie weiß eigentlich gar nichts über ihn. Nur dass er chronisch pleite war und trotzdem immer gut gekleidet und äußerst gepflegt. Noch verdrängt sie den Gedanken, der sich langsam in ihrem Kopf formt.

Sie durchkämmt das Internet auf ein Neues. Nur diesmal mit anderen Suchbegriffen. Was sie entdeckt, lässt ihren Magen zusammenkrampfen. »Nein, das glaube ich jetzt überhaupt nicht.« Lange starrt sie auf das Foto, auf diesen Körper, auf dieses verführerische Lächeln. Ohne weiter darüber nachzudenken, wählt sie seine Nummer. »Hey, ich bin's, Melanie. Ich muss dich sehen. Es geht um Julie. Julie Sommer.«

33. KAPITEL

Eine nasskalte Kühle hüllt den grauen Morgenhimmel ein. Rabenvögel haben sich auf der alten Platane niedergelassen und verkünden laut krächzend ihre Anwesenheit.

Bei deren Anblick läuft es Victoria eiskalt den Nacken herunter. Unwillkürlich zieht sie ihre dunkelrote Strickjacke enger um sich. Sie linst zu Stephan, der ihr Kaffee einschenkt und sie dabei anlächelt. So wie er es immer getan hat. Nichts deutet darauf hin, dass er ihr gegenüber handgreiflich geworden ist. Und auch gestern auf dem Präsidium, als er Mühe hatte, sich zu beherrschen. Er ist ein Fremder für sie. Einer, den sie nicht einschätzen kann. Und das bereitet ihr Unbehagen.

Mit beiden Händen hält sie ihre Kaffeetasse fest umklammert. Wie schnell sich doch alles ändert? Von einer Sekunde auf die andere steht das Leben plötzlich Kopf. *Und du bist gefangen im Strudel des Geschehens.* Wie durch Watte dringt Stephans Stimme zu ihr. Nur mit Mühe und aus reiner Höflichkeit reagiert sie darauf, bis ein Name ihre Neugier weckt.

»Ich habe gerade mit Kommissar Schulz gesprochen. Es war falscher Alarm mit Julie.« Er setzt eine bedauernde Miene auf und nimmt einen Schluck Kaffee. »Es ist wirklich eine Schande, dass die Herren von der Polizei nicht vorankommen.« Stephan bestreicht sich seinen warmen

Toast mit Butter und Marmelade. Er blickt zu Victoria und hebt theatralisch die Augenbrauen. »Liebes, du musst etwas essen. Bitte.«

Lahm fischt sie sich eine Scheibe Toast aus dem Brotkorb. Zufrieden lächelt er sie an und tupft sich mit der Serviette den Mund ab. »Wir sollen uns zur Verfügung halten. Sie haben noch ein paar Fragen an uns. Es ist wirklich ärgerlich, dass sich alles so hinauszögert.« Ein langer unwirscher Stoßseufzer entweicht ihm. »Ich würde gern meinem Freund die letzte Ehre erweisen, damit er in Frieden ruhen kann.«

Victoria starrt ihn entsetzt an. »Wie redest du eigentlich? Es klingt so, als würdest du eine Sache abhaken wollen. Ich finde das äußerst pietätlos. Nach all den Jahren, die ihr Freunde wart.«

»Entschuldige, du hast recht. Aber das ist die beste Art für mich, mit dieser Sache … also, mit dem Tod meines Freundes umzugehen. Tief in meinem Herzen trauere ich um ihn. Ganz tief drinnen.« Er legt übertrieben eine Hand auf die linke Seite seiner Brust. »Hier sitzt mein Schmerz. Und ich würde alles darum geben, wenn ich es rückgängig machen könnte. Wenn ich gefahren wäre oder dir die Idee, ein paar Tage mit Julie im Landhaus zu verbringen, ausgeredet hätte.« Seine Stimme vibriert eine Oktave zu hoch und Victoria erkennt einen glasigen Schimmer in seinen Augen. Einen Wimpernschlag hat sie tatsächlich den Eindruck, dass Stephan so etwas wie Gefühle besitzt. Verunsichert von seiner Darbietung ist sie gewillt, ihre Hand auf seine zu legen. Doch sie kann es nicht. Etwas in *ihrem* Herzen hält sie davon ab.

Stephan blickt sie an und der glasig feuchte Schimmer

ist aus seinen Augen verschwunden. Wie auf Knopfdruck verfällt er in die gewohnte Betriebsamkeit und zurück zur Tagesordnung, als er hektisch auf seine Armbanduhr schaut. »Ich muss los. Wie ist dein Plan für heute, wirst du arbeiten?«, fragt er sie in dem für ihn üblichen Geschäftston. Victoria nickt. »Gut, das wird dich ein wenig ablenken.« Unschlüssig steht er neben ihr und schaut auf sie herunter. »Ich vertraue dir, Victoria. Ich baue darauf, dass du da bist, wenn ich nach Hause komme.«

»Du hast Angst?« Sie sieht ihn mit einem spöttischen Lächeln an. »Gut«, sagt sie immer noch lächelnd. Erst als sie bemerkt, dass seine Unsicherheit aufkeimender Wut weicht, wendet sie ihren Blick von ihm ab und betrachtet die Schar Rabenvögel, die sich ohne Ankündigung laut krächzend in die Lüfte erhebt.

***

Wenig später hört sie das kräftige Zuschlagen der Haustür und kurz darauf, wie Stephans Wagen schnell das Grundstück verlässt. Der aufheulende Motor ist ein Indikator dafür, dass er aufgebracht ist. Und die Tatsache, dass der sonst so selbstsichere Stephan plötzlich die Fassung verliert, fühlt sich gut für sie an. Seine Schwäche verleiht ihr Stärke.

Sie eilt zum Fenster und vergewissert sich, dass er tatsächlich gefahren ist. Sie wartet noch genau fünf Minuten, bevor sie sich ihre Handtasche und die Autoschlüssel schnappt. Schwungvoll reißt sie die Haustür auf ... und erstarrt zur Salzsäule, als Chris vor ihr steht.

Nach dem ersten Schreck fängt sich Victoria schnell.

Auf keinen Fall will sie dem Psychologen eine Angriffsfläche bieten. »Oh! Ach, du meine Güte, Sie haben mich erschreckt, Doktor Lange.« Sie lacht und bittet ihn herein.

»Was kann ich für Sie tun?«, fragt sie mit einer spielerischen Selbstsicherheit. Doch ihre Augen verraten sie.

Chris hat sich in einen Sessel gesetzt, ihm gegenüber Victoria, die immer wieder verstohlen auf die Uhr an ihrem Handgelenk sieht. Er stellt seine Kaffeetasse auf dem niedrigen Holztisch ab. »Es tut mir leid, dass ich so unangemeldet hier hereinplatze. Aber ehrlich gesagt wollte ich gern mit Ihnen allein sprechen.«

»Und da haben Sie hinter der Hecke gewartet wie ein Lüstling, bis der Herr des Hauses gegangen ist.« Ihr Ton ist eine Mischung aus Scherz und bitterem Zynismus.

Chris muss über diesen beißenden Humor schmunzeln. »Nicht ganz wie ein Lüstling, aber fast.« Er trinkt einen Schluck Kaffee. »Der ist gut.«

»Vielen Dank«, erwidert sie wortkarg. Auf diesen Psychologen hat sie überhaupt keine Lust. Dennoch reißt sie sich zusammen und zwingt sich zu einem geschäftlichen Lächeln. »Also fragen Sie schon. Ich würde nämlich gern noch ein paar Dinge erledigen.«

»Ja, sicher. Es dauert auch nicht lang. Ich habe nur ein paar Fragen bezüglich ihrer Beziehung zu Patrick Jansen.«

Victoria spürt, dass sich ein feiner Schweißfilm auf ihrer Haut bildet. »Wie darf ich das verstehen?« Das leichte Zittern in ihrer Stimme erschrickt sie. Ohne es zu beabsichtigen, huschen ihre Augen zu Chris, der sie über den Rand seiner Tasse ansieht. Inständig hofft sie, dass er nichts bemerkt hat.

»Hatten Sie ein Verhältnis mit Herrn Jansen.«

»Also, das ist doch nicht ihr Ernst. Ich bitte Sie! Nein. Er war der Freund meines Mannes.« Neben der gespielten Entrüstung über diese Unverschämtheit, spürt sie pure Verzweiflung tief in ihren Eingeweiden.

»Frau Behrens, es geht hier nicht darum, dass ich ihr privates Geheimnis lüften und Sie damit in Schwierigkeiten bringen will. Deshalb frage ich Sie auch ohne Ihren Mann.«

Victoria ist wie blockiert. Zerrissen zwischen Wahrheit und Lüge. Die Erinnerung an Stephans Gewaltausbruch lässt sie zögern. Sie schielt zu Chris, der sie beobachtet. Dann gibt sie sich einen Ruck. »Ja. Ja, ich habe Patrick geliebt. Schon seit Jahren. Er war die Liebe meines Lebens.«

Endlich ist es raus und es fühlt sich wie eine Befreiung an. Und doch bereut sie es sofort, diese Wahrheit mit Freude ausgesprochen zu haben und das auch noch zu einem wildfremden Mann, der den Mord an ihrem Geliebten aufklären soll.

»Weiß Ihr Mann davon?«

»Nein. Es würde ihn umbringen. Ich wollte es ihm sagen … doch ich hatte Angst. Angst, dass er sich etwas antun könnte.« *Angst, dass er MIR etwas antun würde.* Sie blickt Chris mit schreckgeweiteten Augen an und ringt krampfhaft darum, ihre Fassade aufrechtzuerhalten. »Ich bitte Sie, er darf es nicht erfahren. Bitte!«

»Schon gut, Frau Behrens. Von mir erfährt er nichts. Seien Sie unbesorgt.« Er macht eine Pause. »Verzeihen Sie, da ist noch etwas, das ich nicht verstehe. Warum haben Sie Julie erst nach so vielen Jahren wiedergesehen und wessen Idee war es?«

Victoria dreht nervös an ihrem Ehering. Es dauert eine

gefühlte Ewigkeit, bis sie antwortet. »Es war Stephans Idee. Er war der Meinung, dass es uns guttut. Wir sind ja schließlich Familie.« Sie schüttelt ihren Kopf. »Wir sind keine Familie. Wir kennen uns nicht einmal. Ich habe eingewilligt, weil ich neugierig war.« Sie sieht Chris an und ein trotziger Zug spiegelt sich in ihren Augen. »Sehen Sie mich nicht so entsetzt an. Ja, ich war neugierig, was aus dem kleinen Mädchen geworden ist. Das Mädchen, das den Mut besaß, diesen Mistkerl abzustechen.«

Und da ist es wieder, dieses Gefühl für ihre Schwester, welches sie spürte, bevor Julie Patrick ermordet hat. Sie atmet tief ein. »Ich besuchte sie öfter in diesem betreuten Wohnheim. Ehrlich gesagt war ich schockiert, was aus ihr geworden ist. Mich plagte mein schlechtes Gewissen. Ich willigte ein. Wahrscheinlich wollte ich etwas wiedergutmachen, was ich damals versäumt hatte.« Victoria richtet sich gerade auf und reckt ihr Kinn. »Sind Sie damit zufrieden, Doktor Lange? Reicht Ihnen das?«

Er geht nicht darauf ein. »Das mit der Landpartie war aber Ihre Idee, oder?«

»Ja, weil ich dachte, dass Julie sich geändert hat, seitdem sie regelmäßig zur Therapie ging. Ich wagte den Versuch. Ich hatte die Hoffnung, dass wir uns vielleicht besser kennenlernen, wenn wir miteinander etwas Zeit verbringen.«

»Und haben Sie sich besser kennengelernt?«

»Ja.«

»Warum waren Ihr Mann und Patrick Jansen mit dabei?«

Victoria springt auf. »Was soll das? Warum nicht? Es war doch nur für ein, zwei Tage. Ich dachte, es hätte etwas Normales. Ich verstehe diese ganze Fragerei nicht. Was hat das damit zu tun, dass Julie Patrick … ermordet hat!«

»Vielleicht nichts. Vielleicht alles. Für mich ist es wichtig, die Zusammenhänge zu verstehen.«

»Blödsinn! Julie ist krank. Jeder Mann ist für sie eine Bedrohung.« Aufgebracht schreitet Victoria durch das Wohnzimmer.

»Frau Behrens, was da am Spiegel stand …«

»Das war sie selbst. Verdammt, das habe ich der Polizei schon alles gesagt. Warum soll ich alles noch einmal wiederholen?«

»Schon gut, dann frage ich mal anders. Wer, außer Ihnen natürlich, kannte diesen Spruch, der an dem Spiegel stand?« Chris hat sich Victorias hartem Ton angepasst.

»Niemand! Nur Julie, ihre Therapeutin, die Justiz natürlich und ich.« Sie starrt ihn funkelnd an. »Und wenn Sie jetzt denken, dass ich es war, dann …«

Chris hebt abwehrend seine Hände. »Nein, ich denke nichts. Ich versuche nur, etwas herauszufinden.«

»Wissen Sie, was Sie herausfinden sollten? Wo Julie steckt. Darauf sollten Sie ihr Augenmerk legen. Und wenn Sie mich jetzt entschuldigen würden, ich habe zu tun.«

»Ja, sicher. Kein Problem. Ich bitte Sie noch einmal um Entschuldigung, dass ich so hereingeplatzt bin.«

Chris öffnet die Haustür, bleibt jedoch stehen und wendet sich noch einmal zu Victoria um. »Wie wichtig ist Ihnen Julie?«

Victoria starrt ihn an. Die Anspannung ist ihr deutlich ins Gesicht geschrieben. »Ich möchte, dass sie gefunden wird und dann sehen wir weiter.«

Während sich die Tür hinter Chris schließt, atmet Victoria auf. Ihre Hände zittern immer noch. Kann sie es wagen, jetzt sofort wegzufahren? Wird er sie verfolgen? »Herrgott noch mal!«

Entschlossen startet sie den Motor ihres Wagens und fährt Richtung Innenstadt. Immer wieder sieht sie verstohlen in den Rückspiegel. In einem riskanten Rechts-Links-Manöver schlängelt sie sich durch den Verkehr die Rothenbaumchaussee entlang. »Zum Teufel mit der Paranoia!« Sie lacht gequält auf und merkt, wie ihre Handflächen schwitzen. Angeekelt wischt sie die Hände an ihrer Jeans ab, umklammert das Lenkrad eisern und riskiert einen erneuten Blick in den Rückspiegel, bevor sie sich entscheiden muss, was sie als Nächstes tun wird. Mit einer krampfhaften Zuversicht blickt sie erneut in den Rückspiegel. Und da ist er. Zwei Autos hinter ihr. Der altersschwache Subaru sticht markant zwischen den Edelkarossen hervor. »Verdammter Hurensohn!«, schimpft sie wütend und biegt in den Jungfernstieg ein. Sie ändert ihre Fahrweise, wird langsamer, sucht einen Parkplatz. Zu ihrer eigenen Überraschung wird sie schnell fündig.

Chris verlangsamt ebenso das Tempo und sein Blick schweift über den Straßenrand – auf der Suche nach einer passenden Parklücke. Was dachte er eigentlich? Dass Victoria mit wehenden Fahnen die Stadt verlassen und ihn zum Schlüssel des Geschehens führen würde? Schwachsinn! Und doch lässt ihn dieses Gefühl in seiner Magengegend nicht los, dass Victoria etwas verbirgt. Er beobachtet, wie sie zielstrebig in eine Boutique verschwindet. Das gibt ihm unter Umständen ein wenig Zeit, die ersehnte Parklücke zu finden.

Zwanzig Minuten später kommt Victoria mit ein paar Tüten aus der Boutique. Sie hat ihren Blick stur geradeaus gerichtet. Chris kann auch aus der Entfernung erkennen, dass sie angespannt wirkt. Aus den Augenwinkeln bemerkt er eine junge Politesse, die mit ernster Miene seinen Wagen in Augenschein nimmt. Chris entscheidet sich, den Wagen zu starten und sich schnell aus der Parkverbotszone zu entfernen.

Victoria verfrachtet die Tüten in den Kofferraum. Das Bedürfnis, sich nach Chris umzuschauen, ist groß. Es kostet sie Kraft, so gelassen wie nur möglich in ihr Auto zu steigen und den Weg nach Hause einzuschlagen.

Während sie in ihre Wohnstraße einbiegt, wagt sie es endlich, in den Rückspiegel zu sehen. Und da taucht er auf, dieser hässliche graue Subaru-Kombi.

Chris bemüht sich, so langsam wie irgend möglich zu fahren. Er sieht noch, wie das Heck von Victorias Alfa Spider in der Garage verschwindet. Kurze Zeit später schließt sich das Gargentor. Er wartet noch zehn Minuten, bis er sich entscheidet, weiterzufahren.

34. KAPITEL

Frustriert donnert Julie das Telefon auf das zerwühlte Bett. Sie kann Melanie nicht erreichen. Weder auf der Arbeit noch auf ihrem Smartphone. Sie hat unzählige Nachrichten hinterlassen, die anscheinend ungehört vor sich hin schmoren. So wie Julie. Genervt stemmt sie ihre Hände in die Hüften, legt ihren Kopf in den Nacken und starrt die Decke an. Sie braucht diese verdammten Informationen über Markus. Es kann doch nicht so schwer sein, ein paar Merkwürdigkeiten oder Charaktereigenschaften zusammenzutragen. Melanie muss doch eine Ahnung haben, mit wem sie sich die Zeit vertrieben hat.

Julie ist wie besessen von der Idee, dass Markus etwas mit dem Tod von Patrick zu tun haben könnte. Immer mehr verdichtet sich dieses Gefühl. Aber sie braucht dringend weitere Anhaltspunkte, damit sie mit einem guten Resultat und fundierten Argumenten zu Chris gehen kann. Er hat versprochen, ihr zu helfen. Sie lacht auf, denn dieses Versprechen hat er ihr gegeben, bevor sie geflüchtet ist. Trotzdem setzt sie ihre Hoffnung auf ihn, denn er ist nett und scheint es ernst zu meinen. Außerdem ist er mit Nina zusammen, und eine Frau wie Nina würde nicht mit einem Kerl ihre Zeit verschwenden, der seine Versprechen nicht einhält.

Nina. Das Gefühl, wenn sie an sie denkt, ist gemischt.

Sie war es schließlich, die Julie verraten hat. Ein Anflug von Enttäuschung legt sich auf ihre schon fürchterlich ramponierte Stimmung und sie hat große Mühe, überhaupt noch klar zu denken. Hätte sie nicht genauso gehandelt, wenn sie an Ninas Stelle gewesen wäre? Darüber nachzudenken, fällt ihr schwer, denn wahrscheinlich hätte sie schon von vornherein anders entschieden. Sie hätte nicht eine Sekunde gezögert, Nina für verrückt zu erklären und ihr den Rücken zugekehrt. Dieses verworrene Dickicht der Situation schnürt ihr die Luft zum Atmen ab. Sie muss sich so schnell wie möglich daraus befreien.

Julie linst zum Laptop auf Victorias Schminktisch. Es ist schon merkwürdig, dass sie nichts von Markus findet. Alle sind doch bei Facebook oder Instagram. Sie ist natürlich nicht dort. Was soll sie da? Was hat sie schon zu sagen und wer will ihre Geschichte hören? Niemand! Niemand würde sich ernsthaft damit auseinandersetzen, wie es ist, mit einer gespaltenen Seele zu leben. Und was hat sie sonst noch zu bieten? Nichts weiter, außer dass sie besessen ist vom Programmieren. Es entspannt sie. Aber wen interessiert das?

Julie schließt ihre Augen. Sie weiß, dass sie sich in ihrem Selbstmitleid suhlt. Sie atmet tief durch und hinkt zum Schminktisch, lässt sich auf den kleinen Hocker davor nieder und öffnet Google. Sie muss sich die Zeit vertreiben und wer weiß, vielleicht hat sie ja doch Glück. Zum gefühlt einhundertsten Mal gibt sie den Namen von Markus Hannemann ein. Wenigstens konnte Melanie sich noch an seinen Nachnamen erinnern. Julie grinst vor sich hin, während sie über Melanie nachdenkt. Ihre Kollegin ist schon eine lustige Frau.

Sie reibt sich den Nacken und der Geruch, der ihr von ihren Achseln entgegenströmt, raubt ihr den Atem. Sie ist angewidert über sich selbst, wie sie sich so gehenlassen kann. Sie öffnet Victorias Schrank und diesmal sucht sie gezielt etwas Unauffälligeres als die Bluse mit dem Blumenmuster. Ein schlichtes schwarzes T-Shirt.

Julie fährt den Laptop runter, überlegt, ob sie noch einmal versuchen soll, Melanie zu erreichen, entscheidet sich aber dagegen. Sie möchte nicht demoralisiert sein, falls sie nicht rangeht. Lieber hebt sie sich das für später auf, wenn sie frisch geduscht ist.

Das Bad ist am Ende des Flurs. Das bedeutet, dass Julie an dem Gästezimmer vorbei muss. Eng an die Wand gepresst, den Blick geradeaus gerichtet, schleicht sie sich an dem Zimmer vorbei. Als sie an der Tür vorbeikommt, spürt sie einen sanften Luftzug. Julie schielt zur Tür. Sie ist verschlossen und doch hat sie das Gefühl, dass da jemand ist. *Blödsinn! Du bist einfach nur hysterisch.*

»Juliette?«, flüstert Julie. »Was denkst du?«

»Das, was du gerade gedacht hast: Du bist hysterisch.«

Rasch hinkt Julie ins Bad und verriegelt die Tür.

Das Duschgel verströmt einen angenehmen Duft nach Limetten. Großzügig reibt Julie ihren Körper damit ein. Behaglich umfängt sie das warme Wasser und ihre Sinne erwachen zu neuem Leben. Fast hätte sie ein Lied gepfiffen, doch sie reißt sich zusammen, denn sie erinnert sich an einen Spruch, den ihre Mutter immer sagte, wenn Julie ihre Späße mit Juliette machte und sie um die Wette in den schrägsten Tonlagen pfiffen. ›*Wenn die Mädchen pfeifen und die Weiber keifen und die Hühner krähen, dann ist Zeit, ihnen den Hals umzudrehen‹.*

Warum musste sie ausgerechnet jetzt daran denken? Unversehens dreht sie den Wasserhahn zu, greift sich das Handtuch und rubbelt sich ab, bis ihre Haut rot wird. Sie will die Bilder von ihrer Mutter beiseitedrängen, wie sie am Küchentisch saß und den Spruch immer und immer wiederholte, bis Julie still war. Sie hatte Angst, denn die Augen ihrer Mutter waren nicht freundlich auf sie gerichtet, sie waren leer und weit weg. Julie fühlte sich dann noch einsamer.

Während sie jetzt den Flur entlangschleicht, hält sie sich die Hand ans Gesicht, sodass sie nicht die Tür zum Gästezimmer sehen kann. Schnell öffnet sie die Tür zu Victorias Schlafzimmer und schlüpft hinein. Als sie aufsieht, bleibt ihr die Luft weg. Vor ihr steht …

»Julie!« Unwillkürlich macht Victoria einen Schritt rückwärts. Fassungslos starren sie sich an. Julies Herz hämmert hart an ihren Rippen, doch als sie Victorias blasses Gesicht sieht und die tiefen dunklen Schatten unter ihren Augen, ereilt sie das sehr verwirrende Bedürfnis, ihre Schwester fest an sich zu drücken. Schnell verdrängt sie dieses Gefühl.

***

»Victoria, ich kann dir alles erklären. Ich bitte dich, gib mir die Chance dazu.«

»Nein. Komm mir nicht zu nahe.«

Victorias abwehrende Haltung ihr gegenüber lässt das

eben noch so überwältigende Gefühl verschwinden. Die altbekannte Unsicherheit schlängelt sich unaufhörlich an ihr hoch. Julie würde so gern schreien, rennen, um Abbitte flehen. Doch sie bleibt stumm.

Das Zittern in ihrer Stimme lässt Victoria für eine Sekunde wanken. Sie erkennt in Julies Miene Verzweiflung, Ratlosigkeit und Erschöpfung. Das Gefühl, ihre Hand auszustrecken, um Julie zu berühren, regt sich in ihr. In ihrem Kopf holt sie sich das Bild von Patrick hervor, der blutüberströmt auf dem Sofa liegt. Forsch macht sie einen Schritt auf Julie zu.

»Ich habe keine Zeit und keine Lust, mir deine Geschichten anzuhören.« Brüsk wendet sie sich zum Schminktisch und greift sich den Laptop.

»Nein!«, brüllt Julie aufgebracht. »Bitte, ich brauche den Laptop.«

»Jetzt spinnst du total. Warum brauchst du einen Laptop?«

»Weil ich etwas herausfinden muss. Darüber würde ich gern mit dir reden. Ich glaube, ich war es nicht, die Patrick …«

»Ich höre mir das nicht länger an«, unterbricht Victoria sie hart und wühlt umständlich in ihrer Handtasche auf der Suche nach ihrem Handy. »Ich will nicht mit dir sprechen und ich will, dass die ganze Sache aufgeklärt wird. Und ich will …«

»Und du willst, dass man mich wegsperrt. So wie damals. Nichts hören, nichts sehen, nicht sprechen. Ja, das ist typisch Victoria.« Julie steht dicht vor ihr und Juliettes Worte schießen wie spitze Pfeile auf Victoria zu. Erschrocken weicht diese zurück und taumelt gegen den Schminktisch.

»Verdammt!«, zischt sie Julie an. »Lass deine Juliette-Julie-Spielchen. Das ist nicht witzig und auch nicht angebracht. Du hast mir den liebsten Menschen genommen. Du oder diese Juliette, hinter der du dich versteckst.«

»Das ist nicht fair, Victoria.« Julie ist den Tränen nahe, ihr Herz hämmert vor Wut. Wut über die Erkenntnis, machtlos zu sein. Machtlos darüber, herausfinden zu können, was wirklich in der Nacht geschehen ist. Sie fühlt sich wie ein kleines Kind, dessen Bedürfnisse und Wünsche einfach ignoriert werden. Sie spürt den Kampf, der in ihr brodelt. Noch hat sie ihn unter Kontrolle. Margaretes Anweisungen hallen in ihrem Kopf. *›Tief durchatmen. Du bist Julie, du bist es, die die Kontrolle hat. Atme, Julie. Atme tief durch!‹*

Victoria stiert sie an. »Du redest von Fairness? Dass ich nicht lache. Und jetzt geh mir aus dem Weg.«

Victorias Augen funkeln sie an. Julie kennt diesen Ausdruck nur zu gut. Ihr Vater hat sie immer so angesehen, wenn sie nicht spurte. Eingeschüchtert weicht sie zurück. *Tief durchatmen, tief durchatmen.* Es fällt ihr immer schwerer.

Victoria hat endlich ihr Smartphone gefunden. Sie starrt darauf, als würde sie überlegen, wen sie als Erstes anrufen soll.

»Wieso bist du eigentlich hier?«

»Weil es sicher ist.«

»Sicher wovor?«

»Ich weiß nicht.« Julie spielt nervös mit dem Saum ihres T-Shirts. Sie weiß es wirklich nicht, denn im Grunde ist dieses Haus ein Horror für sie, und dennoch liegt genau hier die Wahrheit. »Vic, ich glaube, ich war es nicht, die Patrick … getötet hat. Es war noch jemand hier im Haus …«

»Julie, komm mir jetzt nicht damit, dass es dieser Hurensohn von unserem Vater war. Er ist tot!«

Julie stößt einen langen Seufzer aus. »Ich weiß. Erst dachte ich es ja, weil ich *ihn* gerochen habe … und all die Dinge, die passiert sind … was am Spiegel stand, das mit den Rosenblättern … Aber jetzt kommt langsam meine Erinnerung durch …« Julie macht eine Pause und erforscht Victorias Miene. Skepsis und Neugier spiegeln sich dort. Hoffnung steigt in Julie auf. Vielleicht überlegt es sich Victoria ja doch noch und hilft ihr. Sie nimmt all ihren Mut zusammen. »Erinnerst du dich an Markus?«

Victoria schließt ihre Augen, für einen Bruchteil einer Sekunde durchjagt sie ein Schauer. »Julie, was hat dieser Markus damit zu tun? Ich verstehe rein gar nichts.«

»Ich weiß es auch nicht genau, es ist alles so verworren. Er ist, ich meine, er war der Freund von Melanie. Und trotzdem hat er mich angesprochen.«

Victoria verdreht ihre Augen. »Und was ist daran so ungewöhnlich? So etwas passiert ständig und immer wieder auf dieser Welt.«

»Ja, vielleicht. Aber es gibt da noch etwas, was mir wieder eingefallen ist. Als wir aus dem Restaurant gegangen sind und er mich fragte, ob ich noch etwas mit ihm trinken wollte, sagte er etwas zu mir. Etwas, das sonst niemand weiß. Außer …« Julie hält inne und sieht Victoria gebannt an.

»Außer?« Victorias Ton ist leise. »Sag es. Sag, was du denkst!« Sie macht einen Schritt auf Julie zu, steht jetzt dicht vor ihr und fragt: »Denkst du, dass ich etwas damit zu tun habe? Dass ich diesen Markus angeheuert habe, um bei dir einen Blackout auszulösen? Ich fasse es nicht! Was geht bloß in deinem kranken Kopf ab?«

Unvermittelt zuckt Julie zusammen. Victoria hat recht. Es ist absurd. »Nein, natürlich nicht. Es ist doch nur, dass er genau die Worte sagte, die Vater … die Worte, die am Spiegel stehen!«

»Julie, ich denke, du bildest dir da etwas ein. Vielleicht hat er dir etwas gesagt, was so ähnlich klang.« Victorias Ton ist beherrscht. »Du solltest nach Hamburg kommen und mit Doktor Lange oder Margarete sprechen. Du brauchst Hilfe. Professionelle Hilfe!«

»Du denkst immer noch, dass ich das alles inszeniert habe, oder? Die Rosen, das Geschmiere am Spiegel, den Geruch unseres Vaters! Und womöglich denkst du auch noch, dass ich dein Auto lahmgelegt habe. Warum sollte ich das tun?« Fassungslos starrt Julie ihre Schwester an. Ihre kleine Welt droht auseinanderzubrechen.

»Weil du labil bist. Weil diese Sache mit Markus dich aufgeregt hat … weil du krank bist«, faucht Victoria im scharfen Ton. Sie beißt sich sofort auf ihre Unterlippe. »Entschuldige, Julie … aber es wird mir zu viel.«

»Verstehe. DIR wird es zu viel!« Julie braucht einen Augenblick, um das eben Gesagte zu verdauen. »Ich hatte gehofft, dass du mir dabei hilfst, alles aufzuklären. Und stimmt, ich bin so krank zu glauben, dass dich die Wahrheit und die Umstände über Patricks Tod interessieren. Aber gut. Ich schaffe das auch ohne dich. Ich werde solange hierbleiben, bis ich es herausgefunden habe. Ich werde mich erinnern und beweisen, dass ich Patrick nicht ermordet habe. Ich war es nicht«, spuckt sie nun Victoria entgegen und reckt ihr Kinn. »Es gibt keinen Grund dafür. Ich mochte ihn.

Sehr sogar!« Flüchtig und auf eine stimmige Weise sehen sie sich an. Für einen winzigen Augenblick sind sie sich nahe. Doch dieser Augenblick ist so diffus und empfindsam wie der gesponnene Faden einer Spinne.

Julie will gerade etwas sagen, als plötzlich das Smartphone klingelt. Victoria zuckt zusammen. Ohne auf das Display zu sehen, nimmt sie das Gespräch an. Sie dreht Julie den Rücken zu. Eiskalter Schweiß bildet sich auf ihrer Stirn, als sie die Stimme erkennt. Sie sagt nichts, lauscht nur den Worten. Noch lange, nachdem der Anrufer aufgelegt hat, hält sie das Smartphone an ihr Ohr. Langsam wendet sie sich zu Julie um. »Wem hast du deine Theorie noch erzählt?«

»Niemandem. Ich habe nur Melanie gebeten, etwas über Markus herauszufinden, weil ich bei meiner Recherche nicht fündig wurde. Wieso fragst du?«

Victoria schüttelt gedankenverloren ihren Kopf. »Nichts weiter.«

»Was ist los, Vic? Wer war das gerade am Telefon?«

»Niemand. Nichts, was dich angeht.«

»Sicher? Du wirkst nervös.«

Victoria schlägt schnell ihre Augen nieder und wendet sich ab. Sie braucht frische Luft. Hastig öffnet sie das Fenster und atmet tief durch. Ohne sich zu Julie umzuwenden, fragt sie: »Bist du sicher, dass du jemanden gesehen hast?«

Julie braucht eine Ewigkeit. Ist sie sich sicher? Ja, sie hat jemanden hinter Patrick gesehen. Oder? Verdammt! In ihrem Kopf schwirren Bilder von der Nacht. Aber keines davon kann sie klar erkennen.

»Julie? Hast du jemanden gesehen?«

»Ja.«

35. KAPITEL

Stöhnend und von einer ungeheuren Übelkeit gebeutelt, öffnet Melanie die Augen. Alles, was sie sieht, sind graue Umrisse. Sie lauscht ihrem wehklagenden Stöhnen. Ihr Mund ist trocken und ihre Kehle fühlt sich wie ein Reibeisen an. Kraftlos schließt sie die Augen und konzentriert sich nur darauf, zu atmen und die Übelkeit zu verdrängen. Doch ihr Körper lässt das Verdrängen nicht zu. Melanie würgt. Sie schafft es gerade noch, ihren Kopf über den Rand des Bettes zu hängen. Zwischen den stoßweisen Attacken des Brechreizes und dem Plätschern ihres Mageninhalts auf den Fliesenboden vernimmt sie hastige Schritte. Sie schenkt ihnen keine weitere Beachtung, denn das Würgen nimmt ihre ganze Aufmerksamkeit in Anspruch.

Hastig wird ein Eimer ans Bett geschoben. Jemand reicht ihr ein Papiertuch, das Melanie annimmt, ohne aufzusehen.

»Alles okay?«

Die Stimme kommt ihr bekannt vor. Melanie ist zu schwach und ihr Kreislauf derartig im Keller, dass es ihr schlichtweg egal ist, wer bei ihr ist. Ein neuer Schwall Erbrochenes lässt sowieso keine Antwort zu. Als sie glaubt, dass sie nichts mehr in sich hat, was sie noch ausspucken könnte, lässt sie sich keuchend zurücksinken. Völlig erschöpft wischt sie sich mit dem Papiertuch den Rest des

Erbrochenen von ihrem Mund. Sie atmet tief durch und macht sich bereit für den nächsten Würgeanfall.

»Okay, Schätzchen. Du lebst. Das ist die Hauptsache. Ich bin dann weg. Ach übrigens, ich würde es begrüßen, wenn du mich nicht mehr anrufst. Okay?«

Die Tür fällt laut ins Schloss. Melanie schenkt dem keine Bedeutung. Vor ihren Augen dreht sich alles, sie möchte weinen und jammern, doch der nächste Würgeanfall lässt es nicht zu.

Das Licht der tiefstehenden Sonne brennt auf Melanies Augenlidern. Ihr Kopf dröhnt immer noch. Aber die Übelkeit ist verschwunden. Blinzelnd öffnet sie ihre Augen und richtet sich langsam auf. In ihrem Kopf dreht es sich schon wieder bedrohlich und das Gefühl, in Watte eingehüllt zu sein, ist widerlich. Langsam bewegt sie sich, erst ihre Arme, dann ihre Beine … nach einer gefühlten Ewigkeit stellt sie die Füße auf den Boden, auf dem sie eine stinkende Lache ihrer Kotze begrüßt. Erst als sie merkt, dass ihr Blut sich in ihrem Körper verteilt und dieses Wattegefühl verschwindet, erhebt sie sich wie in Zeitlupe von ihrem Bett. Das Denken fällt ihr schwer, aber eine Erinnerung ist ganz deutlich präsent: Markus war hier. Er hat sie nach Hause gebracht. War das gestern oder letzte Woche? Wo war sie mit Markus und warum war sie überhaupt mit ihm zusammen? Sie beschließt, sich eine ausgiebige Dusche zu gönnen, denn der saure Geruch nach Erbrochenem verfolgt sie mit jeder Bewegung.

Die Dusche tat ihr gut. Melanie fühlt sich wohler und auch der Kopf dröhnt nicht mehr so wie vorhin. Sie bindet ihre noch feuchten Haare zu einem Zopf, während sie auf der Suche nach ihrem Tabak ist. Sie findet ihn in ihrer Handtasche. In aller Ruhe dreht sie sich geschickt eine Zigarette, steckt sie zwischen ihre Lippen und zündet sie an. Gedankenverloren bläst sie den blauen Rauch aus. Stück für Stück kommt die Erinnerung an die vergangene Nacht zurück.

Sie hat sich mit Markus in einer kleinen Bar unten am Hafen verabredet. Es war irgendwie seltsam, ihn wiederzusehen. Er war so anders. Distanziert und fordernd zugleich. Sie erinnert sich, dass sie sauer wurde, weil er sie so von oben herab behandelte. Erst als sie anfing, Fragen bezüglich Julie zu stellen, wurde er zugänglicher. Ja, fast schon liebenswürdig. Er tat es ab als einen reinen Zufall, dass er sie getroffen und angesprochen hat. Was sagte er: ›Ach, komm schon, Melanie! Ich habe Julie an der Alster gesehen. Sie sah so süß und verträumt aus. Und irgendwie verloren. Ich habe mir nichts dabei gedacht‹. Das waren seine Worte. Und sie glaubte ihm. Aber nur weil er sie leidenschaftlich küsste und weil Julie eine Frau ist, deren Wahrnehmungen nicht der Norm entsprechen. Ist es wirklich so?

Melanie wandert aufgewühlt in ihrem Wohnzimmer umher. Sie mag Julie, sie mag ihre Art zu denken. Sie glaubt ihr. »Verdammter Mistkerl! Und ich bin so eine blöde Kuh, dass ich auf ihn hereingefallen bin.«

Während ihr Laptop hochfährt, dreht sie sich erneut eine Zigarette. Sie ruft das Suchergebnis noch einmal auf. Und da ist sie, die Internetseite *Callboys & Escort*. Immer noch fassungslos darüber, klickt sie sich durch die Homepage des Escort-Service, für den Markus arbeitet.

In diesem Fall heißt er Matthias. Melanie lehnt sich zurück. Die harte Rückenlehne ihres Stuhles spürt sie nicht. Im Moment herrscht Chaos in ihren Gedanken, in ihrem Körper. Ein anderes Gefühl nimmt unaufhaltsam dieses Chaos ein. Scham. Wie konnte ihr das nur passieren? Wie war das möglich?

Immer wieder starrt sie auf das Foto von Markus, der sie auf so bezaubernde Art anlächelt. Seriös und doch mit einem Hauch von Erotik um seinen ebenmäßig geschwungen Mund, seine strahlenden Augen, die sie angesehen haben, als sie sich liebten. Als er ihr etwas von irrsinniger, verrückter Liebe weismachen wollte. Als er sie in London hofierte, ihr Geschenke machte und die verrücktesten Dinge mit ihr anstellte. Sie hatte sich so lebendig gefühlt. So verliebt.

»Fuck you!« Unsagbare Wut steigt in ihr hoch. »Verdammt und zugenäht!«, wettert sie vor sich hin. Mit vor Entrüstung zitternden Fingern dreht sie sich ihre dritte Zigarette, die krumm und schief ist. Und genau dieser Umstand macht sie noch wütender.

Während sie ihr Smartphone aus der Tasche holt und Julies Nummer wählt, zündet sie sich die Zigarette an. Wie zu erwarten, meldet sich nur die Mobilbox. Kurz überlegt Melanie, ob sie etwas draufsprechen soll. Aber was? Warum musste Julie auch darauf bestehen, etwas über Markus zu erfahren und somit ihre Illusion von einem perfekten Mann zu zerstören? Gereizt spricht sie auf die Mobilbox. »Hey, Julie. Hier ist Melanie. Wenn du etwas über Markus wissen willst, dann melde dich. Und zwar schnell, denn ich will es nicht noch länger mit mir herumtragen.«

Lange starrt sie auf ihr Smartphone … und dann übermannt sie ihr Gewissen. Was kann Julie dafür? Nichts. Sie steckt selber in irgendeiner Scheiße. Noch einmal wählt sie Julies Nummer. Jetzt ist ihr Ton sanft und entschuldigend, als sie eine neue Nachricht hinterlässt.

36. KAPITEL

Der Kunstunterricht für die ›Zwerge‹, wie Nina die Kinder nennt, war eine Katastrophe. Jedenfalls für Nina. Sie war unkonzentriert und gereizt. Eines der Kinder fing sogar an zu weinen. Nina hatte es ungehalten zurechtgewiesen, weil der Bengel die teuren Farben überall verteilte, nur nicht auf der Leinwand. Normalerweise war sie in solchen Situationen ruhig, gelassen und scherzte mit den Kindern, aber heute war sie ungeduldig und harsch. Es schmerzte sie, als der kleine Junge sie mit schreckgeweiteten Augen ansah und seine Unterlippe anfing zu beben. Doch jeder anschließende Trost, jede Entschuldigung oder Scherze von Nina war vergebens. Sie war erleichtert, als die Malstunde endlich vorüber war.

Immer noch sitzt sie in dem nun stillen Garten und kaut nervös auf ihrer Unterlippe herum. Hat sie die richtige Entscheidung getroffen, Julie zu verraten? Bei dem Gedanken an Verrat dreht sich ihr der Magen um. Sie wollte die junge Frau nicht verraten, sie wollte ihr doch nur helfen.

Die Frage, warum Chris und Schulz Julie alleinlassen, einsam in diesem Haus, nur um zu sehen, was passiert, fördert ihr Unbehagen noch mehr. Was ist, wenn Julie tatsächlich noch jemand anderes in dem Haus gesehen hat, der es nun auf sie absieht? Am Morgen hatte sie darüber eine heftige Auseinandersetzung mit Chris geführt. Immer wieder versuchte er, sie zu beruhigen. »Nina, vertrau mir. Wenn da etwas Ungewöhnliches passiert, sind wir sofort zur Stelle.« Sie hatte ihn ausgelacht und ihn daran erinnert, dass er viel zu gutgläubig ist. Das einzig Gute für Nina ist, dass Julie sich nichts angetan hat. Diese kleine Erleichterung mildert ein wenig ihre angekratzte Stimmung. Entschlossen dreht sie jetzt ihren *Diva Cadillac* Richtung Haus. Sie muss sich irgendwie ablenken, vielleicht einen Tee kochen. Doch am allerliebsten würde sie ihren Rollstuhl zum Wochenendhaus von Julies Schwester steuern.

Die Räder des Rollstuhles geben einen gleichförmigen Ton von sich. Nina genießt den leichten Wind, der sich auf ihr Gesicht legt. Es hat etwas Befreiendes. Während sie immer wieder den Rädern einen kräftigen Stoß versetzt, kämpft sie das ungute Gefühl nieder, das sie in Beschlag genommen hat. Sie sollte das nicht tun. Niemals wieder wollte sie sich in eine Situation bringen, die sie nicht unter Kontrolle hat. Verflucht! Warum muss sie auch so ein verdammter Sturkopf sein? Ein erfrischendes Grinsen macht sich auf ihren Lippen breit und das Gefühl von Lebensfreude streift zaghaft ihren Körper.

Julie wandert nervös die Diele entlang. Sie kann nicht denken, sich nicht konzentrieren. Die Ratlosigkeit macht sie verrückt. Seit Victoria das Haus verlassen hat, wandert sie nun schon umher wie ein Tiger im Zoo. *»Du verschwendest kostbare Zeit, Herzchen.«*

Julie blickt zur Treppe, auf der Juliette sitzt. Die Arme

auf ihre Knie gestützt, ihren Blick unverwandt auf sie gerichtet. »Ja. Ich weiß. Verdammt, ich kann mich nicht konzentrieren, wenn du mich so ansiehst, als wäre ich ein kleines dummes Kind.«

»Tut mir leid. Aber, du hättest Victoria nicht gehen lassen dürfen.«

»Verdammt, das weiß ich auch. Schmier mir das nicht auch noch unter die Nase. Ich habe ein eigenartiges Gefühl, dass sie etwas verschweigt. Das macht mich ja so ruhelos. Herrje!«

Juliette hebt abwehrend ihre Hände in die Luft. *»Weißt du, was mich traurig stimmt? Dass wir nicht mehr miteinander reden. Du fragst mich nicht mehr, was richtig ist. Du entscheidest einfach ohne mich.«*

Julie unterbricht ihre unruhige Wanderung. »Juliette, die Zeiten haben sich geändert.«

»Nein, noch nicht. Lass mich das für dich regeln. Und wenn alles vorbei ist, dann kannst du mich in deinem Kopf einsperren.« Langsam geht sie auf Julie zu. *»Du weißt, dass du jetzt handeln musst oder sie sperren dich ein, und das wäre für uns beide keine so gute Lösung. Ich habe dich immer beschützt, ich habe dir die Hand gehalten, wenn der Widerling es mit dir getrieben hat. Ich war es, die dich ermutigt hat, ihm den Garaus zu machen. Wir haben es gemeinsam durchgestanden.«*

Juliettes Einwände rauben ihr den letzten Nerv. Wie gern würde Julie jetzt eine Beruhigungspille einwerfen und warten, bis sich der erlösende Nebel über das Chaos in ihrem Kopf legt. Dann würde sie leichtfüßig die Situation überstehen. Aber die Pillen sind in diesem Badezimmer, und dort geht sie auf keinen Fall hin.

»Juliette, lass mich bitte in Ruhe!«

Julie presst ihre Hände an die Ohren. Sie will es nicht hören. Sie will Juliettes Stimme verbannen. »Lass mich in Ruhe! Ich bin ich! Ich bin Julie! Juliette ist nicht real!«

Nina rollt auf die Haustür zu. Einen Moment verharrt sie, überlegt, ob sie das Richtige tut. Sie verdrängt ihre Zweifel und rollt noch etwas dichter an die Tür heran. Überrascht stellt sie fest, dass dieses Haus keine unnötige Stufe im Eingangsbereich hat. Das ist ein gutes Zeichen, oder? Der letzte Rest ihrer Zweifel verflüchtigt sich.

Sie späht durch das milchige Glas der Tür. Erschrocken weicht sie zurück. Ihr Herz hämmert wie wild, als sie Julie erblickt, wie sie laut diskutierend auf und abgeht, an der Treppe stehenbleibt, sich ein wenig nach vorn beugt und eindringlich spricht. Wie sie sich dann heftig von der Treppe abwendet, ihre Hände fest auf die Ohren gepresst. Selbst durch die geschlossene Tür dringt Julies lautes Wehklagen, das Nina das Herz zerreißt und ihr gleichzeitig ungeheure Angst einjagt. Ohne die Tür aus den Augen zu lassen, greift Nina in die Seitentasche ihres *Diva Cadillac*. Fieberhaft tastet ihre Hand nach dem Smartphone. Noch bevor sie es gefunden hat, wird die Haustür aufgerissen.

***

»Ich habe Angst!« Julie blickt in Ninas Augen, in denen sie fast genauso viel Furcht entdeckt. »Es tut mir leid, wenn ich Sie erschreckt habe, Nina. Das wollte ich nicht.«

»Nein, schon gut.« Nina bemüht sich, ihr Unbehagen

zu verscheuchen. Sie sieht sich in der Küche um, überall steht benutztes Geschirr. Tüten und Papier liegen achtlos auf dem Boden.

Julie folgt Ninas Blick. Fahrig streicht sie durch ihr kurzes Haar mit dem Erfolg, dass es nach allen Seiten absteht. »Ich bin nicht sehr gut darin, Ordnung zu halten.« Sie ist versucht aufzuspringen, um wenigstens den Fußboden vom herumliegenden Unrat zu befreien. Doch sie bleibt sitzen und sieht auf ihre Hände, die in ihrem Schoss liegen, als würden sie nicht zu ihr gehören.

Nina lacht sie an. »Dann sind wir ja schon zwei. Mir geht es manchmal auch so.« Sie mag diese Frau, sie weiß genau, wie es sich anfühlt, am Rande der Gesellschaft zu leben. Immer diesen Kampf zu führen, das Anderssein erklären zu müssen. Nina ist es bewusst, dass sie trotz der Sympathie, die sie für Julie hegt, klug agieren muss. Die Szene, die sie gerade beobachtet hat, wie aufgebracht Julie mit ihrem zweiten Ich diskutierte, steckt noch immer in ihren Knochen. Auch Chris' mahnende Worte, dass sie sich von Julie fernhalten soll, sind ganz nah bei ihr. Dennoch wischt sie die düsteren Gedanken zur Seite und ergreift spontan Julies Hände.

»Wie kann ich Ihnen helfen? Gibt es etwas, das ich für Sie tun kann?«

Julie erstarrt bei der Berührung. Sie will ihre Hände wegziehen, aufspringen und fortlaufen. So weit weg, dass niemand sie je finden kann. Niemand, der sie ungefragt berührt. Der Fragen stellt, die sie nicht beantworten kann. Sie will Ninas Hände abschütteln, auch wenn sie diese Frau mag und eine Verbundenheit spürt. Unsicher starrt sie auf Ninas Hände, bemerkt die Farbe unter den

Nägeln, spürt deren raue Innenfläche verursacht von den Lösungsmitteln.

»Tut mir leid, Julie, ich habe vergessen, dass Sie Berührungen als unangenehm empfinden.« Nina zieht ihre Hände zurück.

Erleichtert entspannt sich Julie. »Danke«, flüstert sie und vermeidet es, Nina anzusehen. Lethargisch erhebt sie sich von ihrem Stuhl. Sie braucht Abstand, um wieder klar denken zu können. »Es ist wohl das Beste, Sie gehen wieder. Niemand kann mir helfen. Ich muss es allein herausfinden.«

»Und was ist es, das Sie herausfinden wollen oder müssen?« Nina will sich nicht so einfach verscheuchen lassen. Sie will Julie helfen. Das schlechte Gewissen nagt an ihr, dass sie Julie in der Pension verraten hat und sie jetzt hier ganz allein im Haus ist. Und Chris glaubt tatsächlich immer noch, dass Julie sich bei ihm melden wird, wenn sie so weit ist. »Bitte, Julie, rede mit mir.«

»Warum?«

»Weil ich mich mies fühle. Ich habe dich verraten … aber ich wollte dir doch nur helfen.« Sie bemerkt, dass sie Julie duzt. »Entschuldigen Sie, Julie, dass ich Sie gerade geduzt habe.«

Julie lacht auf. »Das ist meine kleinste Sorge. Dennoch möchte ich, dass du jetzt gehst.« Nina nickt enttäuscht und rollt in die Diele. Julie öffnet ihr rasch die Haustür. Zögernd rollt Nina durch die Tür, wendet sich zu Julie um, die die Tür gerade schließen will. »Du weißt ja, wo ich wohne.«

»Ja.« Schnell schließt Julie die Tür. Immer wieder reibt sie sich über ihr Gesicht. Sie hätte Ninas Hilfe annehmen sollen. Sie braucht jemanden, der ihre wirren Gedanken ordnet. Julie reißt die Tür auf und ruft Nina hinterher. »Ich brauche ein Laptop!«

Julie sieht Nina hinterher, wie sie den Kiesweg entlangrollt. Sie hätte Nina nicht so abweisen dürfen. Sie hat ihre Hilfe angeboten und Julie konnte fühlen, dass es aufrichtig gemeint war. Dennoch hat sie Nina weggeschickt. Aus einem Reflex heraus hinkt Julie mit ihrem gestauchten Fuß über den Kies. Sie jault vor Schmerz auf, doch dann beißt sie die Zähne zusammen und humpelt weiter. Tränen schießen ihr in die zusammengekniffenen Augen. »Nina, warte!« Doch sie ist schon zu weit entfernt.

37. KAPITEL

Schulz drückt sich noch tiefer in seinen Bürostuhl und leckt genüsslich an seinem Waffeleis. Es ist seine erste Pause an diesem Tag und er genießt sie. Eines hat er gelernt in all den Jahren seiner Tätigkeit: Es macht einen Unterschied, ob man hektisch wie ein aufgescheuchter Hahn krähend durch die Flure läuft und seine Anweisungen herauskräht oder die Dinge gelassen angeht und sich ab und zu eine Auszeit gönnt. Seiner Erfahrung nach liegt in der Ruhe die Kraft. Auch wenn er für diese Erkenntnis vierzig Jahre gebraucht hat. Oder redet er sich das nur ein, weil er sowieso seinen Hut nehmen wird? Sein Pflichtbewusstsein regt sich in ihm und unwillkürlich schleckt er etwas schneller an seinem Eis.

Chris sortiert seine Gedanken, bevor er an die Tür zum Büro des Kommissars klopft. Er staunt, als er Schulz sieht, wie er mit Genuss an seinem Eis schleckt und ihn angrinst.

»Habe ich Ihnen schon gesagt, dass ich Stracciatella am liebsten mag?« Er schielt zu Chris, der ihn ansieht, als wäre er von allen guten Geistern verlassen. Schulz lacht auf und knabbert genüsslich an der Waffel wie ein Eichhörnchen an einer Haselnuss. »Nun entspannen Sie sich, Chris. Auch ich habe meine Gelüste. Ach, und setzen Sie sich doch.«

Schulz stopft sich den Rest der Waffel in den Mund. »Ich habe ein paar interessante Informationen bezüglich Behrens' Reise nach Köln.«

***

Stephan klappt die Sonnenblende seines Jaguars herunter. Der Sommer nervt ihn gewaltig. Er sehnt den Winter herbei, bis dahin ist dann hoffentlich wieder Ruhe eingekehrt, das berühmte Gras über die Sache gewachsen und er kann sich wieder den wichtigen Dingen im Leben widmen: Seine Frau verwöhnen, Spaß haben und glücklich sein. Eine kleine Welle der Erregung fließt durch seinen Körper hinab zu seinen Lenden.

Als er die Auffahrt zu seiner Garage nimmt, lösen sich seine aufkeimenden Glücksgefühle sofort in Luft auf. Victorias Auto ist nicht da. Die anschwellende Erregung verwandelt sich in Enttäuschung. Ernüchterung, Wut und Unbehagen lassen ihn mit finsterer Miene ins Haus stürmen. Er macht sich nicht einmal die Mühe, nach Victoria zu rufen oder wie üblich seine Aktentasche ordentlich neben dem kleinen Tisch im Flur abzustellen, geschweige denn sein Schlüsselbund leise und mit Bedacht in die kleine ovale Schale zu legen. Er fühlt sich verraten, verletzt und einsam.

Schnaubend vor Zorn eilt er ins Wohnzimmer. Suchend wandert sein Blick durch den Raum, ohne zu wissen, was er eigentlich sucht.

»Stephan, da bist du ja. Entschuldige, ich habe dich noch gar nicht erwartet.« Mit einem sanften Lächeln schreitet Victoria die Treppe vom ersten Stock herunter.

Als Stephan sich zu ihr umwendet, stockt sie für einen winzigen Moment, als sie seine Wut bemerkt. Sie schenkt ihm ein strahlendes Lächeln und ist dankbar, dass sie es gelernt hat, ihre Gefühle zu kontrollieren. Gerade jetzt muss sie verdammt vorsichtig sein. Sie braucht Stephan und seine Macht.

Stephans eben noch heißer Zorn verebbt, während Victoria ihn küsst. Und dennoch poltert er ungehalten los. »Wo ist dein Wagen?«

»Oh, ich habe ihn zum Reinigen in unsere Werkstatt gegeben. Wieso? Was ist denn los, Stephan?« Sie schenkt ihm ein Lächeln, das weder animiert noch provoziert. Die pikante Schärfe in ihren Worten lässt Stephan zusammenzucken. Dann ergreift er ihre Hand und zieht sie sanft zu sich. »Es tut mir leid. Ich bin etwas ungehalten gewesen. Ich dachte … ich hatte deinen Wagen nicht gesehen und … ach, Victoria. Ich dachte, du hättest mich verlassen.« Er streicht mit seinem Daumen über ihren Handrücken und sieht verlegen in ihre Augen, die ihn ansehen, als wäre er ein mieses Stück Dreck.

Victoria räuspert sich und senkt schnell ihren Blick, zögernd nähert sie sich ihm und legt ihren Kopf an seine Brust. »Es tut mir auch leid. Ich habe mich in den letzten Tagen unmöglich verhalten. Wir schaffen das gemeinsam.« Sie schluckt ihre Übelkeit herunter, als er sie fest an sich drückt.

»Das zu hören, macht mich glücklich.« Seine Hand gleitet über ihren Rücken, drückt sie dabei noch fester an sich. »Ich habe eine Idee. Wie wäre es mit einem romantischen Essen bei Francois?«, murmelt er in ihr Haar.

Victoria löst sich aus seiner Umarmung, haucht ihm

einen Kuss auf die Wange. »Eine sehr gute Idee. Ich gehe mich nur rasch umziehen.«

Stephan blickt ihr versonnen hinterher. Ja, er hat wieder alles im Griff. So gefällt es ihm.

***

Hektisch dreht Victoria den Hahn der Dusche auf. Ihre Lippen sind fest aufeinandergepresst. Sie hat Mühe, ihren Brechreiz unter Kontrolle zu halten. Ihr Magen dreht sich. Rebelliert. Es muss raus. Victoria stürzt zur Toilette. Das Würgen wird von dem Plätschern des Duschwassers verschlungen. Wie kann es sein, dass sie so eine vehemente Abneigung gegen Stephan entwickelt hat? Der nächste Würgeanfall verdrängt ihre Frage. Ihr Magen ist leer und ihre Kraft ist aufgebraucht. Mühsam richtet sie sich auf, mit zitternden Händen entledigt sie sich ihrer Kleidung und stellt sich unter die Dusche. Ihre Tränen werden vom heißen Wasser fortgespült.

»Hallo, Francois. Oh ja, vielen Dank, uns geht es gut. Hätten Sie heute Abend noch einen Tisch für uns frei?« Das dumpfe *Ding Dong* an der Tür reißt Stephan aus seiner euphorischen Stimmung. Er bedankt sich bei Francois, während er mit dem Telefon zur Haustür geht. Genervt über diese Störung reißt er die Tür auf. Seine eben noch wütende Miene verändert sich in Sekundenschnelle. »Herr Kommissar? Kommen Sie herein.«

Chris hält sich im Hintergrund, während Schulz – trotz Stephans Aufforderung Platz zu nehmen – stehenbleibt und ihn entschuldigend ansieht. »Herr Behrens, wir wollen Sie gar nicht lange aufhalten.« Schulz hat einen Blick angenommen, der einem Dackel gleicht, dem man nichts übelnehmen kann. Er verfehlt seine Wirkung nicht, denn Stephan wischt Schulz' Entschuldigung mit einer gönnerhaften Geste hinfort.

»Herr Kommissar, Sie wissen, dass Sie immer willkommen sind. Was kann ich für Sie tun?«

»Es gibt ein paar Ungereimtheiten bezüglich Ihrer Reise nach Köln.«

Stephan runzelt die Stirn und schielt flüchtig zur Treppe, die zum ersten Stock führt. »Ungereimtheiten? Ich verstehe Sie nicht ganz.«

»Nun, es ist so, dass ich Ihren Kunden kontaktiert habe. Er versicherte mir, dass Sie einen Tag früher als angegeben bei ihm waren. Das bedeutet ...«

»Herr Kommissar, lieber Herr Schulz. Ich verzeihe Ihnen, dass Sie trotz meiner Bitte den Kunden kontaktiert haben, obwohl ich jetzt wahrscheinlich einem sehr lohnenswerten Auftrag Ade sagen muss.« Er atmet tief ein, schüttelt theatralisch den Kopf und verschränkt seine Arme vor dem Brustkorb. Seine Augen fixieren Schulz. »Ich bin in der Stadt geblieben. Habe mir am nächsten Tag noch einige Immobilen angesehen. Ich dachte, das hätte ich erwähnt.« Als Schulz nichts erwidert, fügt er lächelnd hinzu: »Wissen Sie, ich mag es, mich einfach mal in einer anderen Stadt umzusehen. Ich nutzte solche Gelegenheiten gern. Fragen Sie doch meine Frau, die kann es Ihnen bestätigen.« Stephans Augen huschen zu Chris, der ihn aufmerksam beobachtet und lächelnd nickt.

»Das kann ich sehr gut nachvollziehen, Herr Behrens.

Mir geht es auch immer so. Es gibt so viele Dinge, die man entdeckt, und es ist fast wie Urlaub, wenn man das Pflaster einer anderen Stadt unter den Schuhen spürt.«

Erstaunt über diese Zustimmung gerät Stephan für den Bruchteil einer Sekunde ins Wanken. »So ist es, Doktor Lange«, kommentiert er einsilbig und wendet sich dann wieder an Schulz. »Herr Kommissar, möchten Sie, dass ich Ihnen eine detaillierte Übersicht erstelle, wann ich wo war?«

»Das würde ich sehr begrüßen, denn ich glaube Ihnen kein Wort.« Grabesstille erfüllt kalt den Raum. Niemand bewegt sich.

Die Stille dringt zu Victoria, die atemlos an der geöffneten Schlafzimmertür lehnt und dem Gespräch gelauscht hat. Auf Zehenspitzen schleicht sie zu ihrem Sekretär, auf dem der Laptop steht. Wie viel Zeit bleibt ihr? Eine Strähne aus ihrem hochgesteckten Haar löst sich und streicht ihr sanft wie eine Liebkosung über die Stirn. Ein wunderbares Gefühl, das Erinnerungen weckt. *Patrick.* Schnell verbannt sie den Gedanken. Sie muss sich konzentrieren, eine Entscheidung treffen. Hektisch öffnet sie den Laptop und navigiert zu ihrem anonymen E-Mail-Account. Ihre Finger fliegen über die Tastatur, bis sie das gefunden hat, wonach sie sucht … und ohne eine weitere Sekunde zu vergeuden, drückt sie auf *Löschen.*

In aller Ruhe schreitet Victoria die geschwungene Marmortreppe herunter. Sie sieht atemberaubend schön aus in ihrem dunkelroten Etuikleid. Um ihren Hals eine goldene Kette mit einem Anhänger, der ein doppeltes Herz darstellt. Sie lächelt zuvorkommend, bleibt einen Moment stehen, genießt die Blicke, die auf ihr ruhen. Gemessenen Schrittes bewegt sie sich auf Stephan zu und legt ihre Hand auf seinen Arm. »Ich kann bestätigen, dass mein Mann solche Marotten hat. Entschuldigen Sie, ich habe Ihr Gespräch mitbekommen.«

Liebenswürdig reicht sie Schulz und Chris die Hand. »Ich kann Ihnen versichern, dass mein Mann diese Eigenart hat, so lange ich ihn kenne. Eigentlich eine wunderbare Angewohnheit, denn auch ich profitiere davon.« Ihre Finger tasten nach dem goldenen Kettenanhänger. Sie lächelt wie eine Eisprinzessin und lässt zu, dass Stephan ihr einen Kuss auf die Stirn haucht. »Entschuldige, Liebes, wenn wir ein wenig zu laut waren.«

Schulz kneift seine Augen zusammen und will gerade zu einer Frage ansetzen, als Chris ihm zuvorkommt. »Frau Behrens, wie schön Sie wiederzusehen. Anscheinend haben Sie sich erholt, seit wir uns das letzte Mal gesehen haben.«

Dieser kleine Seitenhieb verunsichert Victoria unmittelbar. Doch nur einen Wimpernschlag später hat sie sich wieder unter Kontrolle und macht mit ihrer bühnenreifen Darbietung weiter. »Ja, mir geht es wieder gut. Vielen Dank der Nachfrage. Aber was mich sehr interessieren würde: Haben Sie Julie mittlerweile gefunden oder zumindest eine Ahnung, wo sie sich aufhalten könnte?«

»Ja, das haben wir.«

»Darf ich fragen, wo sie sich befindet?«

»An einem sicheren Ort«, erwidert Chris rhetorisch und lässt sie dabei nicht aus den Augen.

»Dann wird sich ja bald alles aufklären. Eine sehr gute

Nachricht, die Sie uns da überbringen. Findest du nicht auch, Stephan?«

»Das ist es in der Tat.«

Victorias Lächeln wirkt wie in Marmor gemeißelt. Als ihr Blick den von Chris streift, wendet sie sich rasch Schulz zu. »Herr Kommissar, ich würde so gern meine Schwester sehen. Auch wenn es mir nicht leichtfällt, Sie verstehen das sicherlich. Wissen Sie, wir würden gern zur Ruhe kommen. Wenn wir Ihnen also behilflich sein können, den Fall endlich abzuschließen, dann …«

»Liebes, ich denke, der Herr Kommissar weiß, was er zu tun hat«, fällt Stephan ihr ins Wort und tätschelt ihre Hand.

Schulz linst zu Chris, der freundlich auf Victoria zugeht. »Entschuldigen Sie, Frau Behrens. Ich habe nur noch eine kleine Frage an Ihren Mann.« Er blinzelt sie verschwörerisch an. Victoria hält Chris' Blick stand. Sie ringt sich ein Lächeln ab und lehnt sich an Stephan, der seinen Arm schützend um ihre Schultern legt. »Natürlich. Sie müssen Ihren Job machen und ich bin die Letzte, die sich querstellt.«

»Freut mich, dass Sie das so sehen.« Chris kommt die Galle hoch, obwohl er Victoria auf eine Art versteht. Die Show, die sie gerade zum Besten gibt, ist das Ergebnis jahrelanger Übung. Sie tut ihm leid. Trotzdem stellt er die folgenden Fragen.

»Herr Behrens, wie viel wissen Sie über Julie? Ich meine nicht das, was Julie gerade macht, sondern was wissen Sie aus Ihrer Vergangenheit?«

»Nichts. Nur das, was ich von Victoria weiß.«

»Also keine Details aus den Akten?«

Stephan schüttelt vehement den Kopf. »Nein, Doktor Lange. Warum sollte ich? Um ehrlich zu sein, hatte ich nie das Bedürfnis, mir die detaillierten Berichte über diese Perversitäten anzusehen. Schon der Gedanke, was dieser Kerl mit Victoria und Julie angestellt hat, macht mich maßlos wütend.«

»Ja, das verstehe ich sehr gut. Vielen Dank.« Chris reicht Stephan die Hand. »Ich wünsche Ihnen einen schönen Abend. Genießen Sie ihn, solange Sie es noch können.«

38. KAPITEL

Die Luft im Zimmer ist stickig und der Duft von Victorias Parfüm ist immer noch so präsent, dass es Julie nervös macht. Hastig öffnet sie die Fenster und atmet die kühle Abendluft ein. Sie schließt ihre Augen, lehnt sich weit hinaus und heißt den erfrischend kühlen Wind willkommen, der ihr entgegenweht. Ein wunderbares Gefühl. So ehrlich und unmissverständlich. Wie schön wäre es, sich von diesem Gefühl tragen zu lassen. Hinauf in die Lüfte, weit weg von allem hier ... mit dem kühlen Wind tanzen, den Geruch von feuchtem Gras atmen.

Sie steht noch eine Weile dort und beobachtet den Wagen, der dicht an der Hecke parkt. Sie sieht das Aufflammen einer Zigarette und eine kleine Rauchfahne, die durch das halb geöffnete Fenster weht. Fast hätte sie dem Beobachter zugewinkt. Sie weiß, es ist die Polizei. Und die Frage, warum sie nur observiert wird, beschäftigt sie schon seit dem Tag, als Chris und dieser andere Typ von der Polizei hier waren, während sie sich hinter der Hecke versteckte. Es gibt so viele lose Enden, so viele Fragen, aber keine einzige Antwort.

Unschlüssig steht sie in Victorias behaglichem Schlafzimmer. Weitere Fragen purzeln durch ihren Kopf. Warum war Victoria so viel daran gelegen, den Laptop mitzunehmen? Warum ist der so wichtig? Weshalb ist sie nach diesem seltsamen Telefonat so schnell und völlig aufgelöst aus dem Haus gestürmt?

Julie greift ihr Smartphone vom zerwühlten Bett und schaltet es ein. Sie braucht keine Angst mehr zu haben, dass man sie orten kann. Die Polizei steht bereits vor dem Haus. Ein irres Kichern gemischt mit einem schelmischen Glucksen lässt Julies eben noch so depressive Stimmung davonfliegen. Aufgeregt lauscht sie der Nachricht von Melanie. Euphorie erfasst sie und sie fühlt sich mies dabei. Markus. Dieser charmante Mann, der aus dem Nichts in ihr Leben trat und es ordentlich durcheinandergewirbelte, ist ein Callboy?! Einer, der sich bezahlen lässt, einer, der dir etwas vorgaukelt. Julie hält sich vor Entsetzen die Hand vor den Mund. Sie ist ebenso auf ihn hereingefallen wie Melanie. Aufgebracht drückt sie auf den Link, den Melanie ihr geschickt hat. Die Website öffnet sich und da, tatsächlich … das smarte Lächeln ist unverkennbar, auch wenn er hier Matthias heißt. Was wollte ein Callboy von ihr? Warum hat er sie angesprochen, warum hat er ihr diese schrecklich vertrauten Worte ins Ohr geflüstert? Und woher kennt er diese überhaupt? Das alles ergibt keinen Sinn. Oder doch? Sie ist bereit. Sie wird es jetzt tun.

***

»Mach schon, Herzchen. Es ist eine super Idee und ich bin mir sicher, dass sie funktioniert.«

»Ich habe Angst.«

»Ach, Quatsch! Du hattest auch keine Angst, als die Polizisten hier waren. Da bist du hinter das Sofa gerutscht, ohne einen Moment zu zögern.«

»Das war auch etwas anderes, es blieb mir nichts weiter übrig.«

»Aha. Komm, ich bin bei dir, es wird dir nichts passieren. Wir sind allein hier. Nur du und ich.« Juliettes zuversichtliche Stimme beruhigt Julie überhaupt nicht. Starr steht sie nun schon seit geraumer Zeit im Türrahmen zum Wohnzimmer. Vage erkennt sie Konturen, mehr nicht. Der Mond wird immer wieder von Wolken verhüllt. Vielleicht war die Idee doch nicht so super, sich auf das Sofa zu legen, zu spüren, zu lauschen und sich den Erinnerungen hinzugeben. Zögernd setzt sie einen Fuß in den Wohnraum. *»Warte, lass es uns so machen, wie es war. Nimm ein Messer und lege es an die Seite des Sofas.«*

»Nein. Wozu?«

»Damit es sich genauso anfühlt. Verstehst du?«

Julie überlegt und findet eine gewisse Logik in Juliettes Aussage. Mit steifen Beinen geht sie in die Küche und greift sich das erstbeste Messer. Sie will nicht darüber nachdenken, was sie gerade vorhat. Hastig eilt sie zurück zum Wohnzimmer. Auf der Schwelle bleibt sie ein weiteres Mal abrupt stehen und setzt zögerlich einen Fuß auf den polierten Holzboden. Ihr Herz klopft bis zum Hals. Es bereitet ihr eine unangenehme Enge. Sie hat das Gefühl, dass sie keine Luft mehr bekommt.

»Nimm meine Hand. So wie wir es früher immer getan haben. Wir sind eins, nichts kann zwischen uns kommen. Erinnere dich!«

Das Gefühl der Vertrautheit erwärmt und beruhigt Julie. Auch wenn sie weiß, dass sie allein im Raum ist, dass sie es ist, die ihr Mut zuspricht. Doch jetzt heißt sie Juliettes Stimme willkommen. Ihr Job ist es, Julie zu beschützen. Sie spürt ganz deutlich, wie sie sicherer wird, wie die beklemmende Angst sie allmählich verlässt.

Einen Fuß setzt sie nun mutig vor den anderen. Schritt für Schritt … bis zum Sofa, auf das sie sich nun legt, das Messer griffbereit. Ihre Augen sind weit geöffnet und auf die Tür gerichtet. *Ich muss ruhiger werden, darf nichts erwarten*, ermahnt sie sich streng. Was auch immer geschieht, welche Erinnerungen sich auch freisetzen werden. Es ist nur eine Erinnerung, die wirklich zählt.

39. KAPITEL

Das Nobelrestaurant an der Elbchaussee ist an diesem Abend mäßig besucht. Die Stimmung ist ruhig und gediegen. Die Kellner agieren leise im Hintergrund und haben dennoch alles im Blick und sind sofort da, ohne dass sie herangewinkt werden müssen. Ein Luxus, den Stephan sehr zu schätzen weiß. Er genießt jede Sekunde, die er hier verbringt. Er atmet die Noblesse ein und fühlt sich geborgen in ihr.

Fast ehrfürchtig schaut er zu Victoria, die mit aufrechter Haltung und konzentrierter Miene ein winziges Stück von dem Saiblingsfilet auf ihre Gabel drapiert und elegant zu ihrem Mund führt. Er hat noch nie eine Frau gesehen, die es versteht, einen Fisch so stilvoll und doch mit einer prickelnden Lust zu verspeisen.

Er erhebt sein Glas mit dem exzellenten Chardonnay und blickt Victoria voller Bewunderung an. »Mein Liebes, du bist die schönste Frau, die ich jemals gesehen habe. Und ich bin stolz darauf, dass du deine wertvolle Zeit mit mir teilst.«

Victorias Lächeln ist das einer Diva. Kühl und doch verheißungsvoll. Nur ihre Augen sprechen eine andere Sprache, und sie weiß das. Schnell senkt sie ihre Lider und schüttelt in einer Kleinmädchenmanier ihren Kopf. »Stephan, du machst mich ganz verlegen«, haucht sie und streicht sich in perfekter Geste übers Haar.

»Ich möchte dir danken, Victoria. Du ahnst ja gar nicht, wie wichtig es für mich heute Abend war, dass du an meiner Seite warst und zu mir gehalten hast. Ich danke dir von Herzen.«

»Aber natürlich. Das war doch selbstverständlich. Ich habe dem Kommissar nur die Wahrheit gesagt.«

»Ja, aber du warst bei mir. Du hast mich berührt. Verstehst du?«

»Ich verstehe.« Victoria zwingt sich, Stephan direkt in die Augen zu sehen. »Ich muss mich bei dir entschuldigen. Ich habe mich dir gegenüber unmöglich benommen. Nun, ich hoffe, du kannst mir vergeben, ich …«

»Liebes, bitte lass uns diese unschöne Sache vergessen und von vorn anfangen. Ich werde dich immer beschützen, mich Zeit meines Lebens um dich kümmern.« Er fordert sie auf, mit ihm anzustoßen. In seinem Blick liegt Freude, Verlangen und etwas abgrundtief Dunkles.

***

Irgendwo weit in der Ferne hört Nina das Kreischen der Möwen. Unwillkürlich zuckt sie zusammen. Eine unliebsame Erinnerung nimmt sie in Beschlag. Sie schielt zu Chris, der sie ebenfalls ansieht, ein misslungenes Lächeln auf seinen Lippen. »Es wird langsam kühl hier draußen. Wollen wir ins Haus gehen?«, fragt er sie mit belegter Stimme.

»Gleich. Ich mag diese Stimmung, diese kühle feuchte Luft, die das Ende des Sommers ankündigt. Wir haben bald September und wer weiß, wie lange wir noch die Abende im Garten verbringen können.«

»Ach, Nina, meine kleine Romantikerin. Wir werden wahrscheinlich im tiefsten Schneegestöber hier sitzen, weil du der Meinung bist, dass die Stimmung so fantastisch ist.« Chris bemüht sich, die bedrückenden Erinnerungen zu vertreiben, die sie beide ereilten, als die Möwen laut kreischten. Erinnerungen an eine andere Zeit, ein anderes Leben. Und doch überfällt ihn manchmal eine unbarmherzige Angst, dass er Nina wieder verlieren könnte. »Wo warst du eigentlich heute Nachmittag? Ich hatte dich angerufen.« Er merkt zu spät, dass er die Frage zu forsch gestellt hat und mildert sie mit einem Lächeln ab. Doch Nina sieht ihn nicht einmal an. Sie blickt immer noch in den graublauen Himmel und verfolgt mit ihren Augen den Schwarm Möwen, deren Kreischen nicht mehr zu hören ist.

»Oh, ich war im Garten und mein Handy war im Haus«, antwortet sie ihm lapidar, ohne dabei ihren Blick vom Himmel abzuwenden.

»Du hast dein Handy doch immer bei dir?«

Nina lacht belustigt auf. »Auch ich bin nicht perfekt. Manchmal vergesse ich einfach Dinge, vielleicht werde ich langsam alt.« Sie fühlt seinen Blick auf ihr. Er glaubt ihr nicht. Und er hat ja recht, aber sie will jetzt nicht mit ihm über Julie sprechen. Noch nicht. »So, mein Lieber, jetzt bin ich bereit, mich von diesem fulminanten Anblick loszureißen. Schiebst du mich ins Haus?«

Chris sieht Nina eindringlich an, wartet ab, bevor er leise und unmissverständlich sagt: »Nina, bitte. Wir hatten abgemacht, dass wir ehrlich zueinander sind.«

Nina nestelt an den Ärmeln ihres Pullovers. »Du hast recht. Ich war heute bei Julie.« Sie linst zu ihm und versucht, seine Reaktion zu ergründen. Er sieht sie entspannt an, lächelt ihr aufmunternd zu. Und doch weiß sie, dass er sich höllisch zusammenreißt. Zögernd berichtet sie ihm, was geschehen ist. Kein Detail lässt sie aus und sie merkt, wie sehr es sie erleichtert.

»Und dann ist sie zurückgekommen und rief mir hinterher, dass ich ihr ein Laptop besorgen soll.« Nachdenklich, mit einer Spur von Reue sieht sie ihn an. »Was denkst du, Chris?«

»Als Erstes bin ich froh, dass du es mir erzählt hast, und das, was du geschildert hast, ist sehr wichtig für mich.« Er streicht sich nachdenklich über den Nasenrücken. »Wir lassen das Haus überwachen, deshalb wusste ich, dass du dort warst und kurz vor dir Julies Schwester …«

»Du lässt das Haus überwachen? Warum hast du mir das nicht gesagt? Ich bin doch nur dort gewesen, weil ich mir Sorgen gemacht habe. Verdammt, Chris!«

Chris schüttelt belustigt seinen Kopf. »Meine süße Nina, ich denke, du wolltest zu ihr, weil du ein schlechtes Gewissen hattest. Und somit wäre es egal gewesen, ob du es weißt, dass wir das Haus observieren oder nicht. Du hättest eine passable Erklärung parat gehabt.« Er macht eine Pause und sieht sie amüsiert an. »Stimmt's?«

Nina stimmt ihm mürrisch zu. »Ja. Und was passiert jetzt?«

»Ich werde zu ihr gehen.«

»Jetzt?«

»Hm. Ich glaube, es gibt etwas, das sie mir sagen will.« Ohne ein weiteres Wort eilt er zum Haus. Im Gehen ruft er: »Ich nehme deinen Laptop. Okay?«

40. KAPITEL

Aus den Augenwinkeln sieht er einen Wagen, der an der Straßenseite parkt. Nur das Aufglimmen der Zigarette weist darauf hin, dass sich jemand im Wagen aufhält. Bevor Chris den Weg zur Einfahrt hinauffährt, hält er an, springt aus seinem Auto und klopft an das Fenster des parkenden Streifenwagens. Der Beamte lässt das Seitenfenster herunter und Chris wird von einem dichten Zigarettendunst begrüßt. Unbewusst wedelt er den Qualm zur Seite. Er verkneift es sich, die Beamten darauf aufmerksam zu machen, dass es nicht mehr erlaubt ist, im Streifenwagen zu rauchen. Stattdessen sagt er: »Jungs, wenn ihr so weitermacht, werdet ihr noch an Lungenkrebs sterben, bevor ihr eure Pension erreicht. Was gibt es?«

»Nichts. Alles still. Das Licht ist schon lange aus.« Ungeniert zieht der Beamte an seiner Zigarette, bevor er sie aus dem Fenster schnippt. Sein Gesicht mit den herunterhängenden Wangen und dem fülligen Kinn erinnert Chris an die Comic-Figur *Popeye*.

»Wie lange sollen wir heute bleiben?« Er schielt dabei zu seinem Kollegen, der Chris müde und gelangweilt mit einem lahmen Kopfnicken grüßt.

»Solange wie es nötig ist. Meine Herren ...«, wendet er sich genervt ab, denn er ahnt, dass die beiden auf eine Diskussion aus sind.

Der Wind ist stärker geworden. Die dunklen Wolken haben sich verdichtet und geben nur für den Bruchteil einer Sekunde den Mond frei. Unschlüssig steht Chris vor der Tür des Landhauses. Vielleicht schläft Julie schon.

Er blickt auf den Laptop in seiner Hand und wägt ab, was wichtiger ist. Er greift zum Türklopfer, der die Form eines Löwen hat. Als er ihn betätigen will, bemerkt er, dass die Tür nur angelehnt ist. Unwillkürlich weicht er einen Schritt zurück, wirft einen raschen Blick über seine Schultern zum Streifenwagen. Er überlegt flüchtig, ob er die Beamten informieren soll, doch er entscheidet sich, erst einmal ruhig zu bleiben und nicht überzureagieren. *Entspann dich*, redet er sich zu, räuspert sich und ruft verhalten ein »Hallo?« in die Diele. Keine Antwort. Unsicher geht er ins Haus.

»Julie?« Ein beunruhigendes Gefühl nimmt von ihm Besitz, während er in der Diele steht und sich suchend in der Dunkelheit umsieht. So muss es gewesen sein, als Patrick ins Haus kam. Nur dass draußen das Unwetter tobte. Chris bemerkt, wie sein Herz schneller schlägt. Er schüttelt seine aufkeimende Beklemmung ab. Entschlossen geht er ins Wohnzimmer, seine Augen fest auf das Sofa gerichtet. »Julie!«

Eng in die Ecke des Sofas gepresst, erkennt er Julie, die ein Messer fest in ihren Händen hält. Er weicht unwillkürlich zurück, als Julie pfeilschnell vom Sofa springt. Ihr Blick ist starr, das kurze Haar steht wild in alle Richtungen.

»Julie? Ich bin es, Chris! Legen Sie das Messer weg, alles ist gut!«, appelliert er laut und eindringlich.

»Chris?«

»Ja, alles ist gut.«

Die Deckenbeleuchtung in der Küche vertreibt die düstere Spannung, die sich noch vor ein paar Minuten wie eine eiserne Hand über sie legte. Julie füllt den Wasserkessel und betrachtet sich erschöpft in der Spiegelung der Fensterscheibe über der Spüle. Sie sieht furchtbar aus.

»Wie sind Sie reingekommen?«

»Die Tür war nur angelehnt.«

Julie nickt flüchtig, wahrscheinlich hatte sie die Tür nicht verschlossen, als sie ins Haus lief. Wie dumm von ihr. »Und warum sind Sie hier?«, fragt sie Chris, ohne sich umzuwenden. Ihr ist die Situation peinlich.

»Ich dachte, ich bringe Ihnen das, worum sie Nina gebeten haben.« Er steht hinter ihr und hält ihr den Laptop entgegen.

Julie wendet sich ihm zu, den befüllten Kessel in der Hand. Abwechselnd blickt sie auf den Laptop und in sein Gesicht. »Warum ist Nina nicht hier?«

»Weil ich gern mit Ihnen reden möchte.«

»Und worüber möchten Sie mit mir reden?« Sie stellt den Kessel auf den Gasherd. Die blauen Flammen züngeln am Boden des Kessels entlang. Julie strafft ihre Schultern und nähert sich Chris, der zum Küchentisch schlendert, das Chaos aus benutzten Tellern und Tassen kommentarlos zur Seite schiebt und sich auf der Holzbank niederlässt. Seine gefalteten Hände ruhen auf dem Laptop vor ihm, als wolle er ihn beschützen.

Langsam lässt sich Julie auf einen Stuhl ihm gegenüber nieder, ohne den Laptop aus den Augen zu lassen. »Okay. Also, Herr Doktor, was möchten Sie wissen?«

Chis lacht auf. »Julie, bitte entspannen Sie sich. Ich bin nicht Ihr Feind.« Er lehnt sich ein wenig vor. »Nina sorgt sich um Sie, genauso wie ich. Wir möchten Ihnen helfen, denn ich bin mir sicher, dass es etwas gibt, was nicht in das Bild zu Patricks Tod passt. Sie wissen es, aber Sie wissen nicht, wie Sie es beweisen können.« Er sieht sie freundlich an, seine Stimme vermittelt ihr Ruhe. »Julie, Sie müssen mit mir reden, damit ich Ihnen helfen kann.«

Julies Augen sind immer noch auf den Laptop gerichtet, der eine magische Anziehungskraft ausübt. »Also gut. Ich schaffe es wirklich nicht allein. Ein Umstand, der mir nicht gefällt.« Jetzt blickt sie auf, und während sie Chris lange in die Augen schaut, wägt sie ihre Möglichkeiten ab. *Was ist, wenn er mich anlügt? Wenn er nur darauf wartet, dass ich mich ihm anvertraue, um mich dann doch an die Bullen auszuliefern und mich einsperren zu lassen?* Denn das, was ihr im Kopf herumschwirrt, ist im übertragenen Sinne einfach nur idiotisch, irre und grenzt an eine Wahnvorstellung. Sie ist nicht sicher, ob Chris sie wirklich versteht, auch wenn er es versuchen würde.

»Julie, ich bin ein guter Zuhörer und Sie können mir vertrauen.«

Julie lacht schrill auf. »Genau diese Worte sagte auch Nina über Sie.« Ihr Lachen verstummt schlagartig und sie wird ernst. Unablässig streicht sie mit der Hand über ihren Nacken, senkt den Kopf, macht sich klein. Sie würde sich am liebsten einrollen, die Augen schließen und erst wieder aufwachen, wenn alles vorbei ist. Ihre Stimme ist leise und von Unsicherheit getragen.

»Ich habe Schwierigkeiten mit Männern. Ich vermisse Margarete. Sie hat mich verstanden.« Nachdenklich betrachtet Julie ihre abgebrochenen Fingernägel. Ein hässlicher Anblick. Beschämt versteckt sie ihre Hände unter ihren Achseln. »Haben Sie Margarete gesehen?«

»Ja. Sie ist in der Tat eine bemerkenswerte Frau. Ich habe als Student ihre Vorlesungen geliebt. Und auch, als ich sie vor ein paar Tagen traf, um mit ihr über Sie zu sprechen, war der alte Zauber wieder da.«

»Dann hat Sie Ihnen alles von mir erzählt? Was hat Margarete gesagt? Wie viel wissen Sie über mich?« Und da ist sie wieder: ihre alte Panik, ihr lädiertes Selbstvertrauen.

»Sie hat mir von Ihnen und Juliette erzählt. Ich verstehe es, Julie. Machen Sie sich keine Sorgen. Ich verehre Margarete und ich zolle ihr meinen Respekt. Sie macht sich Sorgen um Sie und ist auf Ihrer Seite.«

Erleichterung erfüllt Julie über diese Nachricht. »Und Sie waren wirklich in ihren Vorlesungen?«

»Ja, das war ich und sie hat mich einiges gelehrt.« Chris lächelt ihr zu und macht sie darauf aufmerksam, dass der Kessel pfeift. Sichtlich entspannter wendet sich Julie dem Zubereiten des Tees zu. Sie bemüht sich sehr, dass der Tee perfekt wird. Sie möchte es vorbildlich machen, denn wenn Chris mit Margarete in Kontakt steht, dann will sie auf keinen Fall, dass Chris ein schlechtes Bild von ihr hat und es Margarete erzählt.

Sorgfältig serviert sie den Tee und setzt sich wieder auf den knarrenden Küchenstuhl. Nachdenklich rührt sie in ihrer dampfenden Teetasse. »Also gut, ich werde Ihnen sagen, was ich denke und was ich herausgefunden habe. Aber bitte verurteilen Sie mich nicht. Denn es klingt selbst für mich total verrückt.«

Julies Ausführungen beginnen wirr und unkonzentriert. Immer wieder springt sie in der Zeit und im Geschehen, bis sie ihren Erzählfluss gefunden hat. Chris hört ihr aufmerksam zu, macht sich Notizen in einem kleinen Buch, das er immer bei sich trägt.

Der Tee ist längst kalt und die Nacht hat sich schon breitgemacht. Der Wind streicht mit kalter Hand durch die Sträucher vor dem Küchenfenster. Immer wieder schlagen ein paar Zweige dagegen, was Julie zusammenzucken lässt.

»Konnten Sie mir folgen? Ich weiß, es ist alles ein wenig wirr. Aber meine Vermutung, dass dieser Markus etwas mit dem Tod von Patrick zu tun hat, will mir nicht mehr aus dem Kopf.« Sie knetet nervös ihre Finger ineinander und verstummt. Chris kennt solche Situationen und befürchtet, dass Julie gleich in ein tiefes Loch fallen könnte, weshalb er sie jetzt aufmuntert.

»Erzählen Sie bitte weiter, Julie. Erzählen Sie mir alles, was Ihnen durch den Kopf geht, alles, was Ihnen einfällt. Es ist wichtig.«

Julie nimmt einen Schluck kalten Tee und verzieht ihren Mund. Er ist genauso bitter wie ihr beschissenes Leben.

»Melanie hat mir eine Nachricht auf meinem Handy hinterlassen. Markus arbeitet bei einem Escort-Service. Sie hat mir den Link zur Website geschickt.« Unruhe befällt sie bei dem Gedanken an Melanie. Sie hat sie nicht zurückgerufen, viel zu sehr war sie mit sich selbst beschäftigt. Getrieben von ihrer Unruhe lässt sie ihr rechtes Bein auf und ab tanzen. »Ich brauche den Laptop.«

Ohne auf Chris' Zustimmung zu warten, zieht sie den Laptop zu sich heran. Der Bildschirm erstrahlt und in Windeseile gibt Julie die URL der Seite ein. »Das ist er.« Sie schiebt den Laptop zu Chris hinüber. Es macht sie nervös, dass Chris nichts sagt. Ein langes Schweigen hängt schal in der Küche, nur das Auf- und Abwippen von Julies Bein stört die Stille. Julie kann es nicht länger ertragen. »Nun sagen Sie schon. Was denken Sie?«

Allmählich wendet Chris seinen Blick vom Laptop ab und sieht Julie eindringlich an.

»Was wollte Victoria heute hier?«

»Sie wollte ihren Laptop, sie war ganz versessen darauf.«

»Haben Sie eine Ahnung, warum?«

»Nein.« Julie ist nicht wohl bei dem Gedanken, Victoria in irgendeiner Form etwas zu unterstellen. »Ich habe ihn benutzt und … auch in ihrer lokalen Ablage nachgesehen, aber da war nichts. Nur Geschäftliches.« Sie spürt, wie sich eine heiße Welle langsam von den Füßen zu ihrem Kopf bewegt. Sie hasst solche Momente. »Ich bin keine Schnüfflerin. Ich mag es ja auch nicht, wenn irgendjemand in meinen privaten Bereich eindringt. Und deshalb habe ich nur oberflächlich nachgesehen, weil es ja keinen besonderen Grund gibt.«

Sie ist nicht zufrieden mit ihrer Ausrede und es lähmt sie. Juliette ist da, will helfend einspringen. Julie wendet all ihre Willenskraft auf, um Juliette zum Schweigen zu bringen. Nur mit Mühe gelingt es ihr. Sie räuspert sich und legt ihre Hände auf den Tisch, um sie gleich wieder wegzuziehen, als sie bemerkt, wie der Schein der Deckenlampe ihre kaputten Nägel in grelles Licht taucht.

Chris tut so, als würde er nichts von alledem mitbekommen, weder von ihrer Unruhe noch von ihrer Scham über die kaputten Fingernägel. Er weiß, dass er sehr vorsichtig und behutsam vorgehen muss. Denn Julie ist kurz davor, dicht zu machen. Er lehnt sich an die Stuhllehne. In seinen Kopf geht er alles noch einmal sorgfältig durch. Er hat viel erfahren, vieles, dem er schnell nachgehen muss. Eines aber fehlt ihm noch.

»Sie sind eine bemerkenswert mutige Frau.«

Julie senkt ihre Augen und die Unruhe in ihr verstärkt sich. Er sieht es ganz deutlich an dem unaufhörlichen Wippen ihres Beines. Er muss sich beeilen. »Julie, Sie haben immer wieder davon gesprochen, dass Sie *ihn* gerochen haben? Wen meinten Sie damit?« Er hofft inständig, dass sie ihm die Frage beantwortet und noch ein bisschen durchhält. Seine Befürchtung scheint unbegründet. Julie sieht ihm fest in die Augen.

»Meinen Vater. Er hat immer nach Zigaretten, Alkohol und diesem Rasierwasser gerochen.«

»Wissen Sie noch, was das für ein Rasierwasser war?«

»Oh ja, ich selbst habe es ihm an seinen Geburtstagen und an Weihnachten geschenkt. *Tabac Original* … ich hasse diesen Geruch.«

»Und dieser Geruch war in ihrem Zimmer, als …«

»Ja, ich habe ihn überall im Haus gerochen.«

»Und dieser Geruch, war er auch da, als Patrick das Wohnzimmer betrat?«

Julie nickt stumm und umklammert ihren zierlichen Körper.

»Sie glaubten also, als Patrick in dieser stürmischen Nacht ins Wohnzimmer kam, das er ihr Vater sei?«

»Ja, aber dann … dann habe ich Patrick erkannt. Ich war verwirrt und …« Sie sieht Chris unverwandt an.

»Erzählen Sie bitte weiter.«

Schnaubend springt sie auf. Mit ausgreifenden Schritten durchquert sie die Küche. Den immer noch vorhandenen stechenden Schmerz in ihrem Knöchel verspürt sie kaum, dafür ist sie viel zu aufgebracht. »Wissen Sie was, Doktor Lange? Sie haben mich doch gesehen, was ich heute getan habe?« Sie hält kurz inne und stiert Chris an. »Als Sie ins Haus kamen und ich mit dem Messer auf dem Sofa saß …« Wild gestikulierend zeigt sie zum Wohnzimmer. »Dort, wo ich angeblich einen Menschen erstochen habe. Einen Menschen, den ich mochte, der mir nichts getan hat! Ich habe mich dort hingelegt, damit ich mich erinnere, was in jener Nacht geschehen ist. Ich habe alles so gemacht wie in dieser Nacht …« Sie verstummt. »Es war noch jemand da. Er kam auf uns zu, ich konnte nichts sagen, es ging so schnell und der Geruch meines Vaters war so stark …«

Julie schließt ihre Augen und konzentriert sich auf die Geschehnisse in jener Nacht – auch auf die Gefahr hin, in einen endlosen Strudel der Erinnerungen gerissen zu werden, aus dem sie so schnell nicht wieder auftauchen wird. Sie sieht Patrick, der sich zu ihr hinabbeugt, wie er sie fragt, ob alles in Ordnung sei. Sie spürt das Messer in ihrer Hand. Sie sieht, wie Patrick sich erschrocken umdreht und in dem Moment sieht sie ihn. Julie spürt noch einmal, wie Patrick unerwartet auf sie fällt, wie er sie ansieht mit seinem hoffnungslos fragenden Blick. Sie hört das gurgelnde Geräusch, als das Blut aus seinem Mund rinnt, Blasen schlägt. Und sie hört seine Stimme, als er mit letzter Kraft sagt …

»Julie? Julie, ist alles in Ordnung? Setzten Sie sich.« Chris vermeidet es, sie zu berühren. Mit beruhigenden Worten versucht er, sie aus ihrer Regungslosigkeit herauszuholen. Doch sie steht einfach nur da und starrt vor sich hin. Unfähig, etwas anderes wahrzunehmen als die Bilder, Gerüche, Töne … die in ihrem Kopf sind.

41. KAPITEL

Melanie blinzelt zum Wecker. 7:00 Uhr. Sie bleibt ganz ruhig liegen und versucht zu ergründen, wie es ihr geht. Seit dem Abend, als sie Markus getroffen hat, ist ihr immer noch hundeelend. Dabei könnte sie schwören, dass sie nicht übermäßig viel Alkohol getrunken hatte. Außerdem macht sie die ganze Misere krank, dass er sie verarscht hat und offensichtlich ebenso Julie.

Der Kopf scheint okay zu sein, kein Schmerz, der sie zusammenzucken lässt. Im schnellen Rhythmus schließt und öffnet sie ihre Augen, dreht langsam ihren Kopf von einer Seite zur anderen. Kein Schwindelgefühl. Perfekt. Ein Lächeln schleicht sich auf ihre Lippen und sie wagt es, sich aufzusetzen. Erleichtert atmet sie auf und schwingt ihre Beine über den Rand des Bettes. Alles ist so, wie es sein soll, nur das Knurren ihres Magens führt sie direkt in ihre Küche.

Sie öffnet den Kühlschrank und stellt genervt fest, dass sich dort nichts befindet außer einem Glas Marmelade und einer unansehnlichen Leberwurst. Während sie sich für die Marmelade entscheidet, schwört sie sich nicht zum ersten Mal, ab jetzt besser für sich zu sorgen.

Mit verschränkten Armen wartet Melanie darauf, dass der Toaster seinen Job macht. Die Vorfreude auf die süße Speise erfüllt sie und mit wässrigem Mund bestreicht sie schließlich ihren Toast. Gerade als sie hineinbeißen will, klingelt es. Melanie schielt zur Küchenuhr. Viertel nach Sieben. Nein, sie wird nicht öffnen. Es klingt ein zweites Mal, ein drittes … »Scheiße!«

Melanie schleicht zur Tür und linst durch den Spion. Als sie Chris erkennt, beruhigt sich ihr Herzschlag.

Chris blickt sich in dem chaotischen Wohnzimmer um, beobachtet Melanie, wie sie völlig aufgedreht versucht, ein wenig Ordnung zu machen. »Entschuldigen Sie, Melanie, dass ich so früh am Morgen hier hereinplatze. Ich habe mit Julie gesprochen. Sie sagte mir, dass Sie mir weiterhelfen können.«

Unvermittelt beendet Melanie ihre Tätigkeit. »Wie geht es ihr, wo ist sie?«

»Es geht ihr gut.« Er sieht sich suchend nach einem Platz um, auf den er sich setzen kann.

»Entschuldigen Sie die Unordnung … normalerweise sieht es hier nicht so aus.«

Chris nickt verständnisvoll. Er kennt diese Entschuldigung, weshalb er nicht darauf reagiert. »Kein Problem. Es dauert auch nicht lange. Ich möchte mit Ihnen über Markus sprechen.«

Melanie verzieht ihr Gesicht zu einer schmerzenden Grimasse. Damit hätte sie rechnen müssen, aber nun ist es zu spät und überhaupt dieser Mistkerl hat es verdient, dass er etwas genauer unter die Lupe genommen wird. Selbstbewusst fegt sie ein paar Kleidungsstücke vom Sofa und lässt sich darauf nieder. »Okay, was wollen Sie wissen?«

***

Das Café *Gnosa* im Hamburger Stadtteil St. Georg ist an diesem Morgen nur spärlich besucht. Victoria fühlt sich deplatziert. Sie mag ihre dunkle Sonnenbrille nicht abnehmen. Die Angst, dass sie jemand erkennen könnte, ist gewaltig. Immer wieder sagt sie sich, dass es viel zu lange her ist, dass sie in diesem Stadtteil am nahegelegenen Hauptbahnhof herumlungerte, jeden um eine Mark anbettelte oder mit dem ein oder anderen mitging, um sich ihren Lebensunterhalt zu verdienen.

Warum glotzt sie dieser Typ vom Tisch gegenüber so an? Jetzt lächelt er und nickt ihr zu. *Scheiße!* Er denkt mit Sicherheit, dass sie eine Nutte ist, die sich ein Frühstück genehmigen will, bevor sie sich zu ihrem ersten Freier aufmacht. Wütend über ihre eigenen Gedanken, wendet sie sich zur Seite und zu guter Letzt faltet sie das Hamburger Abendblatt auf, um sich dahinter zu verschanzen.

»Guten Morgen.« Eine fröhliche Stimme lässt die Zeitung um ein paar Zentimeter nach unten sinken.

»Schöne Frau, was darf ich Ihnen bringen?«

»Einen Milchkaffee bitte.«

Mit einer grazilen Verbeugung entschwindet der junge Kellner und Victoria sucht mit ihren Augen das Café ab. Als der Typ ihr noch einmal zunickt, verbirgt sie sich flugs wieder hinter ihre Zeitung.

Immer wieder schielt sie auf ihre Armbanduhr, blickt sich verstohlen in dem Café um. Nichts. Ihre Verabredung ist zu spät und das macht sie nervös.

***

Schulz trommelt ungeduldig auf das Lenkrad seines Dienstwagens. »Okay, wie gehen wir vor?«

»Sie fragen, ich höre zu. Wie immer.« Chris zwinkert Schulz zu, der ihn mit seinen müden Augen ansieht, als hätte er einen dummen Witz gemacht. »Glauben Sie wirklich an diese Geschichte?«

»Ja, ich glaube Julie. Sie ist keine Person, die sich etwas aus den Fingern saugt. Sie will niemandem gefallen, sondern einfach nur ihre Ruhe.«

Nicht überzeugt von seinem Statement, biegt Schulz in die Hochallee ein. Das einzig Gute an diesem Morgen ist, dass er auf Anhieb einen Parkplatz findet. Gott, wie froh wird er sein, wenn er erst auf dem Land wohnt. Weit ab der großen Stadt mit ihrem Verkehr, den hektischen Menschen und all den Verbrechen. Er atmet seufzend aus und schielt zu Chris, der neben ihm sitzt und das alte *Kaufmannshaus* in der Hochallee beobachtet. »Sind Sie wirklich sicher, Chris? Für mich hört sich das ganze sehr nach einem Hirngespinst an. Ein Mann, der ein Callboy ist, macht sich an Julie ran, nur um dann den Geliebten ihrer Schwester zu töten? Kommen Sie, Chris, mal ehrlich: Ist das nicht ein wenig zu weit hergeholt?«

»Wenn man es so weit runterkocht wie Sie, dann ja. Aber schauen wir doch erst mal, was wir jetzt erfahren.«

Schulz brummelt etwas Unverständliches vor sich hin, bevor er aus dem Wagen steigt. Chris bleibt einen Moment lang sitzen. Ein zwiespältiges Gefühl kriecht langsam in ihm hoch. Hat Schulz recht? Was ist, wenn Julie den Teil, der sie und Markus betrifft, erfunden hat? Nein, denn schließlich hat Melanie bestätigt, dass Markus Julie angesprochen hat. Noch kannten sie nicht alle Puzzleteile. Noch waren die Zusammenhänge nicht klar deutlich.

Schulz klopft an das Seitenfenster, beugt sich herunter und grinst Chris an. »Was ist jetzt? Gehen wir da jetzt rein oder starren wir Löcher in den blauen Himmel?«

Der Hausflur ist vollgestellt mit Kinderwagen und Fahrrädern. Der Marmor an den Wänden hat schon bessere Zeiten gesehen und der Fahrstuhl ist außer Betrieb.

»Das kostet Sie was, Chris. Wenn das kein Treffer ist und ich hier umsonst die Treppen hochkraxeln muss.«

Chris sagt kein Wort, viel zu sehr ist er mit seinen eigenen Gedanken beschäftigt. Was hat er übersehen? Da ist etwas, er weiß es. Nur was?

Schulz keucht lautstark, als sie endlich im dritten Stock angekommen sind. »Warten Sie! Erst muss sich meine Pumpe wieder beruhigen.«

Nach dem zweiten Klingeln wird die Tür aufgerissen und ein äußerst attraktiver Mann sieht sie fragend an.

»Markus Hannemann?« Schulz ist ganz in seinem Element, als er Markus seine Dienstmarke vor die Nase hält. Seine Miene ist seriös und ohne Emotion.

Markus hat sich schnell gefangen. »Meine Herren, kommen Sie herein. Wie kann ich Ihnen behilflich sein?«

»Sie arbeiten für einen Escort-Service, ist das richtig?«

»Ja. Gibt es ein Problem?«

»Kennen Sie diese Frau?« Schulz zeigt ihm ein Foto von Julie.

»Nein, tut mir leid. Ich würde mich bestimmt erinnern. Sie sieht nett aus.« Er grinst Schulz an. »Was ist mit ihr?«

»Sind Sie ganz sicher?«

»Aber ja, ich würde mich mit Sicherheit an sie erinnern.«

»Tja, die Dame behauptet, dass Sie mit Ihnen essen war.«

Markus streicht sich über seinen Nacken und es hat den Anschein, als würde er angestrengt überlegen. »Zeigen Sie mir bitte noch mal das Foto.«

Schulz hält es ihm hin, er beobachtet jede Regung in Markus' Miene.

»Oh doch, stimmt. Entschuldigen Sie, dass passiert mir öfters, dass ich privat und Job nicht wirklich trennen kann.«

»Erzählen Sie mir von dem Abend.«

»Da gibt es nicht viel zu sagen. Ich habe sie angesprochen, dann sind wir etwas essen gewesen und das war es auch schon.«

»Sicher?«

»Ja, absolut. Die Frau war … nun, irgendwie merkwürdig und nicht gerade in Partystimmung. Ich hatte keine Lust, den Unterhalter zu spielen. Sie verstehen?«

»Aber ist das nicht Ihr Job?« Schulz zieht unmerklich eine Augenbraue hoch. Sein Blick ist stur auf Markus gerichtet.

»Ja, natürlich. Aber das war in meiner Freizeit und da möchte ich Spaß haben.«

»Wo waren Sie am Abend des 23. August?«

»Da muss ich nachsehen. Einen Augenblick.« Markus blättert in seinem Terminkalender, ein aufwendig in Leder gewirktes Buch. »Das war dieser Abend mit diesem schrecklichen Unwetter, wenn ich mich richtig erinnere, oder?« Er blättert zu dem Datum. »Ah ja, hier … Ich hatte eine Verabredung mit einer reizenden Dame.«

»Dürfte ich das sehen?«

Markus klappt seinen Terminkalender zu. »Nein. Das

ist leider nicht möglich. Wenn Sie etwas Genaueres wissen möchten, dann wenden Sie sich bitte an meine Agentur.« Er lächelt Schulz entschuldigend an und linst verstohlen zu Chris, der einfach nur dasteht und ihn beobachtet. »Wenn Sie sonst keine Fragen haben, ich muss jetzt zu einem Termin.«

»Doch, ich habe eine. Dürfte ich Ihr Bad benutzen?«

Markus lässt sich seine Ungeduld kaum anmerken. Äußerst zuvorkommend nickt er Chris zu und weist ihm den Weg.

Chris verschließt die Tür hinter sich und sein Blick geht suchend durch das kleine aber sehr komfortable Bad. Leise öffnet er den Spiegelschrank und dreht die Fläschchen vorsichtig hin und her. Er sieht im Schrank unter dem Waschbecken nach. Toilettenpapier, Reinigungsmittel. Nichts. Ratlos dreht und wendet er sich. Hat er wirklich erwartet, dass er eine Flasche Aftershave der Sorte *Tabac Original* hier finden würde? Ja, verdammt! Genau das hat er erwartet, ja sogar gehofft. Er schielt auf seine Armbanduhr. Fast halb elf. Er sollte Julie anrufen. Aber was sagt er ihr?

In aller Ruhe schlendert Chris zurück ins Wohnzimmer. Er sieht Schulz, wie er seine Hände tief in die Hosentaschen vergraben hat und interessiert Markus lauscht, der charmant auf ihn einredet. Dabei lehnt er lässig an seinem Schreibtisch, ein smartes Lächeln auf den Lippen.

Chris' Blick wandert durch den Raum. An der Tür zum Schlafzimmer erblickt er eine Reisetasche. »Sie wollen verreisen?«

Verdutzt sieht Markus ihn an. Chris macht eine entsprechende Kopfbewegung.

»Nein. Wie ich Ihnen schon sagte, habe ich noch einen Termin.«

»Und dazu benötigen Sie eine Reisetasche?«

Markus' Augen streifen ungeduldig zwischen Chris und Schulz hin und her. »Meine Herren, Sie wissen doch, was für einer Tätigkeit ich nachgehe. Ich weiß nie genau, was mich erwarten wird. Diesmal möchte die Dame eine Begleitung zu einem geschäftlichen Lunch. Aber wie oft habe ich schon erlebt, dass es sich ausdehnt und noch andere Unternehmungen spontan entschieden werden. Ich bin gern vorbereitet.« Markus sieht den Kommissar Zustimmung erheischend an.

»Das kann ich sehr gut verstehen«, antwortet Schulz verständnisvoll. »Okay, dann werden wir Sie nicht länger aufhalten.« Zögernd ergreift er Markus' ausgestreckte Hand.

Völlig untypisch für Schulz eilt dieser nun zur Tür, als könne er es kaum erwarten, an die frische Luft zu kommen. Selbst im Treppenhaus hastet er die Stockwerke hinunter. Nur ein einziges Mal blickt er sich nach Chris um, der ihm langsam folgt.

Draußen angekommen, atmet Schulz erleichtert die feuchtwarme Luft ein. Selbst der darin vermischte Geruch nach Abgasen stört ihn nicht.

»Alles in Ordnung?« Besorgt legt Chris seine Hand auf die Schulter des Kommissars.

»Mann, Chris. Noch eine Minute länger dort drinnen und ich wäre geplatzt ... So ein Gefühl hatte ich noch nie in meiner gesamten Laufbahn. Wie kann ein Mann nur so einem Job nachgehen? Und haben Sie bemerkt, wie er versuchte, mich zu umgarnen? Pfui Teufel!«

»Schulz, er wollte Sie nicht anmachen. Er ist nicht schwul.«

»Das weiß ich auch. Aber ich kann mir nicht vorstellen, dass Frauen einen Mann brauchen, der sie zu Events begleitet. Einen … Wie heißt das? … Escort?«

»Kommen Sie, Schulz. Wir leben im 21. Jahrhundert. Wir haben schon sehr lange die Gleichberechtigung. Männer bestellen sich Frauen, um einen vergnügten Abend zu haben, und warum sollten Frauen nicht dieselben Annehmlichkeiten nutzen?«

Ungläubig schüttelt Schulz seinen Kopf. »Das meinen Sie ernst, nicht wahr?«

»Yep.«

»Wissen Sie, was dieser Markus mir sagte? Dass er meinen Schnauzbart äußerst modisch und attraktiv findet. Der spinnt doch! Der Schnäuzer ist völlig aus der Mode. Der wollte sich nur einschleimen.« Schulz japst nach Luft vor lauter Aufregung. Und das ärgert ihn noch mehr. Niemals hat er sich so aufgeregt wie gerade eben. »Kommen Sie, Chris. Wir fahren ins Büro und tätigen ein paar Anrufe.«

Immer noch vor sich hin wetternd, steigt Schulz ins Auto. Er linst zu Chris, der nicht ein Wort zu seinem Ausbruch gesagt hat. »Ich wette, Sie haben nicht das gefunden, was Sie suchten.«

»Stimmt.«

»Ich habe es Ihnen gleich gesagt. Aber dennoch gehen wir dem Kerl mal ein wenig auf die Nüsse und mischen seine Agentur auf. Mal sehen, was wir herausfinden können. Meine Nase sagt mir, dass der Kerl es faustdick hinter den Ohren hat.« Er schielt in den Rückspiegel und betrachtet flüchtig sein Antlitz, streicht sich über seinen Schnäuzer und murmelt etwas Unverständliches vor sich hin.

Chris sieht ihn ernst an. »Ich finde, Markus hat recht. Der Schnäuzer ist voll im Trend.« Schnell wendet Chris seinen Blick von Schulz ab, damit dieser nicht sieht, wie er sich das Lachen verkneifen muss.

42. KAPITEL

Julie hat keine Ahnung, wie lange sie schon an dem Fenster im Schlafzimmer ihrer Schwester steht. Unentwegt kaut sie auf ihren Fingernägeln herum, ohne es bewusst wahrzunehmen. Viel zu sehr ist sie damit beschäftigt, die Auffahrt zu beobachten. Hatte Chris ihr nicht versprochen, schnell zu ihr zurückzukommen, wenn sich alles geklärt hat? Er wollte sie abholen und nach Hause bringen. Wie sehr sehnt sie sich nach ihrem Zuhause. Ihrem Bett, ihrem Bad, ihrem Shampoo, ihrer Musik, ihrer Ruhe.

Wütend zieht sie die Vorhänge zu, um sie Sekunden später wieder zu öffnen. Irgendetwas stimmt nicht. Aber was? Sie reißt das Fenster auf und lehnt sich weit hinaus. Sie kann vage die Straße erkennen, auf der kaum Verkehr ist. Nur der Streifenwagen vor dem Haus bildet eine feste Konstante, auf die sie gern verzichten kann.

Unruhig schreitet sie das Zimmer ab. Was ist schiefgelaufen? Soll Sie Chris anrufen? Oder vielleicht Victoria? Sie müsste es doch auch wissen, ob Markus verhaftet worden ist. Und dann würde Victoria sie um Verzeihung bitten, dass sie so ekelhaft zu ihr war. Würde sie die Entschuldigung annehmen? Grübelnd kaut sie wieder auf ihren Nägeln und bleibt sich selbst die Antwort schuldig. Sie muss etwas unternehmen. Irgendetwas. Die Ungewissheit macht sie verrückt.

Sie schnappt sich ihr Smartphone und wählt Victorias Nummer. Nach einigem Klingeln springt der Anrufbeantworter an. Victorias sympathisch ruhige Stimme zu hören, versetzt Julie einen Stich. Sie hält ihren Atem an. Wie sehr würde sie jetzt mit Victoria sprechen wollen. Noch lange nach der Aufforderung, eine Nachricht zu hinterlassen, hält Julie das Smartphone fest an ihr Ohr gepresst.

Sie eilt in die Küche. Auf dem Tisch stehen immer noch die beiden Tassen und die Teekanne, unter die Chris seine Visitenkarte geschoben hat. *»Tu es nicht, mein Herz. Warte ab.«* Juliette sieht sie mahnend an. *»Sei nicht so ungeduldig. Du ahnst doch, dass etwas nicht stimmt, also überlege lieber, was es sein könnte.«*

»Verdammt, ich weiß es nicht. Ich bin tausendmal alles durchgegangen. Es kann nur so gewesen sein, wie ich es Chris gesagt habe.« Kraftlos lässt sie sich auf einem der Küchenstühle nieder.

»Denk nach, Julie! Woher wusste Markus von den Worten, die dich aufregen? Wer außer uns beiden weiß noch davon? All die Worte, die dieser Schweinehund von Vater dir damals immer ins Ohr flüsterte. Wer, Julie?«

»Victoria.«

»Ja, genau. Deine Schwester wusste es.«

»Nein! Das würde sie nicht tun. Niemals würde sie mir das antun. Es gibt keinen Grund dafür.«

Juliette beugt sich zu Julie herunter und flüstert ihr zu: *»Sag mir, warum sie es nicht hätte tun sollen. Sie hat dich schon einmal verraten.«*

Julie springt auf. »Du bist irre. Lass mich mit deinen Spinnereinen in Ruhe.«

»Schon gut. Ich halte mich zurück.«

Julie setzt sich wieder auf den Stuhl. Sie starrt auf die raue Oberfläche des Tisches, als würde dort die Lösung stehen.

»Jetzt habe ich eine Idee. Wie wäre es, wenn du Margarete anrufst?«

»Und was bitteschön soll ich mit Margarete besprechen?«

»Frag sie, was du tun sollst.«

***

Doktor Margarete Hallmann lehnt sich nachdenklich in ihrem mit weichen braunen Leder bespannten Bürosessel zurück. Was sie gerade gehört hat, stimmt sie ganz und gar nicht glücklich. Langsam erhebt sie sich aus dem Sessel, streicht ihre Leinenhose glatt und registriert, dass diese bereits völlig zerknittert ist. Um elf Uhr dreißig! Still fragt sie sich, wie die Hose wohl um siebzehn Uhr aussehen wird. Sie verzieht genervt ihren Mund, weiß sie doch nur zu gut, dass sie gerade versucht, sich abzulenken, denn die Leinenhose trägt sie schließlich nicht zum ersten Mal.

Mit verschränkten Armen sieht sie aus dem Bürofenster und schaut Chris hinterher, der sich mit schnellen Schritten entfernt. Er hat ihr gerade von Julie berichtet. Es gefällt ihr ganz und gar nicht, was sie hörte. Julie ist offensichtlich in ihr altes Muster zurückgefallen. Sie zieht sich zurück und hat die Führung an Juliette abgegeben. Aber noch viel schlimmer ist die Tatsache, dass der junge Doktor Lange an Julies Glaubwürdigkeit zweifelt. Denn offensichtlich sprechen die nackten Fakten dagegen.

Margarete spitzt ihre Lippen und lässt sie schnell von rechts nach links tanzen. Diese nicht ganz damenhafte Angewohnheit entspannt sie beim Nachdenken. Sie konnte Chris überzeugen, dass er gut daran tut, nicht an Julie zu zweifeln. Aber ist es wirklich so? Zu gern würde sie mit Julie sprechen. Vielleicht sollte sie sich einfach in den Wagen setzen und zu ihr fahren. Aber das wäre gegen ihre Prämisse, dass sie sich keinem Patienten aufdrängelt. Abgesehen davon wäre ein solcher Besuch ohne Begleitung der ermittelnden Polizei wohl nicht möglich. Oder sollte sie es einfach wagen? »Ach, verflucht noch eins«, schimpft sie leise und greift sich ihre Tasche, als der fröhliche Klingelton ihres Smartphones sie unterbricht. Sie atmet erleichtert auf, als sie Julies Stimme hört.

»Julie, was für eine schöne Überraschung, ich habe gerade an Sie gedacht.« Schnell bemerkt Margarete, dass ihre Patientin gehetzt wirkt. Völlig zusammenhanglos berichtet Julie ihr, was passiert ist. »Langsam, Julie, beruhigen Sie sich bitte.« Margarete lauscht, wie Julie tief ein- und ausatmet, darum bemüht, ihren Rat umzusetzen. Sie ist erfreut darüber, dass Julie es nicht vergessen hat. Und es bestärkt sie, dass ihre Patientin sehr wohl fähig ist, rational zu denken und sich noch nicht aufgegeben hat.

»Gut so, Julie. Und nun erzählen Sie mir Ihre Geschichte noch einmal, und zwar von Anfang an.«

Die Zeit vergeht wie im Flug. Als Margarete auf die Uhr auf ihrem Schreibtisch sieht, sind fünfzehn Minuten vergangen. Gebannt hat Sie Julies Ausführungen gelauscht. Und in Gedanken spult sie noch einmal ihren letzten Besuch in der Praxis ab. Sie erinnert sich daran, wie nervös Julie war, als ob sie etwas verbergen wollte. Jetzt ergibt alles einen Sinn.

»Julie, Chris war hier und er wird bald bei Ihnen eintreffen. Er muss nur noch etwas erledigen.« Sie kneift ihre Augen zusammen vor Scham, denn das war eine Lüge. Chris will Julie in die Psychiatrie einweisen. Das ist, was er noch zu erledigen hat.

»Ich möchte Sie bitten, dass Sie zurück nach Hamburg kommen. Wir klären alles gemeinsam auf. Ich bin auf Ihrer Seite, Julie. Ich weiß, dass Sie sich das alles nicht nur einbilden.« Sie spürt, wie Julie mit sich ringt und doch kennt Margarete schon die Antwort, bevor Julie sie ausspricht. »Julie bitte, wir …«

Julie hat aufgelegt. Ohne lange zu zögern, ruft sie Chris an. »Doktor Lange, Julie hat die Wahrheit gesagt. Ich erinnere mich daran, dass sie Andeutungen machte, als sie hier war, bevor sie mit ihrer Schwester aufs Land fuhr. Sie war anders als sonst. Sie war aufgewühlt. Geben Sie ihr eine Chance. Bitte!«

***

Julie stürmt aus dem Haus. Hektisch umrundet sie es und findet das Fahrrad. Wie eine Wilde radelt sie los. Sie muss sich bewegen, sonst wird sie wahnsinnig.

Der Wagen der Polizei fährt dicht hinter ihr her. Es interessiert sie nicht. Mit jedem Meter, den sie vorankommt, beruhigt sie sich. Juliette hat ihre Arme fest um Julies Taille gelegt. Bei jeder Bodenunebenheit juchzt Juliette freudig auf. Und auch Julies Laune steigt, weshalb sie nun ein paar Extraschlenker fährt, um Juliette glücklich zu machen. *»Wage es nicht. Bist du …?«*, giggelt Juliette, als Julie die Hände vom Lenker nimmt und laut schreit. »Ja, ich bin verrückt. Was soll's! Freiheit!«

Der Beamte hinter dem Steuer des Streifenwagens sieht seinen Kollegen fragend an. »Die ist bekloppt. Was machen wir denn jetzt?«

»Weiter hinterherfahren. Mann, wie ich das hasse. Aber wenigstens passiert endlich mal was.«

43. KAPITEL

Aufgeregt fliegen die Schwalben dicht über dem Boden, genau an der Stelle, wo vor noch nicht allzu langer Zeit ein leuchtendes Lilienbeet war. Immer wieder fliegen sie tief am Boden entlang, um dort gierig nach Insekten zu fischen, damit sie sich Fett anfressen für den langen Flug gen Süden.

Victoria sitzt auf der Holzbank und nimmt das faszinierende Flugschauspiel nicht wahr. Die Sonne sticht in ihrem Nacken und es tut ihr gut, diesen Schmerz zu spüren. Er lenkt sie von der Frage ab, warum Markus nicht zu der Verabredung gekommen ist. Was ist passiert? Wie soll sie weitermachen? Sie beißt die Zähne fest aufeinander. Sie muss stark sein. So wie ihre kleine Schwester es ist. Der Gedanke an Julie hat eine besondere Qualität angenommen und das irritiert sie von Stunde zu Stunde.

Die kühlen Hände, die sich auf ihren heißen Nacken legen, lassen sie zusammenzucken. Und doch wendet sie sich nicht um.

»Liebes, du wirst dir einen bösen Sonnenbrand einhandeln.«

Stephan beugt sich herunter und küsst ihren Nacken. Er atmet tief ihren wohligen Duft ein, streicht zärtlich mit seinem Daumen über die gerötete weiche Haut. »Hast du Lust auf einen Kaffee oder ein Glas Prosecco?« Seine Hände ruhen auf ihren Schultern. »Ich habe eine Überraschung für dich.«

»Eine Überraschung?« Sie wendet sich zu ihm, berührt seine Hand und lächelt ihn an. Sie weiß, dass er das von ihr erwartet.

Zärtlich umschlingt Stephan ihre Hand und küsst ihre Fingerspitzen. »Komm, Liebes. Ich bin gespannt, was du sagen wirst.«

Als sie ins Wohnzimmer gelangen, sieht sich Victoria um. Sie weiß nicht, was sie erwartet hat. Vielleicht einen Blumenstrauß, ein neues Designerkleid oder Schmuck. Aber auf dem gedeckten Kaffeetisch kann sie nichts entdecken.

»Nein, nichts von dem Üblichen.« Stephan lacht amüsiert. Victoria senkt hingegen schützend ihren Blick. Es erschreckt sie, wie gut er sie kennt, als hätte er ihre Gedanken gelesen.

»Setzt dich, Victoria.«

Mit einer bemühten Leichtigkeit nimmt Victoria ihm gegenüber Platz. »Du willst mich also noch ein wenig auf die Folter spannen?« Ihr Lächeln ist aufgesetzt und sie weiß es, sie spürt es in ihren Gesichtsmuskeln. Doch anscheinend hat Stephan nichts bemerkt oder es ist ihm egal. Er schenkt ihr Kaffee ein, gießt genau die Menge Milch dazu, wie sie es mag. Victoria muss sich zusammenreißen, um nicht laut aufzuschreien.

Er beobachtet sie akribisch. Es bereitet ihm Freude, sie so zu sehen, wie sie sich zusammenreißt und es schmerzt ihn zugleich. Er räuspert sich. »Okay, ich will dich nicht länger schmoren lassen. Aber eigentlich bin ich es, der wissen will, wie du darauf reagieren wirst. Ich hoffe, es macht dir Freude.«

Umständlich reicht Stephan ihr einen Umschlag. Seine Augen strahlen voller Zuversicht und aufkeimender Zweifel. Victorias Hand berührt seine, als sie den Umschlag annimmt. »Keine Sorge, ich werde mich bestimmt darüber freuen.«

Sie öffnet den Umschlag und zieht zwei Flugtickets heraus. Lange starrt sie auf die Tickets, bis sie es begreift. Ein langes Wochenende auf Ibiza erwartet sie. »Das ist eine wunderbare Überraschung.« Sie erhebt sich eilig von ihrem Stuhl und umarmt Stephan, bevor er in ihrem Gesicht den Zwiespalt lesen kann. »Danke, Stephan«, haucht sie ihm ins Ohr. »Aber können wir das denn machen?«

»Ja, ich habe alles mit dem Herrn Kommissar abgesprochen.«

Sie nickt, küsst flüchtig seine Wange, bevor sie sich aus der Umarmung löst.

»Was ist, Victoria? Du bist so nachdenklich. Freust du dich wirklich?«

»Ja, natürlich! Es ist alles in Ordnung. Es ist nur so … so überraschend und …« *… und es passt gerade nicht, weil ich ein riesiges Problem habe,* vollendet sie den Satz in ihren Gedanken.

»Mach dir keine Sorgen, es ist alles geregelt.« Stephan zieht sie zu sich heran und küsst sie leidenschaftlich.

Zögerlich erwidert Victoria den Kuss und zum ersten Mal wünscht sie sich eine Freundin wie Juliette, die ihr die Hand hält und tröstende Worte in ihr Ohr haucht, während Stephan seine Hand unter ihr Shirt schiebt und ihre Brustwarzen massiert.

***

Völlig außer Atem, lehnt Julie das Rad an die Wand des Landhauses. Sie lässt ihren Blick über den Garten schweifen und ein Grinsen macht sich breit, als sie dieses perfekte idyllische Bild betrachtet. Sie fühlt sich ausgepowert und wieder klar im Kopf. Nur ihrem Knöchel hat die Radtour nicht gutgetan, aber das ist nebensächlich.

Sie holt Eiswürfel aus dem Gefrierfach, legt sie in ein Handtuch und humpelt damit zur Holzbank in der Küche. Während sie das kalte Handtuch um ihren Knöchel wickelt, verzieht sie ihr Gesicht. Als der Schmerz ein wenig nachlässt, lässt sie die angehaltene Luft langsam entweichen. Sie schließt erneut ihre Augen und ganz langsam fällt eine Last von ihr ab. Alle Gedanken verbannt sie aus ihrem Kopf. Sie will jetzt nur dieses einmalige Gefühl der Losgelöstheit spüren.

Sie muss eingenickt sein, denn die Sonne steht tiefer und die Schatten auf dem Boden sind lang. Müde reibt sie sich über ihr Gesicht und hält inne, als sie ein Geräusch hört. Chris. Das muss er sein.

Sie humpelt zur Tür und innerlich verflucht sie sich, dass sie ihrem armen Knöchel diese Fahrradtour zugemutet hat. Neugierig reißt sie die Tür auf und späht hinaus. Doch da ist niemand. »Chris?« Ein schüchternes Rufen, doch sie weiß, dass es unnötig ist. Denn hier draußen ist niemand. Nur der Streifenwagen auf der Straße.

Der Hunger treibt sie wieder in die Küche. Sie inspiziert den Kühlschrank, der deutlich weniger zu bieten hat als noch vor ein paar Tagen. Sie entscheidet sich für den Käse und das letzte Stück Brot.

Beherzt verspeist sie die karge Mahlzeit und murmelt

zwischen zwei Bissen: »Was für ein Genuss! Und jetzt eine ausgiebige Dusche.«

Fröhlich gestimmt, humpelt sie die Treppe hinauf. Als sie an der Tür zu ihrem Zimmer vorbeikommt, ist diese einen Spalt weit geöffnet. Sie stutzt und mit jeder verstreichenden Sekunde weicht ihre Fröhlichkeit einem beklemmenden Gefühl. Sie nimmt all ihren Mut zusammen und gibt der Tür einen Schups. Langsam schwingt sie mit einem leise knarrenden Geräusch auf. Angespannt steht Julie im Türrahmen und sieht ins Zimmer. Sie muss sich zwingen, genau hinzusehen. Doch da ist nichts Bedrohliches, alles ist so, wie sie es in Erinnerung hat. Schnell ergreift sie den Türgriff, als ihr Blick auf die Badezimmertür fällt. Sie ist ebenfalls einen Spalt geöffnet … Dabei ist Julie sich absolut sicher, dass sie verschlossen war. Sogar hundertprozentig sicher!

Sie zögert für einen Moment, dann wendet sie sich ab und zieht die Zimmertür zu. Hastig eilt sie zu Victorias Zimmer, als sie von der Diele ihren Namen hört. Unvermittelt schreit sie auf und wendet sich um. Unten am Treppenabsatz steht Chris, der sie entschuldigend ansieht.

»Entschuldigung, Julie, aber Sie haben die Tür schon wieder offengelassen.«

***

Chris kann nicht stillsitzen. Mit einem Ruck schiebt er den Stuhl zurück und wandert in der schummrig beleuchteten Küche auf und ab. So unruhig wie sein Hin- und Herwandern sind auch seine Gedanken. Er steckt in einer verdammten Zwickmühle. Genau wie Margarete glaubt er Julie, aber die Fakten sprechen gegen sie. Auch Margaretes Anruf, dass sie sich erinnert, wie Julie von der Verabredung mit einem Mann sprach, ändert daran nichts und macht ihm seine Entscheidung nicht leichter. Julie muss weg von hier. Sie muss in die Klinik.

Er stützt sich mit den Handflächen auf dem Küchentisch ab und blickt in Julies unruhige Augen. »Julie, wir haben ein Riesenproblem. Markus hat ein wasserdichtes Alibi für die Nacht.« Er hebt die Hand, da Julie sich ereifert, gerade etwas zu erwidern. »Nein, warten Sie. Es bedeutet nicht, dass wir ihn ausschließen, aber im Moment sieht es so aus, als käme er nicht in Betracht.«

Er setzt sich zu ihr an den Tisch, faltet seine Hände und bemüht sich, ruhig zu wirken. »Erzählen Sie mir noch einmal, wie Sie Markus kennengelernt haben und woran genau Sie sich erinnern.«

Julie runzelt die Stirn und schnaubt wie ein Drache Luft durch ihre Nasenflügel. Sie hat es satt. Immer ist sie diejenige, die alles erklären soll. Aber ist sie in der Position, sich jetzt darüber aufzuregen? Langsam beruhigt sie sich, leckt über ihre Lippen und sieht Chris an. »Also gut. Mit welchem Part soll ich beginnen?«

»Wie er Sie angesprochen hat.«

»Ich saß auf dieser Parkbank an der Alster. Es war warm und ich fühlte mich richtig gut. So hatte ich mich noch nie gefühlt, frei und voller Energie. Dann kam Markus und machte Konversation. Es klang so leicht und spielerisch. Nur allzu gern willigte ich in diese für mich verrückte Idee ein und ging mit ihm in ein nahegelegenes Restaurant. Doch dann setzten bei mir die alten Ängste ein und ich wollte nach Hause. Er zeigte Verständnis, doch als wir draußen waren, wollte er mich unbedingt noch zu einem Drink überreden. Aber mir war übel und ich hatte Kopfschmerzen …« Sie hält inne. Die Erinnerung an das Geschehene lässt sie frösteln. Sie hat ihren Blick fest auf die Tischplatte geheftet und zählt die kleinen Risse im Holz.

»Alles okay?«

»Ja. Er versuchte, mich zu überreden, kam ganz nahe an mich heran und ich roch seinen Atem.« Ein eisiger Schauer rinnt ihr den Nacken herunter. »Er roch nach Alkohol, Zigaretten … und Schweiß.« Sie blickt erschrocken auf. »Ich meine das nicht negativ, nur meine Nase ist sehr empfindlich … ich … Ach, was soll's, der Geruch war auch nicht ausschlaggebend, es war das, was er mir ins Ohr flüsterte.«

Sie richtet ihren Blick zur Seite, legt ihre Hand auf den lehren Stuhl neben sich. Ein leises Lächeln umspielt ihren Mund, als Juliette ihre Hand fest drückt.

»Ist Juliette hier?«

»Ja, sie ist immer bei mir.« Das Lächeln auf ihren Lippen verschwindet. »Stimmt nicht, denn in dieser Nacht war sie nicht da. Sie hätte mich warnen können, aber ich hatte sie weggesperrt.« Unruhig schaukelt sie hin und her. Sie hat Mühe, die Kontrolle zu behalten. Mit brüchiger Stimme fährt sie fort. »Er summte diesen Reim, den mein … Vater immer aufsagte, wenn er zu mir kam. ›*Zieh dein Kleidchen an, mein Engelchen. Und sieh mal, was Papa dir mitgebracht hat. Einen Lippenstift. Mach dich hübsch, mein Engelchen.*‹«

Es kostet sie Kraft und Überwindung, doch sie spricht weiter. »Ich weiß nicht mehr, was dann passiert ist. Als ich morgens aufwachte und ins Bad ging, fand ich überall Blut auf meiner Kleidung.«

Sie schielt zu Chris, der ihr zunickt. Es ist ein beruhigendes Nicken, eine Geste, die sie tröstet und ihr Glauben schenkt.

Doch in Chris schrillen die Alarmglocken und er hat Mühe, ruhig zu bleiben, die Fragen vorsichtig zu formulieren. »War Victoria bei Ihnen an diesem Morgen?«

»Ja. Wir waren verabredet. Ich hatte verschlafen, was sehr ungewöhnlich für mich ist.«

»Haben Sie mit ihr über das Blut an Ihrer Kleidung gesprochen?«

»Nein. Ich war völlig durcheinander und … und ich wusste nicht, was ich machen sollte. Also habe ich die Kleidung in die Waschmaschine gestopft.« Julie streicht sich nervös über ihre Arme. »Erst Tage später habe ich ihr davon erzählt. Als die Polizei diesen Toten aus der Alster gefischt hat. Erinnern Sie sich daran?« Sie macht eine Pause und schielt zu Chris.

»Ja, ich erinnere mich. Und Sie dachten, es wäre Markus?«

»Ja. Ich war fest davon überzeugt und wollte zur Polizei, um mich selbst anzuzeigen … ich, ich wollte Gewissheit haben. Die ganze Sache hat mich belastet. Verstehen Sie? Ich wollte es hinter mich bringen. Juliette hielt mich beim ersten Versuch zurück und dann beim zweiten war es Victoria. Ich stand schon vor dem Polizeigebäude, als sie mich zurückhielt. Aber zu dem Zeitpunkt wusste sie noch gar nicht, was ich vorhatte. Erst später habe ich es ihr gesagt.«

»Wie war Victorias Reaktion?«

»Sie war geschockt« Julie lacht auf. »Aber was ist schon

so ungewöhnlich daran? Jeder ist geschockt, wenn er meine Gedanken und Reaktionen mitbekommt.«

»Was hat Victoria dazu gesagt, als Sie es ihr erzählten?«

»Sie wirkte nervös und auch mitfühlend. Sie versprach, sich darum zu kümmern, den Namen des Toten aus der Alster herauszufinden. Ich sollte nichts überstürzen.«

»Und das tat sie auch?«

»Ja. Und ich war erleichtert, als sie mir sagte, dass der Tote nicht Markus war.«

»Julie, wer außer Ihnen und Victoria weiß von dem, was Ihr Vater zu Ihnen sagte, wenn … nun, wenn er sich Ihnen näherte?«

Julie runzelt ihre Stirn. Es dauert, bis sie den Sinn der Frage versteht.

»Nein! Hören Sie, Chris. Victoria hat nichts damit zu tun. Sie ist doch meine Schwester!«

»Julie, was denken Sie, woher Markus von dem Spruch wusste? Und wer war hier und hat ihn an den Spiegel geschrieben, wenn niemand außer Ihnen und Victoria darüber Bescheid weiß?« Inständig hofft er, dass Julie sich jetzt nicht zurückzieht.

Sie fängt wieder an, mit ihrem Bein zu wippen. Sie hasst es, doch es hilft ihr, den Stress zu kompensieren.

»Ich habe keine Ahnung.« Aufkeimende Zweifel fressen sich langsam aber stetig durch ihr Inneres. »Was ist, wenn ich es doch war? Wenn ich Patrick erstochen habe und mir nur selber einrede, dass da noch jemand war? Dieser Gedanke macht mich wahnsinnig.« Ihre Stimme wird brüchig, sie will nicht weinen, sie will sich endlich wie ein rational denkender Mensch benehmen. Entschlossen richtet sie sich gerade auf und hält ihr wippendes Bein fest. Dann versucht sie, ihrer Stimme einen resoluten Ton zu verleihen. »Ich möchte, dass Sie herausfinden, was geschehen ist. Egal wie. Auch wenn dabei herauskommt, dass ich es war.«

»Das werde ich. Versprochen.«

Chris erhebt sich und sieht auf Julie herunter. »Wissen Sie was, warum kommen Sie nicht mit zu mir und Nina? Wir kochen etwas zusammen. Ich weiß, Nina würde sich sehr freuen.«

Einen winzigen Augenblick ist Julie versucht, freudig einzustimmen. Der Gedanke an Nina mit ihrer unkomplizierten Art, an ein köstliches Mahl und die duftende Bettwäsche ist verlockend. »Nein. Wenn alles vorbei ist, dann sehr gern.«

»Kommen Sie, Julie. Sie können nicht länger hier alleinbleiben. Ich habe kein gutes Gefühl dabei.«

»Nein.« Das Wippen ihres Beines wird wieder stärker. Die Unruhe in ihr ist kaum auszuhalten.

»Julie, mir ist wohler, wenn Sie in meiner Nähe sind.«

Julie schüttelt energisch ihren Kopf, wird dann aber doch unsicher. »Und das ist keine Falle? Sie bringen mich nicht in die Klapse oder liefern mich der Polizei aus?«

»Nein. Ich denke nur, dass es besser für Sie ist.«

»Warum?«

»Es ist kompliziert. Sie müssen mir vertrauen.« Er sieht Julie eindringlich an. »Bitte.«

Nachdenklich kaut Julie auf der Innenseite ihrer Wange. Sie wägt ihre Optionen ab. Hat sie überhaupt welche?

»Also gut, aber nur weil der Kühlschrank leer ist.«

»Das ist ein schlagendes Argument. Ich freue mich über Ihre Entscheidung.«

»Ich packe nur schnell ein paar Sachen zusammen. Warten Sie hier.«

Während Julie nach oben poltert, zieht Chris sein Smartphone aus seiner Hosentasche. Kurz sortiert er noch einmal seine Gedanken. Er sieht aus dem Fenster, betrachtet das Farbenspiel der untergehenden Sonne und denkt sofort dabei an Nina. Sie hätte ihre Freude an diesem Bild der Harmonie.

Seufzend wendet er sich seinem Smartphone zu, um Schulz anzurufen, damit er ihm seine Vermutung nahelegen kann. Mailbox. *Verdammt!* Er räuspert sich. »Hallo, Schulz. Ich bin es, Chris. Sie müssen schnellstens zu Victoria …« Chris spürt eine Bewegung hinter sich und hält kurz inne. »Ich bin gleich soweit, Julie …« Der Schlag auf seinen Hinterkopf trifft ihn mit voller Wucht. Chris hat nicht einmal mehr die Chance, sich umzudrehen.

44. KAPITEL

Regungslos liegt Victoria auf dem Rücken. Ihre Augen stur auf die hohe Zimmerdecke ihres Schlafzimmers gerichtet, ihre Gedanken irgendwo im Nichts.

Sie spürt nichts, nicht einmal Stephans Arm, der besitzergreifend auf ihrem Oberkörper ruht. Sie hat nichts gespürt, als sie Sex hatten, noch nicht einmal Abscheu oder Ekel. Es war, als hätte sie sich selbst beobachtet. So wie damals. Da hatte sie sich auch von ihrem Körper gelöst, saß auf dem Stuhl neben ihrem Bett und sah zu, wie ihr Vater sie vergewaltigte. Sie war allein. So wie jetzt. Und schon zum zweiten Mal an diesem Tag wünscht sie sich, sie hätte so wie Julie eine ganz spezielle Freundin. Wäre ihr Leid dann besser zu ertragen? Was wäre gewesen, hätte sie Julie damals mit sich genommen, würde Julie dann ein Leben führen ohne ihr zweites Ich, ohne Juliette, die ihr Leben mitbestimmt?

»Liebes? Alles in Ordnung?« Stephan hat sich aufgerichtet und streicht ihr besorgt eine Träne von der Wange.

Sie hat es nicht einmal bemerkt, dass sie weint. »Ich habe nur nachgedacht.« Sie steigt aus dem Bett, zieht ihren Morgenmantel an und will ins Bad. An der Tür wendet sie sich noch einmal zu Stephan um, der sie mit ernster Miene beobachtet.

»Ich freue mich wirklich auf dieses Wochenende.«

Stephans Gesichtszüge entspannen sich. »Du weißt gar nicht, wie erleichtert ich darüber bin.« Er schielt zur Uhr auf seinem Nachttisch. »Verflucht, wir müssen uns beeilen!« Wie ein Teenager kichert er glücklich und voller Freude auf. »Das wird toll. Ich weiß es jetzt schon. Die Sonne, das Meer und nur wir zwei …« Er sieht sie mit einem lüsternen Blick an. »Aber jetzt sollten wir uns sputen.«

Nichts lieber als das, schießt es Victoria durch den Kopf und verschwindet im Bad.

Akribisch schrubbt sie ihren Körper ab. Sie will ihre Haut von Stephans Berührungen reinigen. Seinen Geruch abwaschen. Weinend presst sie sich eine Hand vor den Mund, damit ihre Schreie nicht den Weg nach draußen finden. Sie ist nichts anderes als eine verdammte Hure. Nichts hat sich für sie geändert, als Stephan sie in *seine Obhut* nahm. *Obhut*, das war sein Lieblingswort. Nur langsam beruhigt sie sich und trifft eine Entscheidung, die längst überfällig ist.

Voller Wut über sich selbst reibt sie mit der flachen Hand über den beschlagenen Spiegel. Was sie in der Reflexion erblickt, spiegelt haargenau ihren Zustand wider. Ihre sonst so weichen Gesichtszüge haben harte Konturen angenommen, ihre Augen sind glanzlos und ohne Ausdruck.

Nachdem sie sich ihr Haar geföhnt und zu einem legeren Knoten gebunden hat, ist sie in bequeme Kleidung geschlüpft und sortiert nun diverse Toilettenartikel in ihren Kulturbeutel. Bis auf ihren Rasierer hat sie alles, was sie für das Wochenende braucht. Sie durchwühlt die Schubladen der Badezimmerkommode und spürt, wie sich langsam Zorn in ihr zusammenbraut. Genervt reißt sie die Schublade von Stephans Kommodenseite auf, weil sie weiß, dass er es liebt, ihren Rasierer zu benutzen. Sie hasst es. Ganz hinten entdeckt sie ihn, hat ihn schon in der Hand, doch der Ekel ist einfach zu groß und sie donnert ihn wieder zurück in die Schublade. *Dann werde ich mir wieder mal einen neuen Rasierer kaufen*, denkt sie grimmig und schaut dabei in die Schublade. Ihr Atem stockt. Ihr Herz rast. Mit zittrigen Fingern langt sie in die Schublade und hält einen Flakon in der Hand. *Tabac Original.*

»Victoria, Liebes, bitte beeil dich. Ich möchte auch noch kurz unter die Dusche springen.« Stephans fröhlich leichte Stimme dringt durch die Badezimmertür und erschrickt sie. Hastig verstaut sie das Fläschchen wieder in der Kommode. Nur mit Mühe schafft sie es, ihr rasendes Herz unter Kontrolle zu bekommen. Sie konzentriert sich auf ihre Atmung und streicht sich eine Haarsträhne aus der Stirn, bevor sie mit einem Lächeln die Badezimmertür öffnet.

»Das Bad gehört dir, mein Schatz.« Im Vorbeigehen haucht sie Stephan einen Kuss auf die Wange. Inständig hofft sie, dass er sie nicht zurückhält. Sie kann ihm jetzt nicht in die Augen sehen. Sie würde sich verraten.

Hastig und wahllos stopft sie ein paar Kleidungsstücke in ihre Reisetasche. Ihre Gedanken laufen auf Hochtouren. Was hat das alles zu bedeuten? Es ergibt überhaupt keinen Sinn. Oder doch? Ganz tief in ihrer Seele regt sich eine böse Ahnung.

Sie lauscht dem Singen von Stephan, das zu ihr aus dem Bad dringt, und schätzt ab, wie lange er brauchen wird. Hastig rennt sie in sein Arbeitszimmer. Sie hat keine Ahnung, wonach sie suchen soll. Doch immer wieder hallen ihr seine Worte durch den Kopf: ›*Ich kenne dein kleines Geheimnis, Victoria*‹.

Hektisch durchwühlt sie Stephans Schreibtisch. Immer wieder horcht sie, ob Stephan in der Nähe ist. Nichts. Nachdenklich schaut sie sich um. Hier muss etwas sein! Oder liegt sie mit ihrer Vermutung falsch? Ihr Blick bleibt auf dem *Monet* hängen, der an der gegenüberliegenden Wand hängt. Der Safe!

Sie entfernt das Gemälde und gibt die Zahlenkombination ein. Stephan hat keine Ahnung, dass sie sie kennt. Doch wenn Victoria eines in ihrem Leben gelernt hat, dann Vorsorge zu treffen und immer bereit zu sein, die eigene Haut zu retten.

Mit einem leisen *Klack* öffnet sich der Safe und ihr mulmiges Gefühl wird stärker. Unter diversen Geschäftspapieren zieht sie einen braunen DIN-A4-Umschlag hervor. Sie dreht und wendet ihn. Kein Name, keine Notiz.

Mit bebenden Fingern öffnet sie den Umschlag. Fotos. Unmengen von Fotos, auf denen sie zu sehen ist. Sie in inniger Umarmung mit Patrick, lachend beim Shoppen in ihrer Lieblingsboutique, mit Julie beim Eis essen an der Alster. Victoria blättert die Fotos schnell durch und dann findet sie das, wonach sie gesucht hat. Fotos mit ihr und Markus. Ein gefaltetes Blatt Papier fällt aus dem Stapel Fotos. Mit bebenden Fingern hebt sie es auf, faltet das Papier auseinander und streicht es glatt. Ihr Adrenalinspiegel schnellt in die Höhe. Ein Auszug aus Julies Akte.

Rasch verstaut sie alles wieder ordentlich im Safe. Weit hinten im Safe erblickt sie eine Pistole. Ihre Finger berühren den kühlen Stahl. Es erregt sie.

Nachdem sie den Safe geschlossen hat, sieht sie sich

noch einmal in dem Büro um. Alles ist an seinem Platz. Sie öffnet die Tür und Stephan steht vor ihr. In seiner Hand hält er ihren Rasierer. »Victoria, mein Liebes, den hier hast du vergessen.«

»Oh, vielen Dank.« Victoria schluckt den trockenen Kloß in ihrem Hals herunter und sie will sich an ihm vorbeischlängeln. Doch mit einem Schritt versperrt Stephan ihr den Weg. Er legt einen Finger unter ihr Kinn und zwingt sie so, ihn anzusehen. »Liebes, ist alles in Ordnung? Du wirkst durcheinander?«

Victoria überwindet sich, ihm in die Augen zu sehen. »Ja, alles bestens. Wie viel Zeit haben wir noch?«

»Was hast du in meinem Büro gesucht?« Seine Frage hat eine pikante Schärfe. *Nur nicht nervös werden!* Wenn sie jetzt vernünftig agiert, kann sie das Ruder noch herumreißen.

»Willst du es wirklich wissen?« Ihre Stimme zaubert ein wollüstiges Timbre. Die Erotik darin ist zum Greifen nahe.

Stephan verzieht seinen Mund zu einem spöttischen Lächeln. »Nein, eigentlich nicht.«

Trotz ihrer Bemühungen hat sie diese Antwort nicht erwartet. Beide taxieren sich für Sekunden. Dann beugt Stephan sich zu ihrem Ohr und flüstert. »Liebes, ich habe alles geregelt. Du brauchst dir keine Sorgen zu machen.«

Victoria tritt einen Schritt zurück. Sie muss in seine Augen sehen. »Was meinst du damit?«

»Ach, hören wir doch mit den Spielchen auf. Wir sind erwachsen. Ich weiß, was du vorhattest. Ich weiß, dass du ein Verhältnis mit meinem besten und zugegebenermaßen einzigen Freud hattest. Um es kurz zu machen, du wolltest mich aus dem Weg haben, um mit Patrick ein neues Leben zu beginnen.« Er fühlt, wie sein Blut anfängt zu kochen. »Du hast ja keine Ahnung, wie sehr du mir wehgetan hast. Du hattest kein Recht dazu. Schließlich biete ich dir ein Leben, das du kleine Schlampe ohne mich niemals bekommen hättest. Ausgerechnet Patrick! Wusstest du, dass er pleite war?« Stephan holt tief Luft. Feiner Speichel hat sich in seinen Mundwinkeln gebildet, den er mit dem Handrücken wegwischt. »Er hätte dich in den Abgrund gerissen, Liebes. Das konnte ich nicht zulassen.«

In seinen Augen ist eine Härte, die sie verunsichert. Sie hat den kleinen Vorfall nicht vergessen, als er zum ersten Mal handgreiflich wurde. »Es tut mir leid, dass ich dir wehgetan habe.« Ihre Stimme ist dünn und voller Angst.

Stephan stupst mit seinem Finger auf ihre Nasenspitze, als würde er einen Welpen maßregeln, der gerade versucht hat, ihn zu zwicken. »Deshalb verzeihe ich dir auch, weil ich weiß, dass du niemals dein Vorhaben durchgezogen hättest. Im Grunde bist du in deinem inneren Kern eine ganz sensible Person und das schätze ich sehr. Du hast plötzlich Gefühle für Julie entwickelt. Stimmt's? Die Einsamkeit im Landhaus, die Gespräche … da hast du deinen ursprünglichen Plan geändert.« Er lacht kehlig auf, genießt ihren erstaunten Ausdruck. »Ach Victoria, ich weiß alles …«

»Was redest du da Stephan? Was soll das? Denkst du wirklich, ich …«

»Ein schwacher Versuch, Victoria. Ich weiß alles! Aber lassen wir das«, erwidert er nonchalant. »Komm, wir müssen jetzt los. Es ist alles minuziös getimt.«

Victoria bleibt abrupt stehen. »Stephan! Du machst mir Angst. Was soll das alles?«

»Liebes, diese Theatralik steht dir nicht. Aber gut, wenn

du unbedingt darauf bestehst. Dieser Markus, den du angeheuert hast, damit er Julie dazu bringt, wieder in ihr altes Muster zu verfallen … also ehrlich: Pfui, Victoria! Deine eigene Schwester!« Angewidert sieht er sie an. »Das hätte ich nie von dir erwartet, das ist unter deiner Würde, Liebes. Und unter meiner.«

»Was redest du da? Warum sollte ich das tun?«

»Victoria, ich bitte dich! Du hast geplant, dass Julie mich aus dem Weg schafft, sobald sie wieder wirr genug im Kopf ist. Wirklich kein netter Zug von dir. Julie hat das nicht verdient. Dieses verrückte Schäfchen …« Seine Gedanken scheinen weit weg zu sein. Und dann, als wäre nichts geschehen, lächelt er Victoria an. »Aber es war eine vortreffliche Chance, deinen Plan für mich zu nutzen.« Sein Lächeln wird breiter. Mit einem Ruck zieht er Victoria zu sich heran. »Ich wollte nicht warten, bis du es dir doch noch anders überlegst. Die Nacht war perfekt für einen *Unfall.*« Schwer atmet er aus. Es liegt so viel Verachtung in seinen Worten. »Eigentlich sollte ich dir auf gewisse Weise sogar dankbar sein, Liebes.«

Er ist ganz nah an ihrem Gesicht, sie kann seinen heißen Atem spüren. »Nein, das ist nicht wahr …«, flüstert sie fassungslos.

»Hör auf, Victoria! Du musst nicht mehr lügen. Ich habe mit Markus geredet. Nun sieh mich nicht so entgeistert an. Weißt du, warum er nicht zu deiner Verabredung gekommen ist? Ich habe ihm mehr geboten als du. Diesem kleinen Strichjungen. Er hat einen Batzen Geld dafür bekommen, dass er die Sache zu Ende bringt und sich anschließend in Luft auflöst. Nun ist zwar meine *Schwarzkasse* auf null, aber das ist mir die Sache wert. Er ist ein eifriger

Kerl und wartet bestimmt schon auf seinen großen Einsatz. Punkt 19:00 Uhr haben wir vereinbart. Bis dahin sollten wir eingecheckt haben und im besten Fall in der Maschine nach Ibiza sitzen. Also, hopphopp!« Stephan genießt den perplexen Ausdruck in ihren Augen. »Liebes, ich verschaffe dir hier das beste Alibi, das du kriegen kannst. Julie wird für immer verschwinden, Patrick … nun, der hat ja schon das Zeitliche gesegnet. Es wird keine Spur zu uns führen. Noch heute Abend sind wir aller Sorge ledig. Ist das nicht toll?« Selbstverliebt klatscht er in die Hände. Er würde am liebsten die ganze Welt umarmen, so sehr ist er von sich und seiner Planung begeistert. »Wir beide sind ein Team. Das ist doch unser Motto, Liebes! Oder?«

»Ja, so ist es wohl.« Victoria muss sich zwingen, nicht laut zu schreien. Sie will ihm wehtun, ihm die Augen auskratzen, sein Blut unter ihren Nägeln sehen. Er soll leiden, um sein Leben betteln. In ihrem Kopf arbeitet es wie wild. Sie muss eine Entscheidung treffen.

»Nun, Liebes, was ist? Sind wir ein Team? Fangen wir ein neues Leben an, nur wir beide?«

»Ja, natürlich.«

Stephan verstaut die Reisetaschen im Kofferraum seines Jaguars. Er pfeift ein Lied und fühlt sich großartig. Endlich geht alles wieder seinen geregelten Weg, so wie er es mag, wie er es will. Voller Elan schwingt er sich hinter das Lenkrad und zwinkert Victoria zu. »Nur wir beide am Strand von Ibiza. Ich kann es kaum erwarten.«

Victoria lächelt, als würde auch sie sich freuen, beugt sich zu ihm und küsst ihn leidenschaftlich.

»Stephan, du weißt gar nicht, wie dankbar ich dir bin.

Du hast eine riesige Last von mir genommen«, sagt sie und senkt kokett den Blick. »Ich schäme mich so. Du warst immer gut zu mir, und ich …«

»Alles ist vergeben und vergessen. Ich liebe dich. Das ist alles, was zählt.«

»Und ich liebe dich. Lass uns fahren und ein neues Leben beginnen.«

»Das tut gut. Danke, Liebes. Dann los!« Stephan dreht den Zündschlüssel um und startet den Motor.

»Oh nein!«

»Was ist los?«

»Ich habe meinen Ehering im Bad vergessen. Vor dem Duschen habe ich ihn abgenommen und …« Sie sieht ihn betrübt an. »Ach, wie dumm von mir. Ich laufe schnell ins Haus und hole ihn. Ohne den Ring kann ich doch nicht …« Sie hat ihre Hand schon am Türgriff.

»Nein! Warte, ich mache das.« Der Motor erstirbt. Während er die Tür öffnet, zieht er den Zündschlüssel ab und steckt ihn in seine Hosentasche.

»Mist!«, zischt sie leise, als Stephan im Haus verschwindet. Hektisch sieht sie sich um. Neben ihr steht der Alfa. Ein kurzer Hoffnungsschimmer glimmt auf. Sie kramt in ihrer Handtasche, verzweifelt auf der Suche nach ihrem Autoschlüssel. Sehnsüchtig schielt sie zu ihrem Wagen, als plötzlich Stephans Gesicht am Seitenfenster auftaucht. Er schüttelt seinen Kopf und Bedauern liegt in dieser Geste. Ihr Herz krampft sich zusammen, als er die Beifahrertür öffnet. »Tut mir leid, Liebes, aber wenn ich mich richtig erinnere, hast du ihn die ganze Zeit getragen.«

»Nein, ich bin mir hundertprozentig sicher, dass ich ihn abgelegt habe. Außerdem …«, sie hält ihre Hand hoch.

»Sieh, hier ist er nicht. Und ohne ihn will ich auf keinen Fall fahren.«

Stephan knallt die Tür zu, umrundet das Auto und steigt ein. »Netter Versuch, Victoria.« Er startet den Wagen. »Ich hoffe, du entspannst dich und wirst das tun, was wir besprochen haben. Ich bin derjenige, der den Ton angibt. Das sollte dir doch längst klar sein.«

»Falsch!« Blitzartig zieht Victoria die Pistole aus ihrer Handtasche. Mit Genuss zieht sie den Schlitten zurück und zielt auf Stephans entsetztes Gesicht.

»Aussteigen, sofort!«, befiehlt sie ihm und fuchtelt mit der Pistole vor seinem Gesicht herum.

»Victoria, bitte! Das ist jetzt nicht dein Ernst? Du machst einen Fehler ...« Stephan hat sich von dem ersten Schreck erholt, lässig streckt er ihr eine Hand entgegen und setzt sein Gewinner-Lächeln auf. »Liebes, gib mir die Pistole, bevor noch ein Unglück geschieht.«

»Sei still und tu, was ich dir sage!« Sie rückt weiter von ihm ab, seine Hand fest im Blick. »Du warst es! Du hast das alles arrangiert, stimmt's? Das Rosenbett, den Schriftzug am Spiegel. Du warst die ganze Zeit da.«

Stephan atmet hörbar aus und sieht sie mitleidig an. »Ja, Liebes, das habe ich dir doch vorhin schon gesagt, du kleines Dummchen.« Er schüttelt resigniert seinen Kopf. »Du hattest dich doch bereits anders entschieden und deinen schönen Plan verworfen. Also habe ich ihn genutzt. Selbstverständlich nicht als Opfer, das ist klar.« Wieder schüttelt er selbstgefällig den Kopf und sieht sie mitleidig an. »Liebes, noch ist alles gut und wir können von vorn beginnen.« Bedächtig hebt er seine Hand, um ihr die Pistole aus der Hand zu nehmen.

»Nimm deine beschissene Hand runter oder ich knall dich ab wie einen räudigen Hund!«

»Oh, da kommt das Familien-Gen in dir durch. Gewalt und eine Ausdrucksweise … Schade. Ich dachte, den Gossenjargon hätte ich dir längst ausgetrieben. Aber gut, auch das verzeihe ich dir. Was möchtest du jetzt tun, Liebes? Mich abknallen und dann im Knast verkümmern? Nun, wie du die Beine für ein paar Annehmlichkeiten breitmachst, weißt du schließlich.«

»Du hast Patrick ermordet.« Victoria sagt es leise, ohne einen Hauch von Emotion. Viel zu sehr bedrückt sie die Erkenntnis, die ihr Verstand immer noch nicht akzeptieren kann: Sie ist schuld an Patricks Tod! Oder? Hätte sie ihren Plan durchgeführt, dann wäre er noch am Leben. Oder? Gott verflucht! Sie muss denken, Entscheidungen treffen. Was ist mit Julie? Sie fühlt sich wie eine Außenstehende, die nichts empfindet, sondern nur beobachtet … Und selbst dazu ist sie nicht in der Lage. Stephan stürzt sich auf sie, nutzt schon wieder ihren Moment der Schwäche. Victoria wehrt sich, umklammert die Pistole im Handgemenge … Der Knall ist ohrenbetäubend.

45. KAPITEL

»Wach auf, Julie. Du musst die Augen öffnen. Ich bitte dich. WACH AUF!« Die Stimme kommt ihr so vertraut vor. Es fühlt sich an wie ein abscheulicher Albtraum, aus dem sie hoffentlich gleich erwacht.

Ihre Augenlider flattern. Es ist so verdammt kalt. Sie vermisst das wohlige Gefühl der Bettdecke, die ihr Geborgenheit schenkt, wenn der Albtraum vorüber ist und sie sich erschöpft in die Kissen schmiegt – die Decke bis unter das Kinn hinaufzieht und getrost und behütet wieder einschläft.

Die Stimme in ihrem Kopf wird eindringlicher, lauter. Sie will ja die Augen öffnen, doch es fällt ihr so verdammt schwer. Immer wieder nimmt sie nur Fragmente wahr. *»Du musst dich konzentrieren, mein Herz. Du bist in Gefahr! Hörst du, Julie? GEFAHR!«*

Endlich reißt sie die Augen auf. Das ist Juliette, die sie warnt. Julie will etwas antworten, doch ihr Mund ist mit einem Knebel verschlossen. Sie will sich aufrichten, doch auch das misslingt ihr. Ihre Panik wird übermächtig. Ihr Sichtfeld ist verschwommen, doch mit jeder Sekunde wird es klarer. Sie erkennt den Fliesenboden, auf dem sie liegt, dass erklärt auch, warum ihr so kalt ist. Sie kneift die Augen zusammen, bemüht sich, den Raum zu erfassen. Immer wieder fallen ihre Lider zu. Ihr ist schwindelig und speiübel. Was ist geschehen? »Juliette?«, dringt ihr verzweifelter Schrei gedämpft durch den Knebel.

»Ah, Madame ist erwacht.«

Julie wendet sich der Stimme zu. Verschwommen sieht sie ein paar schwarze Sneakers, die auf sie zukommen. Dann hockt sich jemand hin und streicht ihr sanft über das Gesicht. Unwillkürlich zuckt sie bei der Berührung zurück.

»Oh, Entschuldigung, ich vergaß, dass du es nicht magst, wenn man dich berührt.«

Julie kennt die Stimme. Sie reißt ihre Augen weit auf – in der Hoffnung, ein genaues Bild zu erhaschen. »Wer ist da?«, keucht sie in den Knebel. Speichel läuft aus ihren Mundwinkeln. Sie ist den Tränen nahe.

»Oh, wie unappetitlich!« Julie spürt ein raues Tuch, das ihr die Mundwinkel abwischt. »Ich bin es, Markus.«

Sein warmer Atem auf ihrem Gesicht lässt sie zurückweichen. Sie stößt sich dabei an etwas Hartem. Wild wirbelt sie herum und erkennt die Badewanne mit diesem lustigen Duschvorhang, diesen springenden Delphinen. Sie richtet sich auf, stützt ihren Rücken an der Badewanne ab. Ihr Blick fällt auf den Spiegel. Schnell wendet sie sich davon ab. Mit Schrecken bemerkt sie, dass ihre Hände gefesselt sind. *Juliette?!*

»Okay, du bist ja schon hübsch munter. Nicht gut, aber was soll's.« Markus sieht auf seine Armbanduhr. Viertel vor Sieben. Ob er ihr noch ein wenig Chloroform geben soll? Nur ein wenig, damit er es etwas leichter hat. Unschlüssig betrachtet er Julie, die ihn mit riesigen Augen fragend ansieht. Eigentlich ein Jammer, aber wahrscheinlich tut er der Menschheit einen Gefallen und natürlich auch Julie selbst, wenn er sie von ihrem Leiden erlöst.

Angespannt beobachtet sie, wie Markus offensichtlich mit einer Entscheidung ringt. Sie will etwas sagen, doch nur ein dumpfes Murmeln dringt aus ihren Mund.

»Ach, du möchtest noch ein wenig plaudern?« Mit einer schnellen Bewegung zieht er ihr den Knebel aus dem Mund. »Aber nur für ein paar Worte. Wenn du anfängst zu diskutieren, ist er wieder ruckzuck in deinem süßen Mund.« Als hätte er einen Scherz gemacht, zwinkert er ihr zu. »Dein Mund ist wirklich sehr süß und so verheißungsvoll.«

Julie zuckt zusammen. Wie ist sie nur in diese Situation gekommen? Sie erinnert sich, dass sie mit ihrer gepackten Tasche die Treppen herunterkam. Sie weiß noch, dass sie voller Freude war … und dann Chris auf dem Küchenboden liegen sah – sein Kopf von einer Blutlache umgeben. Sie wollte schreien, um Hilfe rufen, doch dann wurde ihr etwas auf den Mund gepresst und es wurde dunkel.

»Was ist mit Chris?« Ihre Stimme ist kratzig.

»Oh, du meinst den Psycho-Doktor? Tja, ich fürchte, um den musst du dir keine Sorgen mehr machen.«

»Warum, Markus? Was und wer bist du? Was habe ich dir getan?«

Während Markus sich lachend neben sie setzt, rückt sie von ihm ab, soweit es die Enge des Badezimmers zulässt. Sein Geruch nach diesem von Adrenalin geschwängerten Schweiß ist widerlich. Herrisch legt er einen Finger unter ihr Kinn und dreht ihr Gesicht zu ihm. Doch Julie reißt ihren Kopf ruckartig zur Seite. Instinktiv weiß sie, dass sie ihn nicht ansehen darf. Die Angst in ihren Augen würde seine Gier noch erhöhen. Es ist wie damals. Das alte Machtspiel. Sie sagt kein Wort. Für den Hauch einer Sekunde ist es unsagbar still.

Blitzschnell springt Markus auf und lehnt sich dann gelassen an die gegenüberliegende Wand. »Julie, du bist großartig, nein wirklich. Du bist mein Hauptgewinn. Ich muss zugeben, als deine Schwester mir den Job erklärte, war ich etwas überfordert. Aber das Geld stimmte. Also habe ich nicht hinterfragt, was das Ganze soll.«

»Dann hast du … du warst es, der hier im Haus war? Du hast Patrick umgebracht?«

»Keine Ahnung, wovon du sprichst. Ich bin zum ersten Mal in diesem Haus, Engelchen.«

Julie schluckt. Ihr Verstand ist nicht in der Lage, die Informationen zu sortieren. »Dann verstehe ich nicht … Was hat meine Schwester damit zu tun? Welcher Job? Was will sie?«

»Kannst du es dir nicht denken?«

Sie schüttelt ihren Kopf, als würden sich so die Puzzleteile ineinanderfügen.

»Du erinnerst dich doch an unser kleines Treffen im *Literaturhauscafé*.« Er grinst sie an und weidet sich an ihrer Angst. »Julie, mein Job war es, herauszufinden, wie du reagierst.« Er lacht schallend auf. »Ich sage dir, mit allem hatte ich gerechnet, aber nicht damit, dass du wie von Sinnen auf mich losgehst.«

Die Informationen rasen wie ein Torpedo unsortiert durch ihren Kopf. Ihre Schwester hat sie benutzt. Wofür? Will sie es überhaupt wissen?

»Was ist dann passiert, was habe ich getan? Wo kam das Blut her?«

»Oh ja, das Blut. Nun, deine Schwester hat alles feinsäuberlich geplant. Sie ist wirklich gut in diesen Dingen … Wie auch immer, sie gab mir eine Spritze mit K.O.-Tropfen. Und als du wie eine Furie auf mich losgingst, habe ich sie dir in den Arm gerammt.« Er macht eine flinke Bewegung mit der Hand, um seinen Worten Nachdruck zu verleihen. »Und dann haben deine Schwester und ich dich zurück in deine Wohnung gebracht. Victoria hatte Lebensmittelfarbe organisiert … nun, den Rest kennst du.« Er schielt auf seine Armbanduhr und ein Bedauern huscht über sein Gesicht.

Julie versteht gar nichts mehr. Sie kann nicht denken. »Markus, warum bist du hier? Hat dich Victoria … hat Victoria dich geschickt?«

»Nein.«

»Wer dann?«

Markus sagt kein Wort und stößt sich von der Wand ab.

Julie presst sich noch weiter in die Ecke, Juliettes Stimme in ihrem Kopf jagt ihr Angst ein: *»Hör auf zu fragen, Herzchen. TU WAS! Er wird dir wehtun!«*

»Was hast du vor, Markus?«

»Tja, es muss wie Selbstmord aussehen, Engelchen. Ich habe mir wirklich lange Gedanken darüber gemacht, wie ich es am besten anstelle.« Seufzend greift er in die Badewanne und holt einen Strick hervor. »Aber dann hat mir der liebe Stephan zwei Optionen mit auf dem Weg gegeben. Medikamentenüberdosis oder Erhängen.« Er knotet das eine Ende des Seils zu einer Schlinge und prüft eingehend, ob alles richtig ist. »Ich würde gern das Erhängen ausprobieren. Ja, okay, es könnte für dich nicht so schön werden, aber für mich durchaus aufregend.«

Entsetzt starrt Julie auf das Seil. Mit aller Kraft, die sie aufbringen kann, kriecht sie zur Wand, an der sie sich nun langsam hinaufschiebt. »Bitte, tu das nicht!«

»Was, das Aufhängen? Hm, möchtest du lieber eine Überdosis?«

Julie schluckt hart. Sie konzentriert sich auf Juliette, die neben ihr steht und ihr zuflüstert: *»Rede mit ihm und bleib cool! Du schaffst das.«*

»Markus, warum machst du das? Lass mich gehen, noch ist es nicht zu spät.«

Markus wirft das Seil zurück in die Badewanne. »Also gut. Ehrlich gesagt ist Erhängen auch nicht so mein Ding. Ich habe mich belesen, das könnte echt unappetitlich werden.«

Hoffnung flackert in Julie auf. »Gut. Binde mich los und geh einfach. Ich werde niemandem sagen, dass du hier warst.«

Markus' dröhnendes Lachen schmerzt in ihren Ohren. »Zahlst du mir auch zweihunderttausend Euro? Nein? Nun, Engelchen, dann haben wir leider keinen Deal.«

»Doch, ich zahle sie dir. Aber erst musst du mich losbinden.«

Markus sieht sie höhnisch an und wendet seine Aufmerksamkeit auf eine Einwegspritze, die er gemeinsam mit ihren Beruhigungspillen aus dem Spiegelschrank über dem Waschbecken holt. Fast routiniert füllt er den Zahnputzbecher mit Wasser und löst darin die Tabletten auf. Er benutzt ihre Zahnbürste, um den Prozess etwas zu beschleunigen. Mit prüfendem Blick hält er den durchsichtigen Acrylbecher ins Licht. Die Flüssigkeit sieht trübe aus. »Das bisschen Zahnpasta wird den Rechtsmediziner wohl kaum stören, oder?« Als hätte er es schon hundert Mal gemacht, nimmt er nun die Spritze und zieht sie auf, bis kaum noch Flüssigkeit im Becher ist. Stolz schaut er zu Julie. »Na, wie habe ich das gemacht? Sieht doch super aus, was?«

Julie starrt ihn fassungslos an. Dann wandert ihr Blick hinter ihn, zur geöffneten Tür des Spiegelschranks.

Zieh dein Kleidchen an, mein Engelchen!
Und sieh mal, was Papa dir mitgebracht hat.
Einen Lippenstift.
Mach dich hübsch, mein Engelchen!

Ihr Herz rast. Wie gebannt haftet ihr Blick auf den Worten. Und plötzlich explodiert etwas in ihr.

»Du bist ein elender Schwanzlutscher. So armselig in deinem Bemühen, souverän zu wirken. Du bist ein Nichts! Ein elender Feigling.« Juliettes Stimme klingt tief und trotzig. Julie erwacht aus ihrer Lethargie und ist überglücklich, dass sie nicht allein ist.

Markus' Mundwinkel zuckt. Für eine Sekunde ist er irritiert, findet jedoch schnell seine Selbstsicherheit wieder und lacht sie von oben herab an. Siegessicher geht er einen Schritt auf Julie zu, die ihn wie ein Raubtier fixiert. Als er nahe genug bei ihr ist, reißt sie mit voller Wucht ihre gefesselten Arme hoch ... und trifft zielgenau sein Kinn. Markus' Kopf knallt nach hinten an die blitzsaubere Fliesenwand. Sie setzt ihm nach, holt wieder aus, kanalisiert all ihre Angst in diesen zweiten Schlag. Sie trifft seine Nase und hört, wie das Nasenbein bricht. Markus jault vor Schmerz auf und sackt zu Boden. Vollgepumpt mit Adrenalin starrt sie zitternd auf Markus, der sich vor Schmerzen krümmt. *»Lauf, Julie!«*, brüllt Juliette.

Julie stürzt blindlings zur Tür. Doch sie kommt nicht weit, spürt, wie sich eine Hand fest um ihr Fußgelenk schließt. Hart fällt sie zu Boden. Mit voller Wucht trifft sie ein Schlag in die Magengrube.

»Verdammtes Miststück!«, keucht Markus, greift in ihr kurzes Haar, zwingt sie, ihn anzusehen. Er tastet mit dem

Fuß nach der Spritze, die im Gerangel unter das Waschbecken gerollt ist. Julie windet sich schreiend, doch sein Griff ist fest und unerbittlich.

»Halt still, Schlampe! Ich habe nicht ewig Zeit.«

Julie füllt ihren Mund mit Speichel und spuckt ihm direkt ins Gesicht. Sie sieht die Wut, die in ihm lodert, und seine Verachtung, als er den Speichel mit dem Handrücken wegwischt. Die Spritze liegt immer noch unter dem Waschbecken, keine dreißig Zentimeter von ihr entfernt. Sie windet sich, hangelt mit dem Fuß danach. Immer wieder verfehlt sie ihr Ziel. Dann endlich! Ohne Rücksicht auf ihr verstauchtes Sprunggelenk lässt sie ihren Fuß brachial auf die Spritze sausen. Sie wartet auf das Geräusch von knirschendem Glas. Doch da ist nichts. Wieder rammt sie ihre Ferse auf den Kolben, bis ihr klar wird, dass die Spritze aus Kunststoff besteht. Markus versucht, sie wegzuzerren. Doch Juliette singt in ihrem Kopf, spornt sie an, verleiht ihr ungeahnte Kraft … und Julie rammt ihren Fuß ein drittes Mal auf die Spritze, deren Material nun endlich nachgibt. Aus den Augenwinkel sieht sie, dass sich eine kleine Pfütze unter dem Waschbecken bildet. Mit einem letzten Tritt schleudert sie die Überreste der Spitze unter die Badewanne mit den wunderschönen Löwenfüßen.

»Scheiß Plan, Alter!«, keucht Juliette mit ironischem Unterton.

»Halt's Maul, du Irre!«

»Niemals, du erbärmlicher Wichser!« Juliette hat die Führung übernommen und Julie ist dankbar dafür.

»Nichts kann zwischen uns kommen, Herzchen.«

Wie eine Walküre stürzt sie auf Markus los. Immer wieder weicht er ihren Tritten aus, doch dann hat er genug von dem Spiel und versetzt ihr einen sauberen Kinnhaken.

Julie sackt in sich zusammen und Markus lässt sie lieblos zu Boden fallen. Er wischt sich frustriert über sein Gesicht. Wie einen Selbstmord kann er es jetzt nicht mehr aussehen lassen. »Ach, scheiß was drauf.« Er kniet sich über Julie, legt seine Hände um ihren schlanken Hals und drückt zu …

Er kann es hören, aber er kann es nicht einordnen. Ein anschwellender Klingelton. Ein Ton, den er kennt und der wichtig ist. Seine Augenlider flattern, alles um ihn herum ist verschwommen, im trüben Nebel der Bewusstlosigkeit. Er bewegt seine Hände, seinen Kopf und ein rasender Schmerz jagt durch sein Gehirn. Bruchstückhaft kommt die Erinnerung zurück …

Sein Smartphone klingelt immer noch. Er tastet danach. Und als er es endlich in den Händen hält, verstummt es. Dumpf vernimmt er Geräusche aus dem oberen Stockwerk. Chris steckt das Telefon zurück in die Hosentasche und zieht sich an der Küchenspüle auf die wackligen Beine. Er hört Schreie. *Julie!* Sein Verstand durchdringt den Schmerz, der in seinem Schädel wütet. Auf allen Vieren erklimmt er die Stufen der Treppe, die ins Obergeschoss führt.

***

»Verdammt, Ottmar! Geben Sie endlich mal Gas!« Schulz kann seine Aufregung kaum zügeln, er hat immer noch die schrille Stimme von Victoria im Ohr, die zusammenhangslos ins Telefon brüllte. Er versuchte, sie zu beruhigen, doch sie schrie wie von Sinnen und flehte ihn an, dass er ins Landhaus fahren soll.

Schulz drückt auf die Kurzwahl seines Smartphones, doch wieder bleibt es nur bei einem Klingeln. *Wo steckt der Kerl?* Der Gedanke daran, dass sich der Psychologe nicht meldet, treibt seine Nervosität ins Unermessliche. Er macht sich große Vorwürfe, dass er erst vor wenigen Minuten seine Mailbox abgehört hat. Chris wollte ihm etwas sagen und dann war da nur dieses Geräusch. Dieses hässliche dumpfe Geräusch. Wie von einem Schlag. »Scheiße! Was ist mit den Beamten, die das Landhaus observieren sollen? Wo sind sie, Ottmar?«

»Sie melden sich ebenfalls nicht.« Ottmar linst zu seinem Chef, der unentwegt über seinen Schnäuzer streicht. Er hütet sich davor, Schulz anzusprechen. Ihm ist bewusst, dass er ihn nicht beruhigen kann.

»Nun überholen Sie schon! Himmel, Arsch und Zwirn! Ottmar, wenn wir zu spät kommen, dann mache ich Sie dafür verantwortlich. Das schwöre ich Ihnen.«

»Kein Problem, Chef.«

Schulz grummelt so etwas wie eine Entschuldigung. Ihm ist klar, dass er Ottmar Unrecht tut. Er ist es, der es vergeigt hat.

»Ich versuche jetzt noch einmal, diesen Dorfsheriff zu erreichen, aber wahrscheinlich sitzt er irgendwo auf einem Bauernhof, säuft gemütlich Kaffee und untersucht irgendeinen beschissenen Hühnerdiebstahl.«

***

Als Chris die Tür zu Julies Zimmer erreicht und die gurgelnden Geräusche hört, überlegt er nicht lange. Seine Schmerzen sind vergessen, er hechtet durch das Zimmer und stürmt ins Bad. Das Bild, welches sich ihm bietet, lässt sein rationales Denken aussetzen.

Markus, der auf Julie hockt, seine Hände fest um ihre Kehle. Julie, die wild um sich tritt und tapfer versucht, sich zu wehren. Chris war nie ein Raufbold, selbst als Teenager hat er sich nicht geprügelt. Und doch nimmt er jetzt ohne zu zögern Anlauf und rammt mit einem animalischen Schrei seine Faust auf Markus' Kopf. Er sieht das Entsetzen in dessen Gesicht und schlägt noch einmal zu … und noch einmal, bis Markus sich nicht mehr rührt. Erschöpft lässt sich Chris auf die Knie fallen, fühlt Julies Puls, streicht ihr sanft über die Stirn.

»Alles wird gut, Julie. Ich rufe Hilfe.« Er fingert nach seinem Smartphone in der Hosentasche.

Von unten schrillt Victorias Stimme zu ihnen: »JULIE!«

Victoria hastet die Stufen hinauf. Als sie die ausgestreckten Beine von Julie auf den Badezimmerfliesen sieht, stockt ihr der Atem. Ihr ganzes verdammtes Leben hat sie keinen Gedanken daran verschwendet, wie es ihrer Schwester geht, doch jetzt kann sie die Vorstellung nicht ertragen, dass Julie tot ist und sie daran schuld wäre. Heiß schießen ihr Tränen in die Augen, ihr Körper ist wie gelähmt. Mit Beinen so schwer wie Blei setzt sie einen Schritt vor den anderen.

Als sie die offene Badezimmertür erreicht, hat sie nur Augen für Julie, die ihren Kopf lethargisch in ihre Richtung dreht. Erleichtert lässt Victoria sich stumm auf die

Knie sinken. Sanft streicht sie über Julies Wange. All die Scham, die Verzweiflung und die Reue liegen in dieser Geste. »Bitte verzeih mir«, flüstert sie mit tränenerstickter Stimme.

Julie kann nicht antworten, ihre Kehle brennt wie Feuer. Sie will allein sein. Allein mit Juliette, die neben ihr sitzt und über sie wacht.

46. KAPITEL

Weiches Sonnenlicht scheint durch die weit geöffneten Fenster in die Wohnküche. Der feine Duft des Spätsommers erfüllt den Raum.

Chris sieht hinaus in den Garten, beobachtet Nina und Julie, die in der strahlenden Septembersonne vor einer Staffelei sitzen. Wortfetzen, unterbrochen von herzlichem Lachen, dringen zu ihm in die Wohnküche. Schulz stellt sich neben Chris und reicht ihm wortlos eine Flasche Bier. Beide verharren stumm in der Betrachtung der beiden Frauen.

»Wie geht es Ihrem Kopf?«

»Danke, geht schon. Hätte schlimmer ausgehen können.«

Die Erinnerung an die Ereignisse vor zehn Tagen haben ihre Spuren bei Chris hinterlassen. Nicht nur äußere, es sind die kleinen Ereignisse, die er nicht so schnell verarbeiten kann, wie er es gern möchte. Fast hätte er einen Menschen getötet. Er war so voller Wut, als er diesen Markus über Julie sah. Da waren keine klaren Gedankengänge, kein Kalkül, keine Menschlichkeit. Es bereitet ihm immer noch Sorge, dass er zu so einer rohen Tat fähig war.

Und dann Julie. Er wollte ihr von Anfang an glauben, doch da waren so viele Zweifel. Er muss mehr an sich arbeiten, mehr auf sein Gespür hören. Auch jetzt, da alles vorbei, diese völlig verworrene Geschichte aufgeklärt ist, bleibt ein bitteres Gefühl in seinem Bauch. Hätte Julie Patrick tatsächlich getötet, wenn Stephan nicht nachgeholfen hätte? Was ist, wenn Julie wieder in eine bedrängende Situation kommt? Er muss mit Margarete sprechen.

»Was ist, Chris? Woran denken Sie?«

»An nichts. Ich bin froh, dass ich noch lebe und diesen beiden Frauen in meinem Garten zuschauen darf.« Er schielt zu Schulz, der ihn mit zusammengekniffenen Augen ansieht.

»Stephan Behrens hat übrigens alles gestanden. Falls es das ist, was Ihnen Bauchschmerzen macht. Er war es, der Patrick in das Messer von Julie gedrückt hat.«

Chris nickt. »Ja, ich weiß.« Er wendet seinen Blick wieder in den Garten. »Wir hätten Behrens mehr Beachtung schenken sollen.«

»Ja, hätten wir. Aber seine Alibis waren wasserdicht. Er ist ein wahrer Stratege. Dafür hat er meine Achtung, aber auch nur dafür.« Schulz trinkt einen Schluck aus der Flasche, dann fügt er hinzu: »Tja und Victoria hat letzten Endes die Kurve gekriegt. Sie wollte ihre Schwester tatsächlich für einen Mord benutzen. Ich kann es immer noch nicht fassen. Mein Gott, wie verzweifelt muss diese Frau sein?«

»Eben, Schulz. Sie hat nur versucht, aus den Fängen eines weiteren Peinigers zu entkommen. Aber das ist natürlich keine Entschuldigung. Sie hätte einen anderen Weg wählen müssen … Hat man nicht immer eine Wahl? Ich bin sehr gespannt, wie es zwischen ihr und Julie weitergeht. Ein Teil von mir hofft, dass die beiden zueinanderfinden. Sie sind schließlich ihre einzige Familie. Andererseits …

Was ich mir wünsche, ist nicht von Belang.« Er nimmt einen kräftigen Schluck aus der Flasche. Beide schweigen für einen weiteren Moment, lassen die Worte nachhallen.

Dann schielt Chris zu Schulz. »Übrigens, steht Ihnen gut.«

Schulz fährt sich mit der Hand über seinen Mund, wo noch vor ein paar Tagen sein Schnäuzer war. »Ich brauchte eine Veränderung«, brummt er verlegen und schaut zu Chris, der ihm ein breites Grinsen schenkt. »Was? Warum grinsen Sie so fies?«

»Oh, nichts weiter. Eine Veränderung also? Nicht etwa, weil dieser Markus Ihnen wegen ihres Schnäuzers geschmeichelt hat, nein?«

Die Antwort des Kommissars gleicht einem tiefen Grollen.

Einen Kürbis malen. Für Julie klang die Aufgabe einfach. Mit Freuden hat sie Ninas Idee zugestimmt. Doch jetzt ist sie desillusioniert. Ihr will es einfach nicht so richtig gelingen, dieser Kürbis. Den Pinsel ungelenk in ihrer Hand, lauscht sie aufmerksam Ninas Anweisungen und Ratschlägen. Immer wieder schielt sie auf Ninas Leinwand und wie leicht ihre Hand darüber gleitet. Ihre bunte Kleckserei wird dabei zur Nebensache. Julie genießt jede Sekunde, die sie mit Nina verbringen darf. Seit ihrer Entlassung aus dem Krankenhaus vor sechs Tagen ist sie hier bei Nina und Chris. Es ist ruhig bei ihnen, familiär und entspannt. Sie hat lange Gespräche mit Nina geführt. Und auch mit Chris. Aber etwas steht zwischen ihnen. Vielleicht ist er immer noch nicht davon überzeugt, dass ihr keine andere Wahl blieb, als das Messer beharrlich auf Patrick zu halten. Sie kann doch Juliette nicht verraten, denn sie war es, die die Führung an jenem Abend hatte.

Und Juliette war überzeugt davon, dass Patrick ihr nicht guttun würde. Jetzt weiß Julie, dass sie falsch gehandelt hat. Juliette war eifersüchtig auf Patrick, aber das kann sie niemandem erklären. Juliette hält sich jetzt an die Abmachung, dass sie sich aus Julies Leben zurückzieht. Es ist ein schönes Gefühl zu wissen, dass ihre Freundin da ist, wann immer Julie sie braucht.

»Julie? Alles okay?«

»Ja, mir geht es gut.« Ihre Stimme ist immer noch ein Krächzen. Die Ärzte sagen, es wird dauern, bis die inneren Verletzungen in ihrer Kehle abgeheilt sind. Aber das macht ihr nichts aus. Sie ist am Leben. Und sie ist frei.

Nina wirft einen Blick auf Julies Leinwand. »Das sieht nicht schlecht aus.« Mit prüfendem Blick neigt Nina ihren Kopf zur Seite. »Nein, es hat was, aber wir könnten es noch perfekter machen. Wollen wir?«

»Ja, sehr gern.«

»Okay. Dazu müsste ich dich berühren. Bist du bereit dafür?«

Julie zögert, doch dann nickt sie. Juliette schweigt und Julie genießt das Gefühl, trotzdem nicht allein zu sein.

WEITERE BÜCHER

Das Kreischen der Möwen

Als der ambitionierte Psychologe Chris Lange an einem schwülheißen Sommermorgen in der psychiatrischen Abteilung des UKE Hamburg-Eppendorf seinen Dienst antritt, ahnt er noch nicht, dass sich sein Leben rasant ändern wird.

In der Nacht zuvor wurde die unter Mordverdacht stehende und suizidgefährdete Susanne Andersen eingeliefert. Immer wieder beteuert die junge und äußerst attraktive Frau, dass sie unschuldig sei. Je mehr Chris es schafft, ihr Vertrauen zu gewinnen, desto größer werden seine Zweifel, ob Susanne tatsächlich den Mord begangen hat.

Überzeugt von ihrer Unschuld, setzt er alles daran, die Wahrheit ans Licht zu bringen. Stück für Stück fügt sich das Puzzle zusammen, doch das Ergebnis ist zerstörend. Nicht nur Chris muss die Wahrheit teuer bezahlen.

Gesichter des Verrats

Würde ich auch heute in der Gosse leben, wenn ich ein stärkerer, selbstbewussterer Mensch gewesen wäre, ein Mensch, der geliebt wird?
Niemand hat mir erklärt, dass Liebe blind macht. Niemand hat mich gewarnt, dass ich mit meiner Wahl vorsichtig sein sollte. Oder habe ich die Warnungen nur ignoriert?
Habe ich die Zeichen einfach verdrängt, weil ich so ausgehungert nach Liebe war?
Doch die größte Last, die ich seit jener Nacht vor zwei Jahren in mir trage, ist der Verrat, den ich an dem einzigen Menschen, der mich uneingeschränkt liebte, beging. Aber hatte ich eine Wahl?

Gefangen in einem Schwur

Überglücklich fiebert Marie mit ihren Freundinnen Marleen und Ruth der Abi-Party entgegen. Doch die Party entwickelt sich für die drei zu einem Desaster und das Leben der jungen Frauen wird brutal auf den Kopf gestellt. Durch einen Schwur soll verhindert werden, dass das Geschehene ans Licht kommt.
Nach acht Jahren treffen die drei wieder aufeinander und Marie wird sich bewusst, dass sie den damaligen Schwur brechen muss. Oder sie zerbricht an ihm.
Es beginnt für Marie ein Kampf gegen sich selbst und gegen ihre damaligen Freundinnen, denn diese haben ihre ganz eigene Vorstellung von Wahrheit.

DANKSAGUNG

Liebe Leser, vielen Dank, dass Sie sich für dieses Buch entschieden haben. Ich hoffe, dass meine Geschichte sowohl unterhaltend als auch nachdenklich für Sie war. Es ist kein leichtes Thema und ich habe lange überlegt, ob ich über die schweren Folgen des Missbrauchs schreiben soll und mir der Spagat zwischen spannender Unterhaltung und Information überhaupt gelingt. Ob es mir gelungen ist, entscheiden letztlich Sie.

Nach Ihnen, liebe Leser, steht auf meiner Dankesliste natürlich mein kleiner Kosmos: Mein Lebensgefährte, der mich und meine Zickigkeit mit Gelassenheit nahm, wenn ich mal wieder nicht weiterwusste. Meine Hunde und mein Kater, die trotz meines Schreibwahns ihre Aufmerksamkeit einforderten und mich stets ins Hier und Jetzt zurückholten. Und ganz besonders danke ich meiner Lektorin Marion Mergen für ihr waches Auge insbesondere bei den kniffeligen Parts dieser Geschichte.

Hat Sie Ihnen gefallen? Schreiben Sie mir Ihr Feedback, besuchen Sie mich bei Facebook oder auf meiner Autorenseite und selbstverständlich freue ich mich über jede Rezension.

Herzliche Grüße, Ihre Marion Krafzik.

E-Mail: info@marionkrafzik.de
Website: www.marionkrafzik.de
Facebook: Autorin Marion Krafzik